新思維錯別字辨正語典

司馬特——編著

糾舉錯字最方便、快速、實用的工具書！

【各方推薦】

身為一個老是被誤解為上輩子殺錯人的國文老師，常常在批閱作業時，也忍不住懷疑起自己的身世。為何我用紅筆圈了無數遍，學生還是要把「應該」寫成「因該」？為何我苦口婆心講解了無數次，學生們仍然要在聯絡本上耍叛逆，把「發成績單」寫成「發成積單」？這日復一日的：我挑錯誤，你不動如山的惡性循環，讓我患上了在日常生活中見錯字便激動莫名的職業病！我彷彿變成了每日重複搬巨石上山的薛西佛斯。而今拜讀到司馬特先生的大作，有一種「德不孤必有鄰」的感慨。還是有人在意正確的字該怎麼寫的，也有人跟我們一樣嫉錯字如仇的，我們沒有不正常！建議大家應該人手一本，將此書當作案頭工具書，時時參考，別再寫錯字，讓你的國文老師不開心了喔！

——林嘉琪（台北市弘道國中國文科教師）

執教十七年，每年都會遇到學生錯別字的問題。繁體字不論增一筆或減一畫，即可能為另一個字，因此外形相似的字，往往令學生混淆，有時就連老師也可能手誤或記錯。這時恨不得有一本工具書將這些字整理出來，讓大家有所依循。感謝司馬特完成這本《新思維錯別字辨正語典》，除了列舉常見的錯字和正確寫法做對照，還將詞義詳細說明，讓讀者更易於記憶。推薦給受形似字困擾的各位！

——林瀞憶（桃園市仁美國中國文科教師）

網路盛行的年代，學生們經常覺得只要能約略呈現大意，即使詞語重複使用、錯字穿插、斷句不佳也得過且過，因此近年來，在國語文表現上，除了用字粗魯、語言癌與詞不達意的狀況層出不窮之外，就連最基本「寫對字」都很難達到。加強國語文實力，最基礎應該從不寫錯字開始。《新思維錯別字辨正語典》是一本可以放在案頭翻閱、查證的工具書，收錄詞條豐富、解釋清楚淺白，平常隨手翻讀幾頁，就能立刻加深印象，有所獲得，不僅適合學生，也適合一般人提升自己的中文實力，遠離錯別字！

——宋秀齡（台北市松山家商國文科教師）

因形似、音同、義近，在中學生的學習中，總會出現許多誤字，甚至積非成是。若缺乏系統性且大量的對比與說明，在記憶與學習上就顯得零碎、生硬。這本《新思維錯別字辨正語典》正以最簡潔明瞭之法，系統排列，不但呈現易誤詞語的對比，更以說明、釋義加深印象，實足為國語文學習中值得推薦的工具書。

——宋維哲（高雄市光華國中國文科教師）

司馬特老師為資深的報社文字校對者，將多年來錯別字的使用狀況，以首字注音符號作分類，整理成《新思維錯別字辨正語典》一書，嘉惠學子和教育界的夥伴們。

此書不僅可協助學子的識字能力，以利中學生會考和學測的基本能力辨識，也能為孩子在選詞用字方面進行解惑。我多年來致力於學習扶助的教學，特別喜愛此書將相似音的詞組排列比較字形，以及同一詞彙常出現的錯誤寫法，此可方便教師在教學上的說明。此外，外國人若想進一步辨別近音詞的華語使用，以及民眾要做文宣用字的參考，此書實為最佳用書，可謂活到老「用」到老，活到老「學」到老。

——許瑞誠（彰化縣秀水國中國文科教師、教務處教學組組長）

本書收錄條目豐富，範圍廣泛，釋義精簡，正字在前，錯字在後的排列方式，有助於加深對正字的印象，更增列常弄錯，意思相近但寫法不同的相似詞組，以群組方式互相比對，使讀者更能快速記憶、辨析，讀者以此為基礎，更有助於寫作的參考，一冊在手，錯別字退散，適合各級學生使用，為一部活用的錯別字語典。

——陳彥君（高雄市岡山高中國文科教師）

寫字寫字，越寫，字錯得越多，詞使用得越離譜。

學生寫錯別字的頻率，幾乎跟網路的發達呈現高度正相關。網路打字只要音同即可，「安安你好」可以變成「庵庵」、「氨氨」，甚至可以寫成注音文「ㄤㄤ」；形容生氣的詞語不再是「勃然大怒」、「大發雷霆」，卻是「森77」、「7pupu」這種令人啼笑皆非的口頭語；表示認同、肯定這個人很厲害，很有能力，不用再給100分，只能給不能再高的87分，或是直接一句948794狂（就是霸氣就是狂）……等等諸如此類的用語，像細胞分裂般，馬不停蹄的增生，令國文老師們的眉頭深鎖，滿面愁容。

次文化的世界，連接了學生彼此的情感交流，卻疏遠了對字詞使用的準確度，遑論寫作的精緻層面。許多造字遣詞，本以為是基礎常識，卻都是等到學生們寫札記，寫作文，寫改錯字，圈選詞語誤用時，老師們才發現，原來沒有100分，連87分都給不了啊！幸好，這本語典終於出版，我相信這本書能成為有如但丁神曲一般的地位。在但丁的神曲出現以後，義大利各地區便統一了語言，統一了大部分的用詞，讓人民的溝通更加通暢，加速了文明的進步。期待讀過這本詞典的男女老少們，學生孩子們，可以釐清自己長年以來所累積的謬誤，並且能在別人產生疑惑時，成為指引他人使用正確詞語的明燈，如此一來，國文老師們的眉頭才能舒展開來，眉開眼笑地給各位滿分喔！

——陳亭林（桃園縣青埔國中國文科教師，桃園區國語文競賽教師組國語字音字形第一名）

身為文字工作者，對於錯別字的痛恨程度實難以言喻，尤其是在書已經付梓，才猛然驚見之前未校對出的訛誤，當下直教人捶胸頓足，但再多的懊悔也已於事無補，只能期待書再刷時更正。

為了避免錯別字的出現，唯一辦法就是加強自己的語文修養，深刻理解形音義相近字之間的區別，悉考同異，研覈是非，而司馬特先生《新思維錯別字辨正語典》正好符合我的需求，特別是在字形的識認、音義的辨析方面，讓我受益良多。

——黃淑貞（作家）

【專文推薦】

別讓錯別字成為拖累你的絆腳石

奚永慧

錯別字又如何？張冠李戴、少一筆、多一畫，只要意思懂就好，不是嗎？語言只是用來溝通，目的既達，一、兩個錯別字沒那麼嚴重吧？更何況在這個電子或語音輸入的時代，稍不注意就會出現白字，習慣了就好，不是嗎？

非也！非也！

這就好比同樣是寫字，多數人總會偏好比較容易書寫的紙筆；同樣是參加面試，儀容端莊通常也比蓬頭垢面、衣著邋遢更能留下好印象。錯別字就像用了難寫的紙筆——同樣寫字，紙筆不好徒然增加了書寫的困難；錯別字也許同樣完成了溝通，卻增加了理解的障礙，它令大腦產生錯誤的認知與聯想，導致讀者必須花費額外的腦力來掌握或修正自己的理解：大腦得先判斷這個字寫錯了，努力不被錯別字帶偏理解的方向，有時還得推測作者的原意……這些雖可能僅是電光石火一瞬間之事，卻多少會耗費腦力。大腦的天性是惡勞好逸，不喜多花力氣。或許因為錯別字會對大腦造成額外負擔，所以大多數的人看到錯別字時，或多或少會感到些許不快、厭惡甚至惱怒。

稍許負面情緒也就罷了，更糟糕的是，錯別字會令人產生負面印象。我們都知道參加面試時不宜儀容不整，以免影響印象分數，但錯別字所造成的負面形象，恐怕不下於蓬頭垢面地去見面試官。別的不說，大考時一篇處處白字的作文，分數絕對高不起來；一份正式文件若有錯別字，公信力立刻大打折扣；一封情意纏綿的情書，若每隔幾行就有錯別字出現，一定也是大殺風景。錯別字的出現，經常會讓人覺得作者不用心、粗心大意，甚至可能不是很在乎讀者，要不然怎麼連字都寫錯。

更值得警惕的是，我們的大腦善於自行填補細節。當看到錯別字出現，閱讀者自然會發展出一些與錯別字相關的聯想，例如懷疑這個人是不是書讀得不夠多、學習態度不認真、記憶力不好、觀察力欠佳、頭腦不靈光等等，否則怎麼會指鹿為馬，「日目」、「王主」傻傻分不清？當然，這些想像多半過於武斷，不盡公平。但文字溝通的難處就在於作者無法在閱讀現場為自己辯護。寫錯字，尤其是寫錯了不該寫錯的字，讓別人扣幾分印象分數，自己卻又無從申辯，真可謂因小失大。所以，千萬別把寫錯字不當一回事。

但麻煩的是，錯別字往往容易養成習慣，必須刻意改正，最好是透過專書學習，才能對症下藥。也因此司馬特先生的這本《新思維錯別字辨正語典》特別值得推薦。書中收錄的錯別字，涵蓋常用字詞、成語、名言佳句等等，可謂包羅萬象。但和同類專書不同的是，本書並非針對每個錯別字提供考據說明，而是直接將正確的字詞和錯別字並列，方便比對區別，並透過釋義、聯想、溯源、英譯、並列等各種方式，提供讀者記憶的線索。

我說「線索」，是因為作者有些精采的安排有待用心領會。例如作者點出「抱憾」是「心中懷著遺憾」之意，就是在告訴讀者們應該是抱「憾」而非抱「撼」；「不知所終」是「不知道結局或下落」，也就是說既是「結局」，自然和「終」有關，而與「蹤」無涉。此外，例如論及「必須」和「必需」的差別，作者除剖析用法區別（「必須」「後面多加動詞」；「必需」「後面多加名詞」），更輔以切中要點的英譯，巧妙地點出二詞之不同：「必須」是must（英文的must後面也是接動詞），「必需」是need（英文的need後面也是接名詞）。這種種巧思往往隱藏在字裡行間，有時可能須多看幾遍才能心領神會，但就在這多看幾遍之間，對正確字詞的印象也更加深刻了。

閱讀本書時，我時常覺得意猶未盡，希望作者能多說一點，但一來說多了可能就失去本書簡明的特色；二來或許作者是希望引起讀者的好奇心，自己動手查字典，這樣才可以學得更多、記得更牢。錯別字直接關乎寫作和溝通的品質，更會影響讀者對作者的觀感，不可不慎。本書正因其精簡，所以涵蓋範圍可大可廣，但沒有一本字詞辨正的書能盡收所有的錯誤，因此若能引起讀者注意，進而培養勤查字典以避免錯別字的習慣，方為上策。我想，這或許也是作者作此書更深層的用意。

（本文作者為台灣大學外語系助理教授）

【作者序】

樹立正確的用字觀念

司馬特

不想寫錯別字，為什麼那些不速之客總是無預警出現？

我國文字有形似者，有音同者，有音近者，有義近者，還有形似音同義近或一字多音而涵義大不相同的，往往寫錯、用錯、讀錯而不自知。怎麼辦呢？

隨時查閱辭典，是個好方法。

英國作家、評論家，也是辭典編寫者約翰生（Samuel Johnson，1709-1784）說：

「辭典就像手表。最壞的比沒有好，最好的不能期待走得分秒不差（Dictionaries are like watches; the worst is better than none, and the best cannot be expected to go quite true.）。」

由於形音義的錯綜複雜，單靠辭典，即使它的內容完全正確，也無法有效遏阻錯別字。我們需要辨正辭典！

新思維改變一切。包括常用詞語、人名、地名，以及名句，全部按注音符號排排站。第一欄列出正確寫法，第二欄提點舛誤之處，名句部分請來古今中外名人現身說法，提升閱讀趣味，讓錯別字無所遁形。

詞組並排，不必提點就能了解兩詞或多詞的區別。英文解說輔助記憶，加深印象。

所有詞條的安排都經過精心設計，從學習法著眼，一目了然，輕鬆理解。

目錄

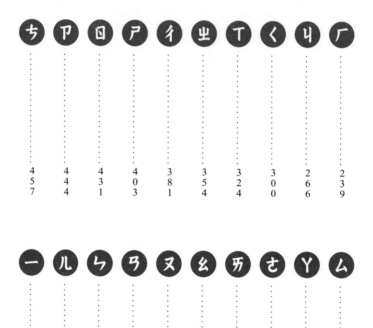

目錄

ㄅ

正確	錯誤	說明
匕首	比首	頭部像匕，便於使用的短劍。匕，ㄅㄧˇ，bǐ。
不治	不冶	無法醫治。指死亡。
不軌	不詭	不遵循法度。指違法或叛亂。
不屑	不謝	輕視。不願做。
不啻	不斥	不但；不僅。等於；如同。啻，ㄔˋ，chì。
比擬	比凝	用類似的事作比方。
包庇	包仳	袒護。庇，ㄅㄧˋ，bì。
包紮	包扎	把東西或傷口捆綁或包起來。
包袱	包伏	用布巾包紮的衣物包裹。比喻負擔或累贅。
包裹	包果	包紮。包紮成件的東西。
半晌	半響	片刻；一會兒。晌，ㄕㄤˇ，shǎng。
弁言	奔言	書籍正文前面的序文。弁，ㄅㄧㄢˋ，biàn。

正確	錯誤	說明
白皙	白晰	形容臉色、皮膚潔白細嫩而富有光澤。
冰雹	冰刨	一種同心圓的層狀冰粒，常發生在夏季對流旺盛的環境下。
兵燹	兵險	戰爭所造成的焚燒破壞等災害。
別致	別緻	特殊、新奇。別有風味之意。
庇蔭	僻蔭	遮住陽光。覆蓋保護。
庇護	僻護	保護；袒護。
扳手	板手	旋轉螺絲釘或螺帽的工具。
扳機	板機	指置於機槽底面設有保險裝置和護圈的槍械擊發器。扳，ㄅㄢ，bān。
把柄	把炳	可作交涉或要挾的憑證。
步伐	步法	走路時的腳步。共同的行動。
步履	步屨	行走的腳步。
貝殼	貝穀	貝類的硬殼。
併吞	並吞	侵占別人的東西或土地。
併攏	并攏	合併起來。

ㄅ

抱歉	報歉	對人心中不安，過意不去。
抱憾	抱撼	心中懷著遺憾。
拔擢	跋擢	提拔。
板蕩	板盪	板、蕩都是《詩經．大雅》的篇名，描述周厲王的殘暴無道。後來作為亂世的代稱。
板鴨	版鴨	一種鹹鴨，將鴨肚剖開，鹽漬後壓成板狀風乾。
波臣	波巨	被水淹死的人。
波浪	玻浪	水波和浪潮。
波濤	波滔	大波浪。
版畫	版晝	鏤刻後拓印的藝術品。
畀予	卑予	給予。畀，ㄅㄧˋ，bì。
秉持	稟持	遵循。執掌。
芭蕉	巴蕉	草本植物，果實似香蕉。
表率	表帥	模範；榜樣。
表達	表答	表示意思或情感讓人知道。也作「表露」。
便溺	便屎	大小便。溺，ㄋㄧㄠˋ，niào。

正確	錯誤	說明
保母	褓母	替人撫育孩童的婦人。
保持	保特	維持。
勃豀	勃溪	家庭之間的爭吵。豀、谿有別。豀，爭鬥；谿，同「溪」。
屏息	摒息	對人敬畏而閉氣，不敢作聲的樣子。
拜託	拜托	託人辦事。
剝奪	撥奪	用手段奪去別人的財產利益。
哺乳	補乳	餵乳。
捕魚	捕漁	捉魚。
捕獲	捕穫	捉到、逮住。
畚箕	畚萁	盛泥土、垃圾的竹器。
病徵	病癥	疾病的徵象。
迸發	蹦發	四散裂開。事情爆發。
迸裂	崩裂	裂開。
陛下	陸下	古代臣民對皇帝的尊稱。
敝屣	蔽屣	破鞋，比喻廢物。

亳城	毫城	古地名，商湯建都於此。今縣名，位於安徽西北部。亳，ㄅㄛˋ，bó。
畢竟	必竟	到底、終極的意思。
笨拙	笨茁	不伶俐。
絆倒	拌倒	行走時碰到東西而跌倒。
脖頸	脖梗	脖子。
被褥	被縟	泛指棉被、床墊等睡眠用品。
備取	倍取	考試結果，遞補正取缺額的名額。
博弈	博奕	指賭博與圍棋。
報復	抱復	報仇。
報銷	報消	報告收支的帳目，請求核准銷帳。俗稱器物破損，不能再使用。
徧地	徧第	到處。亦作「遍地」。
悲愴	卑愴	悲傷。
悲憤	悲奮	悲痛憤怒。
摒除	併除	排除。
斑紋	班紋	雜色花紋。

正確	錯誤	說明
斑鳩	班鳩	動物名，鳥綱鳩鴿科，後頸有黑色的斑輪環。
斑駁	班駁	色彩相雜的樣子。
斑斕	班斕	色彩鮮明亮麗。
筆挺	畢挺	平順挺直的樣子。
筆桿	筆稈	筆的柄桿。比喻文人的筆。
貶抑	褊抑	貶低並壓抑。
貶值	扁值	貨幣的價值降低。
貶謫	褊謫	官吏犯罪，被降低官位，並調到邊遠的地方。
賁臨	僨臨	光臨。
跋扈	拔扈	態度傲慢無理，行為舉動蠻橫。
搏鬥	博鬥	雙方相撲打鬥。
搏擊	博擊	空手打鬥。
睥睨	俾倪	斜著眼睛看人，引申為輕視。
稗史	俾史	記載民間瑣事的史書。稗，ㄅㄞˋ，bài。
稟告	秉告	下屬對上級或晚輩對長輩的報告。

稟賦	炳賦	人天生的性格、資質和體魄。稟，ㄅㄧㄥˇ，bǐng。
補靪	捕靪	衣服鞋襪縫補之處。亦作「補釘」。靪，ㄉㄧㄥ，dīng。
補償	補賞	彌補對別人的虧欠。
辟邪	僻邪	除去邪惡汙穢之氣。辟，ㄅㄧˋ，bì。
遍布	偏布	散布各地。
頒布	頌布	公布。
弊端	幣端	弊害所在。
彆扭	蹩扭	意見不合而起爭執。態度固執、不服從。
榜樣	綁樣	模範。
蓓蕾	倍蕾	含苞未放的花。
蓖麻	篦麻	植物名，一年生草本。種子可榨油，作為工業用或瀉劑。
裱褙	表背	用紙、布或絲織物為襯底將書畫粘糊起來以便於收藏。
鄙人	蔽人	淺陋的人。自稱的謙詞。
鄙陋	彼陋	學問見識淺薄。
餅乾	餅甘	用麵粉烘焙成的扁形食品。

正確	錯誤	說明
鼻衄	鼻妞	鼻腔出血。多因鼻部受到外傷、黏膜過度乾燥、微血管破裂、維生素不足或鼻內腫瘤等疾病而引起。衄，ㄋㄩˋ，nǜ。
撥冗	撥容	從忙中騰出一點兒時間來。
暴戾	暴類	凶暴殘忍。
暴躁	暴燥	粗暴急躁。
標竿	鏢竿	作為標記的竹竿。引申為目標或努力的方向。
磅秤	磅砰	一種度量重量的儀器。
編輯	編緝	搜集資料編成書籍或報章雜誌。編輯書報雜誌的人。
編纂	編篡	編輯。纂，ㄗㄨㄢˇ，zuǎn。
罷了	吧了	而已。算了。
罷黜	霸黜	免職。
褊狹	偏狹	土地狹小。器量狹隘。褊，ㄅㄧㄢˇ，biǎn。
褒貶	褒眨	批評好壞。
褒獎	包獎	讚揚和獎勵。
儐相	賓相	引導新郎、新娘行婚禮的人，男性稱男儐相，女性稱女儐相。儐，ㄅㄧㄣ，bīn。

ㄅ

篦子	蓖子	古時去除髮垢的竹製梳子。
辦公	辦工	處理公事。
辨別	辯別	判別，分別出來。
辨正	辯正	指出錯誤的地方，並加以改正。
鮑魚	包魚	海產貝類，肉可食，味道鮮美。
擘畫	撥畫	安排、策畫。
繃帶	繃袋	包紮傷口或患處的布條，用柔軟的紗布做成。
薄命	簿命	苦命。
薄荷	簿荷	草本植物，夏、秋間開淡紫色小花，莖葉有特殊香味，可提煉精油，作芳香劑用。薄，此處念ㄅㄛˋ，bò。
擺設	佰設	陳列。陳列品。
璧還	壁還	將物品完整無缺地退還本人。
鞭笞	鞭苔	鞭打。驅使。笞，ㄔ，chī。
鞭撻	鞭踏	鞭打。驅遣。
瀕臨	頻臨	接近。瀕，ㄅㄧㄣ，bīn。
爆竹	爆燭	用紙捲包火藥做成，點燃引爆，常在喜慶時燃放。

正確	錯誤	說明
癟三	鱉三	指流氓、無賴。
簿子	薄子	本子。
邊緣	邊簷	周圍。
繽紛	繽分	雜亂而繁盛的樣子。
辮子	辨子	將頭髮分股交叉編成的長條髮束。
齙牙	爆牙	牙齒生得不整齊，露在嘴唇外面。齙，ㄅㄠ，bāo。
辯論	辨論	爭論辯駁。
變革	變格	改革。改變。
八戒		佛家指不殺生、不偷盜、不邪淫、不妄語、不飲酒、不坐高廣大床、不著華鬘瓔珞、不習歌舞伎樂等八條戒律。
三戒		指孔子勸誡人的三件事，即戒色、戒鬥、戒得。
五戒		佛教戒律之一。為佛教徒應持守的五項戒律，指不殺生、不偷盜、不邪淫、不妄語、不飲酒。
不止		（more than）超出於。
不只		（not only）不但。

不孝（unfilial）不孝敬父母、尊長。

不肖（unworthy）不賢；不好。不像；不似。

不但（not only）不只。

一旦（once）有一天。表示假設或期待的語氣。

不祥（ominous）不吉利。

不詳（unknown）不清楚。

不諱（without concealing anything）隱瞞；不忌諱。諱，ㄏㄨㄟˋ，huì。

不韙（faults）不是；過錯。韙，ㄨㄟˇ，wěi。

不齒 羞與為伍。

不恥下問 不以向地位、學問較自己低的人請教為恥。

比例（proportion）取已往的例子相比擬。前兩數相除等於後兩數相除。

比率（specific value）甲數和乙數相比所得的值，也稱「比值」。

包含（to contain）包括。

包涵（to forgive）寬容。

正確	錯誤	說明
布置		分配安排。
部署		布置（人力、任務）；安排。
必須		（must）一定要。後面多加動詞。
必需		（need）不可缺少的。後面多加名詞。
白領		（white-collar）不以勞力工作的雇員。因其多著白色或淺色的衣服工作，故稱。
藍領		（blue-collar）從事勞力工作的雇員。因其多著藍色或深色的衣服工作，故稱。
別致		新奇特別，另有一番風味。
雅致		高雅的情趣。指景觀、色彩、裝扮等的高雅、秀逸。
韻致		風度韻味。
情致		情趣和韻味。
興致		興味情致。
精緻		優美細緻。
細緻		細密，不粗糙。

ㄅ

泊舟 停船靠岸。

泊車 停車。

舶來品 外國進口的貨物。

波羅 即鳳梨。

波羅蜜 水果名。或佛教指度人到彼岸的意思。

蘿蔔 十字花科之一年或二年生草本植物，根部肥大，可食。

並肩 （side by side）肩挨著肩，並排。

一併 （in company with）一同、一起。

並聯 將數個電子零件的同一電極接於一條電線，另一電極連接另一條電線，以構成電路的方式。

串聯 彼此聯絡溝通。將數個電子零件，以不同電極相互首尾相連接而構成電路的方式。

抱怨 埋怨。

以德報怨 用恩德回報與自己有仇怨的人。

拌嘴 爭吵。

絆腳石 比喻行事的阻礙。

墊腳石 比喻可以藉以往上攀升的人或事物。

正確	錯誤	說明
疤痕		傷口或瘡口長好後留下的痕跡。
結痂		傷口或瘡口癒合後肌肉上結硬塊。痂，ㄐㄧㄚ，jiā。
俾能		（to cause）使能。俾，ㄅㄧˋ，bì。
裨益		（benefit）好處。
敗仗		戰敗。
戰敗		打敗仗。
報仇		（to revenge）以行動來打擊仇敵。
報酬		（a salary）對做事的人所提供的酬資、回饋。
筆洗		用陶瓷、石器、貝殼等製成以供清洗毛筆的器具。
鎮紙		鎮壓紙張或書籍的文具。
筆鋒		筆毫的尖端。比喻文章或書法的氣勢。
上風		風向的上方。比喻優勢。
上峰		山峰的上面。指上級長官。
尖峰		最顛峰的狀態。

ㄅ

機鋒 佛教禪宗以含義深刻、不落跡象的言語彼此問答，互相啟發，有如弩箭觸機而發其鋒銳。機警鋒利。

詞鋒 形容文詞鋒芒，有如刀刃。

高峰 高的山峰。比喻事物發展的最高點。

偏鋒 言論、文章或行為過於極端。

逼供 （to force a confession）強迫招認。

逼宮 （to force the king or emperor to abdicate）宮廷內部逼迫皇帝讓位。

彆扭 不自然；不順暢。彆，ㄅㄧㄝˋ，biè。

蹩腳 品質不良。境況不順。蹩，ㄅㄧㄝˊ，bié。

憋氣 把氣憋住，不使發出。憋，ㄅㄧㄝ，biē。

標致 （good-looking）風姿綽約。

標幟 （a mark or sign made for distinction）作記號以為識別。

暴發 （to break out）突然發生。用於山洪、大水，如：山洪暴發。

爆發 （to explode）突然發生。用於火藥、事情等，如：炸彈爆發、大戰爆發等。

暴躁 遇事急躁、魯莽，不能控制情緒。

正確	錯誤	說明
煩躁		煩悶焦躁。
枯燥		乾燥。單調、無趣。
聒噪		吵鬧不休。
鼓譟		古代出戰時擂鼓吶喊，用以擴張聲勢。大眾一起發出呼喊喧鬧的聲音。
乾燥		乾燥：缺乏水分。
辦法		（means）處理事情的方法。
法辦		（to bring [someone] to justice）依照法律辦理。
變換		（to change）改換。
變幻		（to metamorphose）變化莫測。
不世出	不事出	非世間所常有。多用以形容人才的傑出。
不在乎	不在呼	不介意。
不至於	不致於	不會這樣。
不耐煩	不奈煩	不能忍受煩雜。厭倦。
不消說	不屑說	不用說。不必說。

包打聽	包打廳	指消息靈通，善探隱私的人。
半弔子	半調子	做事不實在或技藝不到家（的人）。亦作「半吊子」。
必需品	必須品	不可或缺的生活物品。
白皚皚	白藹藹	霜雪潔白的樣子。皚，ㄞˊ，ái。
并州剪	併州剪	并州出產的鋒利剪刀。比喻處理事務果斷明快。并，ㄅㄧㄥ，bīng。
兵馬俑	兵馬甬	陪葬的陶製兵馬、人像。
扮鬼臉	拌鬼臉	面部表情故意裝出詼諧可笑的模樣，如吊眼睛、吐舌頭等，以表示嘲諷或無奈。
把兄弟	巴兄弟	結拜的異姓兄弟。
板著臉	扳著臉	繃著臉，不願意或生氣的表情。
扁桃腺	扁桃線	淋巴腺的一種。位於咽喉的四周，有淋巴小節環繞，形狀像扁桃。
拜把子	拜靶子	俗謂結拜兄弟。
拜碼頭	拜馬頭	新到一個地方，為求人和，先去拜會當地有勢力的人。
病懨懨	病厭厭	體弱多病或久病慵懶的樣子。
擺譜兒	襬譜兒	北平方言。故意裝出一副體面或安逸的氣派來炫耀。

正確	錯誤	說明
殯儀館	儐儀館	祭奠、殯殮和處理喪葬事宜的場所。
爆米花	刨米花	將米或玉米顆粒加熱，使其膨大鬆散，爆裂成花樣形狀的食品。
爆冷門	抱冷門	在競賽中出乎意料的獲得優勝。
白花花		（shining white）白得耀眼。多用於形容貨幣。
白茫茫		（shining a vast expanse of whiteness）一望無際的白，多用於形容雲、霧、雪、大水等。
百褶裙		多褶的裙子。褶，ㄓㄜˊ，zhé。
百折不撓		意志堅強，雖遭遇挫折，仍能堅持勇往直前。撓，ㄋㄠˊ，náo。
八拜之交	八拜之教	稱結拜為異姓兄弟姊妹的朋友。
八面玲瓏	八面玲龍	形容人處事圓滑面面俱到。
不分首從	不分首宗	不分主謀與附和的人。指一律同等對待。也作「不分主從」。從，此處念ㄗㄨㄥˋ，zòng。
不分軒輊	不分軒至	不分高低、輕重。指實力相當。
不毛之地	不茅之地	形容荒涼貧瘠的地方。

不以為忤	不以為午	不生氣、不在意。
不刊之論	不堪之論	不能更改或磨滅的言論。指寫得很好的文章或高明的意見。
不可名狀	不可明狀	指無法用言語或文字來形容。
不可言喻	不可言諭	不是用言語所能講明的。
不可或缺	不可貨缺	不能缺少。
不可思議	不可思意	無法想像，難以理解。
不可捉摸	不可捉模	變化不定，無法預料。
不可理喻	不可禮遇	不講理，無法用道理來開導。
不可勝數	不可甚數	非常多，多到數不完。
不可磨滅	不可抹滅	永遠存在，不會消失。
不平則鳴	不平者鳴	比喻受了委屈就會反抗。
不打自招	不打自昭	比喻無意間洩漏自己的祕密。
不甘示弱	不甘勢弱	不甘心表露自己的弱點。
不白之冤	不白之兔	無法申訴的冤屈。
不亦樂乎	不易樂乎	豈不快樂嗎。指深感快樂。今用以形容很深刻或淋漓盡致。
不共戴天	不共載天	仇恨深重，而不願與仇人共存世間。

正確	錯誤	說明
不次擢用	不次濯用	突破常規提拔人才。
不自量力	不自量利	譏無自知之明的人。
不克前來	不刻前來	不能前來。
不即不離	不及不離	保持不很親密也不很疏遠的態度。
不吭一聲	不亢一聲	一句話也沒說。
不忮不求	不伎不求	不嫉妒，不貪求。忮，ㄓˋ，zhì。
不求甚解	不求勝解	不探求精深的意義，只求大概了解。
不言而喻	不言而諭	事理淺顯，不必說明，就可明曉。
不卑不亢	不卑不吭	不自卑，不高傲。喻對人的態度恰當而有分寸。亦作「不亢不卑」。
不屈不撓	不屈不饒	形容在壓力和困難面前不屈服。
不明底蘊	不明底醞	不明內情。
不明就裡	不明究裡	不明內情。
不知所終	不知所蹤	不知道結局或下落。
不便啟齒	不便起齒	不方便說。

ㄅ

不為已甚	不為己甚	不做得太過分。
不計其數	不記其數	無法計算數目。意思是很多。
不負眾望	不付眾望	不辜負眾人的期望。
不修邊幅	不修篇幅	不注意儀容的修飾。
不哼不哈	不吭不哈	一句話都不說。
不容小覷	不容小噓	不容小看；輕忽不得。覷，ㄑㄩˋ，qù。
不容置喙	不容置啄	喻沒有說話或申辯解說的機會。喙，ㄏㄨㄟˋ，huì。
不時之需	不時之須	緊急時的需要。
不疾不徐	不急不徐	指從容不迫。
不眠不休	不眠不修	指專心於一事上，不分日夜地努力。
不破不立	不破不力	不破壞舊的，就不能建立新的。
不能自已	不能自己	無法自己停止。
不假思索	不假思瑣	不費思考。
不偏不倚	不偏不倚	絲毫沒有偏差。不偏袒某一方。
不脛而走	不徑而走	沒有腳卻能走。比喻事情或名聲傳揚非常快。脛，ㄐㄧㄥˋ，jìng。

正確	錯誤	說明
不速之客	不數之客	不請而自來的客人。速，邀請。
不勝其煩	不盛其煩	繁雜瑣碎得使人無法忍受。
不勝枚舉	不剩枚舉	無法一一列舉。形容數量很多。勝，此處念ㄕㄥ，shēng。
不勝感激	不盛感激	內心有很深的謝意。
不勞而獲	不勞而穫	指僥倖取得，不費力而能得到。
不揣冒昧	不惴冒昧	不揣度自己言行輕率（自謙的話）。揣，ㄔㄨㄞˇ，chuǎi。
不揣譾陋	不喘譾陋	不衡量自己的見識淺薄。多用為自謙之詞。
不腆之儀	不典之儀	不豐厚的禮儀（送禮者自謙的話）。腆，ㄊㄧㄢˇ，tiǎn。
不著邊際	不找邊際	空洞而欠具體。說話沒有條理。
不愧不怍	不愧不作	形容處事光明磊落，問心無愧。
不愧屋漏	不愧屋露	即使在無人之處，也持心端正，無愧於神明。屋漏為古代住房西北角隱暗處，為神主所在。
不禁黯然	不禁暗然	不能自制地情緒低落。
不經之談	不精之談	指荒唐或無根據的言論。
不落窠臼	不落巢臼	比喻有獨創風格（多指文章或其他藝術作品）。窠，ㄎㄜ，kē。

ㄅ

不虞匱乏	不予匱乏	不必擔心所需要的物品會缺乏。
不過爾爾	不過而而	不過如此罷了。
不遑細看	不惶細看	來不及看仔細。遑，ㄏㄨㄤˊ，huáng。
不學無術	不學無數	沒有學問才幹。
不擇手段	不責手段	指為成功達到目的，而使用任何一種方法。
不辨菽麥	不辨叔麥	比喻愚昧無知。比喻缺乏常識。菽，ㄕㄨˊ，shú。
不翼而飛	不翼而非	原形容消息飛快地傳開，現多用來形容物品無故遺失。
不識時務	不識時物	不明白時事與時代潮流。
不覺莞爾	不覺筦爾	指不自覺地微笑。
巴蛇吞象	八蛇吞象	比喻人心貪婪。
比比皆是	彼彼皆是	到處都是。形容眾多。比，此處念ㄅㄧˋ，bì。
比肩繼踵	比肩繼腫	肩膀靠肩膀，腳尖碰腳尖；形容人多擁擠。比，此處念ㄅㄧˋ，bì。
包藏禍心	包藏獲心	懷藏詭計，圖謀害人。
包羅萬象	包羅萬像	內容豐富，應有盡有。
半身不遂	半身不逐	因為腦溢血或脊椎損傷等疾病而引起的身體一側癱瘓。

正確	錯誤	說明
半途而廢	半途而費	事情還沒完成，就停止了。
半壁江山	半璧江山	半個天下。多用以形容國土殘破。
布衣之交	佈衣之交	貧賤時所交往的朋友。
布衣卿相	佈衣卿相	由平民出身而擔任卿相之類的官位。
必必剝剝	必必暴暴	火燒時爆裂的聲音。
必恭必敬	畢恭畢敬	非常恭敬。
必然現象	必然現相	事物發展變化規律且固定不變的情況。
本固邦寧	本故邦寧	人民是國家的根本，民心安定，國家自然安寧。
本草綱目	本草網目	書名，明朝李時珍撰，凡五十二卷，記載一千八百九十二種藥材的特性和療效。因藥品中草類占多數，故名本草。是中醫的主要文獻。
白圭之玷	白圭之沾	白玉上的小汙點。比喻完美的人、事、物上的小瑕疵。
白走一遭	白走一糟	白走一趟。
白浪滔天	白浪濤天	形容波浪翻滾洶湧。
白費心機	白廢心機	枉費心思計謀。指投下心力、錢財卻一無所獲。
白雲蒼狗	白雲倉狗	比喻世事變化無常。

白駒過隙	白駒過細	比喻光陰易逝或短促。駒，ㄐㄩ，jū。
白頭偕老	白頭皆老	指夫婦從年輕到年老都一起度過。
冰清玉潔	冰親玉潔	比喻品行高潔。
并日而食	拼日而食	兩天只吃一天的食物。比喻貧窮。
百口莫辯	百口莫辨	喻極難辯解清楚。
百孔千瘡	百孔千創	喻毛病很多。喻被破壞得很嚴重。
百折不撓	百折不饒	意志堅強，雖遇挫折，仍能堅持勇往直前。撓，ㄋㄠˊ，náo。
百步穿楊	百步穿揚	比喻射擊技術的高超。
百無聊賴	白無聊賴	生活枯燥，毫無意趣。
百感交集	百感膠集	各種感觸交織在心中。形容情緒複雜繁亂。
兵不血刃	兵不血刀	尚未實際交戰，即已征服別人。比喻輕易得勝。
兵荒馬亂	兵慌馬亂	形容戰亂的騷擾與破壞。
別出心裁	別出新裁	與眾不同的巧思創意。
別樹一幟	別豎一幟	比喻獨創一格，自成一家。
扮家家酒	辦家家酒	兒童扮演成人家庭生活的遊戲。
扳成平手	搬成平手	挽回劣勢。

正確	錯誤	說明
步步蓮花	部部蓮花	形容女子走路的美妙姿態。
步武之間	不武之間	比喻兩地之間的距離很近。
步履蹣跚	步屢蹣跚	行走不穩，搖搖晃晃的樣子。
阪上走丸	板上走丸	在斜坡上滾彈珠。比喻形勢發展迅速或事情進展順利。
並行不悖	併行不悖	指同時進行，不相妨礙。
並駕齊驅	併駕齊驅	彼此一同前進，引申為人的能力彼此相等。
卑躬屈節	卑恭屈節	自貶身價去諂媚別人。亦作「卑躬屈膝」。
抱殘守缺	抱殘首缺	比喻過於保守，不肯接受新的知識和觀念。
抱頭鼠竄	抱投鼠篡	形容狼狽逃避的樣子。
抱薪救火	抱新救火	抱著薪柴去救火。比喻處理方法錯誤，反使災禍擴大。
拔得頭籌	拔得頭酬	比賽得第一名。
杯弓蛇影	杯供蛇影	比喻疑神疑鬼。
杯水車薪	杯水車辛	比喻力量太小，解決不了問題。
杯盤狼藉	杯盤狼籍	形容宴飲後，杯盤散亂的樣子。
波光粼粼	波光鄰鄰	比喻水波光亮閃動的樣子。粼，ㄌㄧㄣˊ，lín。

波詭雲譎	波詭雲橘	喻世事變化無常，有如水波雲氣起伏。
波濤洶湧	波濤兇湧	波浪很大。
波瀾壯闊	波瀾狀闊	比喻聲勢雄壯或規模宏大。
秉燭夜遊	稟燭夜遊	比喻及時行樂。
表裡山河	表里山河	有山河作為屏障，形容地勢險要。
便宜行事	便宜形式	不用請示，自己看情形來處理事務。便，此處念ㄅㄧㄢˋ，biàn。
勃然大怒	脖然大怒	形容突然發怒，非常生氣的樣子。
屏氣凝神	摒氣凝神	停止呼吸，聚精會神。
背水一戰	杯水一戰	比喻抱著必死的決心奮戰。
背城借一	背城借衣	決一最後之死戰。
背道而馳	背道而弛	比喻彼此方向相反。
悖入悖出	脖入脖出	用不正當的方法得來的錢財，被別人用不正當的手段拿去。胡亂得來的錢財又胡亂花掉。
捕風捉影	補風捉影	比喻說話、做事以不可靠的傳聞或表面現象作依據。
班門弄斧	搬門弄斧	比喻在行家面前賣弄本領，不自量力。
班師振旅	搬師振旅	調回軍隊，進行整頓。

正確	錯誤	說明
班班可考	斑斑可考	明顯的證據或線索可供查考。
班荊道故	班荊道固	指老友重逢，互敘舊情。
病入膏肓	病入膏盲	形容病情嚴重，已到無藥可救的地步。也用來比喻事態嚴重，無法挽救。肓，ㄏㄨㄤ，huāng。
婢學夫人	碑學夫人	比喻條件不夠的人好學樣而學得不像。
彬彬有禮	杉杉有禮	文雅有禮貌。
敝車羸馬	敝車贏馬	破舊的車子和瘦弱的馬。指人生活非常簡樸。
敝帚自珍	蔽帚自珍	比喻東西雖不好，卻因為是自己的，仍然非常珍視。
笨鳥先飛	笨烏先飛	比喻能力差的人，做事時唯恐落後，往往比別人先動手。多用作謙詞。
絆手絆腳	拌手拌腳	礙手礙腳。
被釘（盯）上了	被丁上了	「釘」作尾隨不放或注意看守、注意地看解。「盯」作注意地看解，也講得通。
被蜂螫了	被蜂螯了	「螫」指蜂、蠍用尾針刺人畜。
閉月羞花	閉月休花	使花、月為之退掩、失色，形容女子容貌姣好。
備加讚揚	倍加讚揚	大加讚揚。

ㄅ

備極辛勞	倍極辛勞	很辛勞。
備嘗辛苦	倍嘗辛苦	歷盡艱難困苦的意思。
悲不自勝	悲不自生	悲傷到無法承受。形容非常悲傷。勝，此處念ㄕㄥ，shēng。
悲天憫人	悲天閔人	憂傷時局多變，哀憐世人疾苦。
棒打鴛鴦	捧打鴛鴦	比喻拆散夫妻或情侶。
筆底生花	筆底花生	比喻文人才思泉湧，文筆富麗。
筆重千鈞	筆重千均	比喻文思枯竭，寫文章不能得心應手。
筆酣墨飽	筆憨墨飽	比喻書寫或繪畫興致正濃。
筆隨意走	筆隨義走	指寫作或繪畫全由意念與靈感指揮，不受形跡的影響。
搬弄是非	扳弄是非	兩邊挑撥是非，使雙方不和睦。
搬磚砸腳	搬專砸腳	比喻自找麻煩或自食惡果。
稗官野史	拜官野史	民間或私人對當代史事或人物的記載。
補偏救弊	補偏救幣	矯正偏差，補救弊害。
逼上梁山	逼上良山	比喻被迫採取某種行動。
飽以老拳	飽已老拳	用拳頭狠狠地痛打。
弊絕風清	敝絕風清	弊端根除，風氣煥然一新。

正確	錯誤	說明
碧空如洗	碧空如喜	形容天氣晴朗，萬里無雲。
撥亂反正	剝亂反正	整治亂世，使復歸正道。
暴虎馮河	暴虎逢河	比喻有勇無謀。馮，此處念ㄆㄧㄥˊ，píng。
暴殄天物	暴珍天物	浪費、糟蹋。殄，ㄊㄧㄢˇ，tiǎn。
暴跳如雷	爆跳如雷	比喻人急怒跳起的樣子。
薄海騰歡	博海騰歡	全天下都歡欣鼓舞。
避人耳目	僻人耳目	隱藏起來，避免引起別人的注意。
避之若浼	避之若免	像躲避汙染之物一樣地躲開。形容避開某種事物的態度。
擺龍門陣	擺龍門鎮	俗指閒聊以打發時間。
蹦蹦跳跳	繃繃跳跳	走路跳躍的樣子。形容活潑歡喜的樣子。
鞭長莫及	鞭長末及	馬鞭雖長，卻打不到馬腹。比喻力量有所不及。
鞭辟入裡	鞭闢入裡	形容說明問題透徹，切中要害。
髀肉復生	敗肉復生	自嘆安逸已久，事業無成的意思。髀，ㄅㄧˋ，bì。
辯才無礙	辨才無礙	形容口才很好，能言善辯。
變化多端	變化多斷	形容變化很多。

ㄅ

變本加厲	變本加利	變得比原本的狀況更加嚴重。
變生肘腋	變生肘掖	事變發生在身旁。常指親信的人背叛自己。
不省人事		昏迷失去知覺。省，此處念ㄒㄧㄥˇ，xǐng。
昏迷不醒		知覺不清，好像睡著的樣子。
白髮皤皤		髮白的樣子。皤，ㄆㄛˊ，pó。
皚皚白雪		潔白的雪。皚，ㄞˊ，ái。
白璧無瑕		比喻完美無缺點。
白璧微瑕		比喻大致美好，而略有缺失。喻正人君子的小過失。
必要條件 **充分條件**		若甲發生，則乙必然發生，甲為乙的充分條件，乙為甲的必要條件。
拔山蓋世		形容勇力無敵，氣勢壯盛。
跋山涉水		形容旅途艱難。
閉門造車		比喻凡事只憑主觀思想辦事，不問是否切合實際。
閉門卻掃		比喻不與人交往。
閉路電視		將影像的訊號經由有線傳遞，再顯示在電視螢幕的系統。
蓽路藍縷		趕著柴車、穿著破舊的衣服去開山伐林。形容創業的艱苦。亦作「篳路藍縷」。

正確	錯誤	說明
鼻青臉腫		形容臉部腫脹的樣子。
鼻歪眼斜		比喻面貌不端正。
壁壘分明		彼此對立，界線清楚。
壁壘森嚴		比喻防衛嚴密。
避坑落井		比喻剛躲過一害，又遭遇另一害。
落阱下石		比喻趁人危難時，加以陷害。
八九不離十	八九不理十	差不多。
八字沒一撇	八字沒一瞥	指要寫「八」字，卻連第一筆的「撇」都還沒寫。比喻事情完全沒有眉目，還差得很遠。
巴掌捧生薑	巴掌捧生姜	（歇後語）辣手。
兵敗如山倒	兵敗如山到	形容失敗的速度很快而且慘重，一發不可收拾。
把錢搋起來	把錢揣起來	把錢藏在口袋裡。
把繩子拴好	把繩子栓好	把繩子綁好。
被擺了一道	被擺了一到	俗指被人捉弄或出賣。
飽暖思淫欲	飽暖思淫意	生活太安逸，容易產生不正當的欲望。

ㄅ

霸王硬上弓	霸王硬上勾	比喻蠻橫地侵犯他人。
八竿子打不著	八杆子打不著	比喻毫無關係。
不可同日而語	不可同目而語	語本《戰國策・趙策二》。差別很大，不能相提並論。
不知鹿死誰手	不知路死誰手	語本唐・房玄齡《晉書・石勒載記》。表示在競爭中不知道最後勝利將屬於誰。
不食嗟來之食	不食皆來之食	語見《禮記・檀弓下》。不吃別人吆喝著叫自己去吃的食物。用以表示不接受帶有侮辱性的幫助。嗟，不禮貌的招呼聲。
不問青紅皂白	不問青紅早白	語見清・曹雪芹《紅樓夢》第十五回。不管是非曲直。
不登大雅之堂	不登大亞之堂	形容事物不高貴、不雅正。
不費吹灰之力	不廢吹灰之力	比喻事情輕而易舉。
不露斧鑿痕跡	不露釜鑿痕跡	比喻技藝精絕，作品渾然天成。
百聞不如一見	白聞不如一見	語見《漢書・趙充國傳》。聽別人述說千百遍，不如親眼看一次。與西洋諺語 Seeing is believing 不謀而合。
拜倒石榴裙下	拜倒石柳裙下	比喻男子對女子的傾心迷戀。
不為五斗米折腰	不為五斗米拆腰	語本唐・房玄齡《晉書・陶潛傳》。用以形容人的品行清高，而且很有骨氣。
不看僧面看佛面	不看增面看佛面	語見明・吳承恩《西遊記》第三十一回。常用以求情，希望對方好歹給點面子。

正確	錯誤	說明
不問蒼生問鬼神	不問倉生問鬼神	語見唐・李商隱〈賈生〉。藉以諷刺一般人遇事時，不去請教專家，反而去求虛無不可知的鬼神。
不敢越雷池一步	不敢越電池一步	語本晉・庾亮〈報溫嶠書〉。指做事不敢超過一定的範圍。指對手不敢隨便侵犯。
半部論語治天下	半部倫語治天下	語見清・李寶嘉《官場現形記》第六十回。誇讚《論語》的重要。形容對某著作的迷信。
半路殺出程咬金	半路殺出陳咬金	比喻突然出現了意想不到的人，使得事情進行不順利或出差錯。程咬金為唐初大將，舊時戲曲描述其以大斧為兵器，遇到他的人都敵不過三斧就落敗而逃。
不見棺材不掉淚		語見明・蘭陵笑笑生《金瓶梅》第九十八回。比喻不到絕望的時候不死心。
不到黃河心不死		語見清・李寶嘉《官場現形記》第十七回。比喻不達目的不罷休。
不在其位不謀其政	不在其位不謀其正	語見《論語・泰伯》。說明對於不屬於自己職務範圍內的事務，就不要僭越職權。常用作推託之辭。或說明與自己無關的事情，不要過問。
不入虎穴，焉得虎子	不入虎穴，馬得虎子	語見南朝宋・范曄《後漢書・班超傳》。比喻唯有經歷艱險，才能獲得最大的勝利。

正確	錯誤	說明
不知有漢，無論魏晉	不知有汗，無論魏晉	語見晉·陶潛〈桃花源記〉：「問今是何世，乃不知有漢，無論魏晉。」形容與世隔絕，對外界情況一無所知。
不憤不啟，不悱不發	不憤不起，不悱不發	語見《論語·述而》：「子曰：『不憤不啟，不悱不發，舉一隅，不以三隅反，則不復也。』」教育學生的時候，不到他苦思不得其解時，絕不去點醒他；不到他想說卻說不出口的時候，絕不去開導他。說明為人師者，必須掌握時機開導學生，以啟發他們的智慧。
白晝有眼，黑夜有耳	白晝有眼，黑夜有耳	語本西洋諺語 Day has eyes, night has ears。猶言若要人不知，除非己莫為。
百尺竿頭，更進一步	百尺杆頭，更進一步	語本宋·釋道原《景德傳燈錄》卷十。比喻在已有成就的基礎上，再繼續努力，更求上進。
百足之蟲，死而不僵	百足之蟲，死而不殭	語見明·李時珍《本草綱目·馬陸釋名》。喻有錢有勢的人，根基牢固，雖失敗，亦不致立即潦倒。喻善於營私的人，雖痛遭打擊，仍能作祟。
兵來將擋，水來土掩	兵來將擋，水來土淹	語見《孤本元明雜劇·雲台門聚二十八將》第一折。比喻問題發生，自然有解決的辦法。
飽食終日，無所用心	飽食中日，無所用心	語見《論語·陽貨》。用以諷刺人好逸惡勞。

正確	錯誤	說明
冰凍三尺，非一日之寒	冰凍三尺，非一日之韓	語本明・蘭陵笑笑生《金瓶梅》第九十二回。說明任何事情的形成，不是偶然的，而是需要一定的時間來醞釀的。
本是同根生，相煎何太急	本是同跟生，相煎何太急	語見三國魏・曹植〈七步詩〉。表示對兄弟骨肉殘殺迫害的悲哀。亦作「本自同根生，相煎何太急」。
蚍蜉撼大樹，可笑不自量	紕蜉撼大樹，可笑不自量	語見唐・韓愈〈調張籍〉：「李杜文章在，光焰萬丈長。不知群兒癡，那用故謗傷？蚍蜉撼大樹，可笑不自量。」嘲笑人不自量力，妄想做出超過自己能力範圍的事情。
不患人之不己知，患不知人也	不患人之不已知，患不知人也	語見《論語・學而》。不要擔心別人不認識自己，該擔心的是自己不了解別人。說明不要一味圖自我表現，而應多去了解別人。
不戚戚於貧賤，不汲汲於富貴	不戚戚於貧賤，不及及於富貴	語見晉・陶潛〈五柳先生傳〉。不為貧賤而憂愁，不一心追求富貴。可用來讚揚不羨慕榮華富貴、品格純潔高尚的人，或教育人們不要爭名逐利。
不是一番寒徹骨，爭得梅花撲鼻香	不是一番寒澈骨，爭得梅花撲鼻香	語見唐・黃蘗禪師《上堂開示頌》。比喻只有經過一番艱苦的磨鍊，才能有所成就。用來勉勵人要吃得起苦，禁得起考驗。亦作「不經一番寒徹骨，焉得梅花撲鼻香」。

不畏浮雲遮望眼，只緣身在最高層

不為浮雲遮望眼，只緣身在最高層

語見宋．王安石〈登飛來峰〉：「飛來峰上千尋塔，聞說雞鳴見日升。不畏浮雲遮望眼，只緣身在最高層。」只，一作「自」。不怕浮雲遮住遠眺的視線，只因自己已經站在山峰的最高處。說明只要立場客觀，就能從錯綜複雜中，看清楚事物的本質。

不飛則已，一飛沖天；不鳴則已，一鳴驚人

不飛則已，一飛衝天；不鳴則已，一鳴驚人

語本戰國．韓非《韓非子．喻老》：「雖無飛，飛必沖天；雖無鳴，鳴必驚人。」說明有才能的人是深藏不露的，一旦遇到關鍵時刻來臨時，才會做出驚天動地的事業來。

把門關上，我來教你發財之道：在別人貪心的時候，你要擔心，但在別人擔心的時候，你要貪心

把門關上，我來教你發財之道：在別人貧心的時候，你要耽心，但在別人耽心的時候，你要貧心

語本巴菲特語 I will tell you how to become rich. Close the doors. Be fearful when others are greedy. Be greedy when others are fearful. 說明隨機應變的重要。巴菲特（Warren Edward Buffett，1930～年生），美國投資家、慈善家，有「股神」之稱。

ㄆ

正確	錯誤	說明
匹夫	四夫	尋常百姓。匹，ㄆㄧˇ，pǐ。
匹配	丕配	指男女結合成夫妻。配合。匹，ㄆㄧˇ，pǐ。
匹儔	披壽	伴侶、配偶。同類。匹，ㄆㄧˇ，pǐ。
片面	偏面	單方面。
丕業	匹業	大事業。
丕變	匹變	大變化。
平坦	平垣	地面沒有高低凹凸。
平息	憑息	平定、止息。
仳離	毗離	比喻別離。仳，ㄆㄧˇ，pǐ。
批准	批淮	批示允准。

ㄆ

沛然	配然	盛大的樣子。
咆哮	刨哮	野獸的怒號聲。形容人盛怒叫鬧的樣子。形容風、火、雷、波濤等的巨大聲響。
抨擊	評擊	用言語或文字攻擊別人。
拚命	拼命	不顧性命去做。拚，ㄆㄢˋ，pàn。
朋分	彭分	大家共同分配，各得一部分。
匍匐	葡匐	用手足爬地前進。伏在地上盡力。匍匐，ㄆㄨˊ ㄈㄨˊ，pú fú。
叛逆	判逆	背叛，犯上作亂。
叛變	判變	背叛。造反。
姘居	拚居	男女沒有婚姻關係而同居。姘，ㄆㄧㄣ，pīn。
屏障	屏幛	用來擋風或隔開、遮掩房室的用具。
拼湊	拚湊	將零散的東西聚合在一起。
派遣	派譴	指派差遣。
盼望	昐望	期待。
砒霜	批霜	三氧化二砷，有劇毒，可製成殺蟲劑、滅鼠劑。
趴下	扒下	身體向下伏著不動。跌倒。

正確	錯誤	說明
俳體	排體	調笑譏嘲、涉於遊戲體的詩文。
剖析	剖折	分析解釋。
娉婷	嬪婷	姿態美好的樣子，多用以形容女性。
疱疹	炮疹	一種由濾過性病毒所引起的疾病。
破土	波土	擇日動土挖建墓穴。建屋不宜用「破土典禮」，最好用「開工典禮」或「奠基典禮」。
破瓜	破爪	比喻女子十六歲。
破格	破革	不拘成規。
破綻	破碇	本指衣縫綻裂，引申為事情或言語露出毛病。
破爛	破濫	破損不堪的樣子。
配備	佩備	所擁有的裝備。布置。
偏見	徧見	片面、不公正的見解。
偏袒	偏坦	偏護一方。
偏僻	徧僻	地方偏遠，交通不便。
烹飪	烹任	燒煮食物。

票匭　票軌　供投票用的箱子。

袍澤　炮擇　軍中同事的稱呼。

貧困　貪困　貧窮困乏。

貧瘠　貧脊　土地不肥沃。

陪伴　賠伴　陪同作伴。

普遍　普徧　到處都有。亦作「普徧」。

痞子　否子　惡人、流氓。

脾氣　皮氣　指人的性情。

剽悍　剽捍　輕捷勇悍。

剽竊　票竊　竊取他人的財物、作品或見解，成為己作。

媲美　仳美　同樣的好。

徬徨　旁徨　徘徊不前。

葡萄　葡蔔　藤本植物，葉寬大，果實呈顆粒狀，結集成串，味甘略酸，可食用，亦可釀酒。

撇清　瞥清　掩飾自己的過失而故作清白。

漂泊　漂浡　隨水漂流或停泊。比喻居無定所。

正確	錯誤	說明
噗哧	撲哧	笑聲或水擠出的聲音。
噴嚏	噴涕	鼻腔黏膜受刺激而引起的一種反射作用，氣從胸腔急遽噴出，發出聲響。
撲滿	鋪滿	存錢的容器。錢幣可從洞孔中投入。
暴露	瀑露	顯現在外。
摽梅	標梅	比喻女子當嫁之時。摽，ㄆㄧㄠˇ，piǎo。
澎湃	膨湃	波濤相衝擊的聲音或氣勢。
盤桓	盤垣	留連不進。
盤踞	磐踞	盤結據守，亦作「蟠踞」、「盤據」。
盤點	磐點	清點、核算。
盤纏	槃纏	行路的費用、旅費。
磐石	盤石	厚重的大石頭。比喻穩固。
篇章	萹章	泛指一般文章。
蓬勃	蓬博	興盛的樣子。
賠償	陪償	償還損失。

樸素	僕素	穿著自然不加裝扮。生活簡約、不奢華。顏色式樣不濃豔、不華麗。
瞥見	撇見	一眼看見。
頻仍	瀕仍	連續發生。
頻頻	蘋蘋	屢次。
縹緲	飄渺	高遠隱約的樣子。亦作「縹眇」。
瀑布	曝布	從山上急流下來的水，遠看像下垂的白布。
癖好	僻好	對某種事物特別有興趣及喜好。
攀供	盤供	在法庭上供出別人有連帶關係。
曝光	暴光	光線透過鏡頭，使感光材料產生潛在的變化。祕密被公開或發現。諱稱人出現在社會大眾面前。
飄揚	漂揚	飄蕩飛揚。
飄蕩	飄盪	飄浮、搖蕩。
平白		無緣無故的。
平添		增加。
憑空		沒有根據。
片段		單方面、一小段。

正確	錯誤	說明
斷片		事物整體中的一部分。俗稱暫時失去記憶。
披露		（to reveal）透露。公布。
紕漏		（errors）疏忽錯誤。
泡沫		水泡。
粉末		細小的顆粒。
佩帶		繫在身上。
配戴		戴在頭上或臉上。
蚍蜉		一種大蟻，屬於節肢動物昆蟲綱同翅目。蚍蜉，ㄆㄧˊ ㄈㄨˊ，pí fú。
蜉蝣		蟲名，屬昆蟲綱蜉蝣目。蝣，ㄧㄡˊ，yóu。
陪襯		用來襯托主體，使更加顯明。
相稱		彼此相配，更加完美。稱，此處念ㄔㄥˋ，chèng。
偏鋒		言論、文章或行為過於極端。
筆鋒		筆毫的尖端。比喻文章或書法的氣勢。
詞鋒		形容文詞鋒芒，有如刀刃。

ㄆ

機鋒 佛教禪宗以含義深刻、不落跡象的言語彼此問答，互相啟發，有如弩箭觸機而發其鋒銳。機警鋒利。

貧道 （I, a poor Taoist priest）出家人的謙稱。道士的謙稱。

頻道 （a channel）電信訊號發射時，為了避免互相干擾，而限定在某一段的頻率範圍。

琵琶 （a Chinese guitar）一種古典撥弦樂器，用桐木製成，下圓上彎。

枇杷 （loquats）薔薇科常綠喬木，花白色，果熟時黃色有止咳化痰等藥用。

滂沱 （[said of rain] torrential）雨勢盛大的樣子。

磅礴 （vast）形容氣勢雄偉壯盛。

蓬鬆 散亂的樣子。

膨脹 物質因為溫度增加或壓力降低，而體積增加。

潑墨 一種中國山水畫的畫法。用筆蘸水著墨在畫紙上，大片灑潑，將所描繪的物體形象呈現於畫紙上。

破墨 一種國畫技法。趁先前所畫墨色未乾時加以點染，造成滲透效果，使畫面保持溫潤若濕的感覺。

沒骨 一種國畫畫法。為不用線條勾勒，直接用彩筆描繪的畫法。

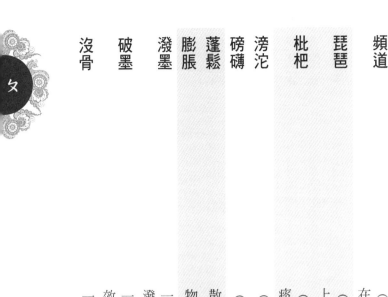

正確	錯誤	說明
劈頭		當頭。開頭。
劈面		當面。迎面。
劈胸		當胸。
劈腿		國術中將兩腿分開成一直線坐下的姿勢，可分為前後劈腿坐及左右劈腿坐兩種。俗稱同時擁有兩個或更多情人。
批逆鱗	批逆麟	比喻直言諍諫，冒犯強權。
泡蘑菇	泡磨姑	動作緩慢、拖時間。糾纏不休。
派不是	派不世	指責別人的過失。
破天荒	破天慌	形容從來沒有過，第一次出現的事。
破傷風	破傷瘋	一種由破傷風桿菌在體內產生毒素所引發的急性傳染病。
陪不是	倍不是	向他人道歉。亦作「賠不是」。
陪笑臉	倍笑臉	以笑臉來道歉或討好對方。亦作「賠笑臉」。
彭佳嶼	澎佳嶼	位於台灣基隆東北海上。
普洱茶	普耳茶	產於中國雲南省普洱山的茶。性溫味厚，可助消化。
脾氣拗	脾氣扭	固執，不順和。

撲克牌	樸克牌	英語 poker 的音譯。一種紙牌，共五十二張，分黑桃、紅心、方塊及梅花四組，每組十三張，另附丑角兩張。
瞟一眼	縹一眼	斜看一眼。
蓬萊米		台灣粳米。
在來米		秈米的一種，黏性較蓬萊米小。
跑單幫		一個人帶著異地貨物往來兜售以圖利的一種投機性買賣。
跑龍套		在傳統戲曲中扮演隨從或兵卒等不重要的角色。替別人做些陪襯或幫閒、打雜等無關緊要的工作。
匹夫之勇	批夫之勇	憑仗血氣而無智謀的小勇。匹，ㄆㄧˇ，pǐ。
匹夫匹婦	批夫批婦	泛指一般人。匹，ㄆㄧˇ，pǐ。
片甲不留	片賈不留	一片甲冑也沒有留下。形容作戰慘敗。
平心而論	憑心而論	心平氣和的屏除意氣，就事論事。
平鋪直敘	平鋪直訴	無曲折雕飾，只按次序平淡地敘述。
扑作教刑	撲作教刑	用鞭笞作為教訓的手段。
皮開肉綻	皮開肉錠	形容皮肉裂開的樣子。
皮裡陽秋	皮裡揚秋	表面上不作任何批評，而內心有所褒貶。原作「皮裡春秋」，因簡文帝之母名「春」，晉人為避諱而改用「陽」字。

正確	錯誤	說明
牝牡驪黃	牝牧驪黃	觀察事物不應拘泥外表形象，應注重其本質。比喻事物的表面現象。牝牡，ㄆㄧㄣˋ ㄇㄨˇ，pìn mǔ。
牝雞司晨	牡雞司晨	比喻婦人專權用事。
判若兩人	叛若兩人	指一個人的行為前後不一，簡直是兩個人。
判若雲泥	判若雲霓	比喻相差極為懸殊。
否極泰來	痞極太來	運數壞到極點，而轉回好運。否，此處念ㄆㄧˇ，pǐ。
批郤導窾	批卻導款	比喻善由關鍵處著手，事情因而順利解決。郤，ㄒㄧˋ，xì。
抔水而飲	杯水而飲	捧水來喝。抔，ㄆㄡˊ，póu。
庖丁解牛	包丁解牛	比喻對事物了解透徹，做事能得心應手，運用自如。
怦然心動	砰然心動	心動的樣子。
披肝瀝膽	批肝瀝膽	形容竭誠相待。
披荊斬棘	劈荊斬棘	斬除雜樹荊棘。比喻創業的艱苦。
拋磚引玉	拋磚引喻	比喻以自己的淺見，引出別人的高論。自謙詞。
拍案叫絕	拍案叫決	拍桌驚歎。表示高度欣賞。
朋比為奸	朋筆為奸	勾結朋黨營私。比，此處念ㄅㄧˋ，bì。

ㄆ

爬羅剔抉	爬羅剔決	蒐集網羅，挑選抉擇。比喻招致並選拔人才。
派上用場	排上用場	使人或物在某一方面發揮功能。
趴在地上	扒在地上	身體向下伏在地上。
迫不及待	迫不急待	事情已緊急得無法再等待了。
迫在眉睫	迫在眉捷	形容事情緊迫。
旁門左道	旁門走道	指邪道妖術。指做事不循正途。
旁敲側擊	旁敲測擊	寫文章或說話不從正面直接說明，而從旁比喻或暗示。
旁觀者清	旁觀者輕	局外人對事情的觀察，往往比當事人還清楚。
砲聲隆隆	砲聲嚨嚨	軍用火器聲響不斷。隆隆，聲音很響的樣子。
破口大罵	迫口大罵	毫無顧忌，大聲謾罵。
破涕為笑	破啼為笑	轉悲為喜的樣子。
破釜沉舟	破斧沉舟	行事果決，抱持向前而不回頭的決心。
胼手胝足	胼手抵足	手腳皮膚受摩擦而生出厚皮。形容工作辛苦。胝，ㄓ，zhī。
培植人才	陪植人才	造就人才。
培養元氣	培養原氣	栽培養育元氣。
袍澤之誼	胞澤之誼	軍中的同事情誼。

正確	錯誤	說明
被褐懷玉	被竭懷玉	比喻出身寒苦而有真才實學。被，此處念ㄆㄧ，pī。
萍水相逢	平水相逢	浮萍隨水漂流，遇合不定。比喻不相識的人偶然相遇。
馮虛御風	逢虛禦風	乘風飛行。馮，此處念ㄆㄧㄥˊ，píng。
僕僕風塵	撲撲風塵	奔走勞頓的樣子。
蒲柳之姿	莆柳之姿	比喻身體衰弱。
頗負盛名	頗富盛名	相當具有名聲。負，作「享有」解。
撲克面孔	樸克面孔	英語 poker face 的英譯。形容冷漠、沒有表情的面孔。打撲克牌時，喜怒不形於色，讓人捉摸不透，故稱。亦作「撲克臉」。
撲朔迷離	撲塑迷離	原指辨不清雌雄，現在也泛指事情錯綜複雜不易分辨。
撲通一聲	噗通一聲	東西落下水中所發出的聲音。
盤根錯節	盤跟錯結	喻事理錯雜，難以處理。
蓬蓽生輝	蓬壁生輝	因貴客來訪，使貧陋的住宅增加光輝。蓽，ㄅㄧˋ，bì。
蓬頭垢面	篷頭垢面	形容人頭髮散亂、面容骯髒、不修邊幅的樣子。
鋪張揚厲	鋪張揚勵	原指為文鋪陳誇飾，發揚光大。後用以形容過分地講究排場。

ㄆ

樸實無華	撲實無華	質樸實在而不浮華。
璞玉渾金	璞玉混金	未經雕琢的玉，與未曾冶煉的金。比喻天然美質，未加修飾。比喻人品純真質樸。
駢拇枝指	駢姆枝結	喻多餘而無用的東西。駢，ㄆㄧㄢˊ，pián。
駢肩雜沓	駢肩雜踏	形容人多擁擠的樣子。亦作「駢肩雜遝」。
鵬程萬里	鵬呈萬里	比喻前程偉大，未來不可限量。
龐然大物	寵然大物	形狀巨大的東西。
飄飄欲仙	飄飄欲先	輕飄上升，好像要離開塵世變成神仙。
否極泰來		情況壞到極點後逐漸好轉。
由剝而復		比喻由困境漸入佳境。
枇杷門巷		比喻妓院。
琵琶別抱		婦女改嫁。今稱女子結識新的男朋友。
披掛上陣		上戰場作戰。
長袍馬褂		長棉袍、對襟短褂。形容衣裳整齊華美。
披麻帶孝		子女為父母服喪。
披星戴月		夜間趕路。形容早出晚歸，辛勞工作。

正確	錯誤	說明
破鏡重圓		比喻夫妻失散或決裂後重新團圓和好。
破琴絕絃		比喻知音斷絕。
菩薩低眉		形容人慈善或柔弱的樣子。
金剛怒目		比喻凶惡的表情或威猛的形象。
婆娑起舞		翩翩起舞時的美妙姿態。娑，ㄙㄨㄛ，suō。
娑婆世界		大千世界。
潑婦罵街		凶悍蠻橫的婦人破口罵人。
灌夫罵座		喻假借醉酒而責罵別人。形容性格耿直敢言。灌夫，西漢時官吏，因宴會中醉罵，得罪武安侯田蚡而遭斬首。
平地一聲雷	呼地一聲雷	語本元．馬致遠《荐福碑》第四折。比喻突然發生的重大事件，令人一時錯愕不已。
皮笑肉不笑	皮效肉不效	形容虛偽做作，非因真正高興所露出來的笑容。
派不上用場	排不上用場	指人或東西沒有用。
盤古開天地	磐古開天地	語本《太平御覽》卷二。指最古老的時代。
破題兒第一遭	破題兒第一糟	語本元．王實甫《西廂記》第四本第四折。首次、初次。

潘朵拉的盒子	潘朵拉的盆子	英語 Pandora's box，或作「潘朵拉箱」，比喻一切災難、煩惱、禍害的根源。
貧賤夫妻百事哀	貧踐夫妻百事哀	語見唐・元稹〈遣悲懷〉之二。形容世間的夫妻，在貧賤時所有不如意及苦難都會頻頻到來。
蓬門今始為君開	蓬門今使為君開	語見唐・杜甫〈客至〉。一向緊閉的茅屋門，今天才第一次因為您的到來而打開。說明長期不與人來往，首次接待來訪的朋友。
賠了夫人又折兵	陪了夫人又折兵	語見元・無名氏《隔江鬥智》第二折。比喻雙重損失。
匹夫無罪，懷璧其罪	匹夫無罪，懷壁其罪	語見《左傳・桓公十年》。比喻有才德的人，常常會因遭到嫉害，而被冠上莫須有的罪名。
皮之不存，毛將焉附	皮之不存，毛將煙附	語本《左傳・僖公十四年》。比喻人或事物對特定條件的依存關係。
抨擊白天，須待黃昏	抨擊白天，須待黃昏	語本西洋諺語 The evening crowns（praises）the day. 勸人不要太早下定論。
平時不燒香，臨時抱佛腳	平時不燒香，臨時報佛腳	比喻平時不作準備，緊急時才倉卒應付。

正確

菩提本無樹，明鏡亦非臺

錯誤

普隄本無樹，明鏡亦非臺

說明

語見唐．慧能〈慧能偈〉。「菩提本無樹，明鏡亦非臺。本來無一物，何處惹塵埃。」菩提本來就不是樹，明鏡也不是臺，內心本就沒有任何物欲，又何從去沾惹塵埃呢？在禪宗的故事裡，六祖慧能針對〈神秀偈〉（身是菩提樹，心如明鏡臺。時時勤拂拭，勿使惹塵埃）而作此偈，因此得到了五祖弘忍的衣缽真傳。

ㄇ

正確	錯誤	說明
乜斜	乜斜	眼睛瞇成一條縫而下視、斜視。糊塗、癡呆。走路歪歪倒倒的樣子。乜，ㄇㄧㄝ，miē。
木屐	木箕	用木材做鞋底，上面釘有帶子的拖鞋。
木訥	木納	不善言語，口才遲鈍。訥，ㄋㄜˋ，nè。
末梢	末稍	事物的尾端。
民瘼	民膜	人民的疾苦。瘼，ㄇㄛˋ，mò。
目的	目地	心中想要達到的結果。
目連	目蓮	釋迦牟尼佛十大弟子之一。其母死後墜入餓鬼道中，目連求救於佛，才使其母免受餓鬼之苦。
目睹	目賭	親眼所見。
矛盾	茅盾	指人的言論行為產生相互牴觸的地方。
矛頭	茅頭	矛的尖端。比喻打擊方向。

正確	錯誤	說明
名堂	明堂	花樣、手段。
忙碌	忙祿	事情多，沒時間休息。
牡蠣	母蠣	屬軟體動物門斧足綱，俗稱「蠔」、「蚵」。
芒果	茫果	果名，熱帶與亞熱帶地區普遍栽植，形狀像鵝卵，皮青肉黃，味甘美。
孟浪	夢浪	言行輕率、冒失。
孟婆	盂婆	佛書有孟婆神，採藥物為湯，使鬼飲之，以忘前生。俗謂風神為孟婆，名見《山海經》。
抹煞	抹霎	勾消、掃滅的意思。亦作「抹殺」。
抿除	泯除	消除。
抿嘴	泯嘴	輕輕地闔上嘴。
拇指	姆指	手、腳上面第一個最粗大的指頭。
明瞭	明了	明白。
泯滅	抿滅	滅絕。
盲目	茫目	眼睛失明。沒有明確的見解和目標。
門檻	門坎	門下的橫木。

冒瀆	冒毒	冒犯。
勉強	免強	能力不夠，仍堅持做下去。不願意，但不得不做。不自然。
勉勵	勉厲	勸勉鼓勵。
苗頭	瞄頭	比喻事情的開端或起因。引申指事情變化的徵兆。也指本領、能耐。
苜蓿	目宿	植物名。豆科苜蓿屬，二年生草本。可供蔬食、飼料、肥料等用。
茅草	毛草	植物名。多年生草本植物，可用來蓋屋頂。
茅廬	毛廬	草屋。
陌生	漠生	不熟識。
面皰	面炮	一種面部慢性皮膚病。亦稱「粉刺」。
埋怨	埋願	抱怨。責備。埋，此處念ㄇㄢˊ，mán。
敉平	弭平	平定。敉，ㄇㄧˇ，mǐ。
祕笈	密笈	珍奇不易見到的書。
祕密	密祕	不使人知道的事。
祕訣	密訣	神祕而有效的處理方法。
脈絡	脈落	人體血脈的分布。比喻事理的線索。比喻文章的組織。

正確	錯誤	說明
脈搏	脈博	心臟收縮時週期性的膨脹和收縮，所產生的搏動，與心跳數一致。
茫然	盲然	一無所知的樣子。
迷惑	謎惑	因不明白而感到困惑。使人迷亂，無法克制自己。
馬表	碼錶	體育競賽用的精密計時器。亦作「馬錶」。
馬蜂	螞蜂	一種黃色有毒刺的膜翅類昆蟲，比蜜蜂大，毒性也較強。
馬蟥	螞蝗	水蛭的俗稱，屬環節動物門水蛭綱。亦作「螞蟥」。
密切	蜜切	非常仔細。親密接近。
密醫	蜜醫	沒有醫師執照卻擅自執行醫療業務的人。
敏捷	敏結	靈敏迅速。
猛烈	猛列	激烈。強烈。
眯目	咪目	灰塵進入眼睛，使眼睛睜不開。眯，ㄇㄧˇ，mǐ。
莽撞	茫撞	形容言語舉止冒失、粗魯。
麥稈	麥桿	小麥、黑麥等的稈子。
麻疹	痲疹	一種全身出紅點的急性傳染病。

ㄇ

麻煩	蔴煩	煩瑣、煩擾，難辦。請託的話。
麻醉	蔴醉	因藥品的作用而使神經暫時失去知覺。比喻用某種手段使人認識模糊、意志消沉。
帽簷	帽延	帽子的邊緣。
帽纓	帽櫻	帽子上的繫帶。
描摹	描模	依樣摹寫繪畫。
描繪	描膾	細細地畫。描寫。
棉被	綿被	用棉花為心，棉布或其他質料包在外面的被子。
萌芽	蒙芽	發芽。喻事情剛發生。
滅頂	漠頂	比喻溺死。
黽勉	敏勉	努力。黽，ㄇㄧㄣˇ，mǐn。
滿好	蠻好	很好。
漠視	陌視	忽視。輕視。
漫步	慢步	隨意走走。
瑪瑙	碼瑙	一種礦物。為結晶石英、石髓與蛋白石的混合物。有紅、白、灰各色相間，呈平行環狀波紋，中心部分的空隙常附著有結晶石英，可做飾物。

正確	錯誤	說明
瞄準	苗準	用眼睛注視目標，使發射、投射的動作準確。
綿力	棉力	薄弱的力量。
綿密	綿蜜	周到細密。
蒙昧	蒙眛	昏暗不清的樣子。引申為無知或幼稚不懂事。
蒙塵	濛塵	天子出宮逃難。
蒙蔽	矇蔽	故意隱瞞事實，不讓別人知道。
蒙騙	濛騙	蒙受欺騙。亦作「矇騙」。
鳴冤	銘冤	將所受不平的冤屈宣洩出來。
鳴謝	名謝	公開表示謝意。
摩擦	磨擦	兩件物體接觸著來回擦動。比喻爭執或衝突。
暮色	幕色	傍晚昏暗的天色。
暮靄	暮藹	黃昏時的雲氣。
模型	模形	依照實物的形狀縮小製成的樣品。
模擬	模倪	模仿。
膜拜	謨拜	對於神佛以及尊者，雙手伏地跪拜，以表示尊敬和恭順的態度。

蔓延	蔓沿	漸漸地伸長和散布開來。
蔓草	漫草	蔓延雜生的草。
磨滅	抹滅	湮滅。消失。
磨鍊	摩鍊	本指磨治鍛鍊器物，使其銳利堅固。今指從實際工作的體驗中，逐漸培養能力。亦作「磨練」。
螟蛉	冥蛉	蛾類的幼蟲。蜾蠃蜂常捕螟蛉餵其幼蟲，古人誤認為是代螟蛉養子，因稱養子為「螟蛉子」。螟蛉，ㄇㄧㄥˊ ㄌㄧㄥˊ，ming ling。
靦腆	靦典	害羞、慚愧的樣子。
默契	默企	彼此心意相通，非常了解。
彌月	弭月	嬰兒出生滿一個月。亦稱「滿月」。
彌封	弭封	將試卷上的姓名封蓋，只寫編號，以防作弊。
彌留	瀰留	病重將死之際。
彌補	弭補	補足。
糜爛	靡濫	潰爛。也用來比喻思想墮落，道德敗壞。亦作「靡爛」。
繆斯	謬思	Muses，希臘神話中掌理文藝、詩歌、音樂、戲劇、舞蹈等九位女神的總稱。指詩人的靈感、詩興，以及有關藝術家的精神、能力與靈感的泉源。

正確	錯誤	說明
謎語	迷語	暗指某事物或文字而讓人猜測的語句。
謐靜	密靜	安靜。
麋鹿	糜鹿	哺乳綱偶蹄目反芻類，形似鹿而稍大。
藐視	貌視	輕視。
謾罵	慢罵	亂罵。亦作「漫罵」、「嫚罵」。
蹣跚	蹣姍	走路跛行的樣子。
懵懂	蒙懂	糊塗，心裡不明瞭。懵，ㄇㄥˊ，méng。
懵然	蒙然	茫然無知、不明事理的樣子。
獼猴	彌猴	哺乳綱，猴科，面紅無毛，尾短，棲息於深山。獼，ㄇㄧˊ，mí。
蘑菇	磨菇	菌類，可食。也用來形容行事速度緩慢或作糾纏解。
顢頇	瞞頇	糊塗不明事理或懶散。顢頇，ㄇㄢˊ ㄏㄢ，mán hān。
黴菌	霉菌	一種真菌。生長在潮濕的地方，用孢子繁殖。初生時為白色絲狀體，成熟後絲的各部生孢子囊，內有孢子。
木材		（lumber）截斷的樹木，供建築及製器具用的。亦作「木料」。

木柴　（firewood）可以當柴火燃燒的木頭或樹枝。

木棉　植物名。木棉科木棉屬，落葉大喬木。花於初春先葉開放，花朵大而豔麗，為橙紅色系。種子上被棉毛，棉毛富彈性，適合作枕頭、沙發等填充材料。

海綿　多細胞動物中最原始的一類。一種以橡膠或塑料製成的多孔化學成品。

石綿　一種天然礦物纖維，對人體的肺有害。

沒骨　一種國畫畫法。為不用線條勾勒，直接用彩筆描繪的畫法。

潑墨　一種中國山水畫的畫法。用筆蘸水著墨在畫紙上，大片灑潑，將所描繪的物體形象呈現於畫紙上。

破墨　一種國畫技法。趁先前所畫墨色未乾時加以點染，造成滲透效果，使畫面保持溫潤若濕的感覺。

祕方　祕傳的藥方。隱祕不外傳的方法。

密訪　暗中探訪。

馬路　寬闊平坦可行車、馬的道路。

馬陸　動物名。節肢動物門多足綱，全身由許多環結所構成，每個環節上有兩對腳，頭上有一對觸鬚，生活在潮濕的地方，遇到危險會分泌出一種黃色的液體，並把自己蜷縮起來。

正確	錯誤	說明
埋名		（to conceal one's name）不說自己的姓名，讓人不知道真實身分。
埋頭		（to immerse oneself in）比喻專心致力於某一件事。亦作「埋首」。
曚曨		形容太陽初現時，光線暗淡的樣子。
矇矓		將睡時，眼睛欲閉又張的樣子。模糊、不分明。
朦朧		月色昏暗的樣子。不清楚、模糊。糊塗。
名片		載有本人姓名、地址、電話、職位等資料，用來自我介紹或作為與人聯繫的紙片。
明信片		一種專供書寫文字，不必封函，即可交郵局寄送的郵件。
毛躁		形容舉止輕浮、不穩重。
枯燥		乾枯。沒有趣味。
目眩		眼花。
炫目		光彩奪目。
矛盾		言論和行為自相牴觸。兩種勢力衝突互相排斥。
前茅		比喻考試成績很好，名次列在前面。

ㄇ

牟利		指獲取利益。「牟」作獲取解。
謀生		尋找工作以維持生計。「謀」是營求的意思。
沒轍		沒有辦法，無計可施。轍，此處念ㄓㄜˊ，zhé。
動輒		往往，每次舉動都如此。
冥想		深思。
瞑目		闔上眼睛。喻人死的時候心無掛念。
貿然		輕率的樣子。
冒昧		鹵莽。
夢魘		睡夢中受到驚嚇。魘，ㄧㄢˇ，yǎn。
笑靨		笑渦，常指美人的笑容。靨，ㄧㄝˋ，yè。
緬懷		緬想。
沈湎（沉湎）		為某一種事物所沉醉而不能自覺。沈，ㄔㄣˊ，chén，作動詞時亦作「沉」；姓氏沈，ㄕㄣˇ，shěn，不作「沉」。
彌漫		（widespread）充滿、遍布。
瀰漫		（overflowing）水充滿、遍布。
木乃伊	木仍伊	古代埃及人用防腐藥品所保存下來不壞的屍體。

正確	錯誤	說明
木樨湯	木須湯	烹調時加蛋花煮的湯。樨，ㄒㄧ，xī。
毛茸茸	毛蓉蓉	形容多毛的樣子。
母老虎	姆老虎	比喻凶悍的婦女。
目的地	目地地	欲前往的所在地。
汨羅江	汩羅江	汨水與羅水在湖南省湘陰縣東北會合。戰國時楚屈原即自沉於此。
陌生人	默生人	素不相識的人。
馬後砲	馬後泡	笑人事情過後才開始有所舉動。亦作「馬後炮」。
莫須有	莫需有	不須有確定的證據。宋朝秦檜誣陷岳飛，說不出岳飛有罪，只說「莫須有」。後用以形容憑空捏造。
麥克風	邁克風	英語 microphone 的音譯。一種將聲音轉換成電流，使聲音放大的裝置。
棉裡針	綿裡針	比喻外表柔和而內心尖刻的人。
滿頭包	滿頭皰	「包」指鼓起的疙瘩。
模特兒	摹特兒	英語 model 的音譯，供人描畫、攝影或展示商品的人。
謀福利	牟福利	營求福利。

ㄇ

鎂光燈	美光燈	鎂是一種化學金屬元素，燃燒時發出白色的閃光，可作閃光燈或信號彈。鎂光燈指照相用的鎂光設備。
毛毛的		心裡害怕，或覺得不安，怪怪的。
毛毛雨		密而細的小雨。
木已成舟	木以成舟	木材已經做成船隻。比喻已成事實無法改變。
木雕泥塑	木雕泥朔	形容人神情呆滯或毫無感情。
毛骨悚然	毛骨慫然	喻驚懼害怕的樣子。
毛遂自薦	毛遂自諫	比喻自告奮勇、自我推薦。
民不聊生	民不潦生	指人民不能安定地過活。
民生凋敝	民生凋蔽	形容社會窮困、經濟衰敗，人民的生活十分貧苦。
民胞物與	民胞物語	把所有的人視為同胞，把萬物視為和自己同類。形容博愛的胸懷。
民脂民膏	民脂民羔	指人民用血汗辛苦換來的財富。
目不暇給	目不遐給	形容東西太多，以致兩眼來不及看。給，此處念ㄐㄧˇ，jǐ。
目不識丁	目不視丁	比喻不識字或毫無學問。
目無法紀	目無法記	為非作歹，不顧法令紀律。
目無餘子	目無於子	眼中沒有旁人。形容驕傲自大。

正確	錯誤	說明
目眥盡裂	目恣盡裂	形容極為憤怒。眥，ㄗˋ，zì。
目瞪口呆	目定口呆	瞪著眼睛說不出話來。形容受驚或受窘的樣子。
矛戟森然	茅戟森然	各種武器羅列在一起。形容場面威武肅穆。
名山事業	明山事業	指著書立說。
名不副實	名不符實	徒有虛名，和實際不合。
名列前茅	名列前矛	指考試等排名在相當前面。
名副其實	名符其實	名聲和實際相合。
名勝古蹟	名勝古績	風景優美或具有古文物遺跡的地方。
名落孫山	名落深山	指考試沒有錄取。
名聞遐邇	名聞瑕邇	名聲遠近馳名。
名韁利鎖	名將利鎖	比喻名和利就像韁繩和鎖鍊一樣束縛人。
忙不迭地	忙不跌地	趕緊、馬上。
米珠薪桂	米珠薪貴	比喻物價非常昂貴，有如珍珠桂木般。
妙手空空	抄手空空	手頭沒錢。指小偷、扒手。
妙語解頤	妙語解貽	形容說話風趣，使人發笑。

ㄇ

沐猴而冠	木猴而冠	喻人的性情急躁，像猴性一般不能久著人之冠帶。譏諷徒具衣冠而無人性。
命乖運蹇	命乖運騫	喻人生的遭遇，坎坷不幸。蹇，ㄐㄧㄢˇ，jiǎn。
命運乖舛	命運乘舛	喻人生的遭遇，坎坷不幸。舛，ㄔㄨㄢˇ，chuǎn。
明日黃花	昨日黃花	過時的事物。為感慨之詞。
明火執仗	名火執仗	形容公開搶劫，或肆無忌憚地做壞事。
明眸皓齒	明眸浩齒	形容女子的美貌。
明媒正娶	名媒正娶	經過公開儀式的正式婚姻。
明察秋毫	明察秋豪	形容目光敏銳，觀察入微。
門可羅雀	門可羅鵲	比喻門庭的冷落。
門庭若市	門廷若市	上門來的人很多、很熱鬧。
門衰祚薄	門哀祚薄	家運不昌。祚，ㄗㄨㄛˋ，zuò。
冒險犯難	冒險患難	不顧後果及危險而勇往直前。
勉為其難	勉為奇難	雖然有困難，但仍然努力去做。
美不勝收	美不盛收	形容美好的事物多得看不完。勝，ㄕㄥ，shēng。
美輪美奐	美侖美奐	形容房屋堂皇華麗，高大寬敞。

正確	錯誤	說明
茅茨土階	茅次土階	形容居處的簡陋質樸。茨，ㄘˊ，cí。
茅塞頓開	毛塞頓開	豁然醒悟，突然明白。塞，ㄙㄜˋ，sè。
面有得色	面有德色	臉上露出得意的表情。
面面相覷	面面相噓	形容眾人驚懼或訝異的樣子。
面面俱到	面面具到	辦事周全，各方面都注意到。
面黃肌瘦	面黃飢瘦	面色發黃，身體消瘦。形容身體瘦弱有病的樣子。
眠花宿柳	棉花宿柳	比喻男子在外嫖妓。
祕而不宣	密而不喧	隱瞞而不告訴別人。
秣馬厲兵	沫馬厲兵	比喻完成作戰的準備。
耄耋之人	毛至之人	老年人。耄耋，ㄇㄠˋ ㄉㄧㄝˊ，mào dié。
茫無頭緒	盲無頭緒	沒有把握，沒有條理。
茫然無知	盲然無知	全然無所知的樣子。
馬不停蹄	馬不停啼	到處奔行而不止息。形容忙碌不休。
馬耳東風	馬爾東風	比喻對所聽到的事情漠不關心。
馬革裹屍	馬格裹屍	喻戰死在沙場上。

馬首是瞻	馬首視瞻	比喻跟隨著別人行動。
馬馬虎虎	馬馬乎乎	做事隨便、草率。
捫心自問	們心自問	指自我反省檢討。
梅開二度	沒開二度	比喻女子再嫁。
猛撳喇叭	猛欽喇叭	猛按喇叭。撳，ㄑㄧㄣˋ，qìn。
莫名其妙	莫明其妙	說不出什麼原因。罵人言行不合道理。無法解說其中高妙的地方。
莫衷一是	莫鍾一是	對同一件事，各方的主張、說法都不一樣。
麻木不仁	麻木不人	比喻對事物漠不關心，或反應遲鈍。
麻衣相法	麻衣想法	宋朝麻衣道者所傳下來的相術。
媒妁之言	媒芍之言	婚姻介紹人的話。妁，ㄕㄨㄛˋ，shuò。
酩酊大醉	酩町大醉	形容醉得很厲害。
墓木已拱	墓木己供	種在墓地上的樹木已經大到可用雙手合抱。比喻人死已久。
夢寐以求	夢昧以求	渴望得到。
滿不在乎	蠻不在乎	不以為意。
滿目瘡痍	滿目瘡夷	映入眼中的都是殘破不堪的悲涼景象。

正確	錯誤	說明
滿腹牢騷	滿腹勞騷	形容有許多怨言。
滿腹經綸	滿腹經論	指才識豐富。
漠不關心	莫不關心	一點也不關心。
漫山遍野	滿山遍野	散布於山野各處，形容很多。
漫不經心	慢不經心	隨隨便便，不放在心上。
漫天討價	滿天討價	開價出乎情理之外。
蒙在鼓裡	矇在骨裡	受欺或消息不靈通，以致不知道事情的真相。
貌合神離	貌和神離	表面上似乎很好，而實際卻毫無誠意。
墨守成規	默守成規	固守舊法，不肯改變。
墨瀋未乾	默瀋未乾	墨跡還沒乾。比喻事隔不久。今多指人剛作承諾馬上反悔。
摩拳擦掌	磨拳擦掌	形容情緒振奮，準備動手的樣子。
暮鼓晨鐘	幕鼓晨鐘	佛寺中早課前敲鐘，息燈前擊鼓，以此提示時間。比喻使人警悟的言論。
模稜兩可	模菱兩可	態度不明確，既不肯定，也不否定。
模模糊糊	糢糢糊糊	形容不清楚的樣子。

賣官鬻爵	賣官遇爵	指當權者出賣官職爵位，聚斂錢財。鬻，ㄩˋ，yù。
瞞天過海	蒙天過海	瞞住上天，渡過大海。為三十六計之一。形容騙人的手法非常高明。
磨厲以須	磨厲以需	比喻作好準備，待時而動。
謀定後動	謀訂後動	計畫確定以後，再採取行動。
彌天大謊	迷天大謊	天大的謊話。
彌足珍貴	弭足珍貴	十分珍貴。
靡靡之音	糜糜之音	指淫蕩不純正的音樂。
驀然回首	暮然回首	突然回頭。回顧往事。驀，ㄇㄛˋ，mò。
民心向背		民心的支持或反對。
望其項背		表示趕不上或比不上別人，只能從後面望見別人的頸子和背部。
民事責任		法律上指損害賠償的責任。分為侵權行為責任與債務不履行責任。
刑事責任		一種法律責任。即依刑法規定所應接受的法律制裁。
目不交睫		比喻心情不安無法入眠，或工作緊張忙碌。
目不見睫		眼睛看不見自己的睫毛，比喻人無自知之明。

正確	錯誤	說明
目光如豆		形容見識淺陋。
目光如炬		形容人見識遠大。
買櫝還珠		比喻捨本逐末、取捨失當。
賣劍買牛		比喻棄甲歸田。比喻改惡從善。
摩肩接踵		形容人多擁擠不堪。
摩頂放踵		形容不辭勞苦，不計安危。
名留青史		名聲永遠留在史冊上。亦作「名垂千古」。
流芳百世		美好名聲，流傳於後代。亦作「流芳千古」。
每下愈況		比喻從低微的事物上推求，就能看清事物的真相。
每況愈下		情況愈來愈糟。如今，「每下愈況」和「每況愈下」兩詞都作後者解。其實原義大不同。
冥頑不靈		昧於事理。
冥頑不化		愚蠢固執不明事理。
沒沒無聞		沒有什麼名氣。
默默無言		安靜無聲。

脈脈含情		深情凝視，含情欲語的樣子。
慢工出細活	慢功出細活	工作速度緩慢，才能產生精巧的工作成果。
賣狗皮膏藥	賣狗皮盲藥	比喻吹噓誇大，耍嘴皮子。
罵人不打草稿		形容很會罵人。
罵人不帶髒字		指以迂迴的方式罵人。
莫把金針度與人	莫把金針渡與人	語見金．元好問〈論詩〉。指不要將研究心得或成果傳授別人。
滿招損，謙受益	滿招損，謙受易	語見《尚書．大禹謨》。指人不可以驕傲，應謙虛謹慎。
冒天下之大不韙		不顧天下人的反對，一意孤行。韙，ㄨㄟˇ，wěi。
直言不諱		坦率說明事情原委，而不加隱瞞。諱，ㄏㄨㄟˋ，huì。
名不正，則言不順	民不正，則言不順	語見《論語．子路》。在處理事情上，必須有正當的理由。
明槍易躲，暗箭難防	明槍易躲，暗劍難防	語本元．無名氏《獨角牛》第二折。提醒人防範他人的陰謀。

正確	錯誤	說明
麻雀雖小，五臟俱全	麻雀雖小，五臟具全	語見清·吳趼人《黑籍冤魂》。比喻規模雖小，但該具備的事物都具備了。
夢裡不知身是客，一晌貪歡	夢裡不知身是客，一餉貪歡	語見五代·南唐·李煜〈浪淘沙〉「簾外雨潺潺，春意闌珊，羅衾不耐五更寒。夢裡不知身是客，一晌貪歡」。在夢中不知道自己只是過客，恣情地貪戀那片刻的歡樂。常為失意的人在好夢醒後回到冷酷現實的感慨，也用來表達對昔日生活的懷戀和對現實怨恨、惆悵的心情。
沒有走出森林，不要先吹口哨	沒有走出森林，不要先吹口捎	語本西洋諺語 Don't whistle until you're out of the woods。勸人別高興得太早。
玫瑰就是不叫玫瑰，也一樣有香味	莓瑰就是不叫莓瑰，也一樣有香味	語本莎士比亞《羅密歐與茱麗葉》二幕二場（Shakespeare "Romeo and Juliet" act II, sc.ii）A rose by any other name would smell as sweet。意指實際比名聲重要。
面帶微笑，得到朋友；面露不豫之色，得到皺紋	面帶微笑，得到朋友；面漏不遇之色，得到皺紋	語本喬治·艾略特語 Wear a smile and have friends; wear a scowl and have wrincles。猶言春風滿面朋友多；愁眉苦臉老得快。喬治·艾略特（George Eliot，1819~1880），英國女小說家。

ㄈ

正確	錯誤	說明
丰采	封采	風韻。亦作「風采」。
分歧	分岐	不一致。
分泌	分密	物體中的液汁，流泄到物體外面。
分娩	分免	母體產出嬰兒的動作或過程。
分裂	分列	裂開。整個東西分成好幾個。
分際	份際	合適的界限分寸。相當的程度或地步。分，此處念ㄈㄣˋ，fèn。
分爨	分竄	各自開伙。指兄弟分家。爨，ㄘㄨㄢˋ，cuàn。
反哺	反脯	比喻子女成長後，奉養父母，報答親恩。
方家	芳家	指精通某種學問、藝術的人。
氾濫	汜濫	洪水橫流漫溢。
伏法	俯法	犯罪被處死。
妨害	防害	有害於。

正確	錯誤	說明
妨礙	防礙	阻礙。
扶乩	伏乱	一種民間請示神明的方法。將一丁字形木棍架在沙盤上，由兩人扶著架子，木棍於沙盤上畫出文字，作為神明的啟示，以顯吉凶。
防止	妨止	事先戒備阻止。
防禦	防御	防備抵禦。
拂面	伏面	輕輕地掠過面龐。
拂袖	伏袖	甩動衣袖。表示氣憤或不滿。
拂曉	扶曉	天快亮的時候，黎明時分。
拊掌	付掌	拍手。拊，ㄈㄨˇ，fǔ。
放肆	放肄	言行不守規矩，沒有禮貌。
放蕩	放盪	行為不守規矩。
斧頭	釜頭	伐木劈柴的工具。
服膺	服鷹	記在心裡不忘。
沸騰	沸滕	液體加熱到沸點時，內部發生蒸氣上沖的現象。形容人聲嘈雜。

法老	琺老	古代埃及王的稱號。法，此處念ㄈㄚˇ，fǎ。
法郎	法朗	franc，舊時法國貨幣名稱。二〇〇二年後逐漸被歐元所取代，現已不再流通。
附和	附合	沒有主見，隨聲應和他人的意見或行動。和，此處念ㄏㄜˋ，hè。
附議	付議	附和別人的意見或提議。
非但	非旦	不僅、不止。
非議	菲議	批評。責難。
苻堅	符堅	十六國時前秦皇帝，任用王猛加強極權，注重民生，統一了北方大部分地區。
范睢	范睢	戰國時策士，魏人，善辯，以遠交近攻之策略說服秦昭王，官拜秦相，封應侯。睢，ㄐㄩ，jū。
范蠡	范慶	春秋時代楚國人。助越王句踐滅吳。後離開越國，經商致富，自號陶朱公。蠡，ㄌㄧˇ，lǐ。
訃聞	仆聞	向親友報喪的通知。訃，ㄈㄨˋ，fù。
負笈	負及	背著書箱。指外出求學。
飛碟	飛喋	不明飛行物體的通稱。又稱「幽浮」（UFO，unidentified flying object 的音譯）。

正確	錯誤	說明
飛鏢	飛標	一種小型暗器，形狀像長矛的頭，投擲出去能擊傷人。將鏢擲向靶面，依據準確度計分的遊戲。
俸祿	奉錄	官員所得的薪金糧餉。
浮白	浮百	指滿飲一大杯酒。
浮現	佛現	顯現、呈現。
浮濫	浮爛	誇大、超過實際所需。
浮躁	浮燥	輕浮好動，缺乏耐性。
砝碼	砝瑪	天平稱物時，用來計算重量的標準器。亦作「法碼」。
副署	副屬	在文件上簽章，表示代發布文件人負責任的行為。
烽煙	鋒煙	烽火。又稱「狼煙」。
符合	符和	吻合、相合。
符咒	苻咒	符籙和咒語。
符號	苻號	具有特別意義與辨識作用的記號。
符籙	苻錄	道士役使鬼神的一種神祕文字。
趺坐	扶坐	盤腿而坐。趺，ㄈㄨ，fū。

逢迎	馮迎	討好別人。
富態	福態	體態豐腴肥胖。
幅員	幅圓	指疆域。廣闊為「幅」，周圍稱「員」。
復甦	復疏	恢復生機。亦作「復蘇」。
復辟	復闢	指已退位的國君恢復君位，或已被推翻的帝制又被恢復。
番茄	蕃茄	蔬類植物，茄科。含有豐富的無機鹽類、維他命。
番薯	蕃薯	味甜可供食用或製成澱粉；亦稱「甘藷」、「地瓜」。
發皇	發偟	盛大。
發軔	發靭	原意為車子起行。後喻事情的開始。軔，ㄖㄣˋ，rèn。
發跡	發機	指由卑微而逐漸富貴發達。亦作「發迹」。
發蒙	發矇	啓發蒙昧。舊時指教兒童讀書、識字。
發噱	發嚇	發笑。噱，ㄐㄩㄝˊ，jué。
煩悶	繁悶	心中苦悶不愉悅。
煩惱	煩腦	因事情不順利而情緒不好。
煩躁	煩燥	指心中煩悶焦急。
腹笥	腹筍	肚子如藏書的書箱。形容人有學識，心裡記誦的書文典故甚多。笥，ㄙˋ，sì。

正確	錯誤	說明
腹脹	腹漲	腹腔積水脹滿的病症。
僨事	賁事	敗壞事情。僨，ㄈㄣˋ，fèn。
緋聞	誹聞	戀愛事件的傳聞，指不正常的男女關係。緋，ㄈㄟ，fēi。
罰則	罰責	法令中有關懲處刑罰的規定。
罰鍰	罰元	指違反行政法規所處的罰款。鍰，ㄏㄨㄢˊ，huán。
輔導	甫導	輔助並加以指導。
幡然	番然	忽然變動的樣子。亦作「翻然」。幡，ㄈㄢ，fān。
憤怒	憤恕	生氣。亦作「忿怒」。
憤慨	憤概	憤怒而慨嘆。
撫摸	拊摸	用手輕摸。
範疇	範壽	知識或思維經分析後可歸成幾大類，且可依之以成系統者。 範圍。
膚淺	敷淺	淺薄。
複印	復印	用儀器將文件或圖樣印製成相同的副本。
複製	復製	仿造。

複雜	復雜	相當繁瑣不單純。
誹謗	悱謗	捏造事實，說人壞話，破壞別人的名譽。亦作「毀謗」。誹，ㄈㄟˇ，fěi。
賦歸	赴歸	歸鄉、返家。
輻射	幅射	由一點向四方散發（如光線）。
輻輳	幅輳	形容人物很稠密地聚集在一起。輳，ㄘㄡˋ，còu。
縫紉	逢紉	剪裁、縫合、補綴衣服的動作。
繁衍	繁演	布散眾多。
繁重	煩重	事情眾多而且責任重大。
繁殖	繁植	不停而大量的生殖。
繁複	繁覆	繁多複雜。
賻儀	付儀	送給喪家的錢財。賻，ㄈㄨˋ，fù。
翻供	翻共	犯人承認罪行後，又推翻原先的供詞。
豐富	豐負	形容事物充足眾多的樣子。
豐腴	豐諛	豐厚碩美。
分辨		（to distinguish）辨別。

正確	錯誤	說明
分辯		（to explain）辯白。
反覆		（again and again）一次又一次。
重複		（to repeat）相同的事物一再出現。
反應		（to response）刺激所引起的動作。物質間所引起的化學變化。
反映		（to reflect）光線的反射產生倒影。由事物的一定狀態和關係產生和它相符的現象。對某件事所表示的意見。
彷彿		好像。
恍惚		隱約模糊，無法辨認。神志不清。
佛陀		佛教中指覺悟真理之人。指釋迦牟尼佛。
華佗		東漢名醫，精方藥針灸之法。華，此處念ㄏㄨㄚˋ，huà。
扶養		（to support）對於沒有謀生能力的親屬，給予經濟上的供給。
撫養		（to rear）保護養育。
法辦		（to bring [someone] to justice）依照法律辦理。
辦法		（means）處理事情的方法。

ㄈ

服侍 (to wait upon) 伺候。亦作「服事」。

服飾 (costume and accessories) 衣服和飾物。

風靡 望風而倒。比喻流行。

低迷 模糊不清。比喻低落。

俯瞰 (to overlook) 從高處向下看。

鳥瞰 (to have a bird's view) 從高處向下看。對事物作大略而全面的觀察。

粉末 細小的顆粒。

泡沫 水泡。

幅度 物體振動的程度或事物變動的程度。

弧度 表示角度大小的一種單位。

發憤 提振精神努力上進。

奮發 努力。

飯團 米飯放進配料之後壓緊，狀似圓形的食品。

湯糰 用糯米粉做成的團狀食品，用來煮湯。

蜉蝣 蟲名，屬昆蟲綱蜉蝣目。蜉，ㄈㄨˊ，fú。

正確	錯誤	說明
蚍蜉		一種大蟻，屬於節肢動物昆蟲綱同翅目。蚍，ㄆㄧˊ，pí。
煩躁		煩悶焦躁。
暴躁		遇事急躁、魯莽，不能控制情緒。
坊間		（on the market [especially referring to the bookshops]）本指市面上，多指書坊、書店。
墦間		（a cemetery）墳墓。墦，ㄈㄢˊ，fán。
復元		恢復元氣。恢復健康。
復原		恢復原來的樣子。
復員		戰後使動員的軍隊人員轉入各種行業，恢復平民生活。
夫子牆	天子牆	學生對老師的頌詞。比喻不容易達到或心存嚮往的境界。
父執輩	父直輩	和父親同輩的尊長。
犯不上	患不上	不值得。
斧鑿痕	斧作痕	用斧鑿削刻留下的痕跡。比喻詞文刻意造作的痕跡。
風涼話	風量話	冷言譏笑別人的話。
飛蚊症	飛紋症	一種眼疾，患者眼前出現看起來像蚊子般的游絲。

正確	錯誤	解釋
浮世繪	浮世會	以明豔的色彩、簡練的線條描繪民間的風俗、人物、風景等，能充分反映當時的民間生活。泛指表現現實人生的文藝作品。
紡織娘	紡織郎	昆蟲綱直翅目，體呈綠色，頭與觸角甚長，鳴聲如織機。
琺瑯質	法瑯質	齒冠的最外層，為人體中最硬的組織。
發祥地	發詳地	興起、發源的地方。
翻跟頭	翻跟抖	身體很快地翻轉一圈，然後又直直地站住。是撲跌動作之一。又作「翻觔斗」、「翻筋斗」。
風蕭蕭		風聲。
雨瀟瀟		雨聲。
風雨瀟瀟		風雨聲。
分一杯羹	分一杯更	比喻分享他人利益。
分斤掰兩	分斤辦兩	比喻過分斤斤計較。
分庭抗禮	分庭抗理	比喻地位平等或互相對立。亦作「分庭亢禮」。
分崩離析	分繃離析	形容國家或集團分裂瓦解。
分道揚鑣	分道揚標	分道而行；又喻志趣不同，分頭發展。
反老還童	反老環童	指老人的體力回復到童年時候的樣子。亦作「返老還童」。
反求諸己	反求諸已	自我反省和要求。

正確	錯誤	說明
反脣相稽	反脣相激	以責備或譏諷的言語反過來說對方。
反掌折枝	返掌折枝	翻轉手掌、折取樹枝。指事情非常容易。
反璞歸真	反僕歸真	回復到最初樸實境界。
方枘圓鑿	方柄圓鑿	比喻事情不可能做成或彼此不相容。枘，ㄖㄨㄟˋ，ruì。
方興未艾	方星未艾	正在蓬勃發展。
乏善可陳	乏善可誠	比喻沒有什麼長處可以讚許的。
付之闕如	付之闋如	空無所有。闕，ㄑㄩㄝ，quē。
付諸東流	附諸東流	被水流沖走。比喻一切落空或前功盡棄。「諸」是「之於」的合音。
犯顏直諫	犯言直諫	不顧尊長的威嚴而直言進諫。
伏地挺身	俯地挺身	趴在地上以手支撐身體，做上下推撐的動作。
佛頭著糞	佛頭著冀	比喻褻瀆美好的事物。
扶搖直上	扶遙直上	喻上升得很快，像暴風般自下而上。
防微杜漸	防微度漸	防止禍患的發生蔓延於開始的時候。
奉公守法	奉功守法	以公事為重，謹守法紀，不徇私舞弊。

奉為圭臬	奉為圭皋	以此作為標準。臬，ㄋㄧㄝˋ，niè。
怫然作色	拂然作色	憤怒而改變臉色。怫，ㄈㄨˊ，fú。
拂袖而去	撫袖而去	形容言語不合，心裡不滿地離去。
拊膺切齒	拊贋切齒	搥胸咬牙。形容非常憤怒和痛恨。
放浪形骸	放蕩形骸	縱情放任，沒有約束。
放辟邪侈	放庇邪侈	形容任性作惡。亦作「放僻邪侈」。
放蕩不羈	放盪不羈	行動隨便，不受約束。
斧鉞湯鑊	釜鉞湯鑊	古時斬、烹犯人的刑具。泛指酷刑。鉞，ㄩㄝˋ，yuè。
服服帖帖	伏伏帖帖	順從，順適。亦作「服服貼貼」。
法律制裁	法律製裁	司法機關對違法的人施以刑罰。
法家拂士	法家弗士	有法度的大臣，輔佐君王的賢人。拂，此處念ㄅㄧˋ，bì，同「弼」，是輔導的意思。
法網恢恢	法網灰灰	形容法律範圍的嚴密，如羅網一般。
泛泛之交	氾氾之交	尋常的、普通的交情。
肥馬輕裘	肥馬輕毬	肥壯的馬和輕暖的皮衣。形容闊綽的生活。
肺腑之言	肺俯之言	發自內心的話。

正確	錯誤	說明
芙蓉出水	芙容出水	形容詩文清新秀麗，不同凡俗。比喻美女出浴。
附庸風雅	付庸風雅	缺乏文化修養的人，裝腔作勢地從事有關文化的活動。
非同小可	飛同小可	形容事情重要或情況嚴重。形容人的學問或本領不凡。
非我莫屬	非我莫數	事物一定屬於我。
非非之想	飛飛之想	超越本分或虛妄不實的念頭。
封豕長蛇	風豕長蛇	大豬和長蛇。比喻貪婪凶暴的人。豕，ㄕˇ，shǐ。
負荊請罪	赴京請罪	比喻親自登門請罪。
負嵎頑抗	負偶頑抗	憑藉險要的地形，以圖頑強抵抗。嵎，ㄩˊ，yú。
赴湯蹈火	赴湯盜火	比喻為了完成任務，而不怕危險。
風木之思	風目之思	比喻父母亡故，兒女不能奉養的悲傷。
風行草偃	風行草掩	比喻在上位者以德化民。偃，ㄧㄢˇ，yǎn。
風姿綽約	風姿卓約	形容人的風采姿容非常優美。
風流倜儻	風流周黨	瀟灑高雅，豪邁不羈。倜儻，ㄊㄧˋ ㄊㄤˇ，tì tǎng。
風骨嶙峋	風骨璘峋	形容人品清高脫俗。
風景宜人	風景怡人	景色令人心情愉快。

風華絕代	風華決代	原指風度才華是當代最高超的。現多用以形容女子姿色絕豔，為一代所未有。
風馳電掣	風馳電徹	比喻迅速。掣，ㄔㄜˋ，chè。
風塵僕僕	風塵璞璞	比喻旅途的艱辛。
風聲鶴唳	風聲鶴淚	形容極度驚慌恐懼。唳，ㄌㄧˋ，lì。
風靡一時	風迷一時	形容某種事物於一時之間非常流行，就像草木順風而倒的樣子。
風韻猶存	風韻尤存	形容中年女人風度高雅。
飛揚跋扈	飛揚拔扈	橫行放肆，不遵法度。
飛黃騰達	飛皇騰達	飛黃，神馬名。喻仕途得意，青雲直上。
飛蛾撲火	飛娥撲火	比喻自尋死路。亦作「飛蛾赴火」。
俯仰無愧	伏仰無愧	無論對人、對天都問心無愧。
俯首帖耳	伏首帖耳	比喻極端的服從。亦作「俯首貼耳」。
俯首認罪	府首認罪	低頭認罪。
匪夷所思	匪疑所思	指不是常人所能料到的。
浮瓜沉李	浮爪沉李	形容夏日消暑作樂的景象。
浮生若夢	浮身若夢	人生好像短暫的夢幻。

正確	錯誤	說明
浮光掠影	浮光略影	比喻文章或言論的內容膚淺空泛，不著邊際。比喻印象不深，一晃就過去了。
浮辭濫調	浮辭爛調	浮誇不嚴謹的言論。亦作「浮詞濫調」。
祓除不祥	拔除不祥	求福消災，除去不祥。祓，ㄈㄨˊ，fú。
粉身碎骨	粉身脆骨	身軀粉碎。形容慘死。
粉飾太平	粉是太平	掩蓋社會動亂的真實，裝飾出太平景象。
粉墨登場	粉末登場	比喻演戲。也用來比喻登上政治舞臺或擔任某一工作。
紛至沓來	紛至踏來	比喻來者眾多，連續不斷。
紛紅駭綠	粉紅駭綠	花葉茂盛飄動的樣子。
釜中生魚	斧中生魚	喻家貧斷炊。
釜底抽薪	斧底抽薪	喻根本解決。
婦人之仁	婦仁之人	比喻施小惠而不識大體。
婦孺皆知	婦儒皆知	婦人和小孩都知道。比喻人人皆知。
桴鼓相應	浮鼓相應	比喻彼此配合，互相呼應。桴，ㄈㄨˊ，fú。
烽火連天	鋒火連天	形容到處發生戰爭。

ㄈ

逢場作戲	馮場作戲	藝人遇到合適的場所，就開始表演。比喻隨事應景，偶爾遊戲玩耍。
富埒王侯	富捋王侯	財富之多，足以和王公諸侯相抗衡。埒，ㄌㄜˋ，liè。
富麗堂皇	富麗唐皇	形容華麗壯觀，氣勢浩大。
斐然成章	裴然成章	形容文章才華十分可觀。
焚琴煮鶴	墳琴煮鶴	比喻極殺風景的事。
焚膏繼晷	焚膏繼咎	指夜以繼日勤奮不懈怠地工作或讀書。晷，ㄍㄨㄟˇ，guǐ。
發人深省	發人深醒	令人深思，而有所領悟。
發揚蹈厲	發揚蹈利	形容精神奮發，意氣昂揚。亦作「發揚踔厲」。
發號施令	發號司令	發布號令。
腹背受敵	婦背受敵	前後都受到敵人的攻擊。比喻處境艱難危急。
腹笥甚窘	腹司甚窘	比喻讀書甚少，學識不足。笥，ㄙˋ，sì。
蜂擁而上	蜂湧而上	喻人多而擁擠，像蜂群擁擠飛來。
福善禍淫	福善或淫	指上天常賜福給善良的人，降下災禍給淫亂的人。
福爾摩沙	福爾磨莎	葡萄牙語 Formosa 之音譯。西方人對台灣的稱呼，意為美麗之島。

正確	錯誤	說明
福爾摩斯	福爾摩司	Sherlock Holmes，英國作家柯南．道爾所著偵探小說中主角的名字，擅長以推理方法巧破奇案。後用為辦案、偵探高手的代稱。
福慧雙修	福慧雙休	既修得福氣，又修得智慧。比喻人修行有得。
蜚短流長	斐短流長	形容無中生有，散布是非。又作「飛短流長」。蜚，ㄈㄟ，fēi。
蜚聲中外	斐聲中外	揚名國內外。
鳳毛麟角	鳳毛鱗角	比喻稀罕珍貴的人、物。
鳳冠霞帔	鳳冠霞披	形容嫁娶時女子所穿戴之傳統服飾。帔，ㄆㄟˋ，pèi。
鳳凰于飛	鳳凰宜飛	鳳凰相伴而飛，比喻夫妻和睦。多用為婚禮祝詞。
鳳凰來儀	鳳凰來義	鳳凰來舞而有容儀，為祥瑞的預兆。比喻吉祥的徵兆。
廢話連篇	費話連篇	指一堆沒有意義的話。
憤世嫉俗	憤世忌俗	形容對世風流俗極為憎惡和不滿。
敷衍了事	敷沿了事	做事隨便，草草結束。
敷衍塞責	敷衍賽責	做事苟且不切實，表面應付且推諉責任。塞，此處念ㄙㄜˋ，sè。

膚色白皙	膚色白晰	膚色潔白。
鋒芒畢露	峰芒畢露	銳氣和才華全都顯露出來。
奮不顧身	奮不顧生	奮勇直前，不顧危險。
繁文縟節	繁文辱節	繁多的禮節、儀式。比喻瑣碎多餘的手續。
翻來覆去	翻來複去	輾轉反側，睡不著覺。一再改變，反覆不停。
翻箱倒篋	翻箱倒愜	把箱子裡的東西翻倒出來。指徹底搜尋一番。篋，ㄑㄧㄝˋ，qiè。亦作「翻箱倒櫃」。
覆水難收	複水難收	已經潑出去的水很難收回。比喻離異的夫妻很難再復合，或既定的事實很難再改變。
覆盆之冤	複盆之冤	覆蓋的盆子，因陽光照不到裡面，非常黑暗。比喻遭到冤枉，無處申訴。
豐干饒舌	豐甘饒舌	比喻說廢話。豐干是唐代高僧。
豐功偉績	豐功偉積	偉大的功績、事業。
防範火災		火災發生前加以防備。
防患未然		在禍患發生前做好防範措施。
負債累累		積欠了愈來愈多的債務。累，ㄌㄟˇ，lěi。
結實纍纍		形容果實很多而且壯碩。纍，ㄌㄟˊ，léi。

正確	錯誤	說明
販夫走卒		做小本買賣或替人跑腿的人。
凡夫俗子		指一般平凡而庸俗的人。
發憤圖強		振作精神，力圖強盛。受到刺激。心情是鬱悶的、不平的。
奮發圖強		努力進取，力圖強盛。出於主動。心情是積極的、愉快的。
風聲鶴唳		形容極為驚慌、疑懼。
鶴立雞群		比喻人的才能超群出眾，不同凡俗。
飛針走線		針像飛一樣來回穿著，線快速地拉著。形容刺繡或縫紉技巧精湛熟練。
飛沙走石		沙土滿天飛，石塊滾動。形容風力強勁。
扶不起的阿斗	扶不起的阿抖	比喻成不了大事的人。阿斗是三國時期蜀漢後主劉禪的小名。
風馬牛不相及	風馬牛不相急	語見《左傳．僖公四年》。比喻事物之間毫不相干。
放之四海而皆準	放之四海而接準	語本《禮記．祭儀》。用到任何地方、任何方面都可作為準則。
放長線，釣大魚	放長線，吊大魚	語見清．曹雪芹《紅樓夢》第二十一回。比喻用長期的投資來賺取更大的利益。

肥水不落外人田	肥水不落外人由	比喻不要把好處給外人。
飛上枝頭變鳳凰	飛上支頭變鳳凰	語見清・吳偉業《圓圓曲》。比喻原來極為普通的女孩子，因為機緣巧合，一下子變成極具身價的人。
腹有詩書氣自華	腹有詩書氣自滑	語見宋・蘇軾〈和董傳留別〉。形容學問淵博的人，自然氣質高雅。
父母之命，媒妁之言	父母之命，媒灼之言	語見清・文康《兒女英雄傳》第二十六回。指傳統婚姻必須經由父母作主，與媒人的說合。
放下屠刀，立地成佛	放下圖刀，立地成佛	語見宋・普濟《五燈會元・東山覺禪師》。鼓勵人改過向善，停止惡行。
凡事豫則立，不豫則廢	凡事預則立，不預則廢	語見《禮記・中庸》。不論做什麼事，有準備就能做成，沒有準備就會失敗。
憤怒起於愚昧，終於悔恨	憤怒起於愚昧，終於悔恨	語本西洋諺語 Anger begins in folly, and ends in repentance. 勸人控制情緒，以免後悔莫及。

正確	錯誤	說明
鳧脛雖短，續之則憂；鶴脛雖長，斷之則悲	鳶脛雖短，續之則憂；鶴脛雖長，斷之則悲	語見《莊子．駢拇》：「長者不為有餘，短者不為不足。是故鳧脛雖短，續之則憂；鶴脛雖長，斷之則悲。」鳧，ㄈㄨˊ，fú，野鴨。脛，ㄐㄧㄥˋ，jìng。小腿。既用來勸人違背客觀規律的事情千萬別做，也用來說明講話寫文章不要有意拉長，或將不該省的省掉。
凡藝術莫非是弄假成真／弄假成真，比真的更真	凡藝術莫非是諾假成真／諾假成真，比真的更真	語見近代作家余光中〈翠玉白菜〉。說明藝術無價。

ㄉ

正確	錯誤	說明
刀疤	刀巴	被刀割傷痊癒後留下的痕跡。
刁難	叼難	故意為難人家。
刁鑽	叼鑽	奸猾狡詐。
大概	大慨	大約、差不多。
弔唁	悼唁	弔祭並慰問死者的家屬。唁，ㄧㄢˋ，yàn。
弔詭	調詭	極為詭異。
斗杓	斗標	北斗星的柄部。北斗七星中前四顆像斗，第五至第七顆像杓。杓，ㄅㄧㄠ，biāo。
斗膽	抖膽	大膽。
冬烘	冬哄	不明事理不識世務的書呆子。指古代或傳統教育中不開通的私塾老師。
叨擾	叼擾	感謝人款待的客套話。

正確	錯誤	說明
打岔	打叉	打斷他人的談話或工作。
打烊	打佯	商店收市休息。
打魚	打漁	用魚網捕魚。
打嗝	打隔	橫膈膜痙攣引起突然的吸氣動作。
打鼾	打酣	睡覺時鼻息作響。
打獵	打臘	到野外捕捉鳥獸。
地毯	地氊	覆蓋在地板上的毛織物。
低徊	低迴	留戀的樣子。亦作「低回」。
兌換	對換	拿一種貨幣跟另一種貨幣相交換。
呆帳	待帳	會計中指放出的款項或貨帳收不回來。
杜撰	度撰	沒有根據，憑空捏造。
豆莢	豆夾	豆類的果實。
豆豉	豆鼓	用豆類蒸煮、發酵，加鹽調拌後密封於甕中而成的食品。豉，ㄔˇ，chǐ。
豆萁	豆箕	豆的莖部。

豆漿	豆槳	黃豆加水磨成汁煮熟的食品。
典型	典形	模範。可以代表事物特性的標準形式。
到底	倒底	究竟。
定情	訂情	男女相愛，互相表明情意。
定義	定意	對事物或概念所含意義的解釋。
定讞	定獻	判決裁定。讞，ㄧㄢˋ，yàn。
底蘊	底醞	詳細的內容。
抵禦	抵御	抵擋。抵抗。
玷辱	沾辱	受到汙辱。
的確	的卻	實在、確實。
度日	渡日	過日子。
度假	渡假	度過假期，享受假期。
怠忽	殆忽	懶惰不用心。
怠惰	殆惰	懈怠懶惰。
怠慢	怠漫	款待客人不周到。常作謙詞。
殆盡	迨盡	幾乎窮盡。

正確	錯誤	說明
洞簫	洞蕭	一種用竹管製成的樂器。
玳瑁	代瑁	動物名，龜鱉目海龜科。生長在海中，性情凶暴，肉很臭，背甲呈黃色與褐色相間，可做眼鏡架、胸針等裝飾品。
訂正	釘正	校訂並改正文字的錯誤。
倒塌	倒榻	建築物倒了下來。
倒楣	倒霉	運氣不順。
凋敝	凋蔽	衰敗。
凋謝	雕謝	花木凋落。比喻死亡。
砥礪	砥勵	砥細礪粗，都是磨石。磨鍊的意思。
耽誤	擔誤	延誤。
耽擱	擔擱	延遲。
胴體	膧體	人的軀體。通常指女人的軀體。
釘梢	釘稍	暗地裡跟蹤人，偵察他的行動。亦作「盯梢」。
陡峭	陡翹	坡度很大，高直峻立。
堆砌	堆沏	層疊累積。在文章中多用了不必要的詞語。

掇拾	輟拾	採取。掇，ㄉㄨㄛˊ，duó。
掉包	調包	暗中把東西換掉。
掉換	吊換	更換、轉換。
掉頭	吊頭	轉頭。回頭。斷頭。
舵手	踱手	行船時掌舵、控制航向的人。泛指領導者。
釣竿	釣杆	釣魚或水中其他動物用的竿子。
頂好	鼎好	最好。
頂禮	鼎禮	跪下，雙手伏地，用頭頂著所尊敬的人的腳。佛教徒最恭敬的禮節。
喋血	蹀血	比喻殺了很多人，踏過血跡而行。
奠定	墊定	使事物穩固、安定。
渡河	度河	從河的這岸到那岸。
等候	等侯	等待守候。
答覆	答複	回答別人的問題或請求。
詆毀	抵毀	說人壞話，以達到破壞、傷害的目的。詆，ㄉㄧˇ，dǐ。
貸款	代款	借錢。

正確	錯誤	說明
逮捕	歹捕	對於現行犯、準現行犯或通緝犯加以緝拿，並約束其身體自由，而行偵察或處罰。
鈍器	頓器	不銳利的器具。
搭檔	搭擋	合作。合作的人。
殿後	墊後	落在最後。
碘酒	典酒	把碘在酒精裡溶化而成，是外用消炎治腫、殺滅黴菌的主要藥品。
跺腳	蹉腳	頓足，提起腳連連用力踏地。為憤怒、著急等情緒激動的表現。
道歉	道欠	向別人表示歉意。
電銲	電捍	利用電能的高熱銲接金屬的方法。
鼎沸	頂沸	比喻聲勢浩大，就像鼎中的水沸騰。
嘀咕	嘀估	低聲說話。形容不安或猶豫不決的樣子。
嘟囔	嘟嚷	不間斷地小聲自言自語。
對峙	對寺	相對而立，相抗衡。
對弈	對奕	下棋。

對稱	對襯	相配。指物體左右或上下的形式完全相同的狀況。
碟子	牒子	盛裝食物的小盤子。
端的	瑞的	果然、真的。究竟、詳情。
端倪	端尼	事情的頭緒跟邊際。
端詳	端祥	仔細地看。
端賴	瑞賴	依賴、憑靠。
遞解	締解	古代押送人犯到遠地，沿途由地方官派人輪流接替押送。解，此處念ㄐㄧㄝˋ，jiè。
遞嬗	遞擅	轉變。嬗，ㄕㄢˋ，shàn。
墮胎	墜胎	人工流產的俗稱。
彈匣	彈鉀	槍裡面裝子彈以供發射的容器。
稻稈	稻桿	稻的莖部。
稻穗	稻繐	稻子開花之後結的稻粒。
鍛鍊	緞練	從艱苦中養成任勞耐苦的習慣、敏銳的知覺、正確的觀念。
締造	諦造	組織創立。
締結	諦結	訂立。

正確	錯誤	說明
蝶衣	蝶依	蝴蝶的翅膀。
調查	調察	為了了解真相所作的探訪、考察。
賭博	睹博	拿金錢為注計輸贏的不正當娛樂。
導致	導至	促成、引起。
擔心	耽心	不放心，掛心。
燈泡	燈炮	發光照明的玻璃泡。
蕩漾	蕩樣	震動起伏，多用於指水波、聲音。
諦視	締視	仔細察看。
雕鏤	碉鏤	雕刻。鏤，ㄌㄡˋ，lòu。
檔案	擋案	分門別類收藏的公文。
膽怯	膽卻	畏怯。害怕。
點綴	點輟	襯托裝飾。綴，ㄓㄨㄟˋ，zhuì。
顛簸	顛跛	受震動而起伏搖動。
讜論	儻論	正直的言論。讜，ㄉㄤˇ，dǎng。
斗篷		即「披風」。其形如斗，故稱。

ㄉ

帳棚 解開後可自由搬運的組合式簡易住宅，可用於登山、露營。

打仗 （to fight）作戰。

打戰 （to shudder）發抖。

抖擻 奮發振作。擻，ㄙㄡˇ，sǒu。

抖摟 抖動使掉落。摟，此處念·ㄌㄡˇ，lǒu。

低迷 模糊不清。比喻低落。

風靡 望風而倒。比喻流行。

妒忌 猜忌懷恨他人勝過自己。

嫉妒 因別人比自己好而心生怨恨。

度量 （the degree of magnanimity）包容寬讓別人的氣度。

肚量 （the quantity of food one consumes）食量。

東廠 古官署名。明置。負責捕捉叛逆、監視百姓、鎮壓人民，多由皇帝身邊的親信宦官擔任。

西廠 古官署名。明置。專掌偵緝臣民隱事，權在東廠之上。

玷汙 比喻敗壞聲譽。玷，ㄉㄧㄢˋ，diàn。

沾汙 弄髒。

正確	錯誤	說明
陡然		（suddenly）突然。
徒然		（in vain）白費力氣。
動輒		往往，每次舉動都如此。
沒轍		沒有辦法，無計可施。轍，此處念ㄓㄜˊ，zhé。
淡入		fade-in，影片畫面由黑暗而漸明亮，聲音由低而漸高。
淡出		fade-out，電影、電視中有些畫面由明亮清晰而逐漸黯淡，聲音由大漸小的過程，表示時間的轉換或結束。引申為漸漸退出某種活動。
敦促		誠懇地催促。
督促		監察催促。
答腔		回答。
答理		跟人講話或打招呼。答，此處念ㄉㄚ，dā。
搭訕		攀談。訕，ㄕㄢˋ，shàn。
墮落		（to indulge in evil ways）指人的行為變壞，不知長進。
墜落		（to drop）物體由高處往下掉落。

ㄉ

斷片		事物整體中的一部分。俗稱暫時失去記憶。
片段		單方面、一小段。
糴米		買入米糧。糴，ㄉㄧˊ，dí。
糶米		賣出米糧。糶，ㄊㄧㄠˋ，tiào。
大花臉	太花臉	傳統戲劇中淨角的俗稱。其唱工繁重，態度沉毅，聲音宏亮，專門扮演王侯或將相。
大帽子	大冒子	禮帽。俗稱權貴的名義或勢力。
大夥兒	大鈥兒	一群人。亦作「大伙兒」。
大雜燴	大雜匯	許多菜混合在一起所做成的菜。也用以指許多人或事物混合在一起。
叼煙斗	叨煙斗	將煙斗銜在嘴裡。
打游擊	打遊擊	從事游擊戰。飲食、住宿或工作無固定場所，俗稱「打游擊」。
打誑語	打狂語	佛家語。指騙人。誑，ㄎㄨㄤˊ，kuáng。
吊胃口	掉胃口	俗稱故意挑起別人興趣，而又不讓他得到滿足。吊，是「弔」的俗寫。這個詞語以俗寫為宜。
吊膀子	掉膀子	俗稱男女互相引誘。

正確	錯誤	說明
多瑙河	多惱河	Danube River，歐洲第二大河。流貫歐洲中部、東南部，注入黑海。
倒栽蔥	倒裁蔥	形容跌倒時頭先著地。
鬥不攏	逗不攏	湊不起來。
鬥雞眼	逗雞眼	兩眼的黑眼珠向鼻梁方向集中，不相對稱。
兜圈子	兒圈子	無事閒遊。說話不直截了當。
動不動	東不東	經常、每每，指慣常的行為。
掉書袋	調書袋	譏笑人好引用成語典故來賣弄學問。
頂瓜瓜	鼎瓜瓜	稱讚人、事、物相當好的意思。
登徒子	登徙子	指好色的男子。
登龍術	燈籠術	獲取榮顯的方法。多指利用不雅的手段以成名取勢。
電線杆	電線桿	架著電線的長杆。桿和杆都作木棒解。可以在手上使的叫「桿」；太大而無法在手上使的叫「杆」。
滴溜溜	滴遛遛	靈活圓轉的樣子。
稻粱謀	稻梁謀	指禽鳥尋覓食物。也比喻人謀衣求食。
調頭寸	掉頭寸	指手頭不便，臨時向他人借錢周轉。

ㄉ

擋箭牌	檔箭牌	遮擋飛箭的盾牌。比喻推託的藉口或理由。
疊羅漢	跌羅漢	一種雜技表演的項目。人上架人，由許多人疊成各種式樣。
打哈哈		（to make merry）開玩笑。為迴避話題或掩飾窘態而故意說些不相干的玩笑話。
打哈欠		（to yawn）身體疲倦的時候，張口深深呼氣吸氣的動作。
打哆嗦		（to tremble）因寒冷或恐懼而全身顫抖。
第一線		戰爭時的最前線。比喻最前列的工作崗位。
第三者		當事人以外的人。夫妻外遇或情侶移情的對象。
第六感		超越身體感官的特殊感知能力。
短撅撅		很短。撅，ㄐㄩㄝ，juē。
矮趴趴		很低。趴，ㄆㄚ，pā。
矮墩墩		又矮又胖。墩，ㄉㄨㄣ，dūn。
窄鼈鼈		很窄。鼈，ㄅㄧㄝ，biē。
墊腳石		比喻可以藉以利用往上攀升的人或事物。
絆腳石		路上阻礙前進的石塊。比喻阻礙前進的人或事物。
斷代史		專記某一朝代的歷史。

正確	錯誤	說明
通史		貫通古今，連貫各朝代史實的史書。
刀鋸鼎鑊	刀具鼎鑊	泛指古代的殘酷刑具。
刁斗森嚴	叼斗森嚴	指軍隊夜禁森嚴。比喻軍令嚴肅。
刁頑成性	叼頑成性	狡猾頑劣成性。
大汗淋漓	大汗淋灕	形容汗如雨下。
大吹大擂	大吹大雷	比喻言詞誇大，毫無根據。即「吹牛皮」。
大吹法螺	大吹法鑼	「吹法螺」原指講經說法。後用大吹法螺譏諷人好說大話。
大快朵頤	大塊朵頤	飽食愉快的樣子。
大放厥詞	大放絕詞	原指人大展文才。現在比喻人大發誇張的言論。
大相逕庭	大相勁庭	相去太遠、差異太大。亦作「大相徑庭」。
大異其趣	大易其趣	趨向完全不同。
大開眼界	大開眼戒	增加見識，開闊視野。
大肆咆哮	大恣咆哮	放任無所顧忌地吼叫。
大腹便便	大腹偏偏	指懷孕的婦人或腹部肥胖的人。便便，此處念ㄆㄧㄢˊ ㄆㄧㄢˊ，pián pián。

大徹大悟	大撤大悟	徹底明白、領悟。
大醇小疵	大醇小此	大體純正而略有缺點。
大器晚成	大氣晚成	能擔當大事的人物要經過長期的鍛鍊，所以成就比較晚。
大聲疾呼	大聲急呼	大聲呼喊以引起他人注意。形容對某事大力呼籲、提倡。
大顯身手	大險身手	形容充分發揮才能、本領。
弔民伐罪	弔民罰罪	討伐有罪的人以撫慰民眾。
吊兒郎當	掉兒啷噹	形容儀容不整，作風散漫，態度不嚴肅。
斗筲之人	斗肖之人	喻見識淺薄，器量狹窄之人。筲，ㄕㄠ，shāo。
斗轉參橫	斗轉蔘橫	指天將亮的時候，北斗星的杓轉了方向，參星橫斜。
冬溫夏清	冬溫夏清	指子女孝事雙親，冬天為父母溫被縟，夏天為父母搧涼蓆。清，ㄐㄧㄥˋ，jìng。
叨叨絮絮	刀刀絮絮	嘴裡念個不停。
打成一片	打成一編	形容感情融洽，沒有隔閡。
打破紀錄	打破紀碌	指在某一項事件中的成績，超越別人。
打躬作揖	打躬作緝	形容對別人奉承的樣子。
丟三落四	丟三剌四	形容人的記性差。落，此處念ㄌㄚˋ，là。

正確	錯誤	說明
地坼天崩	地拆天崩	地裂開，天倒塌。比喻發生巨變。
地痞流氓	地皮流氓	地方上的無賴。
多多益善	多多易善	越多越好。
豆蔻年華	豆寇年華	喻年輕女子。
咄咄怪事	拙拙怪事	奇怪而令人驚訝的事情。咄，ㄉㄨㄛˋ，duò。
咄咄逼人	拙拙逼人	氣勢凌人。
咄嗟可辦	拙嗟可辦	指馬上可以辦成。咄嗟，ㄉㄨㄛˋ ㄐㄧㄝ，duò jiē，比喻短暫的時間。
東山再起	東山在起	比喻退隱後再復出。
東床快婿	冬床快婿	本指稱心的女婿。後為女婿的美稱。
東拼西湊	東拼西揍	胡亂湊合；勉強拼湊。
東食西宿	東時西宿	比喻貪得的人，只知圖利，而沒有羞恥心。
東窗事發	東窗世發	指陰謀或罪行敗露。
待一會兒	呆一會兒	停留一下子。待，此處念ㄉㄞ，dāi。
待人接物	待人接務	與人交往。

待價而沽	待價而估	等待好價錢才出售，喻君子把握機會善用自己的才能。
洞若觀火	洞若關火	形容觀察事物非常透徹，如同看火一樣清楚。
倒打一耙	倒打一把	比喻突然反擊。比喻錯在自己，卻反責別人。耙，ㄆㄚˊ，pá。
倒吃甘蔗	到吃甘蔗	比喻先苦後甘，漸入佳境。
倒持泰阿	倒持汰阿	倒拿寶劍，把劍柄交給別人。比喻輕易授人以權力，自己反遭其害。泰阿是古代寶劍名，亦作「太阿」。阿，此處念ㄜ，ē。
倒屣相迎	倒屐相迎	形容熱情迎客，匆忙急促的樣子。屣，ㄒㄧˇ，xǐ。
動輒得咎	動則得咎	動不動就遭人批評責罵。
掂斤播兩	掂斤撥兩	比喻對瑣屑事情斤斤計較。
掉以輕心	掉已輕心	處理事情時，抱持著輕忽或不謹慎的態度。
掉頭就跑	調頭就跑	轉頭不顧而離去。
第五縱隊	第五綜隊	Fifth Column，一九三六年佛朗哥（Francisco Franco）在西班牙內戰期間，率領四個縱隊進攻馬德里，並在城裡預先埋伏一個縱隊作為內應，稱為第五縱隊。現泛指潛伏在國內，發動暴動、散播謠言、製造糾紛的敵方間諜組織。
喋喋不休	碟碟不休	話說個沒完沒了的樣子。

正確	錯誤	說明
登峰造極	登鋒造極	登上山峰，到達絕頂。比喻造詣高深而精絕。
登高自卑	登高自悲	登上高處必從低處開始。比喻做事按順序進行。
登堂入室	燈堂入室	已到相當水準，但還未登峰造極。比喻造詣精深。
登報鳴謝	登報銘謝	刊載於報紙上以示感謝。
短小精悍	短小精捍	形容人身軀矮小，而練達精明的樣子。
等因奉此	等困奉比	指無聊的文書工作。指官樣文章。諷刺只知照章行事，而不解決實際問題的辦事作風。
當仁不讓	當人不讓	對於該做的事一定主動去做，絕不推辭。
當務之急	當物之急	眼前最急迫的事。
道貌岸然	道貌按然	形容人一副正經、嚴肅的樣子。
道聽塗說	道聽徒說	指沒有根據，隨處聽來的話。亦作「道聽途說」。
鼎鼎大名	頂頂大名	指名氣很大。
奪眶而出	奪框而出	眼淚不由自主地流出來。
對牛彈琴	對牛談琴	比喻無法溝通。比喻不解風情。
對簿公堂	對薄公堂	原告和被告雙方一同在法庭上受審以辨明是非對錯。

ㄉ

彈丸之地	彈完之地	比喻很小的地方。
德高望重	德高忘重	德行高，聲望隆。
德薄能鮮	德簿能鮮	德行淺薄，又沒有才能。通常為自謙之辭。鮮，ㄒㄧㄢˇ，xiǎn。
踮起腳尖	墊起腳尖	以腳尖著地把腳跟提起來的動作。
擔驚受怕	擔心受怕	受驚嚇，非常害怕。
殫思極慮	彈思極慮	用盡了全部的精神和心思。殫，ㄉㄢ，dān。
燈火熒熒	燈火煢煢	指燈火微明。熒，ㄧㄥˊ，yíng。
獨占鰲頭	獨占敖頭	科舉時代稱呼狀元及第，今比喻考試得第一名。亦作「獨占鼇頭」。
獨具隻眼	獨具支眼	比喻見識比一般人高超。
獨樹一幟	獨樹一志	比喻自成一家。
雕梁畫棟	雕粱畫楝	形容建築物的華麗。
雕蟲小技	刁蟲小計	雕刻蟲書（古時的一種篆書）的小技巧。形容微不足道的技能。
戴罪立功	載罪立功	力求有所建樹以贖罪。
蹈常襲故	蹈長襲故	墨守陳法，不知變通。

正確	錯誤	說明
斷袖之癖	斷袖之僻	指男子有同性戀的傾向。
斷章取義	斷張取義	隨意截取詩文的片段，加以應用，而不顧全文意旨及作者本意。
斷簡殘編	斷簡殘篇	殘缺不全的文字或書籍。
簞食瓢飲	單食瓢飲	生活節儉，飲食簡單。形容人安貧樂道。食，此處念ㄙˋ，sì。
簞瓢屢空	單瓢屢空	形容非常貧窮。
顛沛流離	巔沛流離	遭受挫折，生活艱難，四處流浪，無家可歸。
顛撲不破	顛仆不破	理論正確，不能推翻。
黨同伐異	黨同伐易	結合同黨，攻擊異己。
疊床架屋	疊床駕屋	比喻重複、累贅。
大紅大紫		比喻人受到器重或歡迎而聲名大噪。
大紅大綠		形容顏色濃豔，不夠高雅。
大雨滂沱		形容雨勢盛大。
氣勢磅礴		形容氣勢雄偉壯盛。

打小算盤 比喻為個人打算。比喻只計較小處。

打如意算盤 比喻只憑主觀的想法，而作一廂情願的考慮或打算。

東施效顰 比喻刻意模仿，反而弄巧成拙。

唐突西施 隨便比喻，因而冒犯人家。亦作「唐突西子」。

得魚忘筌 事成之後，就忘了賴以成功的事物和條件。

得隴望蜀 比喻貪得無厭。

等閒之輩 平凡的人物。

等閒視之 以平常心看待，不以為意。把它當作平常的事情，不加重視。

等閒虛度 隨便打發時間，毫無收穫。感嘆良辰美景的空過。

電視螢幕 電視上可聚集螢光，以顯現映像的裝置。

電影銀幕 放映電影的布幕。

電氣用品 利用電作為動力來源的器具總稱。

電器行 販售家電用品之商店。

電氣化 將未使用電的設施改以電為動力。

敦世厲俗 敦厚世道，改善風俗。

敦品勵學 修養品德，努力求學。

正確	錯誤	說明
大旱望雲霓	大早望雲霓	比喻渴望不已。
東西南北人	東南西北人	四處漂泊，居無定所的人。
獨木不成林	獨木不成森	語見漢・崔駰〈達旨〉。比喻力量單薄，無法成事。
打蛇打七寸		比喻做事應抓住重點，掌握關鍵。
打蛇隨棍上		比喻趁機行事。
丁是丁，卯是卯	寸是寸，卯是卯	語見清・曹雪芹《紅樓夢》第四十三回。形容做事非常認真，一絲不苟。
大塊假我以文章	大快假我以文章	語見唐・李白〈春夜宴桃李園序〉：「而浮生若夢，為歡幾何？古人秉燭夜遊，良有以也。況陽春召我以煙景，大塊假我以文章。」這個寬廣的大地提供我寫作的材料。表示大自然中俯拾皆是創作的素材。
打破沙鍋問到底	打破沙煱問到底	比喻詢問得很徹底。
打開天窗說亮話	打開天窗說量化	語見清・李寶嘉《官場現形記》第二十七回。比喻直率而坦白地說出來。
打落牙齒和血吞	打落牙齒合血吞	比喻遭受欺侮而能堅忍。和，此處念ㄏㄨㄛˋ，huò。

多情卻似總無情	多情總似卻無情	語見唐・杜牧〈贈別〉。用以形容談感情時，對象的態度忽冷忽熱，令人捉摸不定。
淡妝濃抹總相宜	淡裝濃抹總相宜	語見宋・蘇軾〈飲湖上初晴後雨〉。形容美麗的女子不論怎麼打扮或不打扮，都是美麗的。也用以形容景物之美。
當面鑼，對面鼓	當面羅，對面鼓	語見明・蘭陵笑笑生《金瓶梅》第五十一回。比喻面對面把話說清楚。
當家才知柴米貴	當家才知材米貴	語見明・吳承恩《西遊記》第二十八回。說明有了親身體驗，對事物才有深刻的了解。
大有席捲天下之概	大有襲捲天下之概	頗有佔領天下的氣概。言志氣之高。
道不同，不相為謀	到不同，不相為謀	語見《論語・衛靈公》。彼此觀點、主張不同，就不必互相商量、討論。
大巧若拙，大辯若訥	大巧若拙，大辨若訥	語見《老子》第四十五章。說明事情不能只由表面去研判，應從事實面去探究。
登高自卑，行遠自邇	登高自卑，行遠自爾	登高要從低處開始，走遠路要從近處出發。比喻做事要按部就班、循序漸進。
當局者迷，旁觀者清	當局者迷，旁觀者輕	語本《舊唐書・元行沖傳》。比喻當事人往往不如旁觀者看得全面、清楚。

正確	錯誤	說明
道高一尺，魔高一丈	道高一尺，磨高一丈	語見明・凌濛初《初刻拍案驚奇》卷三十六。原是佛家警戒修行人要力抗外界的所有誘因，後用以形容當社會正義的力量出現時，邪惡的力量更增長。
大魚吃小魚，小魚吃蝦米	大魚吃小魚，小魚吃瞎米	語本漢・劉向《說苑》卷十五。比喻大欺小、強凌弱。
但願人長久，千里共嬋娟	但願人長久，千里共纏娟	語見宋・蘇軾〈水調歌頭〉。只希望所想念的人永遠健康平安，即使相隔千里，也能共賞天下的明月。表達對親人深切的思念及祝福。
讀書破萬卷，下筆如有神	讀書破萬券，下筆如有神	語見唐・杜甫〈奉贈韋左丞丈二十二韻〉。閱讀的書如已逾萬卷，寫起文章來就會才思敏捷，像有神助。說明博覽群書有助於寫作。
叼著骨頭的狗隨時都有危險	叨著骨頭的狗隨時都有危險	語本西洋諺語 The dog with the bone is always in danger. 指擁有貴重物品，容易招來禍患。
大水沖了龍王廟，一家人不認得一家人	大水衝了龍王廟，一家人不認得一家人	語見清・文康《兒女英雄傳》第七回。指自己人互不相識，發生爭鬥。

短暫的分離加深愛情，長期的分離扼殺愛情

短暫的分離加深愛情，長期的分離遏殺愛情

語本西洋諺語 Temporary parting deepens love, while long separating strangles love. 說明長久分隔兩地，感情會變淡。

大膽的想法就像往前移動的棋子。它們可能被打倒，也可能是贏得這場對弈的開始

大膽的想法就像往前移動的棋子。它們可能被打倒，也可能是贏得這場對奕的開始

語本歌德語 Daring ideas are like chessmen moved forward; they may be beaten, but they may start a winning game. 鼓勵人們不要受制於傳統思路，勇於採取創新的大膽想法。歌德（Johann Wolfgang von Goethe，1749~1832），德國詩人、思想家。

ㄊ

正確	錯誤	說明
天籟	天賴	自然所發出的聲響。形容美妙的音樂或詩文。
凸顯	禿顯	顯示出來。
叨光	叼光	沾光。受人恩惠，表示感謝的用語。叨，ㄊㄠ，tāo。
叨擾	叼擾	受人款待的謝語。
同僚	同寥	同事。
同儕	同齊	同輩。儕，ㄔㄞˊ，chái。
吞噬	吞筮	吃掉。比喻侵佔別人的財物化為己有。
坍方	坍坊	土方崩塌。
坍塌	坍榻	毀壞倒塌。
投繯	投環	自縊。繯，ㄏㄨㄢˊ，huán。

坦誠	袒誠	坦白誠懇。
拓印	唾印	利用油墨或墨汁將金石器物上所銘刻的圖文轉印至紙張上。
陀螺	坨螺	一種木頭製的圓錐形玩具。下端有鐵尖，繞上繩子，急甩出去，落地後就能在地上直立旋轉。
恬靜	甜靜	安適寧靜。
挑剔	挑剃	故意找人毛病。挑選。
挑撥	桃撥	搬弄是非。挑動、撥動。
挑釁	挑興	故意引起爭端。釁，ㄒㄧㄣˋ，xìn。
倘若	淌若	假如。
剔牙	剃牙	用牙籤挑去附著在牙縫裡的殘餘食物。
剔除	剃除	挑除。除去。
唐突	唐凸	觸犯。冒犯。
挺好	廷好	很好。
特赦	特涉	因特殊緣故，國家對於犯罪者受宣告的刑罰加以赦免。
茼蒿	茼篙	草本蔬菜類植物。嫩葉可供食用。茼蒿，ㄊㄨㄥˊ ㄏㄠ，tóng hāo。
託付	託負	把事情委託別人去辦理。

正確	錯誤	說明
託辭	拖辭	假託的言辭。
逃匿	逃暱	逃亡後將自己藏匿起來。
逃逸	逃佚	逃離不見蹤跡。
逃遁	逃盾	逃跑。逃避。
堂皇	堂惶	氣勢雄偉富麗。
惕厲	惕勵	心存憂患意識而有所警惕。惕，ㄊㄧˋ，tì。
掏心	淘心	指發自內心的。
掏錢	陶錢	用手取錢。
推諉	推委	推卸責任。諉，ㄨㄟˇ，wěi。
掭筆	添筆	用筆在硯上勻蘸墨汁。掭，ㄊㄧㄢˋ，tiàn。
淘汰	陶汰	除去不好的，留下好的。
淘金	掏金	用水淘洗去沙質，以採取細粒的金。比喻想發財。
淘氣	陶氣	孩童頑皮、搗蛋。
眺望	挑望	遠望。
笤帚	沼帚	竹製的掃帚。笤，ㄊㄧㄠˊ，tiáo。

ㄊ

荼毒	茶毒	殘害、傷害。荼，ㄊㄨˊ，tú。
袒胸	坦胸	裸露胸部。
袒護	坦護	偏袒庇護。
貪婪	貧婪	貪求無度，不知滿足。
透徹	透澈	非常清楚深入。
通緝	通輯	法院通令各地方捉拿在逃的犯人。緝，ㄑㄧˋ，qì。
通衢	通渠	四通八達的大道。衢，ㄑㄩˊ，qú。
陶冶	陶治	製作陶器和冶金。培養、教育。修養品格。
陶醉	淘醉	形容非常沉迷。
唾液	垂液	由唾腺分泌的液體，可潤浸口腔，分解食物。
提醒	隄醒	從旁指點，促人注意。
替代	替待	代理。接替。
湍急	端急	水流急速。湍，ㄊㄨㄢ，tuān。
塗炭	塗碳	比喻生活困苦，好像處在汙泥炭火中。
滔天	濤天	彌漫天空，形容非常大。
絛蟲	條蟲	屬扁形動物門絛蟲綱中的一種寄生蟲。絛，ㄊㄠ，tāo。

正確	錯誤	說明
馱運	駄運	用牲口載運物品。
彈劾	彈核	國會對違法失職的公職人所提出的控訴。我國由監察院行使彈劾權。
彈簧	彈璜	利用具彈性的金屬製成的機械零件。
調皮	條皮	頑皮。
調侃	調坎	揶揄、譏笑。
調和	調合	和諧。協調爭端。
調教	條教	教導。
調劑	調濟	適當調整使合宜。
撻伐	達伐	征討。抨擊。撻，ㄊㄚˋ，tà。
褪色	退色	顏色消退。指效果、程度的減退。褪，此處念ㄊㄨㄣˋ，tùn。
蹄髈	蹄膀	豬腿根的轉彎處。髈，ㄆㄤˇ，pǎng。
頭腦	頭惱	頭。思想、觀念。事情的頭緒。
頭顱	頭盧	指人的頭部。
頹圮	頹圯	墮落。倒塌。圮，ㄆㄧˇ，pǐ。

ㄊ

鴕鳥	駝鳥	屬鳥綱鴕形目。腳長且細，善於行走。
檀香	壇香	常綠喬木，木材堅實有香味，可製線香、扇骨或作藥材。原產於印度，熱帶地區多有栽培。
瞳孔	童孔	眼珠前虹膜中心的圓孔。可隨虹膜的伸縮擴大或縮小，以調節適量的光線進入眼內。
謄寫	騰寫	抄寫、抄錄。
題詩	提詩	在書、畫器物或牆壁上提寫詩句。
饕餮	饕殄	傳說中貪食的惡獸名。比喻凶惡的人或貪婪的人。現在多用來比喻貪吃的人。饕餮，ㄊㄠ ㄊㄧㄝˋ，tāo tiè。
變革	變格	改革。改變。
退卻		畏縮。
褪色		顏色漸漸脫落或消失。亦作「脫色」。
徒然		（in vain）白費力氣。
陡然		（suddenly）突然。
推託		藉故推辭。
推拖拉		推卸、拖延、拉扯。
通史		貫通古今，連貫各朝代史實的史書。

正確	錯誤	說明
斷代史		專記某一朝代的歷史。
通宵		整個晚上。
通霄鎮		位於台灣省苗栗縣境內的臨海小鎮。
提名		（to nominate）選舉或任命公職時，由特定個人或團體或政黨提薦一人或數人，供選民選擇或同意的行為。
題名		（to inscribe one's name）寫上姓名。喻應考錄取之意。
湯糰		用糯米粉製成的團狀食品，用來煮湯。
飯團		米飯放進配料之後壓緊，狀似圓形的食品。
塗鴉		喻書寫拙劣或隨意塗抹書寫。
填鴨		將食物強行塞入鴨子食道的一種飼養或烹煮方式。比喻強迫式教學。
搪瓷		一種工藝品，製作方法與景泰藍類似，外觀很像瓷製品。
搪塞		敷衍塞責。
搪缸		磨平汽缸內壁的工作。
題材		（materials of writing）文學或藝術作品中，表現主題所用的材料。

體裁		（a style of writing）：作品的布局、架構。文學的類別，依作品所表現的結構與性質上之差異而區分，如詩、散文、小說等。
鐵證		確鑿的證據。
鐵案如山		喻證據確鑿，像山一樣不能推翻。
糶米		賣出米糧。糶，ㄊㄧㄠˋ，tiào。
糴米		買入米糧。糴，ㄉㄧˊ，dí。
天可汗	天克汗	唐代貞觀年間，西北回紇各酋長對唐太宗所上的尊號。可汗，ㄎㄜˋㄏㄢˊ，kè hán。
天堂鳥	天堂烏	旅人蕉科，多年生草本植物。葉根生，披針狀長橢圓形；莖很長，花萼黃，花瓣三片，舌瓣暗青色，供觀賞用。
天靈蓋	天齡蓋	頭蓋骨的上部，即頭頂。
托拉斯	拖拉斯	英語 trust 的音譯。一種資本主義的壟斷、獨占體制。
兔崽子	兔宰子	罵人卑賤的俚語。
拖油瓶	托油瓶	俗稱再嫁婦女帶到後夫家的子女。是輕侮的詞。
挑大梁	挑大樑	比喻擔負重大責任。
堂兄弟	唐兄弟	稱伯叔的兒子。

正確	錯誤	說明
捅樓子	統樓子	不小心做了錯事，給他人添麻煩。
跳加官	挑加官	傳統戲劇開場或喜慶節日宴會時，由一人戴面具、穿紅袍，手執「天官賜福」等吉祥語的牌子，先行出來表演的舞蹈。
團團轉	圜圜轉	不停地轉圈子。形容著急或忙碌的樣子。轉，此處念ㄓㄨㄢˋ，zhuàn。
榻榻米	塌塌米	日式房中，以乾草編成墊在地板上的厚墊子。榻，ㄊㄚˋ，tà。
踢毽子	踢鍵子	舉起腳來踢動毽子。
踢躂舞	踢他舞	tap dance，一種舞蹈，在舞鞋前端與後跟釘上鐵片，跳舞時上身多保持平穩，偶有拍手或拍身的動作，腳下靈活敏捷，以腳尖、腳掌或腳跟擊地，發出響亮的踢踢躂躂聲。
溏心蛋		半熟水煮，蛋黃不凝固的蛋。
糖葫蘆		以冰糖或糖稀蘸成串的果類。
蹚渾水		踏在汙水裡。比喻跟別人做壞事就捲入麻煩中。蹚，ㄊㄤ，tāng。
淌口水		流下口水。
鐵三角		比喻具有強大力量的三方面，結合成強勢而穩固的陣容。

鐵公雞		比喻一毛不拔、非常吝嗇的人。
鐵將軍		指鎖，因多用鐵製成，具防衛作用，故稱。
鐵蒺藜		古代軍用武器，用帶有尖刺突起的鐵片連結組成的障礙物散落於地，可有效阻擋敵軍。武俠故事中的金屬投擲暗器。蒺藜，ㄐㄧˊ ㄌㄧˊ，jí lí。
鐵算盤		指吝於財物、精打細算的人。
掏腰包		從腰間的錢包中掏出錢來。指破費花錢。
橢圓形		狹長的圓形。
桃花源		指與世隔絕、安和樂利的理想世界。
桃園市		中華民國直轄市，六都之一，位於台灣本島西北部。
桃園結義		指結拜為異姓兄弟。相傳東漢末年，劉備、關羽和張飛三人，曾在桃園中結拜為異姓兄弟。
土牛木馬	土流木馬	土做的牛，木做的馬。比喻有其外形而無實質。
土崩瓦解	土繃瓦解	土片崩塌，瓦片破碎。形容潰敗得無法收拾。
土裡土氣	土裡吐氣	形容人鄉土味濃厚，不時髦或缺乏見識。
土豪劣紳	土毫劣紳	地方上的豪強和品格卑劣的士紳。泛指地方上的惡勢力。
土頭土腦	土頭土惱	形容人粗俗，不合時尚。

正確	錯誤	說明
天之驕子	天之嬌子	處境優越的人。
天公地道	天公地到	非常公平合理。
天生烝民	天生丞民	天下眾多的百姓。烝，ㄓㄥ，zhēng。
天色迷濛	天色迷蒙	指天色模糊不清。
天衣無縫	天衣無風	表示很精巧，無隙可尋。喻詩文渾然天成沒有斧鑿的痕跡。
天作之合	天作之和	指上天所撮合成的美滿婚姻。
天花亂墜	天花亂墮	形容人說話誇大不實在。
天真爛漫	天真浪漫	比喻性情純真且不虛偽。
天馬行空	天馬形空	形容才思敏捷豪放，文筆超逸脫俗。形容言行不著邊際，沒有重點。
天崩地裂	天繃地裂	比喻聲音極大。比喻變動巨大。
天涯海角	天崖海角	比喻很遠的地方；亦作「天涯地角」。
天理昭彰	天理招彰	天道明顯彰著。形容報應分明。
天經地義	天經地意	天地間不可改變的道理。
天網恢恢	天網灰灰	天道像羅網，廣大無邊。指作惡的人一定會受到報應和制裁。

ㄊ

天與人歸	天與入歸	得到上天的託付和民心的歸順。指對執政者的頌揚。
天曚曚亮	天蒙蒙亮	形容天剛亮，光線仍不清晰。
天羅地網	天羅地綱	比喻防範布置得極為嚴密難以逃脫。
太倉一粟	太倉一栗	大穀倉的一粒米。比喻極微小。
叨陪末座	叼陪末座	赴宴時自謙的話語。
同仇敵愾	同仇敵慨	對所怨恨的人，共同發揮抵禦的精神。愾，ㄎㄞˋ，kài。
同床異夢	同床易夢	比喻共同生活或一起做事，卻各有各的打算。
同流合汙	同流和汙	處在壞的環境下，被引誘作惡不能自拔。
吐哺握髮	吐補握髮	比喻禮賢下士，求才心切。
吐屬不凡	吐囑不凡	談吐的言詞與眾不同。屬，此處念ㄓㄨˇ，zhǔ。
吞舟之魚	吞粥之魚	能吞舟的大魚，比喻犯大罪的人。
投石問路	頭石問路	比喻進行試探。
投筆從戎	投筆從戒	指讀書人棄文就武，從軍報國。
投閒置散	投閒至散	指被安排在不重要的職位上。
投鼠忌器	投鼠忌氣	喻做事有所顧忌。
投機取巧	偷機取巧	以狡詐的手段，迎合時機，獲取利益。

正確	錯誤	說明
投鞭斷流	投編斷流	形容軍隊人數眾多。
兔走烏飛	兔走鳥飛	玉兔（指月）急奔，金烏（指日）飛馳。比喻光陰飛逝。
坦腹東床	袒腹東床	稱別人的女婿。簡作「令坦」。
亭亭玉立	婷婷玉立	形容女子挺立秀美的樣子。
恫瘝在抱	恫眾在抱	把人民的疾苦放在心上。恫，亦作「痌」，此處念ㄊㄨㄥ，tōng。瘝，ㄍㄨㄢ，guān。
恬不知恥	忝不知恥	有過錯而安然不以為恥辱。
挑三揀四	挑三撿四	過分地挑剔。
挑燈夜戰	挑燈夜仗	形容徹夜努力工作。
突如其來	圖如期來	沒有料到，忽然而來。
唐吉訶德	唐吉柯德	Don Quixote，西班牙作家賽萬提斯（Cervantes）所著諷刺小說中的人物，陶醉於俠義小說，模仿書中英雄，行俠四方，屢受挫辱。比喻不務實際、愛幻想的人。
徒託空言	圖托空言	只說空話，而不去做。
徒勞無功	陡勞無功	白費力氣，卻沒有收到效果。
捅馬蜂窩	桶馬蜂窩	比喻引發糾紛或招惹難以應付的人。

退避三舍	退避三社	比喻主動讓步，不與人爭。
逃之夭夭	逃之么么	逃跑。與《詩經．周南．桃夭》中名句「桃之夭夭」諧音而轉用。
探囊取物	探囊起物	伸手到袋中拿出物品。比喻輕而易舉，毫不費力。
探驪得珠	探儷得珠	比喻文字扼要精采。驪，ㄌㄧˊ，lí。
推己及人	推已及人	以自身的感受對待別人。
推心置腹	催心置腹	比喻以至誠待人。
推本溯源	推本朔源	推求事情的本源。
推波助瀾	推波助欄	比喻從中煽動，以加速擴大事態的發展。
推崇備至	推崇備致	更加地尊奉、尊敬。
條分縷析	條分褸析	分析細密，條理清晰。
甜言蜜語	甜言密語	悅耳動聽的話。
脫穎而出	脫影而出	超越眾人，顯出特殊的才能。
荼毒生靈	塗毒生靈	比喻毒害、殘虐人民。
袒裼裸裎	坦裼裸裎	脫去衣服，裸露身體。形容不知禮節，行為粗野的樣子。
貪得無厭	貪得無饜	貪得無度不知滿足。

正確	錯誤	說明
貪贓枉法	貪臧枉法	貪汙受賄，破壞法紀。
通宵達旦	通霄達旦	整夜，一直到天亮。
通都大邑	通都大色	四通八達的繁華大都市。邑，ㄧˋ，yì。
通權達變	通權達便	不墨守常規，而是根據實際情況，做適當的處置。
唾手可得	垂手可得	比喻事情很容易就可做到。
啼笑皆非	啼笑階非	使人既難過又好笑，不知道該哭還是該笑。
提心弔膽	提心掉膽	緊張不安的樣子。
提綱挈領	提綱契領	提起魚網的總繩，抓住衣服的領子，比喻抓住要領。挈，ㄑㄧㄝˋ，qiè。
棠棣競秀	常棣競秀	讚譽別人兄弟都傑出優秀。棣，ㄉㄧˋ，dì。
痛下鍼砭	痛下鍼鞭	鍼砭，中醫治療中以針刺入經脈穴道來治病的技術。比喻尖銳地規戒過失或指出弊端。
痛心疾首	痛心棘手	痛恨厭惡極了。
痛改前非	痛改全非	徹底改正過去的錯誤。
痛定思痛	痛定斯痛	事後追想以前的痛苦。指反省以前失敗的痛苦，而有所警惕。

ㄊ

童山濯濯	童山淖淖	形容人禿頭。濯，ㄓㄨㄛˊ，zhuó。亦作「牛山濯濯」。
童心未泯	童心未眠	純真無邪的童稚之心仍未消失。
童叟無欺	童嫂無欺	對待小孩和老人態度一樣，不會欺瞞。
腆著肚子	挺著肚子	挺，作撐直解；腆，ㄊㄧㄢˇ，tiǎn，作凸出解。前者表示動作；後者表示狀態。
嗒然若喪	塔然若喪	形容失意不得志的樣子。嗒，ㄊㄚˋ，tà。
滔天大罪	濤天大罪	形容極大的罪過。
滔滔不絕	濤濤不絕	說話連續不斷的樣子。
跳梁小醜	跳梁小丑	比喻到處搗亂而沒有什麼本領的人。
歎為觀止	歎為觀只	看到盡善盡美的事物，讚賞得無以復加。
緹騎四出	提騎四出	緝捕罪人，全面搜索。緹騎，古時捉拿押解罪犯的紅衣騎兵。騎，此處念ㄐㄧˋ，jì。
談言微中	談言為中	談話隱含意旨，洞悉事理。中，ㄓㄨㄥˋ，zhòng。
談笑風生	談笑風聲	言談之間，充滿風趣。
曇花一現	曇花一線	比喻人或事物一出現就迅速消失。
燙手山芋	燙手山竽	比喻麻煩、難處理的事情。

正確	錯誤	說明
醍醐灌頂	提壺灌頂	佛教儀式，弟子入門須經本師用精純的酥酪澆灌頭頂，比喻灌輸智慧，令人醒悟。常用來比喻聽了精闢高明的意見受到很大啓發。
靦顏事仇	靦顏世仇	不知羞恥地侍奉仇敵。靦，ㄊㄧㄢˇ，tiǎn。
頭上安頭	頭上按頭	比喻多餘重複。
頭角崢嶸	頭角爭榮	形容年少而才華洋溢、能力出眾。
頭昏腦脹	頭昏腦漲	頭部昏沉，心思不清。
頭童齒豁	頭童齒禍	頭禿齒落。形容人衰老的樣子。豁，ㄏㄨㄛˋ，huò。
頭頭是道	投投是道	條理分明。
鴕鳥心態	駝鳥心態	不敢正視現實的心態。
騰空而起	謄空而起	飛上天空。
騰笑中外	啼笑中外	被天下人嘲笑。
騰雲駕霧	騰雲架霧	形容非常快速。形容飄然若仙。形容頭腦發昏。
鐵板快書	鐵版快書	一種傳統民間曲藝。說書人以兩片鐵板互相觸擊發聲，作為說書時的伴奏。
鐵畫銀鉤	鐵晝銀鉤	形容書法神采飛揚，剛柔相濟。

鐵硯磨穿	鐵硯摩穿	比喻勤苦力學，持久不懈。
鐵樹開花	鐵豎開花	比喻事物罕見或極難實現。
儻來之物	倘來之物	無意中獲得的事物。儻，ㄊㄤˇ，tǎng。
天誅地滅		惡貫滿盈，為天地所不容。
株連無辜		牽連沒有罪過的人。
拖人下水		比喻自己犯了錯，把別人也牽連進去。
拖泥帶水		指做事不夠乾淨俐落，或說話、寫文章不夠簡潔。
涕泗滂沱		鼻涕、眼淚流得像下雨一樣多。形容哭得很傷心。
氣勢磅礴		形容氣勢雄偉壯盛。
偷香竊玉		指勾引婦女，暗中通姦。
偷梁換柱		比喻暗中改變事物的內容、性質。
統率三軍		統領指揮陸海空三軍。
三軍統帥		陸海空三軍的最高領導人。
圖窮匕現		指事跡敗露。
日暮途窮		天色已晚，路已到盡頭。比喻力竭計窮，陷入絕境。
土質磽薄		土地貧瘠，無法耕種。磽，ㄑㄧㄠ，qiāo。

正確	錯誤	說明
人情澆薄		人情浮薄。
唐突西施		隨便比喻，因而冒犯人家。亦作「唐突西子」。
東施效顰		比喻刻意模仿，反而弄巧成拙。
鋌而走險		因無路可走而採取冒險行動。常指為了某種目的而做出犯法的事情。
挺身而出		表示毫不畏縮，勇往直前。
天高皇帝遠	天高黃帝遠	語見明．黃溥《閒中今古錄》。指地方偏遠，政府力量管轄不到。比喻沒有王法，無人管束。
天涯若比鄰	天涯若比憐	語見唐．王勃〈杜少府之任蜀州〉。比喻知己雖在遠方，但由於心神相通，就像比鄰而居一樣。比，ㄅㄧˋ，bì。
替古人擔憂	春古人擔幽	語見明．蘭陵笑笑生《金瓶梅》第二十回。比喻無謂的憂慮。多含勸說或嘲諷之意。
太歲頭上動土	太歲頭上動士	語本漢．王充《論衡．難歲》。古時認為太歲所在的地方為凶方，不宜動土。比喻觸犯有權勢或凶惡的人。
天生麗質難自棄	天生麗質難自氣	語見唐．白居易〈長恨歌〉。「天生麗質難自棄，一朝選在君王側；回眸一笑百媚生，六宮粉黛無顏色。」用以說明天生美麗，即使自身想捨棄也做不到。常用來稱讚女子美得自然、脫俗，極為動人。

天若有情天亦老	天若有情天易老	語見唐．李賀〈金銅仙人辭漢歌〉。為情所傷者用以表達自己無限的憂傷、莫大的痛苦。
太陽底下無鮮事	太陽底下無仙事	語本《舊約聖經．傳道書》第一章 There is nothing new under the sun. 用來勸人對尚未發生而可預期不會有出人意表的變化之事，不必想得太多。
禿子跟著月亮走	兔子跟著月亮走	（歇後語）沾光。
偷雞不著蝕把米	偷雞不著食把米	語本清．錢彩《說岳全傳》第二十五回。比喻想貪圖便宜，反而吃了大虧。
條條大路通羅馬	條條大路通鑼馬	語本西洋諺語 All roads lead to Rome. 比喻手段各異，結果相同。
鐵杵磨成繡花針	鐵忤磨成繡花針	語本明．羅貫中《平妖傳》第十回。比喻只要下功夫，事情必可成功。
天下沒有不散的筵席	天下沒有不散的延席	語見明．馮夢龍《古今小說》卷一。用以說明一切事情都會有個終了的結局。
天網恢恢，疏而不漏	天網灰灰，疏而不漏	語本《老子》第七十三章。比喻作惡者無法逃離應有的制裁。

正確	錯誤	說明
他山之石，可以攻玉	他山之石，可以功玉	語見《詩經・小雅・鶴鳴》。比喻借他人的長處來規正自己的缺失。
桃李不言，下自成蹊	桃李不言，下自成溪	語見《史記・李將軍列傳》。桃樹、李樹不說話，但人自會在樹下踩出一條路來（因為桃花、李子吸引人）。說明只要為人真誠，自能感動別人，受到敬仰。也用來讚頌默默奉獻的精神。蹊，作小路解，ㄒㄧ，xī。
螳螂捕蟬，黃雀在後	螳螂捕禪，黃雀在後	語本《莊子・山木》。比喻只貪圖眼前的利益，而不顧後患。比喻只顧一心算計別人，卻不知另有人正在算計他自己。含有勸戒之意。
天下本無事，庸人自擾之	天下本無事，庸人自饒之	語本《新唐書・陸象先傳》：「天下本無事，庸人擾之為煩耳。」其意近似於莎士比亞浪漫喜劇《無事生非》（*Much Ado About Nothing*）。比喻人節外生枝，自尋煩惱。
天行健，君子以自強不息	天行建，君子以自強不息	天是最大的，大自然的寒暑陰晴，雷電風雨，周而復始，都按照天的旨意在強烈地運轉。領導眾人的君子應該體現天的意志，不辜負宇宙賦予君子的職責和才能。用來激勵或表彰堅定、強韌、奮鬥不息的人。
天意憐幽草，人間重晚晴	天意憐憂草，人間重晚晴	語見唐・李商隱〈晚晴〉。上天愛憐幽靜處的花草，人們珍惜黃昏的晴美。用以表達人們對晚年珍惜的感情和積極的態度。

談笑有鴻儒，往來無白丁	談笑有鴻儒，往來無百丁	語見唐・劉禹錫〈陋室銘〉。和學問淵博的人談天說笑，往來的人中沒有未得功名的。用以說明交往的人非比尋常。
天有不測風雲，人有旦夕禍福	天有不側風雲，人有旦夕禍福	語見明・施耐庵《水滸傳》第二十六回。許多事常常是突然發生，非人力所能掌控的。
天作孽猶可違，自作孽不可活	天作躡猶可違，自作躡不可活	語本《尚書・太甲中》。說明自我招致的惡果，須自己承受。
蹚水過來的人最知道水的深淺	淌水過來的人最知道水的深淺	語本西洋諺語 He knows the water best who has waded through it. 猶言要知河深淺，須問過來人。蹚，ㄊㄤ，tāng。
踏破鐵鞋無覓處，得來全不費功夫	踏破鐵鞋無密處，得來全不廢功夫	語見明・馮夢龍《醒世恆言》卷十三。說明有心求之卻求不得，無心求之卻很容易得到。

ㄋ

正確	錯誤	說明
乃爾	乃而	如此。
女紅	女虹	婦女所做的刺繡、紡織等工作。紅，此處讀ㄍㄨㄥ，gōng。
內疚	內咎	心中感到慚愧。
內訌	內鬨	內部自相爭鬥。訌，ㄏㄨㄥˊ，hóng。
牛蒡	牛旁	二年生草本植物，根可食用。蒡，ㄅㄤˋ，bàng。
吶喊	納喊	大聲呼喊。
奈何	耐何	怎樣，對付。
拈鬮	拈糾	抓鬮。抓取做有記號的物品或紙條，以賭勝負或決定事情。鬮，ㄐㄧㄡ，jiū。
泥淖	泥棹	爛汙的泥。淖，ㄋㄠˋ，nào。
泥鰍	泥秋	溫帶淡水魚類。體型圓長，腹部扁平，背部蒼黑色。用腸管吸氣，肛門排氣。全身無鱗片，黏滑難捉。

ㄋ

耐性	奈性	忍受事情的性情。
耐煩	奈煩	不怕麻煩。不急躁。
虐待	瘧待	暴虐、苛刻地對待。
拿喬	拿翹	擺架子。
涅槃	涅盤	指佛弟子修道成正果，得解脫，可入於不生不滅之門。
納粹	納萃	Nazi，德國希特勒領導的國家社會主義德意志勞動黨的簡稱。
能耐	能奈	俗稱技能。
赧然	郝然	形容難為情的樣子。赧，ㄋㄢˇ，nǎn。
鳥喙	鳥啄	鳥嘴。
鈕扣	扭扣	扣住衣服的東西。亦作「紐扣」、「鈕釦」。
溺愛	暱愛	過分寵愛。
瘧疾	虐疾	由瘧原蟲引起的傳染病。症狀為間歇性發冷或發熱，重症者有虛脫現象。
蔦蘿	鳥蘿	蔓草名，莖細長，呈淡黃綠色，常攀附於其他植物上生長。蔦，ㄋㄧㄠˇ，niǎo。
駑鈍	駕鈍	才能低下愚鈍，常用於自謙之詞。駑，ㄋㄨˊ，nú。
凝視	寧視	目不轉睛地看著。

正確	錯誤	說明
凝練	凝鍊	指文章緊湊簡練。
濃郁	濃鬱	香氣濃厚。
膩友	匿友	極為親密的朋友。
懦弱	儒弱	柔弱畏事。
膿包	濃包	化膿的傷口。譏笑人沒本事、不中用。
難道	難到	加強反問語氣的副詞，即莫非的意思。
囊括	襄括	包羅、席捲一切。
釀成	穰成	漸漸演化完成。
釀酒	穰酒	發酵製酒。
鑷子	攝子	拔除毛髮或取細小東西的器具。
弄瓦		古時拿陶製紡梭給女孩玩，期望將來能勝任女紅。後指生女兒。
弄璋		古時拿玉給男孩玩，期望將來品德能如玉一般。後指生男孩。
忸怩		慚愧、難為情或不大方的樣子。
扭捏		走路時身體左右搖晃，故作姿態。舉止害羞、不大方、難為情的樣子。

難看		（ugly）不好看、醜陋。不光榮、不名譽。
難堪		（embarrassing）難以忍受。尷尬、受窘。
年輕		年少。
青年		年少的人。
努嘴		翹起嘴巴。
努目		生氣時張大兩眼的樣子。
內容		（contents）事物內部所含的實質或意義。
內涵		（disposition）個人內在的氣質以及涵養。
內含		（to contain）包括。
鳥瞰		（to have a bird's view）從高處向下看。對事物作大略而全面的觀察。
俯瞰		（to overlook）從高處向下看。
泥水匠	水泥匠	使用沙石等建材來建築的工匠。
能見度	能見渡	正常視力能辨識目標物的最大距離。
鬧脾氣	鬧皮氣	生氣。發怒。
霓虹燈	倪虹燈	neon 的音譯。一種廣告燈，在特殊燈管中灌入氖氣或氬氣，通電後可激發出彩色光。

正確	錯誤	說明
囊中物	襄中物	比喻容易取得的事物。
牛山濯濯	牛山擢擢	牛山，山名，在山東省。原指牛山上不長草木，現多用以戲稱人禿頭無髮。濯，ㄓㄨㄛˊ，zhuó。亦作「童山濯濯」。
牛衣對泣	牛衣對立	比喻夫妻共度貧困的生活。
牛溲馬勃	牛嫂馬勃	比喻雖不值錢卻不無小用的東西。溲，ㄙㄡ，sōu。
牛鼎烹雞	牛頂烹雞	用烹牛的鼎煮雞。比喻大材小用。
牛驥同皁	牛驥同阜	良馬與牛同槽共食。比喻愚賢不分。皁，ㄗㄠˋ，zào。
年高德劭	年高德邵	年紀大而有德望。
年湮代遠	年淹代遠	時間久遠。
弄巧成拙	弄巧成絀	想取巧反而敗事，比喻枉用心機反受其害。
忸怩不安	扭怩不安	慚愧而難為情，使之心情不定。
扭扭捏捏	扭扭怩怩	走路左右扭動的樣子。形容不夠大方爽快，或害羞的樣子。
扭捏作態	忸怩作態	裝模作樣，態度不自然。
呶呶不休	奴奴不休	喧嚷不止。呶，ㄋㄠˊ，náo。
念茲在茲	念滋在滋	指總是念念不忘某事。

拈花微笑	沾花微笑	佛家語。比喻對禪理有了透徹的了解。比喻彼此會心或默契。
拈花惹草	沾花惹草	謂性好女色，處處留情。
南威之容	南戚之容	形容女子非常美麗。南威是春秋時代晉國的美女。
南柯一夢	南軻一夢	指人世的榮華富貴，虛幻如夢。
南箕北斗	南萁北斗	比喻只有虛名而沒有實際用途。
南轅北轍	南轅北徹	比喻志趣和行為彼此相反。比喻行動與目標背道而馳。
南蠻鴃舌	南蠻鳥舌	形容南方語言如伯勞鳥的叫聲一樣難聽。後多用來譏刺不同於自己的語音。
怒髮衝冠	怒髮沖冠	形容盛怒的樣子。
耐人尋味	耐人循味	意味深遠雋永，值得人反覆尋思體會。
哪吒太子	哪托太子	佛教護法神名。哪，此處念ㄋㄨㄛˊ，nuó。
訥言敏行	納言敏行	說話謹慎，做事敏捷。
鳥盡弓藏	鳥盡功藏	比喻天下平定後，就遺棄功臣。
鳥語花香	鳥語花鄉	鳥兒歌唱，花朵芬芳。形容景色的美好。
駑馬十駕	努馬十駕	比喻才智平庸的人，如果能努力不懈，也會趕得上聰明的人。
駑馬戀棧	努馬戀棧	比喻沒有才智的人只顧眼前利益。

正確	錯誤	說明
濃眉大眼	膿眉大眼	形容人的眉目分明，帶有英氣。形容人的長相粗獷豪邁。
諾亞方舟	諾亞方州	Noah's Ark，比喻可以避難的地方。
謔而不虐	瘧而不虐	開玩笑而不過火，不致使對方難堪。
穠纖合度	濃纖合度	身材得宜，不肥胖不細瘦。
囊空如洗	囊空如昔	比喻很窮困。
躡手躡腳	捏手捏腳	形容輕聲走動，不使人知道的樣子。
難兄難弟		（talented brothers）難（此處念ㄋㄢˊ，nán）兄難弟，稱讚兄弟兩人才學都好，又作「元方季方」。
難兄難弟		（fellow sufferers）難（此處念ㄋㄢˋ，nàn）兄難弟，指共同遭遇患難的朋友。
內八字腳		走路時腳尖向內，腳跟向外，形狀有如八字的姿勢。
外八字腳		走路時雙腳向外叉開，狀如八字。
難耐寂寞		沒辦法堅持忍耐寂寞。
按捺不住		壓不住（怒氣）。
泥牛入海		泥塑的牛掉入海中，立刻瓦解。比喻一去不復返。
泥菩薩過江		（歇後語）比喻自顧不暇，談不上去幫助別人。

內神通外鬼	內神通外軌	比喻內部的人與外面的人勾結互通。
牛頭不對馬嘴	牛頭不對鳥嘴	語見清・李寶嘉《官場現形記》第十六回。比喻答非所問或事情兩不相符。
男女授受不親	男女受授不親	語見《孟子・離婁上》。男女之間不能親手交接東西。指舊時約束男女的禮教。
寧信眼，不信耳	擰信眼，不信耳	語本西洋諺語 It's better o trust the eye than the ear. 猶言眼見為憑。
拿著雞毛當令箭	拿著雞毛當令劍	比喻憑藉著小小的權勢而作威作福。
喏，那不是小陳嗎？	諾，那不是小陳嗎？	「喏」是歎詞，表示提醒別人注意。喏，此處念ㄋㄨㄛˋ，nuò。
寧為玉碎，不為瓦全	寧為玉翠，不為瓦全	語本唐・李百藥《北齊書・元景安傳》。說明個人寧死不屈以保全名節。
寧為雞口，不為牛後	寧為雞首，不為牛後	語見漢・劉向《戰國策・韓策一》。雞嘴雖小，卻能自由地啄食啼鳴；牛屁股雖大，卻常受鞭笞。比喻寧願在小天地裡自我作主，不願在大局面下任人擺布。亦作「寧為雞口，無為牛後」。
寧可我負人，不可人負我	寧可我付人，不可人付我	語本晉・陳壽《三國志・魏書・武帝紀》。表示人自私狠毒、薄情寡義的行徑。

正確	錯誤	說明
寧可信其有，不可信其無	寧可幸其有，不可幸其無	語見元・無名氏《盆兒鬼》楔子。說明人對可能發生的事情還是慎重些比較好。常用來勸人。
你走你的陽關道，我過我的獨木橋	你走你的楊關道，我過我的獨木橋	指各走各的路，互不相干。
「努力過後而失敗」，與「未經嘗試而失敗」不可相提並論	「努力過後而失敗」，與「未經嘗試而失敗」不可相題併論	語本培根語 There is no comparison between that which is lost by not succeeding and that which is lost by not trying. 說明努力過後失敗，能夠調整步伐再前進；但未經嘗試而失敗，可就真的是徹底失敗了。培根（Francis Bacon，1561~1626），英國政治家、哲學家。
你可以偶爾蒙騙所有的人，你也可以一直蒙騙一些人，但是你不能一直蒙騙所有的人	你可以偶而蒙騙所有的人，你也可以一直蒙騙一些人，但是你不能一直蒙騙所有的人	語本西洋諺語 You may fool all the people some of the time, you can even fool some of the people all the time, but you can't fool all the people all the time. 猶言騙得了一時，騙不了一世。

ㄌ

正確	錯誤	說明
令媛	令姬	尊稱別人的女兒。亦作「令嬡」、「令愛」。
老饕	老掏	相傳饕餮為古代惡獸，性貪婪，故用以稱貪吃的人。
冷媒	冷煤	冷凍或空調系統中，用來吸收熱量，並將熱量釋放到外界的工作流體。
吝嗇	各嗇	小氣，應當用的財物捨不得用。
牢騷	勞騷	委屈、不滿的情緒。
囹圄	玲圄	監牢。亦作「囹圉」。囹圄，ㄌㄧㄥˊ ㄩˇ，líng yǔ。
拉風	拉瘋	時髦。招搖。
拎著	伶著	手提著。
泠泠	冷冷	狀聲詞，形容清脆激越的聲音。形容微風的清涼。泠，ㄌㄧㄥˊ，líng。
俐落	厲落	說話或動作靈活，做事敏捷不拖泥帶水。

正確	錯誤	說明
流覽	留覽	大概地閱看。亦作「瀏覽」。
玲瓏	伶瓏	玉石相碰的清脆聲響。器物精巧的樣子。形容人很聰明靈巧。
郎當	朗當	衣服寬大不合身的樣子。形容人頹唐、落魄的樣子。刑具，同「鋃鐺」。
倫理	論理	人與人維持倫常關係的道理。事物的條理。
凌厲	陵厲	奮發直前，氣勢猛烈。
凌霄	凌宵	形容高遠。
凌駕	陵駕	超越。
朗誦	朗頌	高聲讀出。
朗讀	琅讀	高聲誦讀。
栗子	粟子	栗樹結的果實。亦稱「板栗」。
烙印	絡印	將金屬燙熱，在牛馬或器物上燙印文字，以資辨別。引申為深刻的印象。
狼藉	狼急	雜亂的樣子。指行為不檢，名聲敗壞。
掄才	倫才	選拔人才。掄，此處念ㄌㄨㄣˊ，lún。

掄拳	倫拳	揮動拳頭。掄，此處念ㄌㄨㄣ，lūn。
梨園	黎園	戲班。
涼拌	涼絆	以冷食菜肴拌和調理的烹飪方法。
凌晨	零晨	天將亮的時候。
凌亂	陵亂	雜沓沒有秩序的樣子。亦作「零亂」。
淪陷	倫陷	國土被敵人占據。
淪落	倫落	流落在外。衰微沒落。
硫黃	硫璜	化學非金屬元素之一。亦稱「硫磺」。
累積	累績	積聚。
累贅	纍贅	多餘的負擔、麻煩。
聆聽	伶聽	專心傾聽。
連任	聯任	任期滿後，繼續任職。
連袂	連袜	手拉手一起走。比喻動作一致。亦作「聯袂」。袂，ㄇㄟˋ，mèi。
陵寢	凌寢	帝王或國家元首的墳墓。
陸路	路陸	陸地上通行的道路。泛指陸上交通；與水路相對。

正確	錯誤	說明
陸橋	路橋	橫跨在道路上，供行人安全橫越道路的橋梁。
陸續	路續	接連不斷。
鹵莽	滷莽	粗魯不仔細。亦作「魯莽」。
鹿茸	鹿蓉	尚未骨化的鹿角。在中藥是一種非常珍貴的材料。
喇叭	喇吧	一種口吹的銅管樂器。
晾衣	亮衣	放在通風地方或太陽底下，使衣服乾燥。
隆重	龍重	盛大的。
隆隆	嚨嚨	形容劇烈震動的聲音。
亂真	孿真	模仿精巧，與真品難以分辨。
榔頭	鋃頭	鐵錘。
溜達	溜搭	閒逛。隨便走走。
煉乳	鍊乳	濃縮精製的乳製品，加入飲料中可增添風味。
路肩	路間	設於車道外側，路面邊線與護欄間的道路。
路途	陸途	道路。路程。
路數	路術	路子，方法。

鈴鐺	鈴噹	鈴的通稱。
零落	凌落	草木凋落。比喻人事衰頹。不完整。
嫘祖	螺祖	黃帝的元妃。相傳是最早教人養蠶的人。嫘，ㄌㄟˊ，léi。
嫪毐	嫪毒	戰國末年秦國宦官，因得太后（秦王政之母）寵幸，權勢很大，黨羽極多。秦王政親理政務後，因起兵叛亂失敗，被捕處死。嫪毒，ㄌㄠˋ ㄞˇ，lào ǎi。
屢次	縷次	一次又一次。
撂下	掠下	丟下；拋下。撂，ㄌㄧㄠˋ，liào。
滷肉	魯肉	用醬油燒煮的肉食。
滷菜	魯菜	用鹹汁調製的食品。
漣漪	連漪	水上的小波紋。
綠洲	綠州	沙漠中水草豐茂的地域。
蒞臨	歷臨	到達。光臨。
裸體	稞體	光著身體。
遛狗	蹓狗	帶著狗散步。
領悟	領晤	領會。
劉海	瀏海	頭髮垂在額前的部分。

正確	錯誤	說明
嘮叨	嘮叼	話多的樣子。
嘹亮	撩亮	聲音清脆響亮。
履新	屢新	官吏上任。
嶙峋	隣峋	山石層層疊疊，高高低低的樣子。比喻個性剛直不屈。
撩人	繚人	逗引人，引動人。
潦倒	撩倒	形容頹廢，不得志的樣子。
潦草	撩草	粗率，不仔細。凌亂，不工整。
輪廓	輪郭	構成圖形、物體的外緣或主要線條。比喻事物的大概。
歷史	曆史	人類生活的發展過程。
歷練	歷鍊	指閱歷、經驗，也指因閱歷多而富有經驗。
罹難	羅難	因為災難而死亡。罹，ㄌㄧˊ，lí。
遴選	隣選	謹慎挑選。
遼闊	潦闊	遼遠、廣闊。
勵志	厲志	勉勵心志，要求自己不懈怠。
斂財	殮財	以不正當的手段收聚錢財。

濫觴	濫傷	江河發源的地方水淺，只能浮起酒杯。指事物的起源。觴，ㄕㄤ，shāng。
瞭望	嘹望	從高處遠望。瞭，此處念ㄌㄧㄠˋ，liào。
聯合	聯和	結合。
聯名	連名	由若干人或若干團體共同具名。
聯想	連想	由一事物想到另一事物的心理過程。
聯盟	連盟	兩個以上的團體或國家，為了達到某種目的而結成的聯合關係。
聯繫	聯擊	把兩種事物連接起來。聯絡、接洽。
臉蛋	臉旦	臉孔；容貌。
臉頰	臉夾	臉孔的兩旁。
臨摹	臨摩	學習書法的兩種方法。臨是置紙於旁而模仿碑帖；摹則以薄紙覆於範帖上描摹。泛指照樣模仿。
壘包	疊包	棒球或壘球比賽中，固定在一壘、二壘、三壘的標識物。
壘球	纍球	一種球類運動，與棒球相似，場地較小，球比棒球大而軟，球棒較細。
壘塊	疊塊	比喻鬱積心頭的不平。亦作「磊塊」、「塊壘」。

正確	錯誤	說明
禮儀	禮誼	行禮的儀式。
禮數	禮術	泛指禮節。指古代按名位而分的禮儀等級。
繚繞	撩繞	盤旋環繞。
藍圖	籃圖	由原圖晒印、複製而成的圖，供工程設計或地圖繪畫用。比喻建設的計畫或構想。
離譜	離普	樂音脫離樂譜。比喻違背常理、脫離正軌。
壟斷	攏斷	操縱、獨占。
羸弱	贏弱	瘦弱。羸，ㄌㄟˊ，léi。
邋遢	拉塌	不整潔。
鏤刻	縷刻	雕刻。
鏤空	縷空	雕刻出穿透物體的圖案或文字。
攔截	攔劫	迎面阻擋，截斷去路。
籃框	籃匡	籃球運動供投球的圓框。
蘆葦	蘆韋	多年生草本植物，花穗呈紫色，下有白毛，可隨風飛散，將種子傳到遠方。
欄杆	欄干	設置於窗、樓梯、陽臺或屋頂的扶手。亦作「闌干」。

ㄌ

蠟染	臘染	印染工藝的一種。用蠟刀蘸蠟液，在白布上描繪幾何、花鳥等紋樣，再浸入以藍色為主的缸中染色，染成的物品經過脫蠟後就出現花紋。
蠟黃	臘黃	像蠟一樣的黃色。多用來形容人的身體不好，臉色差。
蠟像	臘像	以蠟為主要原料捏塑而成的人像。
蠟燭	臘燭	用蠟或油脂製成的燈燭。
露天	漏天	室外。
孿生	攣生	雙胞胎。孿，ㄌㄨㄢˊ，luán。
籠統	龍統	概括，不加以分析。有含混、不明確的意思。
籠絡	攏落	籠與絡都是羈絆動物的工具。引申為以手段、權術控制他人。
籠罩	龍罩	覆蓋。
躐等	蠟等	超越等級。躐，ㄌㄧㄝˋ，liè。
鱗爪	麟爪	鱗和爪。比喻事物的尺度。
鱗片	麟片	魚類、爬蟲類等動物身體表面所覆蓋的角質或骨質的小薄片，質硬，有保護作用。
鱗傷	麟傷	形容傷痕很多。
攬勝	攔勝	蒐羅勝景。猶言觀光。

正確	錯誤	說明
靈柩	靈匛	對裝殮死者棺木的敬稱。
靈敏	零敏	反應迅速。
靈櫬	靈襯	即靈柩。櫬，ㄔㄣˋ，chèn。
籬笆	離巴	用竹條或木條編成的柵欄。
籮筐	羅匡	盛物的竹器，籮為圓形，筐為方形。
纜車	覽車	山間或坡地的交通運輸工具。利用滑輪與鐵索，帶動小型車廂，多用電力操控。
驪歌	麗歌	離別時所唱的歌。驪，ㄌㄧˊ，lí。
了然		明瞭清楚。
了解		明白。
立春		農曆二十四節氣之一。在陽曆二月四日或五日。
立夏		農曆二十四節氣之一。在陽曆五月六日或七日。
立秋		農曆二十四節氣之一。在陽曆八月九日或十日。
立冬		農曆二十四節氣之一。在陽曆十一月七日或八日。
旅行		（to travel）出門到外地遊歷。

履行（to perform a duty）實行。

力行（to act with might）努力去做。

厲行（to enforce）認真、嚴格的實行。

勵行（to cultivate oneself; to practice with determination）修養品行。盡力去實踐。

菱角（a water chestnut）菱的果實，外殼堅硬，兩端有尖角，果肉可食用。

稜角（an angle）物體兩面相交突出來的角。

列舉 一一舉出。

舉例 行文或談論時，舉一實例來證明理論。

老到（cexpert）老練周到。

老道（a Taoist priest）道士。

老闆 雇主。稱商店的主人。

老板 對伶人的敬稱。

伶俐 活潑聰明。

靈巧 機敏、不遲滯。

利害（advantages and disadvantages）利益和弊害。

正確	錯誤	說明
厲害		（severe）凶猛、精明。非常猛烈。
梨渦		女子頰上的渦。
酒窩		即梨渦。
落寞		孤獨；寂寞。
冷漠		冷淡；不關心。
雷擊		（to be struck by lighting）帶電的雲接近地面而放電時，常會毀傷屋宇、人畜、樹木。
雷殛		（to be killed by lighting）雷打死人。殛，ㄐㄧˊ，jí。
辣手		（cruel）猛烈或刻毒的手段。
棘手		（difficult to handle）事情難處理。
凜冽		非常寒冷。
凜烈		嚴肅剛正，令人敬畏。
龍頭		（a faucet; the leader of a sect）自來水管出水的管制器。江湖幫會稱其首領。
籠頭		（the halter of an animal）牲畜的嘴套。
螺絲		圓錐體表面作螺旋狀溝紋，可使二物體固定或連結。

螺螄　屬軟體動物門腹足綱，產於淡水河流或水田中。

蘿蔔　十字花科之一年或二年生草本植物，根部肥大，可食。

波羅　即鳳梨。

波羅蜜　水果名。佛教指度人到彼岸的意思。

蠟黃　像蠟一樣的黃色，多用以形容人的身體不好，臉色差。

蠟筆　在蠟裡加顏色製成的條狀物，可以作畫。

蠟梅　落葉灌木，冬時開花，花片內層帶紫，外圍各片黃色如蠟。

臘月　指農曆十二月。古代在此時舉行臘祭。

冷僻　人跡罕至。罕見。

精闢　透徹而獨到。

流利　（說話、寫文章、書法等）生動活潑而不呆板生硬。

流麗　（詩文或書法）順暢而華美。

流傳　（to spread）傳播。

留傳　（to preserve）遺留下來傳給後世。

留鳥　不論四季寒暑如何變化，終年棲息於一個地區，而不遷徙的鳥類。

正確	錯誤	說明
候鳥		隨季節變換而遷移的鳥類。
雷同		雷聲一響，萬物同時響應。比喻文字或語言和別人相同。
類似		大體相像。
藍領		blue-collar，從事勞力工作的雇員。因其多著藍色或深色的衣服工作，故稱。
白領		white-collar，不以勞力工作的雇員。因其多著白色或淺色的衣服工作，故稱。
羅致		招致人才。
羅織		編造罪名，陷害無辜。
露面		（to appear in public）出面、出現。
露臉		（outstanding）比喻出色、有面子。
老掉牙	老調牙	極言老舊。
老鼠會	老鼠燴	以直接行銷或介紹他人入會，而獲取利益的銷售方式。
冷不防	凜不防	突然。
冷板凳	冷板蹬	比喻無人理會，或不受重用。
冷颼颼	冷嗖嗖	形容寒氣逼人。

利樂包	立樂包	一種無菌的鋁箔包裝。
里程碑	里程埤	沿路線所植立，用以標記里程數字的木牌或石碑。引申為事情進行到某一段落。
垃圾桶	垃圾筒	用來裝垃圾的桶。
拉鋸戰	拉距戰	敵對的雙方勢均力敵，遲遲不能分出勝負。
亮堂堂	亮唐唐	形容很亮。堂堂，ㄊㄤ ㄊㄤ，tāng tāng。
捋虎鬚	絡虎鬚	拔老虎的鬍鬚。比喻做危險的事。捋，此處念ㄌㄜˋ，lè。
捋胳膊	絡胳膊	拉上衣袖，使臂部露出。形容預備動手打架的樣子。捋，此處念ㄌㄨㄛ，luō。
捋頭髮	絡頭髮	用手掌手指順著把頭髮摸過去。捋，此處念ㄌㄩˇ，lǚ。
柳下惠	柳下會	人名，春秋時魯大夫展禽。相傳他與一女子共坐一夜，不曾淫亂。後用以借指有操行的男子。
啦啦隊	拉拉隊	運動比賽時，為運動員吶喊助陣的隊伍。
連城璧	連城壁	比喻很貴重的東西。
連珠砲	連珠泡	比喻說話很快而不間斷。
亂烘烘	亂訌訌	騷亂的樣子。
亂紛紛	亂分分	形容雜亂紛擾。

正確	錯誤	說明
落腮鬍	絡腮鬍	連兩鬢至下巴的鬍子。
裡脊肉	里肌肉	豬、羊等體內脊骨兩旁的肉。
履歷表	旅歷表	記載姓名、年籍、通信地址和個人經歷資料的表格。
撈一票	勞一票	冒風險或以不正當手段賺一筆錢。
樂陶陶	樂淘淘	快樂的樣子。
蓮花落	蓮花洛	舊時乞丐所唱的歌曲，後發展成曲藝的一種，用竹板或擂鼓作為節拍。落，此處念ㄌㄠˋ，lào。
魯男子	滷男子	指見女色而能以禮自持的男子。
盧溝橋	蘆溝橋	在河北省宛平縣，跨盧溝河上。
龍捲風	龍卷風	風力極強而範圍不大，形狀像一個大漏斗的旋風。
離恨天	籬恨天	傳說中天最高的地方。指充滿離愁別恨的人間。
羅生門	羅笙門	日本導演黑澤明改編自芥川龍之介的小說《竹林下》所拍的電影。荒蕪的羅生門發生離奇事件，主要人物強盜、武士、武士之妻和樵夫四個人的說法都不一樣。比喻各說各話。
羅宋湯	羅送湯	borsch，斯拉夫國家的一種湯品。此湯主要由紅蘿蔔、洋蔥、番茄、萵苣、肉等烹製而成。

露一手	漏一手	在某一方面或某件事上顯示本領。
籠中鳥	籠中烏	比喻失去自由的人。
蘿蔔纓	蘿蔔嬰	蘿蔔的莖、葉。
來福槍		英語 rifle 的音譯，即步槍。
卡賓槍		英語 carbine 的音譯，一種槍桿短、重量輕的長槍。
淚汪汪		淚水充滿眼眶的樣子。
淚涔涔		淚流不止的樣子。涔，ㄘㄣˊ，cén。
落水狗		比喻失勢的人。
落湯雞		比喻掉落水中或渾身濕透的人。比喻處於困境、十分狼狽的人。
力士捉蠅	力土捉蠅	比喻小事也必須謹慎處理。
力有未逮	力有未殆	能力不足而做不到。亦作「力有不逮」。逮，此處念ㄉㄞˋ，dài。
力倦神疲	力倦神皮	力氣、精神都因過度使用而疲倦不堪。
力挽狂瀾	力挽狂攔	努力挽救惡劣的時勢或狀況。
力疾從公	力即從公	盡力支撐著病體處理公事。
力透紙背	力透紙被	形容書法遒勁有力。形容詩文的功力深厚、精練。

正確	錯誤	說明
令人扼腕	令人厄腕	表內心激動、表失意、表無可奈何地同情嘆息、表憤怒。
令人咋舌	令人嘖舌	令人驚訝。咋，ㄗㄜˊ，zé。
立定腳跟	立定腳根	比喻做事或持論站穩立場。
立竿見影	立杆見影	比喻馬上收到效果。
立談之間	立談之間	站著說話的時間。比喻時間極短。
老奸巨猾	老奸巨滑	很奸詐狡猾。
老羞成怒	腦羞成怒	因過分羞窘而發怒。亦作「惱羞成怒」。
老僧入定	老增入定	形容閉目靜坐、心神專一的樣子。
老嫗能解	老區能解	形容詩文通俗易懂。嫗，ㄩˋ，yù。
老態龍鍾	老態龍鐘	年老體衰的樣子。
伶牙俐齒	伶牙利齒	口才很好，能言善道。
冷嘲熱諷	冷潮熱諷	尖刻、辛辣的嘲笑和諷刺。
利令智昏	利另智昏	因貪圖私利而蒙蔽心智，不能正確判斷事理。
利益均霑	利益均沾	共同分享好處。
利欲薰心	利慾勳心	心智被貪利的慾念所蒙蔽。亦作利慾薰心。

李代桃僵	李代桃薑	比喻以這個代替那個。
牢不可破	勞不可破	形容東西很堅固。比喻固執而不知變通。
良辰美景	良晨美景	形容美好的時光和景色。
良莠不齊	良秀不齊	好壞參差，程度不一樣。莠，ㄧㄡˇ，yǒu。
里仁為美	理人為美	住在風俗仁厚的地方，是件美事。
來勢洶洶	來勢凶凶	形容到來的氣勢十分凶猛。
來龍去脈	來隴去脈	比喻事情的全部過程和前因後果。
林林總總	琳琳總總	形容事物眾多。
咧嘴而笑	裂嘴而笑	嘴巴向旁邊伸展開來笑。咧，ㄌㄧㄝˇ，liě。
流水淙淙	流水琮琮	淙淙，水流聲。淙，ㄘㄨㄥˊ，cóng。
流言蜚語	流言匪語	指毫無根據中傷或誹謗別人的壞話。
流連忘返	瀏連忘返	樂遊忘歸。沉醉在某方面而不覺悟。亦作「留連忘返」。
流離失所	流離施所	因災荒或戰亂與親人離散而流浪外地，沒有居住的地方。
玲瓏剔透	玲瓏剃透	形容器物奇巧精緻，鮮明透亮。形容人體態輕盈，頭腦聰穎。
旅進旅退	屢進屢退	與眾人同進退。比喻沒有主見，隨波逐流。
狼心狗肺	狼心狗吠	比喻心腸凶狠、惡毒、貪婪。

正確	錯誤	說明
狼狽不堪	狠狽不堪	形容處境極為困難、窘迫。
狼狽為奸	狼狽為姦	比喻彼此勾結做壞事。
掠人之美	擄人之美	奪取他人的優點或成績，作為自己的。
梁上君子	粱上君子	竊賊的雅稱。
淋漓盡致	淋灕盡至	指文筆描寫得非常暢達詳盡。
淪肌浹髓	倫肌夾髓	滲透到肌膚、骨髓。比喻感受之深。
淪為小偷	倫為小偷	沉淪為竊賊。
犁庭掃穴	梨庭掃穴	比喻徹底摧毀敵人。
琅琅上口	朗朗上口	形容讀書聲順暢響亮。
理直氣壯	理直氣狀	自覺有理，因而氣勢壯盛。
略勝一籌	略勝一酬	略為高明。
羚羊掛角	羚羊卦角	比喻詩文意境超脫，不著痕跡。
聊勝於無	寥勝於無	比沒有稍稍好一些。
連篇累牘	連篇累讀	形容篇幅過多，文辭冗長。牘，ㄉㄨˊ，dú。
勞苦功高	勞苦攻高	出力多，功勞大。

勞逸不均	勞役不均	工作分配不平均。
嫏嬛福地	郎嬛福地	傳說中神仙的洞府。嫏嬛，亦作「琅嬛」，傳說是天帝藏書的地方。
琳琅滿目	林琅滿目	所見到的都是優美珍貴的東西。
絡繹不絕	洛繹不絕	連續不斷。
亂七八糟	亂七八遭	雜亂的樣子。
廉泉讓水	濂泉讓水	比喻官吏清廉，民風相讓。
溜之大吉	蹓之大吉	偷偷地跑掉。
落日餘暉	落日餘輝	夕陽微弱的光輝。
落阱下石	落井下石	乘人之危，加以陷害。
落花流水	落花留水	形容暮春殘敗的景象。比喻被打得慘敗。
落英繽紛	落纓繽紛	落花紛紛飄落的景象。
落荒而逃	落慌而逃	逃向荒野的地方。泛指倉皇逃命。
雷霆萬鈞	雷霆萬軍	比喻威力強大，不可阻擋。
寥若晨星	廖若晨星	泛指為數很少。
寥寥無幾	廖廖無幾	形容非常稀少，沒有幾個。

正確	錯誤	說明
屢試不爽	履試不爽	屢次試驗，結果都相同。
犖犖大者	牢牢大者	很明顯的較大的幾項。犖，ㄌㄨㄛˋ，luò。
綠衣使者	緣衣使者	鸚鵡的代稱。郵差的代稱。
綠林好漢	緣林好漢	聚集於山林間，反抗官府或搶劫財物的人。
綠草如茵	綠草如蔭	形容草地之美像鋪毯子一樣。
踉踉蹌蹌	踉踉倉倉	走起路來搖搖晃晃。亦作「踉蹡」。踉蹌，ㄌㄧㄤˋ ㄑㄧㄤˋ，liàng qiàng。
辣手摧花	棘手催花	比喻用殘酷的手法殺害女子。
履舄交錯	屢潟交錯	鞋子凌亂地放置地上。形容賓客眾多。舄，ㄒㄧˋ，xì。
履險如夷	屢險如夷	形容安然地度過險境。
慮周藻密	慮周藻蜜	形容文章的思想和語言都很高超。
慮周行果	慮周行菓	考慮周詳，行事果斷。
戮力同心	戳力同心	合力同心。
樂不可支	樂不可知	形容快樂到了極點。
鋃鐺入獄	朗鐺入獄	戴著手銬腳鐐，被關入監獄。

歷歷在目	曆曆在目	清清楚楚像在眼前一樣。
龍馬精神	籠馬精神	形容精神健旺、充沛。
龍潭虎穴	龍壇虎穴	比喻極其凶險的地方。
龍蟠虎踞	龍磐虎踞	形容地勢雄偉險要。
龍騰虎躍	龍騰虎耀	形容活潑矯健、生氣蓬勃的樣子。
勵精圖治	勵經圖治	努力奮發地治理國家。
濫竽充數	爛芋充數	比喻沒有真本領的人在能人裡充數，或用次貨充好貨。常用作自謙之詞。
瞭如指掌	瞭如只掌	形容了解得十分透徹。
瞵視昂藏	隣視昂藏	左顧右盼、神采煥發的樣子。
臨去秋波	臨去秋坡	女子臨去回顧以示情意。臨走之前給人好處。臨走前突然採取某種行動。
臨陣磨槍	臨陣摩槍	比喻事到臨頭才準備。
臨深履薄	臨深屢薄	比喻非常謹慎。
臨淵羨魚	鄰淵羨魚	比喻雖有願望，但只憑空妄想，難收實效。
臨渴掘井	臨喝掘井	比喻事到臨頭才作準備。
臨機應變	隣機應變	隨著事情的發展而變通應付。

正確	錯誤	說明
禮尚往來	禮上往來	彼此以禮往來。
禮賢下士	禮賢下土	以謙卑的態度敬重賢人。
離鄉背井	離鄉背景	遠離家鄉，作客異地。亦作「背井離鄉」。
離經叛道	離經判道	言行違背正道。
離群索居	離群鎖居	離開群體，獨自生活。
離離蔚蔚	離離尉尉	非常茂盛的樣子。
羅掘俱窮	羅掘具窮	比喻非常窮困。
爐火純青	爐火純清	比喻功力精深。
爛醉如泥	濫醉如泥	飲酒大醉，人事不知。
鱗次櫛比	隣次櫛比	像魚鱗或梳篦的齒印那樣緊密地排列著。櫛，ㄐㄧㄝˊ，jié。
靈機一動	伶機一動	臨時很敏捷地想出個主意來。
立錐之地		比喻能夠容身的地方極小。
椎心泣血		捶胸痛哭，形容悲痛至極。
另起爐灶		比喻從頭做起或另作打算。
另闢蹊徑		另外尋求其他的方法或途徑。

老樹杈枒　老樹的樹枝參差不齊。

兩手扠腰　把雙手撐在腰間。

裙子開衩　裙子下部邊緣的開口。

兩相情願　雙方都願意。

一廂情願　單方面做如意的想法，不考慮別人是否也願意。

柳眉倒豎　形容女子發怒的樣子。

杏眼圓睜　形容女子生氣時瞪大眼睛的神態。

狼吞虎嚥　形容吃東西又猛又急。

狼奔豕突　比喻成群的壞人橫衝直撞，四處流竄。豕，ㄕˇ，shǐ。

勞燕分飛　比喻親友、夫妻的離別。

魚雁往返　利用書信往返聯繫。亦作「魚雁往還」。

落阱下石　比喻趁人危難時，加以陷害。

避坑落井　比喻剛躲過一害，又遭遇另一害。

魯魚亥豕　文字因形似而傳寫錯誤。

烏焉成馬　文字因形似而傳寫錯誤。

藍田生玉　比喻名門出俊秀子弟。

正確	錯誤	說明
藍田種玉		形容男女曖昧，而致女方受孕。
靈機一動		忽然想出主意或辦法來。
臨機應變		隨事情的變化，採取適當的應付方式。
流芳百世		美好名聲流傳於後代。亦作「留芳千古」。
名留青史		名聲永遠留在史冊上。亦作「名垂青史」。
涼風習習		涼爽的風溫和舒暢。
息息相關		關係極為密切。
羅敷有夫		有夫之婦。
使君有婦		男子已有妻室。
鸞鳳和鳴		比喻夫妻關係和諧，感情融洽。常用作結婚的賀詞。
鸞翔鳳集		比喻人才會聚。
鸞翔鳳翥		形容書法筆勢如鸞鳳飛舉。翥，ㄓㄨˋ，Zhù。
鸞孤鳳隻		比喻夫妻離散。
鸞飄鳳泊		比喻夫妻離散或才士失意。形容書法瀟灑。
兩手托刺蝟	兩手托刺蝟	（歇後語）棘手。

履霜堅冰至	屨霜堅冰至	語見《易經．坤》。踏在寒霜上，即預知將要下雪結冰。比喻見微知著，警戒人防微杜漸。
諒你也不敢	量你也不敢	料想你也不敢。
臨難毋苟免	臨難母狗免	語見《禮記．曲禮上》。指有危難臨頭，不冀求幸免。
鯉魚躍龍門	里魚躍龍門	語本元．鄭光祖《倩女離魂》第二折。相傳鯉魚躍過龍門便可化為龍。比喻登科及第或飛黃騰達。
廬山真面目	盧山眞面目	語見宋．蘇軾〈題西林壁〉。喻事情的真相或人的面貌、居心。
良禽擇木而棲	良禽擇木而妻	語見明．羅貫中《三國演義》第三回。勸勉人要慎選共事的人及地方。
兩害相權取其輕	兩害相全取其輕	說明遇事情權衡輕重，選擇為害較輕的去做。
雷聲大，雨點小	電聲大，雨點小	語見宋．釋道原《景德傳燈錄》卷二十八。比喻徒有聲勢嚇人，卻沒有實際的行動。
綠葉成蔭子滿枝	綠葉乘蔭子滿枝	語見宋．計有功《唐詩紀事》。比喻女子已嫁人，且兒女成行。
魯班門前弄大斧	魯班門前弄大釜	語見明．梅之煥〈題太白墓〉。比喻在行家面前耍弄本領，不自量力。

正確	錯誤	說明
籬有眼，牆有耳	蘺有眼，牆有耳	語本西洋諺語 Hedges have eyes, and walls have ears. 勸人行事、說話謹慎。
兩個人才能跳探戈	兩個人才能跳探鉤	語本西洋諺語 It takes two to tango. 指糾紛不是單方面所能引起的，或形容獨力難成事。
浪子回頭金不換	浪子回頭金不喚	語本清．文康《兒女英雄傳》第十五回。指不務正業、浪蕩成性的青年，能回心轉意、改邪歸正，是非常珍貴的。
癩蝦蟆想吃天鵝肉	賴蝦蟆想吃天鵝肉	語見明．施耐庵《水滸傳》第一百零一回。譏諷人欲望太高，脫離現實，痴心妄想。
老兵不死，只是凋零	老兵不死，只是凋凌	語本〈戰歌〉（*War song*，作者不詳）Old soldiers never die, they simply fade away. 一九五一年四月十九日，麥克阿瑟在美國參眾兩院聯合會議上發表告別演說時，曾引用作為結尾。
老驥伏櫪，志在千里	老驥伏歷，志在千里	語見東漢．曹操〈步出夏門行〉。良馬雖老，伏在馬房中，還想馳騁千里。喻老年人的壯志不衰。驥，ㄐㄧˋ，jìo。
流水不腐，戶樞不蠹	流水不腐，戶梳不蠹	語本戰國．呂不韋《呂氏春秋．盡數》。喻常動可以強身，勸人自強不息。蠹，ㄉㄨˋ，dù。
落花有意，流水無情	落花有意，留水無情	語見宋．普濟《五燈會元》卷五十四。形容男女戀愛中，一方很有情意，另一方則沒有任何的表示。比喻一廂情願。

羅馬不是一天造成的	羅馬不是一天告成的	語本西洋諺語 Rome is not built in a day. 比喻成就偉大事業之難。
冷冷清清，悽悽慘慘戚戚	冷冷清清，戚戚慘慘戚戚	語見宋．李清照〈聲聲慢〉。寂靜、蕭條、淒涼、悲慘。既用來形容人處境孤獨，內心悲戚愁苦，也用以形容心神不定，無限愁苦憂傷的情狀。
良言本無價，其貴值萬金	良言本無價，其貴值萬斤	語本富勒語 Good words cost nothing, but are worth much. 意指良言是無價之寶。湯瑪斯．富勒（Thomas Fuller，1608~1661）英國傳教士、歷史學家。
留得青山在，不怕沒柴燒	留得青山在，不怕沒材燒	語見明．凌濛初《初刻拍案驚奇》卷二十二。比喻只要留住事物的本源，就不怕有窮盡的時候。
路遙知馬力，日久見人心	陸遙知馬力，日久見人心	語本宋．陳元靚《事林廣記．結交警語》。說明要認識一個人，必須經過時間考驗。
臨淵羨魚，不如退而結網	臨淵羨魚，不如退而結綱	語本漢．劉安《淮南子．說林訓》。比喻要達到目的，唯有採取實際行動，一味的空想是沒有用的。
落紅不是無情物，化作春泥更護花	洛紅不是無情物，化作春泥更護花	語見清．龔自珍〈己亥雜詩〉。用以形容犧牲自己的一切，去完成某一事物。

正確	錯誤	說明
落霞與孤鶩齊飛，秋水共長天一色	落霞與孤鶩齊飛，秋水共長天一色	語見唐．王勃〈滕王閣序〉。形容秋天傍晚的湖色，是寧靜而動人的。
龍游淺水遭蝦戲，虎落平陽被犬欺	龍游淺水糟蝦戲，虎落平陽被犬欺	語見明．吳承恩《西遊記》第二十八回。說明人一旦失去了原有的優勢，反而境遇堪憐。
浪費時間是所有支出中最奢侈及最昂貴的	浪費時間是所有支出中最屠侈及最昂貴的	語本富蘭克林語 In our expenditure the item that costs most is time. 猶言一寸光陰一寸金，寸金難買寸光陰。富蘭克林（Benjamin Franklin，1706~1790），美國政治家、外交官、作家及物理學家。

ㄍ

正確	錯誤	說明
干戈	干弋	盾牌和矛戟，為古代武器。指戰爭。
干涉	甘涉	干預。牽涉。
弓弩	弓努	泛指武器。弩，ㄋㄨˇ，nǔ。
公帑	公弩	國家的財產。帑，ㄊㄤˇ，tǎng。
勾當	構當	指處理事情。指鬼祟不光明的事。
功績	功蹟	功業。
古剎	古煞	古老的寺廟。剎，此處念ㄔㄚˋ，chà。
古蹟	古績	古代的遺跡。亦作「古跡」。
甘藍	甘蘭	植物名，又叫「高麗菜」。
亙古	恆古	最古的時候。
光芒	光茫	向四方散射出來的光線。

正確	錯誤	說明
光彩	光採	榮耀。光輝、色彩。
光臨	光隣	敬稱別人的到來。
各自	個自	每個人自己。不愛與人打交道，孤僻。
圭臬	圭皋	古時測日影時間的器具。標準、法度。臬，ㄋㄧㄝˋ，niè。
估價	沽價	估算物品的價格。
告誡	告戒	警告、勸戒。
攻伐	攻罰	以武力攻擊。
攻訐	攻劫	舉發他人的過失而加以攻擊。訐，ㄐㄧㄝˊ，jié。
更迭	更跌	交換、更替。
汩汩	汨汨	形容水波聲。急流不斷的樣子。比喻文思源源不斷。汩，ㄍㄨˇ，gǔ。
汩沒	汨沒	沉滅。波浪聲。汩沒，ㄍㄨˇ ㄇㄛˋ，gǔ mò。
供奉	貢奉	敬奉、供養。
刮痧	刮沙	一種民間對痧症的療法。
固然	故然	本來如此。雖然，後面接否定句。

坩堝	坩鍋	用以熔解金屬、玻璃及鍛燒礦石的器具。坩堝，ㄍㄢ ㄍㄨㄛ，gān guō。
姑且	辜且	暫且；只好這樣。
官吏	官史	由政府任命，執行國家公務的人。
官邸	官柢	政府修建的高級官員住宅。
官階	官偕	官吏的等級。
疙瘩	疙瘩	皮膚或肌肉上突起的塊狀物。比喻想不通或解決不了的問題。
括號	刮號	寫為（）或〔〕。數學符號的一種，用以將二個或以上的數或項，括成一數或一項。標點符號夾註號的一種，用以表示在上下兩個符號之間的是說明或註釋部分。
枴杖	枴仗	走路時支撐身體所用的杖。亦作「拐杖」。
皈依	畈依	指身心歸向而且依附佛教或信仰其他宗教，亦作「歸依」。皈，ㄍㄨㄟ，guī。
苟且	枸且	得過且過，敷衍了事。
剛強	鋼強	性情堅強。剛烈強勁。
剛毅	鋼毅	剛正堅強。
哽咽	梗咽	悲痛得哭不成聲。

正確	錯誤	說明
宮闕	宮闋	天子所居的宮殿。闕，ㄑㄩㄝˋ，què。
恭喜	恭禧	向人表示祝賀的話。
恭敬	躬敬	態度和順有禮。
恭維	供維	恭敬地想。用言詞奉承他人。
根本	跟本	事物的基礎、本源。完全、絕對。
根據	跟據	依據。
疳積	甘積	幼兒面黃肌瘦、肚腹膨脹的症狀。疳，ㄍㄢ，gān。
耿直	埂直	正直。亦作「鯁直」、「梗直」。
胳膊	胳博	臂的俗稱。指身體肩膀以下，手掌以上的部分。亦作「胳臂」。胳亦作「肐」。
貢獻	供獻	把財力、勞力、智慧等奉獻出來。
躬行	弓行	親自實踐。
高峰	高鋒	高的山峰。比喻事物發展的最高點。
高峻	高竣	（山勢、地勢等）高而陡。
高粱	高梁	稷的別名，雜糧之一，可製酒和食用。

乾脆	甘脆	爽快。
乾涸	乾固	失去水分。涸，ㄏㄜˊ，hé。
乾燥	乾躁	水分很少或不含水分的狀態。
乾癟	乾扁	瘦小、凹陷。
國籍	國藉	人民隸屬於某一國家的籍貫。
掛冠	卦冠	辭官。
梗概	梗慨	大略情形。
罣礙	呈礙	牽制阻礙。亦作「掛礙」。罣，ㄍㄨㄚˋ，guà。
規矩	規距	共同遵守的法則。指行為端正。
規畫	歸畫	籌謀計畫。
規勸	歸勸	鄭重地勸告。
貫穿	慣穿	貫通穿透。
揩油	楷油	俗稱舞弊取利、勒索或白占便宜。揩，ㄎㄞ，kāi。
聒噪	聒躁	聲音雜亂。吵鬧不休。
蛤蜊	哈蜊	軟體動物，扇形殼，灰褐色，生長在海邊沙泥中，肉味鮮美。
辜負	姑負	違背人家的好意。

正確	錯誤	說明
幹麼	幹嘛	為什麼這樣。做什麼。
感慨	感概	內心有所感觸而嘆息。
會稽	會嵇	古地名，現在的浙江紹興。會，此處念ㄍㄨㄟˋ，guì。
概念	慨念	對事物認知的大略觀念。
概括	概刮	總括。
痼疾	固疾	經久沒有治好的疾病。痼，ㄍㄨˋ，gù。
過世	過逝	去世。死亡。
過節	過截	度過節日。仇恨。
隔閡	隔核	彼此之間的情意不能相通。
鼓譟	鼓躁	喧鬧；起鬨。亦作「鼓噪」。
慣性	貫性	物理學上稱物體未受外力時，靜者恆靜，動者恆動的性質。習以為常。
構陷	搆陷	設計陷害。
歌詠	歌泳	唱歌或吟詠詩文。頌揚；讚美。
瑰寶	褢寶	稀有而珍異的寶物。

箇中	各中	其中。箇，ㄍㄜˋ，gè。
緄邊	絪邊	在衣服的領、袖、襬等部分縫上的花邊。緄，ㄍㄨㄣˇ，gǔn。
膏腴	羔腴	形容土地肥沃。比喻高貴。
廣泛	廣汎	所涉及的面大而普遍。
颳風	括風	起風。亦作「刮風」。
擀麵	桿麵	拿麵杖把用水和成的軟麵壓成薄平狀。擀，ㄍㄢˇ，gǎn。
縞素	稿素	白色生絹，引申為白色。指白色喪服。
鋼筋	剛筋	鋼骨水泥建築工程做骨架用的鋼條。
尷尬	監尬	難為情。左右為難的樣子。尷尬，ㄍㄢ ㄍㄚˋ，gān gà。
鍋巴	鍋粑	煮米飯黏結在鍋底上的那一層，常呈微黃或焦黑色。
鍋貼	鍋帖	貼在平底鍋上用油煎煮的麵食。
櫃臺	貴臺	供人詢問或洽辦事物、收付款項等的地方。
歸咎	歸疚	歸罪。
歸納	規納	歸類、歸結。
鵠的	皓的	目標。目的。鵠，此處念ㄍㄨˇ，gǔ。
羹湯	焿湯	用菜肉等煮成的濃湯。

正確	錯誤	說明
關防	關枋	軍隊駐防的關口要塞。印信的一種，刻有政府機關的全銜。
關係	關系	事物間的連帶作用。要緊。
關聯	干聯	互相牽連。
灌溉	貫溉	把水灌入田畝中滋潤農作物。
灌輸	貫輸	注入。
顧慮	顧濾	考慮。顧忌。
蠱惑	罟惑	迷惑。蠱，ㄍㄨˇ，gǔ。
觀念	關念	由認知作用而在心中產生的意念或概念。
觀摩	觀磨	觀察別人的優點，加以揣摩、學習。
觀瞻	關瞻	事物的外觀。
公德		（social morality）對於社會公共的道德。
功德		（merits and virtues）功業和德行。佛家用語，指行善和念佛誦經等事。
過度		（to overdo）超越了適當的限度。
過渡		（to cross a river, stream, etc. by ferry）渡水而過。（a transitional period）前後交替時的中間階段。

高峰 高的山峰。比喻事物發展的最高點。

上峰 山峰的上面。指上級長官。

上風 風向的上方。比喻優勢。

尖峰 最顛峰的狀態。

聒噪 吵鬧不休。

鼓譟 古代出戰時擂鼓吶喊，用以擴張聲勢。大眾一起發出呼喊喧鬧的聲音。亦作「鼓噪」。

過濾 （to filter）利用有孔隙的介質將混合物中固體與流體分開。泛指清理一切不需要的事物。

過慮 （to be over anxious）過分憂慮。

廣袤 （length and breadth of a land; area）地的面積，東西叫廣，南北叫袤。袤，ㄇㄠˋ，mào。

廣漠 （boundless）廣大無邊。

灌木 叢生而枝幹低小的樹木。

喬木 枝幹高大而有主幹的樹木。

弓腰 彎腰。

躬身 屈身。親自。

正確	錯誤	說明
供品		供奉神佛祖先的物品。
貢品		進貢的物品。
果腹		填滿肚子。
裹足		停步不前。
國事		（national affairs）有關於國家的事情。
國是		（national politics）國家的重大政策。
國殤		（a national martyr）為國捐軀的人。《楚辭》九歌篇名。殤，ㄕㄤ，shāng。
國喪		（national mourning）指國家元首或副元首之喪，亦作「國服」、「國孝」。
歸咎		把過失推卸到別人身上，亦作「歸罪」。
歉疚		感到對不起別人。
灌注		（to pour into）注入。
貫注		（to concentrate one's attention on）精神專注，注意力集中。
感情		（feelings）因受外界刺激所產生的喜、怒、哀、樂等情緒。人與人之間的交情。

敢情		（maybe; naturally）莫非。自然。
乖僻		（perverse）性情古怪孤僻。
怪癖		（strange hobbies）古怪的嗜好。
怪僻		（queer）性情奇異偏執。
古龍水	古瓏水	一種用酒精、柑橘和其他植物油製成的男性用香水。
刮鬍子	括鬍子	用剃刀或刮鬍刀刮去臉上的鬚毛。比喻責備、訓斥。
狗腿子	狗蹆子	罵人的話。指甘為有權勢者的奴才，或替其為惡幫凶的人。
胳肢窩	胳支窩	腋下。
高跟鞋	高根鞋	女子穿的後跟高起的鞋子。
鬼畫符	鬼畵符	比喻拙劣的書畫。
鬼靈精	鬼伶精	謔稱機靈聰明的人。
敢死隊	趕死隊	軍中為危險任務徵求自願者組成不怕死的隊伍。
聒聒叫	瓜瓜叫	極好。亦作「刮刮叫」。
搆不著	夠不著	伸手向高處取物不及。
跟屁蟲	跟屁從	戲稱緊跟不捨的人。
灌米湯	貫米湯	虛偽地恭維人家。亦作「灌迷湯」。

正確	錯誤	說明
瓜子臉		面龐微長而窄，上圓而尖。多用以形容女子臉形之美。
瓜皮帽		一種小帽，用六瓣布料縫合，頂有小結，狀似半個西瓜皮。
軋頭寸		向他人調借現金，以應急需。軋，此處念ㄍㄚˊ，gá。
軋馬路		在路上無目的地行走。軋，此處念ㄧㄚˋ，yà。
孤零零		孤單的樣子。
孤苦伶仃		孤立，沒有依靠。
鬼主意		指巧妙奇異的計謀。
餿主意		比喻不好、不可靠的計策。
弓肩縮背	勾肩縮背	兩肩聳起，背脊彎曲。形容姿勢不雅。
公而忘私	功而忘私	忠實奉公，不計個人損失。
公諸同好	公之同好	公之於同好。好，此處念ㄏㄠˋ，hào。
勾肩搭背	弓肩搭背	互相用手勾搭在對方的肩膀或背上。形容感情深厚。形容態度輕浮隨便。
勾魂攝魄	勾魂懾魄	比喻吸引力之大，多指美人的誘惑力。
功不唐捐	功不堂捐	努力不會白費。唐捐，虛費之意。

功名利祿	功名利碌	名位和俸祿。
功成不居	功成不拘	立了功而不居功。
功成名遂	功成名逐	事業成功，名聲建立。亦作「功成名就」。
功德無量	公德無量	立下非常大的功德。
功虧一簣	功虧一潰	就要成功的，卻因沒貫徹到底而失敗。
古井無波	古井無坡	古井中的水枯竭，不生波浪。比喻寡欲不動情，多指婦女守貞潔。
古來明訓	古來名訓	自古以來明白的教訓。
古道熱腸	古到熱腸	有古人的厚道、熱忱。形容待人仁厚、熱心。
瓜田李下	瓜甜李下	比喻容易令人起疑。
瓜瓞緜緜	瓜瓞棉棉	比喻子孫眾多，常用來祝福新婚夫婦子孫繁盛。瓞，ㄉㄧㄝˊ，dié。緜，ㄇㄧㄢˊ，mián。
瓜熟蒂落	瓜熟締落	比喻時機成熟，自然會成功。
甘之如飴	甘之如貽	在困苦的環境中能甘心忍受，不以為苦。飴，ㄧˊ，yí。
甘拜下風	甘敗下風	誠心佩服，自認不如。
甘食褕衣	甘食愉衣	吃甘美的食物，穿華麗的衣服。褕，ㄩˊ，yú。
亙古未有	互古未有	從古到今，還沒有過。

正確	錯誤	說明
光芒萬丈	光芒萬仗	形容氣勢雄偉。
光怪陸離	光怪路離	形容怪異離奇。
光明磊落	光明累落	形容光明正大，胸懷坦白。
光前裕後	光前欲後	使祖先增光，並造福後人。
光風霽月	光風齋月	比喻人品高潔清明。形容政治清明。霽，ㄐㄧˋ。
光彩奪目	光彩奪幕	形容色澤鮮麗，引人注目。
光陰荏苒	光陰荏冉	時光不知不覺地過去。荏苒，ㄖㄣˇㄖㄢˇ，rěn rǎn。
共襄盛舉	共相盛舉	共同贊助完成有意義的盛大活動。
各行其是	各行其事	各人按照自己認為對的去做。指意見、步調不一致。
各懷鬼胎	個懷鬼胎	比喻各有各的壞主意。
改弦易轍	改弦易側	比喻改變舊的方法或制度。亦作「改弦更張」。
改過遷善	改過牽善	指改正過失，誠心向善。
攻城掠地	攻城撂地	攻占城池，奪取土地。
更僕難數	更樸難數	比喻極其繁多，到了數不清的程度。
肝腦塗地	肝腦突地	形容慘死。比喻竭智盡忠，不惜犧牲生命。

供認不諱	供認不緯	被告承認所做的事情。諱，ㄏㄨㄟˋ，huì。
刮目相看	括目相看	另眼看待。
呱呱墜地	呱呱墮地	指嬰兒脫離母體之時。
固若金湯	固若金蕩	比喻防守嚴密，無懈可擊。
姑息養奸	辜息養奸	過於寬容、放縱而助長壞人或壞事的勢力。
孤臣孽子	孤臣虐子	孤立無援的臣子及偏房失寵的兒子。比喻處在憂患困苦中的人。
孤芳自賞	孤方自賞	自命清高，和社會遠離，自我欣賞。比喻懷才不遇。
孤陋寡聞	孤漏寡聞	比喻學識淺薄，沒有什麼見聞。
孤高自許	孤高自詡	自命清高，不與俗人為伍。
孤掌難鳴	孤長難鳴	比喻單獨一人不能有作為。
官僚氣息	官僚氣習	指政府官員敷衍應付，忽視人民權益的態度。
拐彎抹角	拐彎末角	隨著道路的曲折前行。形容言行不直爽。
果不其然	果不期然	果然如此。指事實與預料相同。
果報不爽	果抱不爽	形容善有善報，惡有惡報。形容非常靈驗的意思。
沽名釣譽	估名釣譽	故意做些奇事來求取名譽。

正確	錯誤	說明
狗尾續貂	狗尾續雕	比喻拿不好的東西接在好的東西後面。謙稱續作他人的文章。
狗急跳牆	狗擊跳牆	比喻人被逼急了，往往會做出意想不到的事。
狗狺狺吠	狗唁唁吠	狺狺，犬吠聲。狺，ㄧㄣˊ，yín。
狗彘不如	狗豬不如	形容人品行極惡劣，連豬狗都不如。彘，ㄓˋ，zhì。原作「狗彘不若」。
冠冕堂皇	冠勉堂皇	高貴的樣子。光明正大的樣子。形容表面上莊嚴體面的樣子。
冠蓋相望	冠蓋相忘	坐在車上的官員，前前後後都可互相看到對方的禮帽和車篷。形容達官貴人往來不斷。
冠蓋雲集	冠蓋雲極	官員的禮帽和車子的篷蓋像雲一樣聚集在一起。形容很多達官貴人聚集一處。
故步自封	固步自封	拘於舊習，不圖進步。
故態復萌	固態復萌	平素行為又再出現。
苟且偷安	狗且偷安	只貪圖眼前的安逸，不想努力振作。
苟延殘喘	苟涎殘喘	勉強保全性命。
剛愎自用	剛腹自用	性情強硬、固執，不肯接受別人意見。愎，ㄅㄧˋ，bì。

剛毅木訥	剛義木訥	性情剛毅果決，不善言詞。
根深柢固	根深底固	比喻基礎穩固。
格殺勿論	隔殺勿論	當場擊殺，而不以殺人論罪。
耿耿於懷	哽哽於懷	事情惦記在心，無法釋懷。
躬逢其盛	恭逢其盛	親自遇到盛況。
骨瘦如柴	骨瘦如材	形容一個人極為瘦削。亦作「骨瘦如豺」。
骨鯁在喉	骨埂在喉	比喻有話在心，不吐不快。鯁，ㄍㄥˇ，gěng。亦作「如鯁在喉」。
高枕無憂	高枕無悠	形容無憂無慮。
高唱入雲	高喝入雲	形容歌聲響亮，或叫聲響亮。形容言論激昂。
高潮迭起	高潮疊起	高潮一次又一次地發生。
高瞻遠矚	高詹遠矚	形容眼光遠大。
鬼斧神工	鬼釜神工	比喻技藝精巧。
鬼鬼祟祟	鬼鬼崇崇	行事不光明磊落。
乾柴烈火	乾材烈火	本指乾燥的柴火使火勢易旺。喻孤男寡女經常接近時，最易發生親熱的行為。
掛一漏萬	掛一露萬	比喻處事不完備，脫漏很多。

正確	錯誤	說明
貫徹始終	貫徹始中	做事有始有終，堅持到底。
郭公夏五	郭公夏午	比喻書籍上的文字缺漏。
感人肺腑	感人肺俯	使人深受感動。
感恩戴德	感恩載德	受人恩德，謀求報答。
感慨係之	感慨細之	對事情感觸良多。
感激涕零	感激涕淩	因感激而哭泣流淚。
會稽之恥	會稽之齒	春秋時越王句踐為吳王夫差所敗，退守會稽。比喻戰敗的恥辱。會，此處念ㄍㄨㄟˋ，guì。
綆短汲深	梗短汲深	比喻才力不能勝任。
觥籌交錯	杯觥交錯	指宴會聚飲的熱鬧情況。觥，ㄍㄨㄥ，gōng。
詭計多端	軌計多端	形容人狡猾而詭計多。
賈其餘勇	鼓其餘勇	鼓起勇氣。賈，此處念ㄍㄨˇ，gǔ。
過目成誦	過目成頌	看過就能背誦。指記性很強。
過河拆橋	過河折橋	比喻達到目的後，就把幫助過自己的人一腳踢開。
過從甚密	過從甚蜜	彼此來往很密切。

過眼雲煙	過往雲煙	比喻已經消逝的事物。
過猶不及	過尤不及	說明凡事必須恰到好處，超過或不足都不適當。
鉤心鬥角	鉤心鬥腳	原指宮室結構的交錯精巧，現用以比喻心機深刻，互相排擠。
鉤玄提要	鉤玄題要	探求玄奧，提出要領。
隔岸觀火	隔岸官火	比喻對別人的危難不去求助，而在一旁看熱鬧。
隔靴搔癢	隔靴騷癢	比喻不切實際，沒有抓到要點。
隔牆有耳	隔牆有爾	勸人說話謹慎，要防備有人偷聽。
鼓舌如簧	鼓舌如黃	形容人能言善道。
鼓盆之戚	鼓盆之淒	比喻喪妻之痛。
寡婦再醮	寡婦再蘸	寡婦再嫁。醮，ㄐㄧㄠˋ，jiào。
寡廉鮮恥	寡廉顯恥	不知羞恥。鮮，此處念ㄒㄧㄢˇ，xiǎn。
槁木死灰	稿木死灰	比喻毫無生氣。槁，ㄍㄠˇ，gǎo。
歌臺舞榭	歌臺舞謝	表演唱歌跳舞的地方。比喻歡愉享樂的地方。
歌聲嘹亮	歌聲嘹量	歌聲清晰響亮。
滾瓜爛熟	滾瓜濫熟	形容背誦得很純熟。
管窺蠡測	管窺蠢測	比喻見識狹小、淺陋。蠡，ㄌㄧˊ，lí，水勺。

正確	錯誤	說明
綱舉目張	綱舉目彰	比喻條目分明。
膏粱子弟	膏梁子弟	比喻富貴人家的子弟。膏、粱，肥肉和細粱，泛指美食。
蓋世太保	蓋是太保	德語 Gestapo 的音譯。希特勒統治德國時的祕密警察組織。
趕盡殺絕	趕盡殺決	消滅淨盡。
蝸角虛名	蛙角虛名	比喻微不足道的浮名虛譽。
轂擊肩摩	穀擊肩摩	並排的車輛相碰撞，行人的肩膀相摩擦。形容人車擁擠、市況繁榮。轂，ㄍㄨˇ，gǔ。
歸根結柢	歸根結底	把千頭萬緒的事物歸結到根本上。常作總結概括的用語。
關懷備至	關懷備致	關心得很周到。
關關雎鳩	關關睢鳩	水鳥兒喳喳鳴叫。雎，ㄐㄩ，jū。
顧名思義	僱名思意	從事物的名稱，聯想到它的含義。
顧影自憐	顧影自鄰	形容孤獨失意的樣子。指自我欣賞。
攪七捻三	攪七拈三	指亂搞男女關係。形容糾纏不清。攪，此處念ㄍㄠˇ，gǎo。
共商國是		一起商量國家的重大政策。
國事蜩螗		國事紛亂，像蟬類那樣嘈雜。蜩螗，ㄊㄧㄠˊ ㄊㄤˊ，tiáo táng。

公之於世　向世人宣布。

公諸社會　向社會宣布。諸，是「之於」的合音。

恭喜發財　恭喜，是對人表示慶賀的話。

恭賀新禧　新年快樂，是賀年時的祝詞。新禧，亦作「新釐」。

鼓起勇氣　提起勇氣。

餘勇可賈　還有餘力可賣。形容潛力很大。賈，此處念ㄍㄨˇ，gǔ。

灌夫罵座　喻假借醉酒而責罵別人。

潑婦罵街　凶悍蠻橫的婦人破口罵人。

鬼影幢幢　形容陰森恐怖的樣子。

疑雲重重　形容疑點很多。

國色天香　花國絕色，天外奇香，指牡丹花。形容貌美的女子。

暗香疏影　清幽的香氣，疏落的影子，指梅花。

過江之鯽　比喻來來往往的人很多。

過河卒子　只能前進、不能後退。比喻甘心為他人打頭陣。

過街老鼠　比喻大家憎厭或引起公憤的人物。

過路財神　比喻轉手錢財的人。

正確	錯誤	說明
管鮑之交		管仲和鮑叔牙的交情。比喻交誼深厚的朋友。
管鮑分金		管仲和鮑叔牙曾合夥做生意，鮑叔牙對於利潤的分配毫不計較。比喻好朋友間，不計較利益。
顧盼生姿		形容眉目秀麗傳神，一回首、一注目，也有美妙的姿態。
顧盼自雄		形容自視不凡，得意忘形。
狗咬呂洞賓	狗咬呂洞冰	語見清・曹雪芹《紅樓夢》第二十五回。（歇後語）不識好人心。
滾石不生苔	混石不生苔	語本西洋諺語 A rolling stone gathers no moss. 意指見異思遷，必無所獲。
擀面杖吹火	趕面杖吹火	（歇後語）一竅不通。
國王的新衣	國王的新依	語本《安徒生童話》。既用來形容赤身露體，也用以比喻幻想或脫離實際的理論、計畫等。
恭敬不如從命	恭敬不如重命	語見元・王實甫《西廂記》第二本第三折。恭敬謙遜不如聽從命令。用以表示客氣的詼諧說法。
割雞焉用牛刀	割雞淹用牛刀	語見《論語・陽貨》。多勸人在處理小事情時，無須動用到太繁雜的手續或是大人物。亦作「殺雞焉用牛刀」。

過屠門而大嚼	過途門而大嚼	語見漢．桓譚〈新論〉。經過肉鋪門前，空著嘴咀嚼。喻用空想或不切實際的辦法聊以自慰。
顧左右而言他	故左右而言他	語見《孟子．梁惠王下》。東看西看有意避開話題。形容不正面回答問題支吾其詞的樣子。
姑妄言之姑聽之	姑忘言之姑聽之	語本《莊子．齊物論》。既是隨便說的話，也就隨便聽聽，不必太在意。
掛羊頭賣狗肉	掛羊頭買狗肉	語見宋．釋惟白《續傳燈錄》卷三十一。比喻言行不一或指騙人的行為。
過盡千帆皆不是	過近千帆皆不是	語見唐．溫庭筠〈夢江南〉。用來形容殷切的期待某人、事、物的出現，最後卻事與願違的失落感。
狗嘴裡吐不出象牙	狗嘴裡吐不出像牙	語本元．高文秀《遇上皇》第一折。比喻人說話不中聽，說不出好話。
工欲善其事，必先利其器	工欲善其事，必先厲其器	語見《論語．衛靈公》。工匠想做好工作，一定要先把工具修整好。說明事前準備的重要。
冠蓋滿京華，斯人獨憔悴	冠蓋滿京華，思人獨憔悴	語見唐．杜甫〈夢李白〉：「出門搔白首，若負平生志。冠蓋滿京華，斯人獨憔悴。」作官顯貴的人滿京城都是，唯獨他這個人滿臉憔悴。常為不得志者用來抒發抑鬱不平之情。

正確	錯誤	說明
狂書肆，看書展，琳琅滿目，真是到了嫏嬛福地	狂書肄，看書展，琳琅滿目，真是到了郎環福地	語見近代作家梁實秋《雅舍小品續集》。說明置身書城的喜悅心情。
過多會壞事，太少不濟事	過多會壞事，太少不劑事	語本西洋諺語 Too much spoils, too little does not satisfy. 猶言中庸之道最上道。
蝸牛角上爭何事？石火光中寄此身	聒牛角上爭何事？石火光中寄此身	語本唐．白居易〈對酒詩〉。在蝸牛角般微小的天地裡，有什麼事好爭執的？短暫的人生，彷彿是寄身在石火電光的一剎那間。說明人生短暫，不要為小事爭執。
觀棋不語真君子，把酒多言是小人	觀祺不語真君子，把酒多言是小人	語見明．馮夢龍《醒世恆言》卷九。勸人切勿多言。

ㄎ

正確	錯誤	說明
口渴	口喝	口乾想要喝水。
叩門	扣門	在門外叫屋裡的人來開門。
叩拜	扣拜	叩頭下拜。
扣押	叩押	對於可為證據或應沒收之物，司法機關得命所有人或保管人交付而暫時留置。
考卷	考劵	考試用的卷子。
考量	考亮	考慮、思量。
佝僂	扣僂	形容彎腰駝背的樣子。一種因缺乏維生素D或鈣而引起的軟骨症。佝，ㄎㄡˋ，kòu。
克服	刻服	除去困難。
克難	刻難	克服艱難。
吭聲	坑聲	出聲。亦作「吭氣」。吭，ㄎㄥ，kēng。

正確	錯誤	說明
困阨	困扼	處境艱難窮困。阨，ㄜˋ，è。亦作「困厄」。
坎坷	崁坷	地不平。比喻潦倒不得志。
坎肩	砍肩	即背心。
刻板	刻版	在木板上刻字。比喻固執、呆板，不知變通。
刻苦	苛苦	吃苦耐勞。生活簡樸。
刻薄	苛薄	對人苛刻、不寬厚。
昆布	昆佈	植物名。昆布科昆布屬。生於海中，體如帶狀，富含碘、磷、鉀、維生素甲等，常吃可預防甲狀腺腫。亦稱為「海帶」。
昆蟲	坤蟲	蟲類的總稱。身體由頭、胸、腹等三部組成，用氣管呼吸的節足動物，如蟑螂、螞蟻等。
肯綮	肯啟	骨頭和筋肉相連的地方。比喻事理的關鍵所在。綮，ㄑㄧㄥˋ，qìng。
剋日	刻日	約定或限定時日。
剋星	克星	能剋制對方的人或物。
咳嗽	欬嗽	氣管的黏膜發炎，受痰或氣體等刺激而發出聲音。
垮臺	誇臺	失敗、瓦解或潰散。

客官	客倌	舊時旅店對客人的敬稱。
恪守	格守	謹慎地遵守。恪，ㄎㄜˋ，kè。
恪遵	格尊	敬謹遵行。
枯萎	枯葳	草木乾枯而死。
枯燥	枯躁	乾燥。單調乏味。
看官	看倌	舊時章回小說中對讀者的稱呼。
砍柴	砍材	砍伐木柴。
倥傯	空傯	事務迫促忙碌的樣子。倥傯，ㄎㄨㄥˇ ㄗㄨㄥˇ，kǒng zǒng。
恐怖	恐佈	可怕。
恐慌	恐荒	害怕而慌張。
恐嚇	恐赫	恫嚇、威嚇。
勘察	戡察	實地察看。
崑曲	昆曲	中國戲劇的一種，明朝嘉靖年間魏良輔改南曲的絃索官腔而成。
傀儡	魁儡	頭及四肢以繩懸吊，供人操弄的玩偶。比喻任人操縱的人或組織。
凱子	剴子	戲稱有錢而出手大方的男子。

正確	錯誤	說明
凱旋	凱旋歸來	得勝回來。「歸來」兩字是蛇足。想用四個字，就寫「奏凱而歸」。
剴切	凱切	切實合於事理。剴，ㄎㄞˇ，kǎi。
喟嘆	愧嘆	感慨嘆息。
堪輿	勘輿	察看風水以斷定吉凶。輿，ㄩˊ，yú。
慨然	概然	激昂的樣子。嘆息的樣子。大方而不吝惜的樣子。
揆諸	睽諸	審度之於。
揩油	楷油	俗稱舞弊取利、勒索或白占便宜。
揩拭	楷拭	擦拭。
開拔	開跋	隊伍出發。
開衩	開岔	衣服的兩邊邊緣所開的縫。衩，ㄔㄚˋ，chà。
開幕	開募	揭幕。泛指會議、競賽、營業、表演等的開始。
開墾	開懇	開闢荒地。
壼範	壺範	女子住的內室，現用以指婦女美好的品德。壼，ㄎㄨㄣˇ，kǔn。

ㄎ

愧怍	愧作	內心慚愧。
愧疚	愧咎	心裡慚愧，覺得不好意思。
戡亂	勘亂	平定禍亂。戡，ㄎㄢ，kān。
暌違	揆違	離別。
窟窿	窟隆	坑洞。指紕漏或麻煩。
窠臼	巢臼	窠巢和舂臼。比喻老套。窠，ㄎㄜ，kē。
匱乏	饋乏	缺乏、不足。
慷慨	慷概	意氣激昂。不吝嗇。
犒賞	靠賞	以財物或酒宴慰勞有功的人。
魁梧	魁武	高大強壯的樣子。亦作「魁偉」。
寬恕	寬怒	寬容饒恕。
寬敞	寬敝	空間寬闊。
寬裕	寬餘	錢財富足。時間不緊迫。
潰瘍	⿸疒貴瘍	皮膚或黏膜因發炎、循環阻滯等引起潰爛的現象。瘍，ㄧㄤˊ，yáng。
窺伺	窺似	查看動靜，等待機會下手。

正確	錯誤	說明
褲襠	褲檔	褲子兩腿相連的部分。襠，ㄉㄤ，dāng。
懇切	墾切	誠懇、真摯。
虧欠	愧欠	多指商業上的虧損、欠債。引申為辜負、對不起人。
擴大	闊大	往外伸張，放大範圍。
擴張	闊張	向外拓展伸張。
曠課	礦課	沒有請假而缺課。
口味		滋味。指一切所喜愛的。
胃口		愛吃東西的欲望，即食欲。
枯燥		乾枯。沒有趣味。
乾燥		缺乏水分。
毛躁		形容舉止輕浮、不穩重。
戡亂		平定亂事。
勘誤		校正文字的錯誤，同「刊誤」。
嗑牙		閒談，亦作「磕牙」。
磕頭		叩頭，跪著用頭碰地。

ㄎ

瞌睡		坐著打盹兒。
嗑瓜子		吃、咬瓜子。
開火		（to engage in battle）引火。打開火源。開戰。
開伙		（to cook a meal）動手做飯。
口頭禪	口頭讒	時常順口說出，沒有多大意義的習慣性話語。
孔方兄	孔芳兄	對錢的戲稱。
可塑性	可朔性	可以被外力改變的特性。
空城計	空城記	《三國演義》中的故事。沒有實力，虛張聲勢來嚇人。俗稱屋內空無一人，或形容肚子非常飢餓。
看天田	看天由	缺乏灌溉設施而須靠雨水滋潤的田地。
苦肉計	苦肉記	故意傷害自己，以騙取別人信任的計策。
苦哈哈	苦呵呵	窮苦的樣子。
堪輿師	勘輿師	察看風水地理的師傅。
開小差	問小差	軍隊中稱士兵逃亡。比喻臨事逃避。
開天窗	問天窗	指報紙的圖片或字數不足，未能排滿整個版面，以致留下空白的情形。比喻進行中的事情突然停頓。
開心果	問心果	比喻使人喜愛、開懷的人。

正確	錯誤	說明
開洋葷	開洋暈	指初次見到或嘗試到新鮮的事物。
開胃菜	開味菜	在正餐前食用，能增強食欲的小菜。
開襠褲	開檔褲	兒童所穿，襠中開口的褲子。
劊子手	膾子手	指凶手。本指古代專門處決死刑犯的人。
卡賓槍		英語 carbine 的音譯，一種槍桿短、重量輕的長槍。
來福槍		英語 rifle 的音譯，即步槍。
口才辯給	口才辨給	能言善辯。給，此處念ㄐㄧˇ，jǐ。
口耳相傳	口耳相傅	以口說耳聽的方式互相傳授。
口沒遮攔	口沒遮欄	形容說話毫無顧忌，沒有分寸。
口角春風	口腳春風	形容說話技巧極高，像春風一樣能使萬物生長。
口沫橫飛	口沫恆飛	形容說話滔滔不絕，興致盎然的樣子。
口是心非	口事心扉	說的話和心裡想的相反。
口乾舌燥	口乾舌躁	形容費盡脣舌的樣子。
口碑載道	口杯載道	形容到處受到稱讚。
口誅筆伐	口誅筆代	用言語及文字討伐他人的罪惡。

口蜜腹劍	口密腹劍	形容話甜而心險。
可見一斑	可見一般	由事情的某一點，推論其全貌。一斑，比喻事情的一部分。
可圈可點	可圈可典	表現突出，值得嘉許、肯定。
夸父追日	跨父追日	比喻自不量力。
夸夸其談	跨跨其談	說話浮誇，不切實際。夸，ㄎㄨㄚ，kuā。
夸誕不經	跨誕不經	誇張無稽之談。
扣槃捫燭	扣槃門燭	比喻認識不真，揣測錯誤。槃，ㄆㄢˊ，pán；捫，ㄇㄣˊ，mén。
克紹箕裘	克紹其裘	比喻能繼承父業。箕，ㄐㄧ，jī。
克勤克儉	克勤克檢	能夠勤苦工作，又能節儉費用。
克敵制勝	克敵致勝	戰勝敵人。
狂蜂浪蝶	狂風浪疊	在花間盡情採蜜的蜜蜂和到處飛舞的蝴蝶。比喻放蕩好色、到處尋花問柳的男子。
刻不容緩	刻不容鍰	事情非常急迫，一刻也不能耽擱。
刻舟求劍	刻舟求箭	比喻固執而不切實際。
刻苦耐勞	克苦耐勞	克服困難，不怕勞苦。
刻骨銘心	刻骨茗心	比喻感受深刻，不能忘懷。

正確	錯誤	說明
刻鵠類鶩	刻鵲類鶩	鵠和鶩相似，雕刻鵠卻刻得像鶩。比喻模仿雖然不逼真，但還相似。鵠，此處念ㄏㄨˊ，hú，動物名，鳥綱雁形目，體形似雁而較大。鶩，鳥類中的游禽類。俗稱野鴨。
空中樓閣	空中樓格	比喻虛構的事物。
空空如也	倥倥如也	空無所有的樣子。虛心誠懇的樣子。
空前絕後	空前截後	以前沒有過，以後也不會有。形容極特出的成就或不尋常的情況。
空降部隊	空降步隊	即傘兵。指不是由本單位擢升，而由其他單位調派來的主管人員。
剋期完成	克期完成	限定日期完成。
枯木逢春	枯木馮春	比喻雖處於絕境卻重獲生機，或劣境忽然轉好。
看朱成碧	看朱成璧	將紅色看成綠色。形容心亂目眩，無法分辨真相。
看風使帆	看風始帆	比喻相機行事。
科班出身	科班出生	本指戲曲表演者從小受過正規嚴格的專業訓練。後也泛指一般人受過正規的專業教育，或比喻居高位的人是從基層逐步升遷上來。
苦心孤詣	苦心孤脂	專心研究達到精微的境地。形容辛苦經營。

ㄎ

欬唾成珠	該唾成珠	比喻言談不凡或言詞優美。欬，此處念ㄎㄞˋ，kài。
胯下之辱	跨下之辱	喻不逞小勇，忍辱一時。胯，ㄎㄨㄚˋ，kuà。
揆其原因	睽其原因	審度其原因。
硜硜之愚	鏗鏗之愚	固執而淺薄的愚人之見。用作堅持個人看法的自謙詞。硜，ㄎㄥ，kēng。
開天闢地	開天辟地	天地初開。指事情的開始或第一次。
開告發單	開告罰單	開單舉發罪狀。
開卷有益	開卷有異	只要打開書本，便會有所獲益。
開宗明義	開中明義	發言或為文一開始就說明要點。
開物成務	開務成物	開發各種物資，建立政治、經濟、社會等各種制度。
開門見山	開門見杉	比喻說話或寫文章，一開始就直入主題，明白表示。
開門揖盜	開門擊盜	比喻結交壞人，引來禍害。
開源節流	開原節流	廣開財源並節省開支。
溘然長逝	蓋然長逝	謂人死亡。溘，ㄎㄜˋ，kè。
跬步千里	龜步千里	半步半步的累積，可以走千里之遠。比喻要獲得大成就，必須持續努力。跬，ㄎㄨㄟˇ，kuǐ，半步。

正確	錯誤	說明
廓然大公	郭然大公	心胸寬大，公正無私。
慷慨赴義	慷慨付義	意氣高昂地為正義而死。
慷慨解囊	慷槪解囊	毫不吝惜地捐出錢財。
寬宏大量	寬弘大量	形容度量很大。
窺豹一斑	窺豹一班	比喻所見的只是一小部分，不是整體。
膾炙人口	膾灸人口	比喻為眾人所稱讚。
曠日持久	曠日特久	空廢時日，拖延很久。
曠廢隳惰	曠廢隳隋	荒廢正業，墮落懶散。隳，ㄏㄨㄟ，huī，毀壞。
口腹之欲		喻飲食的欲望。
口福不淺		飲食享用的福運不淺。
空谷足音		在空曠的幽谷聽到腳步聲。比喻難能可貴的人物或言論。
空谷傳聲		空曠的山谷能傳遞巨大的回聲。比喻難能可貴的共鳴、回響。
枯楊生稊		枯老的楊樹長出嫩芽。比喻老人娶年少的妻子或老年得子。稊，ㄊㄧˊ，tí。

枯樹生花		比喻誠心可感萬物。比喻在絕望中獲得生機。
快刀斬亂麻	快刀剪亂麻	語本《北齊書・帝紀第四・文宣》。比喻以果斷迅捷的手段，解決錯綜複雜的問題。
空心大老倌	空心大老官	裝腔作勢而沒有內涵的人。
苛政猛於虎	刻政猛於虎	語見《禮記・檀弓》。苛虐的政令比老虎還要可怕。
開門七件事	開門八件事	語本南宋・吳自牧《夢粱錄》。指在日常生活中不可缺少的柴、米、油、鹽、醬、醋、茶等七種烹調物。
慷他人之慨	慷他人之概	語見明・凌濛初《二刻拍案驚奇》卷十一。擅自作主將別人的財物供人分享。
口惠而實不至	口惠而實不致	語見《禮記・表記》。在口頭上許人以好處，卻沒有付諸實行。
可望而不可即	渴望而不可及	語見明・劉基〈登臥龍山寫懷二十八韻〉。看得見，但不能接近。形容希望達到而實際難以達到。
可遠觀而不可褻玩	可遠觀而不可懈玩	語見北宋・周敦頤〈愛蓮說〉。可以遠遠地觀賞卻不可輕慢地接近玩弄它。比喻人品高潔，使人不敢輕薄怠慢。
快馬一鞭，快人一語	快馬一邊，快人一語	語見宋・釋道原《景德傳燈錄》卷六。比喻爽快人一句話就算數，或一句話就清楚，絕不遲疑。

正確	錯誤	說明
靠山吃山，靠海吃海	靠山癡山，靠海癡海	指依賴所處的環境以維持生活。
寬恕與一笑置之是對誹謗者最大的報復	寬恕與一笑致之是對誹謗者最大的報復	語本西洋諺語 Pardons and pleasantness are greatest revenges of slanders. 這是避免被加碼誹謗的高招。

ㄏ

正確	錯誤	說明
火候	火侯	煮東西的火力和時間。道德、學問、技藝的修養工夫和成熟程度。
火柴	火材	一端蘸有磷、硫等易燃物的小木棒，可以摩擦生火。
火鍋	火堝	鍋與爐合為一體的炊具。
划算	滑算	合算。
合十	合什	兩手食指相合行禮，是佛教儀式。
合併	和併	將個別和分散的聚合為一。
合夥	合伙	二人以上共同出資在一起經營事業。
回復	回愎	恢復。答覆。
回響	迴嚮	回音、回應。
回籠	迴籠	指重蒸已涼的熟食。泛指已經放出又再收回，或已經離開又再回來。

正確	錯誤	說明
扞格	杆格	牴觸、不相合。扞，ㄏㄢˋ，hàn。
汗腺	汗線	位於皮內排泄汗液的彎曲管狀腺體。
汗顏	汗延	臉上流汗。形容羞愧。
灰心	恢心	失望、消極。
灰燼	灰儘	物體燃燒後所剩下的粉屑。
行伍	行仵	軍隊的泛稱。行，此處念ㄏㄤˊ，háng。
含混	含渾	含糊不清。
宏亮	洪亮	聲音大而且響亮。
宏偉	弘偉	宏大雄偉。
呼嘯	呼哨	發出尖銳而拉長的聲音。
呼籲	呼御	公開請求援助或爭取支持。
和珅	和坤	清滿州人，深得高宗寵任，貪婪專擅。珅，ㄕㄣ，shēn。
和煦	和熹	天氣溫和。
和諧	和偕	聲調諧和。互相配合。
和藹	和靄	親切和善的態度。

ㄏ

弧形	弧型	彎曲而有弧度的形狀。
弧度	孤度	表示角度大小的一種單位。若一圓心角所對弧的長度等於圓的半徑時，該角即為一弧度。
昏厥	昏倔	因為生病或受到重大刺激，一時失去知覺而不省人事。
花稍	花梢	裝飾鮮豔。花樣繁多。浪漫風流。
花費	花廢	耗費金錢。
花蕊	花芯	花朵中心細鬚的部分，分雄蕊與雌蕊，是植物的生殖器官。
花瓣	花辦	花朵的一片。
花籃	花藍	裝花的籃子。
哄抬	烘抬	肆意提高。紛紛抬高。（多指物價）
哄騙	烘騙	欺騙。好言勸誘。
後悔	後侮	事後悔恨。
後裔	後裔	後世子孫。
橫亙	恆互	橫列而延伸。亙，ㄍㄣˋ，gèn。
恍如	仿如	好像是。
恢復	恢愎	失去以後又得到。

正確	錯誤	說明
洄游	回游	海洋中某些魚類因為特定目的，所形成定期定向的游動。
洪爐	鴻爐	大爐。比喻陶冶人才的大環境。比喻融合、同化力大的環境。
胡扯	糊扯	隨意亂說。
胡謅	胡湊	隨口瞎編。
候補	侯補	等著補缺。等著補缺的人。
捍衛	悍衛	保護。防衛。
晃動	恍動	搖晃、震動。
浩瀚	浩翰	廣大眾多的樣子。
海里	海浬	略寫為「浬」。計算海面距離的單位。
海扁	海貶	流行語。痛毆之謂也。
海涵	海函	說人度量大或請人寬諒的話。
海綿	海棉	海裡多數的小蟲集合體，表面有許多小孔，成塊狀或樹枝狀，可供洗拭用。
烘托	哄托	用別的東西陪襯，使主體或重點更加明顯。
烘焙	烘培	用火烘烤。焙，ㄅㄟˋ，bèi。

耗費	浩費	消耗。花費。
荒廢	荒費	廢棄不管。
荒蕪	荒無	田地無人耕種，以致雜草叢生。蕪，ㄨˊ，wú。
荒謬	荒繆	荒唐、不合情理。
迴龍	迴籠	地名，在台灣省桃園市龜山區。
晦氣	悔氣	運氣不好，做事不順利。晦，ㄏㄨㄟˋ，huì。
涵泳	函泳	在水中來回游動。品味。深入體會。
涵洞	函洞	道路與河道、天然排水溝或渠道相交會時，所預留的空間，以利通水的暗渠或暗管。
涵養	函養	內在的修養。滋潤養育。
混沌	混鈍	世界未開闢以前的狀態。糊塗無知的樣子。沌，ㄉㄨㄣˋ，dùn。
混淆	混搖	雜亂而讓人分辨不清。
痕跡	狼跡	事物所留下的印跡。
喉急	侯急	焦急。把喉急寫成「猴急」，可能是想用猴子抓耳撓腮，不停地動來形容焦急吧。
寒毛	汗毛	人體上的細毛。

正確	錯誤	說明
寒傖	寒倉	寒酸鄙賤的樣子。傖，ㄘㄤ，cāng。
寒暄	寒喧	賓主相見時，談論氣候冷暖的應酬話。
寒噤	寒禁	因為受驚或受寒而身體顫動。噤，ㄐㄧㄣˋ，jìn。
寒磣	寒摻	醜陋，不光彩。羞辱。磣，ㄔㄣˇ，chěn。
惶恐	徨恐	驚慌、害怕。
揮毫	揮豪	運筆寫字或作畫。
揮霍	揮豁	比喻浪費金錢。
渙散	煥散	散漫不集中、不團結。
渾身	混身	全身。
琥珀	虎珀	一種黃褐色透明有光澤的礦物，是松脂形成的化石，可製飾物，也可入藥。
畫押	畫鴨	在文書契約上簽名或簽字，表示負責、認可。
訶斥	訶叱	大聲斥責。亦作「喝斥」。喝，此處念ㄏㄜˋ，hè。
黃疸	黃膽	病名，因血中膽色素含量過多，以致皮膚、眼睛呈黃色的病症。疸，ㄉㄢˇ，dǎn。
黃連	黃蓮	多年生草木，複葉，根可作藥，味苦。

ㄏ

黃鸝	黃麗	鳥類，羽毛黃色，鳴聲清麗悅耳，分布於亞洲。鸝，ㄌㄧˊ，lí。又稱「黃鶯」。
幌子	晃子	從前酒店掛在門外的布招。比喻用來欺騙他人的言語或行為。幌，ㄏㄨㄤˇ，huǎng。
會帳	費帳	結帳付款。
滑梯	溜滑梯	兒童遊戲器具，可從梯的平臺下滑。「滑梯」是名詞，作動詞「溜」的受詞。
滑頭	滑投	狡猾、不老實。狡猾的人。
煥發	喚發	散發光彩的樣子。
號召	號招	以一種名義或訴求召集眾人，使行動一致。
詼諧	恢諧	談話風趣、幽默。
豢養	眷養	飼養畜類。比喻收買培植爪牙。豢，ㄏㄨㄢˋ，huàn。
賄賂	諱賂	以財物買通他人。
遑論	惶論	不必提到。何用說。
慧黠	彗黠	聰明機智。黠，ㄒㄧㄚˊ，xiá。
銲接	捍接	以加熱、加壓等方法接合金屬材料。
麾下	摩下	本指旗下，借指將帥的部屬。對將帥的敬稱。

正確	錯誤	說明
寰宇	圜宇	全世界。寰，ㄏㄨㄢˊ，huán。
撼動	憾動	搖動。
翰林	漢林	古時的官制名。泛稱學術界。
翰墨	瀚墨	指筆墨。比喻文章、書法。
諢名	渾名	外號、綽號。諢，ㄏㄨㄣˋ，hùn。
頷首	含首	微微點頭，表示應允。頷，ㄏㄢˋ，hàn。
嚆矢	嗃矢	響箭，在發射時，先聞其聲，後見箭至。比喻事物的開始。嚆，ㄏㄠ，hāo。
徽章	黴章	佩帶在身上，用來識別的標記。
燴飯	膾飯	調和濃湯汁的飯。
環節	環截	某些低等的動物和蚯蚓、蜈蚣等，身體由環狀結構互相連結而成，這些結構叫作「環節」。指相互關聯的許多事物中的一個。
薈萃	薈粹	興盛的樣子。聚集。薈萃，ㄏㄨㄟˋ ㄘㄨㄟˋ，huì cuì。
豁拳	滑拳	飲酒時一種助興的遊戲。亦作「划拳」。豁，此處念ㄏㄨㄚˊ，huá。

豁達	霍達	形容心胸開闊，度量寬大。豁，此處念ㄏㄨㄛˋ，huò。
鴻溝	洪溝	比喻界限、隔閡。
鴻圖	弘圖	偉大的基業。偉大的計畫。亦作「宏圖」。
鴻儒	宏儒	博學的人。
鵠候	鶘候	像鵠鳥一般，伸長脖子站立等候。鵠，ㄏㄨˊ，hú。
覈實	劾實	考核實際。覈，ㄏㄜˊ，hé。亦作「核實」。
黌舍	黃舍	校舍。黌，ㄏㄨㄥˊ，hóng。
黌宮	黃宮	學校。
化妝		（to make up）打扮。
化裝		（to disguise oneself as ……）改變裝束。
火併		同夥決裂之後，互相吞併。
血拚		英語 shopping 的音譯，指大肆採購。
和音		（chord）在樂曲中兩個以上的調和聲同時發出。音樂名詞。
合音		（combination tone）在同一空氣位置中，二音振動聯合而生的音。物理學名詞。
和氣		態度溫和可親。

正確	錯誤	說明
合氣道		韓國人糅合中國太極拳及日本柔道所成的一種摔拿武術。
海綿		多細胞動物中最原始的一類。一種以橡膠或塑料製成的多孔化學成品。
石綿		一種天然礦物纖維，對人體的肺有害。
木棉		植物名。木棉科木棉屬，落葉大喬木。花於初春先葉開放，花朵大而豔麗，為橙紅色系。種子上被棉毛，棉毛富彈性，適合作枕頭、沙發等填充材料。
弧度		表示角度大小的一種單位。
幅度		原指物體振動的程度。比喻事物變動的程度。
皇皇		（brilliant）美盛顯明的樣子。（uneasy）心不定的樣子。
惶惶		（anxious）恐懼的樣子。
彗星		星名，有長尾巴，形似掃帚，比喻傑出人士，係取其光芒。俗作掃帚星，用以詆稱帶來霉運的人。
慧心		心思聰敏。佛家語，指心中空朗能觀達真理。
華佗		東漢人，精方藥針灸之法。華，此處念ㄏㄨㄚˋ，huà。
佛陀		佛教中指覺悟真理之人。指釋迦牟尼佛。

獲得　得到。

收穫　穀物蔬果等農產品的收成。喻凡事所得的利益。

歡心　（to win another's favor or heart）喜悅的心情。

歡欣　（jubilant）歡樂欣喜。

恍惚　隱約模糊，無法辨認。神志不清。

彷彿　好像。

候鳥　隨季節變換而遷移的鳥類。

留鳥　不論四季寒暑如何變化，終年棲息於一個地區，而不遷徙的鳥類。

酣睡　（to sleep soundly）熟睡。

鼾睡　（to have a heavy sleep with snoring）熟睡而打鼾。

餬口　（to make a bare living）收入只能勉強維持生活。

養家活口　（to support one's family）養活家人，維持生計。

寰宇　全天下。

轉圜　比喻順暢迅速。挽回、調解。

黃埔　地名，位於廣東省，昔日黃埔軍校所在地。

正確	錯誤	說明
黃浦江		河川名，發源於浙江省嘉興塘，經松江、金山各縣至上海，會吳淞江入海。
黃浦灘		上海的別稱。
候補		等候遞補缺額。
後備軍人		服役期滿退伍後，仍有義務隨時接受國家徵召入營的人員。
哄然		（boisterious）形容許多人同時發出多而雜的聲音。
轟然		（with a deafening sound）形容聲響大而猛烈。
化妝品	化裝品	修飾容貌的用品。
回籠覺	回龍覺	睡眠中斷後，再一次補睡。
何首烏	何首鳥	植物名。多年生蔓性草本植物。葉心形，互生；花白色；果實為瘦果。塊根是中醫名藥。
含笑花	涵笑花	木蘭科植物，花香，花瓣呈長橢圓形。因花常不盛開，像少女微微含笑，因而得名。
含羞草	含修草	豆科植物。葉片被碰觸就會合上，因像女人嬌羞的樣子而得名。
和事老	和事佬	調解爭端的人。

和稀泥	合稀泥	比喻不講是非，沒有原則的調和、折衷。和，此處念ㄏㄨㄛˋ，huò。
狐狸精	弧狸精	罵人的話，指妖冶、淫蕩的女子。
哈巴狗	哈吧狗	狗種名，體小面黑，毛長而蓬鬆，是常見的寵物。俗稱獅子狗。諷指阿諛逢迎的小人。
後腦勺	後腦梢	頭的後部。亦作「後腦杓」。
紅樹林	虹樹林	熱帶海濱特有的植物群落，生於海灣、海緣、河口附近、泥沙淤積的沼澤地。多具有異常根及胎生性質。
紅氍毹	紅衢毹	紅色的地毯。多鋪在舞臺上，故用來比喻舞臺或戲劇界。氍毹，ㄑㄩˊ ㄕㄨ，qú shū。毹又讀ㄩˊ，yú。
海參崴	海參威	本屬吉林省，清朝時割讓於俄國。港寬水深，是優良的海港。
海蜇皮	海哲皮	水母曬乾後製成的食物。蜇，ㄓㄜˊ，zhé。
迴紋針	迴文針	一種用金屬細絲繞成迴形的文具用品，可用來夾紙張。
混凝土	混泥土	水泥、細沙和石子，按比例混合，建築用材料，又叫「三合土」。
黃花岡	黃花崗	地名，革命先烈七十二烈士叢葬之地。
黃澄澄	黃橙橙	形容金黃耀眼的樣子。
黑壓壓	黑鴨鴨	形容人或物的眾多。

正確	錯誤	說明
滑鐵盧	滑鐵廬	Waterloo，比利時的一個小村，拿破崙初嘗敗績於此。
話匣子	話匧子	舊稱留聲機。譏笑人多話。匣，ㄒㄧㄚˊ，xiá。
劃時代	畫時代	開創新的時代。
橫了心	恆了心	下定決心，鐵了心。不顧一切。
橫膈膜	橫隔膜	胸腹兩腔間的筋肉膈膜。
鴻門宴	宏門宴	喻有陰謀詭計或劍拔弩張的宴會。
哈密瓜		瓜科，果實圓形或橢圓形，原產於新疆哈密。
水蜜桃		桃的一種，液汁很多，香甜好吃。
灰蒙蒙		暗淡模糊。
煙雨濛濛		下著像煙霧一樣的細雨。
化為烏有	化為污有	有變成沒有。
戶籍謄本	戶藉謄本	戶籍登記的抄錄本。
合浦珠還	合補珠還	比喻人離開而復返，或東西失而復得。
合轍押韻	合則押韻	韻調相合。轍，此處念ㄓㄜˊ，zhé。
回祿之災	回錄之災	火災。

ㄏ

回頭是岸	回頭是案	原為佛家語。指有罪惡的人就像跌進了無邊的苦海裡，只要悔悟，就能爬上岸後，獲得再生。多用來規勸犯錯的人悔過自新或告誡壞人回心向善。
好大喜功	號大喜功	喜歡矜誇自己的功勞，好，此處念ㄏㄠˋ，hào。
好不晦氣	好不誨氣	很倒楣。晦，ㄏㄨㄟˋ，huì。
好事多磨	好事多模	美好的事偏多波折。
好景不常	好景不嘗	好的境遇無法持續長久。
好夢正酣	好夢正鼾	睡得很熟。
好整以暇	好整以瑕	從容不迫的樣子。好，此處念ㄏㄠˋ，hào。
汗牛充棟	漢牛充棟	形容書籍很多。
汗流浹背	汗流夾背	出汗多，濕透背脊。浹，ㄐㄧㄚˊ，jiá。
汗馬功勞	漢馬功勞	比喻戰功或工作的辛勞與成績。
灰飛煙滅	灰飛煙沒	灰燼飛散，煙火熄滅。形容消逝無蹤。
灰頭土臉	恢頭土臉	形容在外奔波，滿臉灰塵的樣子。比喻沒面子。
含血噴人	含血賁人	比喻用惡毒的手段捏造事實，冤枉他人。
含沙射影	函沙射影	比喻暗地裡傷害他人。

正確	錯誤	說明
含辛茹苦	含莘茹苦	形容受盡千辛萬苦。
含苞待放	含抱待放	即將開放的花蕾。比喻即將成熟的少女。
含英咀華	含英詛華	形容文章優美精妙。指讀書時仔細品味文章的精華。咀，ㄐㄩˇ，jǔ。
含情脈脈	含情默默	含情欲語的樣子。
含飴弄孫	含怡弄孫	形容老年樂享天倫，自娛晚年的情景。
囫圇吞棗	胡侖吞棗	比喻含糊籠統，不求深刻了解。囫，ㄏㄨˊ，hú；圇，ㄌㄨㄣˊ，lún。
沆瀣一氣	吭泄一氣	比喻臭味相同的人勾結在一起。沆，ㄏㄤˋ，hàng；瀣，ㄒㄧㄝˋ，xiè。
呼天搶地	呼天槍地	形容極悲痛。搶，此處念ㄑㄧㄤ，qiāng。
呼朋引類	呼朋引累	呼喚朋友，招引同伴。常有鄙視的意味。亦作「呼朋引伴」。
呼盧喝雉	呼廬喝雉	形容賭博時的呼叫聲。喝，此處念ㄏㄜˋ，hè。
和衷共濟	合衷共濟	比喻同心協力，克服困難。
和盤托出	合盤托出	連同盤子一起端出來。比喻把事實真相完全說出來。
和藹可親	和靄可親	態度溫和，使人樂於親近。

怙惡不悛	怙惡不俊	倚仗著惡勢力作惡，而不肯悔改。怙，ㄏㄨˋ，hù；悛，ㄑㄩㄢ，quān。
昊天罔極	浩天罔極	天空廣大沒有邊際。喻父母的大恩。昊，ㄏㄠˋ，hào。
河水汛期	河水氾期	江河水位定時性的上漲時期。汛，ㄒㄩㄣˋ，xùn。
河伯為患	河薄為患	比喻水災。
河汾門下	河紛門下	比喻名師門下，傑出弟子眾多。
河清海晏	河清海淹	比喻太平盛世的景象。亦作「海晏河清」。
狐狸尾巴	狐里尾巴	比喻掩蓋不住的邪惡本質或不良企圖。
花木扶疏	花木扶蔬	花木枝葉繁茂。
花團錦簇	花團錦族	形容繁花美麗，多姿多采。簇，ㄘㄨˋ，cù。
虎視眈眈	虎視耽耽	用凶狠貪婪的眼光注視目的物。
虎視鷹瞵	虎視鷹鄰	如虎、鷹般凶狠地注視。比喻強敵環伺。瞵，ㄌㄧㄣˊ，lín。
邯鄲學步	邯戰學步	比喻模仿他人沒有成功，反而失去原有本色。邯鄲，ㄏㄢˊ ㄉㄢ，hán dān。
咳聲嘆氣	該聲嘆氣	因為憂愁焦急而發出嘆聲。咳，ㄏㄞ，hāi。嘆、歎有別。嘆近於哀，故有吞聲之意；歎近於喜，故有咏歎之意。
哄堂大笑	轟堂大笑	許多人一齊大笑。亦作「鬨堂大笑」。

正確	錯誤	說明
哈利路亞	哈力路亞	希伯來語 halleluiah 的譯音，讚美上帝的頌詞，意指榮耀歸於上帝。
恍然大悟	謊然大悟	忽然完全了解。
恢恢有餘	灰灰有餘	綽綽有餘。形容本領高，處理問題毫不費力。
恨之入骨	恨之辱骨	比喻對某事深惡痛絕。
洪喬之誤	紅喬之誤	比喻書信寄失。
洪福齊天	鴻福齊天	福氣大，可與天平齊。多用為祝頌之詞。
紅衣主教	虹衣主教	天主教中主教分紅、白兩種，白衣主教是普通的主教；紅衣主教地位高，有被選為教皇的資格。
紅杏出牆	紅杏出薔	指婦女偷情，不守婦道。
紅袖添香	紅袖天香	比喻有美女伴讀。
胡天胡帝	胡天胡地	行為放縱。
胡說八道	胡說巴道	隨意亂說話。
哼哈二將	亨哈二將	明代小說《封神榜》（又稱《封神傳》、《封神演義》）根據佛教護守寺廟的門神附會的兩個神將。一個叫鄭倫，鼻子能哼出白氣制敵；一個叫陳奇，口中能哈出黃氣擒將。比喻行為迥異卻能互相配合默契的一對伙伴。

浩如煙海	浩如湮海	形容非常廣大或眾多。
浩浩蕩蕩	浩浩盪盪	水流盛大的樣子。形容聲勢甚大。
海不揚波	海不陽波	比喻太平無事。
海市蜃樓	海市脣樓	自然界的一種奇異光學現象，因光線屈折而現於目前。比喻虛幻不存在的事物。蜃，ㄕㄣˋ，shèn。
海底撈針	海底澇針	比喻非常困難或不可能做到的事。
海底撈月	海底澇月	比喻徒勞無功，白費力氣。
海枯石爛	海哭石爛	比喻永久不變。多用為男女相戀，永不變心的誓詞。
海屋添籌	海屋添壽	祝壽的話。
海闊天空	海擴天空	形容天地遼闊而無邊際。比喻心胸開闊或心情開朗，無拘無束，漫無邊際。
烘雲托月	哄雲托月	原指作畫時渲染雲彩為背景，襯托出月亮來。後用以比喻在文學或藝術創作中，利用別的東西襯托，使主體或主旨自然顯出。
盍興乎來	何興乎來	何不一同來加入。盍，ㄏㄜˊ，hé。
荒煙蔓草	荒煙漫草	荒野上的煙霧，蔓生的雜草。形容荒涼蕭瑟的景象。
荒誕不經	荒旦不經	荒唐而不近情理。

正確	錯誤	說明
荒謬絕倫	荒繆絕倫	形容荒謬、不合情理到了極點。
迴腸盪氣	迴腸盪器	形容詩文或音樂等非常感人。亦作「盪氣迴腸」。
患得患失	幻得幻失	比喻人的得失心很重。
患難之交	犯難之交	在危難時能互相扶持的朋友。
涸轍之鮒	固轍之鮒	比喻處於極窮困境地的人。涸，ㄏㄜˊ，hé，水乾了。鮒，ㄈㄨˋ，fù，鯽魚。亦作「涸轍鮒魚」、「涸轍之魚」。
荷槍實彈	何槍實彈	扛著槍，裝滿子彈。荷，此處念ㄏㄜˋ，hè。
喝西北風	唱西北風	比喻沒有飯吃。
壺小易熱	壼小易熱	語本西洋諺語 A little pot is soon hot. 猶言量小易怒。
寒毛竦立	汗毛竦立	身上的細毛豎立起來。形容非常驚懼。竦，ㄙㄨㄥˇ，sǒng。
寒風凜冽	寒風凜洌	非常寒冷。
惠而不費	慧而不費	施加恩惠給別人，而自己的花費並不多。
渾水摸魚	渾水抹魚	比喻利用環境的黑暗與混亂偷懶或謀取利益。亦作「混水摸魚」。
渾金璞玉	渾金樸玉	比喻未加修飾的天然美質，或人品純真質樸。
渾渾噩噩	混混噩噩	形容質樸厚重，嚴肅正大。現多用以形容人迷糊不知事理。

渾然天成	魂然天成	自然形成，沒有人為雕琢的痕跡。
皓月當空	昊月當空	明月高掛在天空中。
皓首窮經	浩首窮經	年老仍持續地鑽研經書。比喻讀書讀到老。
黃粱一夢	黃梁一夢	比喻榮華富貴的虛幻不實。
黃髮垂髫	黃髮垂髻	老人和兒童。老人頭髮由白轉黃，因此用黃髮指老人；古時童子不束髮，因此用垂髫指童子。髫，ㄊㄧㄠˊ，tiáo。
黃麴毒素	黃鞠毒素	一種由黃麴黴菌所分泌的毒素。性喜高溫多濕，毒性極強，即使少量也會引起肝功能和中樞神經障礙。麴，ㄑㄩˊ，qú。
煥然一新	渙然一新	形容出現了嶄新的面貌。
話鋒一轉	話峰一轉	談話的方向一轉。
禍起蕭牆	禍起蕭薔	比喻禍患發生在內部。
禍國殃民	禍國泱民	損害國家，危害人民。多用以指斥殘暴政權。
誨人不倦	晦人不倦	樂於教誨後進，而不知疲倦。
誨盜誨淫	晦盜晦淫	指禍由自招。也指引誘人作盜竊、淫蕩等不正當的事。亦作「誨淫誨盜」。
赫赫有名	嚇嚇有名	形容名氣很大。赫，ㄏㄜˋ，hè。
魂飛魄散	魂飛迫散	比喻極為驚懼。指死亡。

正確	錯誤	說明
魂牽夢縈	魂牽夢瑩	形容十分思念的樣子。
橫眉怒目	橫眉努目	形容憤怒凶惡的樣子。亦作「橫眉豎目」、「橫眉豎眼」、「橫眉瞪眼」。
橫徵暴斂	橫微暴斂	恣意向人民徵收重稅。
蕙質蘭心	慧質蘭心	比喻女子的心地純潔、性情高雅。
諱莫如深	諱默如深	嚴守祕密，不肯告訴人家。
駭人聽聞	害人聽聞	令人聽了覺得震驚。
嚎啕大哭	嚎陶大哭	放聲痛哭。
獲益匪淺	穫益匪淺	得到很多的益處。
環肥燕瘦	環肥雁瘦	比喻不同型態的美人，各有各的特色。
豁出去了	霍了出去	不顧成敗，勇往直前。豁，此處念ㄏㄨㄛ，huō。
豁然開朗	霍然開朗	忽然變得寬闊明亮。忽然明白、領悟。
鴻飛冥冥	鴻飛明明	鴻雁飛向高遠的天際。比喻超然事外，以遠禍害。
鴻圖大展	洪圖大展	祝賀他人得以發展遠大的志向或計畫的用語。
鴻篇巨製	鴻篇巨制	宏大的著作。常用來恭維他人的文章。

鼾聲如雷	酣聲如雷	形容睡覺時所發出的鼻息聲很響。
懷錦握瑜	懷錦握瑜	比喻人有高貴的品德和才能。瑾、瑜，指美玉。
懷璧其罪	懷壁其罪	原指擁有貴重物品容易招來禍患。後用以比喻懷才遭忌。
譁眾取寵	嘩眾取寵	故意賣弄特異的言論，以引起大家對他的注意。
鶴髮童顏	賀髮童顏	比喻老人氣色好，有精神。
歡欣鼓舞	歡欣股舞	歡樂興奮的樣子。
好高騖遠		理想高而不求實際。
趨之若鶩		形容前往依附的人很多而且急切。
回首前塵		回想以前的事。
前程萬里		稱頌他人將來的成就遠大。
和顏悅色		溫和而歡悅的臉色。
正顏厲色		莊重而嚴厲的容貌。
察言觀色		辨別他人所說的話，察看臉上的表情，而窺知他的心意。
疾言厲色		說話急迫，容色嚴厲，形容發怒。
火冒三丈		形容非常生氣。
垂涎三尺		形容嘴饞想吃的樣子。比喻非常羨慕而渴望擁有。

正確	錯誤	說明
畫餅充飢		比喻徒有虛名而無補於實際。比喻以空想自我安慰。
畫龍點睛		指繪畫或寫作時，在緊要處加上一筆或一、二精闢字句，而使得整體作品靈活有神。
畫蛇添足		比喻多此一舉或徒勞無益。
昏迷不醒		知覺不清，好像睡著的樣子。
不省人事		昏迷失去知覺。省，此處念ㄒㄧㄥˇ，xǐng。
黑不溜偢		形容黑得難看。偢，ㄑㄧㄡ，qiū。
黑咕籠咚		形容一片昏黑的樣子。
毀家紓難		傾出所有家產以解救國難。
仗義疏財		為了義氣，拿出錢財來幫助別人。
鶴立雞群		比喻人的才能超群出眾，不同凡俗。
風聲鶴唳		形容極為驚慌、疑懼。
環堵蕭然		房屋中除了四面牆壁，別無他物。形容貧窮蕭條的樣子。
家徒四壁		家裡除了四面牆壁，別無他物。形容極為貧困。
好酒沉甕底	好酒沉饔底	（台灣俗語）比喻後面的或底下的東西往往是最好的。

虎瘦雄心在	虎獸雄心在	語見元・萬松老人《從容錄》。比喻人窮志不窮。
恨鐵不成鋼	恨鐵不成剛	語見清・曹雪芹《紅樓夢》第九十六回。對所期望的人希望殷切，督責嚴厲。對未成熟的計畫殷望早日實現。
浩氣貫長虹	浩氣貫長紅	語本《禮記・聘義》。形容氣勢的廣大雄偉。
海埔新生地	海浦新生地	海岸地帶的新淤積土地。
換湯不換藥	換湯不換樂	語見清・張南莊《何典》第三回。比喻只改變形式，而內容與本質都不變。
揮淚斬馬謖	揮淚斬馬稷	語本明・羅貫中《三國演義》第九十五回。比喻忍痛依法嚴懲自己所賞識的人。謖，ㄙㄨˋ，sù。
猢猻入布袋	胡孫入布袋	語見宋・釋道原《景德傳燈錄》卷二十一。比喻野性受到拘束。猢猻，ㄏㄨˊ ㄙㄨㄣ，hú sūn。
河海不擇細流	河海不責細流	語見《史記・李斯列傳》。比喻包容廣大，一律接納。
回眸一笑百媚生	回侔一笑百媚生	語見唐・白居易〈長恨歌〉：「回眸一笑百媚生，六宮粉黛無顏色。」後用以比喻美人動人的樣貌。
花雨繽紛入夢甜	花與繽紛入夢甜	語見近代作家琦君〈故鄉的桂花雨〉。在睡夢中，浮現桂花飄落，繽紛如雨的甜蜜情境。用以表達對花季的喜悅心情。
皇天不負苦心人	皇天不付苦心人	語見清・李寶嘉《文明小史》第三十九回。老天爺絕不辜負心誠志堅的人。說明只要痛下功夫努力，就一定會有收穫。

正確	錯誤	說明
黃連樹下彈琵琶	黃蓮樹下彈枇杷	（歇後語）苦中作樂。事實上黃連是草不是樹，這件事只有小人國的人辦得到。
紅橙黃綠藍靛紫	紅橙黃綠藍錠紫	太陽光線所含有的七色。靛，ㄉㄧㄢˋ，diàn。
黃鐘毀棄，瓦釜雷鳴	黃鐘毀棄，瓦斧雷鳴	語見《楚辭．卜居》。比喻賢才不被重用，小人得志。
海內存知己，天涯若比鄰	海內存知己，天崖若比鄰	語見唐．王勃〈杜少府之任蜀州〉。四海之內都有知心朋友，即使彼此遠隔天涯，也像在近鄰一樣親近。說明跟朋友感情親密，無關距離的遠近。比，此處念ㄅㄧˋ，bì。
禍兮福所倚，福兮禍所伏	禍兮福所依，福兮禍所伏	語本《老子》第五十八章。說明禍和福、好事和壞事是可以互相轉化的。
何當共剪西窗燭，卻話巴山夜雨時	何當共撿西窗燭，卻話巴山夜雨時	語見唐．李商隱〈夜雨寄北〉。什麼時候才能和你在西窗下一起剪著燭花，追憶巴山夜雨裡我思念你的心情呢？用以表達對久別親友的思念之情。
橫看成嶺側成峰，遠近高低各不同	橫看成嶺側成鋒，遠近高低各不同	語見宋．蘇軾〈題西林壁〉。比喻從不同的角度看待事物，都會得到不同的結果。

還君明珠雙淚垂，恨不相逢未嫁時

還君名珠雙淚垂，恨不相逢未嫁時

語見唐·張錯〈節婦吟〉。用以表示已婚婦女因無可奈何而對對方的情意只能婉謝。

狐狸有很多花招，而刺蝟只有一招，一個高招

狐狸有很多花招，而刺渭只有一招，一個高招

語本西洋諺語 The fox knows many tricks but the hedgehog one great one. 猶言三十六計，走為上策。

謊言跑短程，真相跑馬拉松。真相會在法院裡贏得這場馬拉松

謊言跑短程，真象跑馬拉松。真象會在法院裡贏得這場馬拉松

語本麥可傑克森語 Lies run sprints, but the truth runs marathons. The truth will win this marathon in court. 猶言時間會證明一切。麥克傑克森（Michael Jackson，1958~2009），美國搖滾國際巨星。

ㄐ

正確	錯誤	說明
九州	九洲	古代分天下為九州。後用以泛指中國。
久仰	久抑	仰慕已久。與人初次見面所用的敬語。
孑孓	孓孑	蚊子的幼蟲。孑孓，ㄐㄧㄝˊ ㄐㄩㄝˊ，jié jué。
及笄	及并	女子年滿十五歲。笄，ㄐㄧ，jī。
巨擘	巨播	大拇指。比喻傑出的人物。擘，ㄅㄛˋ，bò。
甲板	舺板	軍艦或輪船每層所覆的鐵板。
甲冑	甲胄	士兵穿戴的鐵甲和頭盔。冑，ㄓㄡˋ，zhòu。
乩童	占童	替人求神問卜的人。
交代	交待	彼此相接替。囑咐。收束終了的說明。把經手的事移交別人。
交媾	交構	交配。媾，ㄍㄡˋ，gòu。

交鋒	交峰	交戰。交手。
伎倆	技倆	手段。技能。
吉他	吉它	英語 guitar 的音譯，是一種西洋樂器。
奸宄	奸究	由內為奸，起外為宄。指犯法作亂的人。宄，ㄍㄨㄟˇ，guǐ。
尖峰	尖鋒	山的最高處。泛指事物最高潮的狀況。
即位	及位	君王登位。就位。
夾克	莢克	英語 jacket 的音譯，一種寬鬆的短外套。
庋藏	給藏	收藏。庋，ㄐㄧˇ，jǐ。
忌憚	忌彈	害怕而有所顧慮。
戒指	戒子	套在手指上的環形飾物。
戒備	誡備	提高警覺，加強防備。
抉擇	決擇	選擇。
決絕	絕決	堅決斷絕。永別。
見方	建方	長寬相等的平面，如：一尺見方，表示長和寬都是一尺。
佳話	嘉話	流傳一時的美事。
具結	俱結	對官署提出負責的文件。

正確	錯誤	說明
卷宗	券宗	公私機關分類彙存的文件。收納存放文件的夾子。
卷帙	券帙	書籍。可以捲的叫卷，編有目次的叫帙。帙，ㄓˋ，zhì。
屆時	界時	到達預期的時間。
沮喪	沮傷	失意頹喪。
狙擊	阻擊	乘人不備而攻擊之。狙，ㄐㄩ，jū。
芥末	芥茉	芥菜子研細的粉末，味辛，可調味。
芥蒂	介蒂	比喻存在心裡的嫌怨或不愉快。
芥藍	芥蘭	蔬菜名，莖高數尺，形似萵苣。
金剛	金鋼	喻堅固而不會毀壞。蠶蛹的俗稱。佛教神名，是佛祖的侍從力士。怪獸電影主角像黑猩猩的怪物king kong，譯作「金剛」或「大金剛」。
亟盼	極盼	急切希望。亟，ㄐㄧˊ，jí。
姣好	佼好	面貌美麗。
急迫	疾迫	緊急迫切。
急劇	疾劇	迅速激烈。

急遽	急據	快速、急速。
急躁	急燥	沒有耐性。
拮据	拮據	事情為難，忙亂。境況困難，缺少錢。手部動作不靈活。拮据，ㄐㄧㄝˊ ㄐㄩ，jié jū。
架式	架勢	形象、姿勢或樣式。
枷鎖	伽鎖	木枷和鐵鎖。引申為束縛。
柬帖	東帖	邀請賓客的帖子。
狡猾	狡滑	詭詐、不誠實。
矜持	筋持	莊重拘謹。
觔斗	斛斗	把頭著地用力讓身體倒翻過去。亦作「筋斗」，口語說「跟頭」。觔，ㄐㄧㄣ，jīn。
計畫	計化	事先訂定的辦法。打算。
計策	計冊	有計畫的謀略。
迥異	逈異	完全不相同。迥，ㄐㄩㄥˇ，jiǒng。
郊外	效外	城外不遠的地方。
倔強	倔將	強硬而不肯屈服。強，此處念ㄐㄧㄤˋ，jiàng。
倦怠	倦待	疲倦而懈怠。

正確	錯誤	說明
倨傲	据傲	傲慢不恭。
娟秀	捐秀	秀麗動人的樣子。
家具	傢俱	家用的器具。
峻拒	竣拒	嚴厲的拒絕。
捐軀	捐驅	犧牲生命。
校勘	校堪	把不同版本的書籍相互比較、核對，鑑別它們的異同，勘定它們的正誤。
浸淫	浸吟	水流橫溢。逐漸擴及。沉浸在某種情境或事物中。
級配	汲配	水泥裡沙和石子等按顆粒粗細的分級和搭配。恰當的級配可減少工程材料的耗費。
脊髓	即髓	脊椎骨中的灰白色膠狀物，前部有運動神經，後部有知覺神經，是重要神經所在。
記載	記戴	把事情用文字記錄下來。
酒糟	酒槽	釀酒後剩下的渣滓。
剪綵	剪采	工程開工或機構開幕時，請名人剪綵帶的儀式。
堅決	艱決	意志堅定不改變。

堅貞	堅真	形容操守非常堅定。
寂寞	寂默	孤獨空虛。
寂寥	寂廖	寂寞。
崛起	掘起	高起。比喻興起。
接洽	接恰	與人商議事情。
教唆	教梭	指使別人做壞事。
教誨	教悔	教導訓誨。
焗烤	局烤	一種西式烹調法。將食物放入烤爐中加熱燉烤。
皎潔	絞潔	明亮潔白的樣子。
祭典	忌典	敬祀的典禮。
祭奠	祭殿	設置供品，祭祀祖先或神靈。
袈裟	架裟	梵語 kasāya 的音譯，指僧侶所穿的法衣。袈裟，ㄐㄧㄚ ㄕㄚ，jiā shā。
訣別	絕別	永別。
訣竅	絕竅	要領。
逕自	脛自	直接去做。

正確	錯誤	說明
就緒	就序	事情安排妥當。
幾乎	幾呼	差不多。幾，此處念ㄐㄧ，jī。
揀選	撿選	挑選。
景仰	憬仰	尊敬仰慕。
景致	景緻	風景。
晶瑩	晶熒	明亮清澈。
湫隘	秋隘	低濕狹小。湫，ㄐㄧㄠˇ，jiǎo。
焦躁	焦燥	心焦氣躁。
犄角	崎角	獸類的頭角。角落。
痙攣	痙孿	筋肉牽掣，舉動不靈的一種神經性病症。俗稱「抽筋」。痙攣，ㄐㄧㄥˋ ㄌㄩㄢˊ，jìan lüán。
竣工	峻工	完工。竣，ㄐㄩㄣˋ，jùn。
結巴	節巴	說話不流利。結，此處念ㄐㄧㄝ，jiē。
結縭	結離	結婚。也作「結褵」。縭、褵，ㄌㄧˊ，lí。
結廬	結盧	蓋房子。

絕對	決對	一定。事物不依任何條件而可獨立存在。
間諜	閒諜	暗地裡蒐集情報或製造事端，進行顛覆活動的人。間，此處念ㄐㄧㄢˋ，jiàn。
階段	皆段	事情發展的層次。
僅有	謹有	只有。
剿匪	攪匪	征討匪徒，使其滅絕。
嫁禍	架禍	把自己闖的禍、犯的錯推到他人身上。
嫉妒	疾妒	因別人勝過自己而感到怨恨。
楬櫫	楬諸	表明；標示。ㄐㄧㄝˊ ㄓㄨ，jié zhū。亦作「揭櫫」。
極力	亟力	盡力。
極致	極至	最高的造詣。
毽子	建子	一種可以用腳踏著遊戲的玩具。用皮或布裹著銅錢，錢孔上插羽毛或紙穗兒。
畸形	畸型	身體的某部分發育異常。事物的發展違反常理或不合正規。
禁臠	禁攣	不准他人分享的食物。引伸為他人不得染指的人或物。臠，ㄌㄨㄢˊ，luán。
節儉	節檢	節省不浪費。

正確	錯誤	說明
腳跟	腳根	腳掌的後部。
解圍	解違	本指解救兵陣的圍困，後喻代人排除困難。
解頤	解頗	開顏而笑。頤，ㄧˊ，yí。
僭越	潛越	假冒名義，超越本分。
盡量	僅量	竭盡所有力量。亦作「儘量」。
竭誠	碣誠	十分誠懇。
精采	精釆	事物表現出色。
精粹	精萃	精細純粹，最好的部分。
精緻	精致	精巧細密。優美。
精闢	精僻	立論詳密而有獨到之處。
鉸鏈	絞練	俗稱合葉兒。是裝在器具或門窗上，以便開關的兩張連結的金屬薄片。
僵局	繮局	形容事情弄到無法解決的地步。
僵持	繮持	雙方堅持自己的意見，不肯讓步。
儉樸	檢樸	節省樸實。

噍類	叫類	能夠嚼食的人。人類。活人。噍，此處念ㄐㄧㄠˋ，jiào。
噘嘴	嚼嘴	翹起嘴來。
嬌小	驕小	柔弱小巧。
嬌客	驕客	嬌貴的人。女婿的別稱。
潔癖	潔僻	過度愛清潔的癖好。
稽首	嵇首	叩頭。
緘默	咸默	保持沉默不說話。
膠捲	焦捲	捲成一軸的條帶狀軟質底片。
駕馭	駕御	操縱車馬。指揮控制。
儘先	盡先	極力提前。
儘早	盡早	極力趕早。
儘管	盡管	照自己意思隨便做。通「即使」、「雖然」。
冀望	忌望	希望。期望。
徼幸	徼悻	碰巧獲得意外的利益，或幸而沒有受害。也作「僥倖」。徼，此處念ㄐㄧㄠˇ，jiǎo。
機杼	機箸	織布機上的機鈕和梭子。比喻創作詩文中構思和布局的新奇巧妙。杼，ㄓㄨˋ，zhù。

正確	錯誤	說明
機警	機憬	靈敏而警覺。
縑帛	縑柏	質地細薄的絲織品。縑，ㄐㄧㄢ，jiān。
錦標	棉標	錦製的旗幟。競賽中優勝者所得的獎品。
錦繡	錦袖	比喻美麗鮮明。指絲織品的美麗花紋。
靜謐	靜密	安靜祥和的樣子。
餞別	賤別	設酒宴為人送別。
龜裂	規裂	皮膚因寒冷或乾燥而破裂。形容天旱土地開裂。亦作「皸裂」。龜，此處念ㄐㄩㄣ，jūn。皸，ㄐㄩㄣ，jūn。
檢討	儉討	反省並討論事情的得失。
檢舉	撿舉	舉發過失或違法的行為。
殭屍	僵屍	傳說中人死後歷久不腐爛的屍體，會變成害人的怪物。也作「殭尸」。
矯情	嬌情	虛偽做作。故意違反常情，表現與眾不同。
績效	積效	工作的成績、效果。
艱鉅	堅鉅	困難繁重。
覬覦	剴覦	非分的希望。覬覦，ㄐㄧˋ ㄩˊ，jì yú。

講義	講議	為講課而編寫的教材。
颶風	巨風	熱帶海上因氣流遽變而發生的暴風。颶，ㄐㄩˋ，jù。
擷取	捷取	摘取。採取。
簡陋	儉陋	過於簡單而顯得粗陋、不完備。
藉口	籍口	託辭。
謹慎	僅慎	小心仔細。
疆界	彊界	國界。邊界。
譏誚	幾誚	用諷刺的話責備人。誚，ㄑㄧㄠˋ，qiàn。
矍鑠	矍爍	形容人年老而身體強健，精神好。矍，ㄐㄩㄝˊ，jué。
競爭	兢爭	彼此爭取勝利。
競賽	兢賽	比賽。
警戒	警誡	警告而使人注意。軍警在戰爭或暴亂時派人駐守重要地點，防止敵人突擊。
警惕	警剔	心中有所警覺而加以防備。
齟齬	咀唔	牙齒不正而參差不齊。比喻意見不合，吵嘴。齟齬，ㄐㄩˇ ㄩˇ，jǔ yǔ。
殲滅	纖滅	殺盡滅絕。

正確	錯誤	說明
躋身	擠身	置身。使自己上升到某種行列、境域等。躋，ㄐㄧ，jī。
韁繩	僵繩	拴牲口的繩子。
驕陽	嬌陽	炎熱的太陽。
攪和	攪合	攪拌調和。無端生事。和，此處念ㄏㄨㄛˋ，huò。
驚蟄	驚執	二十四節氣之一，多在國曆三月五日或六日，此時正值春天，氣溫回升，蟄居的動物驚醒，開始活動。蟄，此處念ㄓˊ，zhí。
羈絆	羈抖	馬絡頭和絆索。比喻受牽制而不能脫身。
尖峰		最顛峰的狀態。
高峰		高的山峰。比喻事物發展的最高點。
上峰		山峰的上面。指上級長官。
及時		（in time）恰好趕上時間。把握時機。
即時		（at once）立刻。
即使		假使。
既然		已經這樣了。連詞。
佳人		美麗的女子。賢良的人。

佳作 好的作品。徵文未得入選，附在正選之後的稍好的作品。

紀錄 （a record）記載各項傑出表現的事蹟。如：奧運紀錄。

記錄 （to note down）把經過的事情記載下來。敘述經過事情的文字。如：會議記錄。亦作「紀錄」。

加冕 （to crown）歐洲各國君主即位時，所舉行的戴上皇冠的典禮。

嘉勉 （to praise and encourage）稱讚勉勵。

接見 （to receive [a visitor, etc.]）會見。

謁見 （too see a superior）拜見地位高的人。

具備 （to have）具有。

俱備 （all complete）都有。

酒窩 即梨渦。

梨渦 女子頰上的渦。

咀嚼 嚼碎食物。比喻對事物反覆體會玩味。

詛咒 詛罵、祈禱鬼神加災害給他人。

飢餓 （hungry）餓。

饑饉 （famine）農作物收成不好。

正確	錯誤	說明
假象		（false appearances or impressions）對「現象」而言，指虛假的現象。
真相		（the truth）事物的本來面目或事情的實際情形。
棘手		（difficult to handle）事情難處理。
辣手		（cruel）猛烈或刻毒的手段。
結痂		傷口或瘡口癒合後肌肉上結硬塊。痂，ㄐㄧㄚ，jiā。
疤痕		傷口或瘡口長好後留下的痕跡。
嫉妒		因別人比自己好而心生怨恨。
妒忌		猜忌懷恨他人勝過自己。
嘉賓		尊稱來賓。雀的別稱。
嘉言		善言。
疆場		戰場。場，此處念ㄔㄤˇ，chǎng。
疆埸		國界。田畔。埸，ㄧˋ，yì。
舉例		行文或談論時，舉一實例來證明理論。
列舉		一一舉出。

攫取 奪取；掠取。攫，ㄐㄩㄝˊ，jué。

擷取 摘取；採取。擷，ㄐㄧㄝˊ，jié。

檢查 點驗查看。

檢察官 偵查刑事被告犯罪證據而提起公訴的司法人員。

嬌縱 （to pamper）嬌養放縱。

驕縱 （proud and unruly）驕傲放縱。

兼程 （to proceed on one's trip on the double）以加倍的速度趕路。

專誠 （exclusively）專心誠意。特地。

精緻 優美細緻。

細緻 細密，不粗糙。

精闢 透徹而獨到。

冷僻 人跡罕至的地方。罕見。

鯨魚 水生哺乳動物，為現生生物中最龐大者。露出水面所見的噴水柱，為其呼氣所形成。

魷魚 軟體動物，具側鰭，十足。遇危險時，從肛門附近的墨囊噴出墨汁，趁機逃生。

沙魚 軟骨魚類，性凶猛，產於熱帶。簡稱「鯊」。

正確	錯誤	說明
章魚		軟體動物，與烏賊同類異種，捕食魚蝦。
鱈魚		一種常見的食用魚，產於寒冷的深海，口大而鱗細；肉白似雪，肉質細嫩。
拘禮		受禮法的約束。
居里夫人		Madame Curie（1867~1934），生於波蘭的法國科學家。一八九三年起致力於放射性現象研究，成就非凡。一九〇三年與其夫及貝克勒共獲諾貝爾物理學獎。一九一一年又獨得諾貝爾化學獎。
鞠躬		（to bow）彎腰行禮，表示尊敬。
鞠躬盡瘁		（to devote oneself to the task）做事不辭辛勞，用盡心力。
艱苦		艱難困苦。
堅苦		堅毅刻苦。
堅苦卓絕		堅毅刻苦的精神超越常人。
及時雨	即時雨	正是時候的雨。比喻適時的救助或施予適時救助的人。
叫化子	教化子	乞丐。
交趾燒	交址燒	一種用陶土塑形，加上各種顏色的釉彩，在低溫窯裡燒成的藝術品。

佼佼者	姣姣者	才能出眾的人。
季常癖	李常癖	比喻懼內（怕老婆）。
金剛鑽	金鋼鑽	即「金剛石」。最硬的礦物，可用來裁截玻璃或製成珍貴飾品。
金縷衣	金鏤衣	金線編織的衣服。
建蔽率	建弊率	新建房屋地面的面積，在建築基地之中所佔的比率。
計程車	計乘車	裝有計程表，按照行駛路程而收取費用的出租汽車。
假惺惺	假猩猩	故意裝假的樣子。
景泰藍	景泰籃	一種工藝品，在銅器表面塗以琺瑯質，明朝景泰年間製作最精，並以藍釉最出色，故名。
結膜炎	節膜炎	眼瞼結膜紅腫流淚的病症。
畸零地	崎零地	地形不完整或狹小，無法單獨使用的土地。
禁不住	經不住	承受不住；忍受不住。禁，此處念ㄐㄧㄣ，jīn。
節骨眼	結骨眼	比喻關鍵時刻或重要環節。
腳丫子	腳丫仔	俗稱腳。
解語花	解雨花	比喻善解人意的女子。比喻美女。
緊箍咒	金箍咒	《西遊記》裡，唐僧一念咒語，就能縮緊孫悟空頭上戴的金箍，使他頭痛而服從。比喻能用來束縛或控制人的事物。

正確	錯誤	說明
爵士樂	嚼士樂	英語 jazz 的音譯。二十世紀時，由美國南方黑人音樂所形成的一種音樂風格。節奏輕快，以小喇叭、薩克斯風、低音提琴及鼓為主要樂器。
急先鋒		在戰場上衝鋒陷陣，打頭陣者。比喻積極帶頭去做的人。
急就章		匆促完成的作品或草草辦完的事情。
精神病		泛稱心理異常的病症。
神經病		因神經系統發生疾病，以致精神狀態或肢體動作不協調的疾病。罵人思想、舉止乖張。
九霄雲外	九宵雲外	比喻無限高遠的地方。
孑然一身	孓然一身	孤單一個人。孑，ㄐㄧㄝˊ，jié。
井井有條	丼丼有條	形容有條有理，絲毫不亂。
及鋒而試	極鋒而試	趁著鋒利的時候用它。指趁著有利時機，及時採取行動。
巨細靡遺	巨細糜遺	事無大小，沒有一點疏漏。
匠心獨運	匠心獨具	別具巧妙的心思。
江心補漏	江心捕漏	船到江中才補漏洞。比喻事有缺失不先預防，臨時才補救，為時已晚。

江郎才盡	江郎材盡	比喻思路衰退，不再有傑出的表現。
君子好逑	君子好求	才德兼備男子的好伴侶。好，此處念ㄏㄠˇ，hǎo。
岌岌可危	及及可危	比喻非常危險。岌，ㄐㄧˊ，jí。
汲汲營營	及及營營	形容人急切求取名利的樣子。
見仁見智	見人見智	對同一事件各有不同的看法。
見危授命	見危受命	在危險的關頭，不惜犧牲生命。
見異思遷	見亦思遷	指心意不堅定，隨境遇而變更意向。
見過世面	見過四面	通達社會的人情事理及各種常識。
具體而微	俱體而為	內容大體具備而規模較小。
咎由自取	疚由自取	自己找來的災禍。
季布一諾	李布一諾	形容人說到做到，極有信用。
居心叵測	居心頗測	心存險詐，令人難以預測。叵，ㄆㄛˇ，pǒ。
戔戔之數	淺淺之數	為數很少。戔，ㄐㄧㄢ，jiān。
拒諫飾非	拒諫適非	拒絕他人的規勸，掩飾自己的錯誤。
近鄉情怯	近鄉情切	久別後將回到故鄉，心情有些不自然。
金戈鐵馬	金戈鐵碼	形容戰士的雄壯英姿。

正確	錯誤	說明
金石可鏤	金石可縷	即使像金、石那麼堅固，也可以雕刻成器。比喻只要有恆心，天下沒有做不成的事情。
金榜題名	金榜提名	科舉時代凡應試被錄取的人都名列榜上。泛指考試得中。
金碧輝煌	金壁輝煌	形容建築物裝潢與陳設的華麗。
金蟬脫殼	金禪脫殼	比喻用計謀脫身。
金雞獨立	金雞獨力	武術的一種姿勢。像雞一般用單腳站立。
建醮迎神	建蘸迎神	設壇請道士祭祀、作法事來迎神。醮，ㄐㄧㄠˋ，jiào。
急流勇退	急流引退	喻人在勢盛的時候，見機引退以避禍或保全名聲。
急景凋年	即景凋年	光陰急逝，歲殘年盡。
既往不咎	既往不究	不追究已經過去的事。
津津有味	斤斤有味	形容很有滋味或很有興趣。
津津樂道	斤斤樂道	很有興趣地談論著。
迥然不同	迴然不同	大不相同。
借花獻佛	借花獻佛	比喻借用別人的東西作人情。
借題發揮	借提發揮	借著某事來發揮意見或行事。

家喻戶曉	家諭戶曉	家家戶戶都知道。
家雞野鶩	家雞野鶩	比喻喜新厭舊。比喻妻室與外遇。羨慕他人之物，輕忽自己所有。
桀犬吠堯	傑犬吠堯	比喻不辨是非，只忠於主人。
桀驁不馴	桀傲不馴	凶暴乖戾，不服管教。驁，此處念ㄠˊ，áo。
狷介之人	捐介之人	孤僻自傲、不隨流俗的人。狷，ㄐㄩㄢˋ，juàn。
疾首蹙額	疾首促額	頭痛皺眉。形容厭惡或愁苦的樣子。
疾惡如仇	急惡如仇	痛恨壞人，視同仇敵一樣。
荊天棘地	荊天辣地	比喻充滿困難的處境。
荊釵布裙	荊扠布裙	指婦女服裝簡單樸素。
酒酣耳熱	酒鼾耳熟	形容酒喝得意興正濃的暢快神態。
酒囊飯袋	酒襄飯袋	譏稱只會吃喝不會辦事的人。
假公濟私	假公劑私	假借公家的名義以達成私人的目的。
堅忍不拔	艱忍不拔	堅定忍耐而不動搖。
捲土重來	倦土重來	比喻失敗後，努力再謀恢復。
捷足先登	傑足先登	腳步快，先登上去。比喻敏捷，首先達到目的。或作「捷足先得」。

正確	錯誤	說明
接洽公務	接恰公務	和人商量公家的事務。
接踵而至	接踵而至	形容相繼不絕。
厥功甚偉	居功厥偉	其功甚偉。厥，ㄐㄩㄝˊ，jué。
揭竿而起	揭桿而起	舉竹竿為號起義。指平民起兵反抗暴政。
景色宜人	景色怡人	景致合人的心意。
晶瑩剔透	晶瑩剃透	形容非常光潔透明的樣子。
焦頭爛額	交頭爛額	比喻狼狽不堪的樣子。
筋疲力竭	精疲力竭	力氣都使完了，形容非常地疲乏。亦作「筋疲力盡」。
絕裾而去	截裾而去	扯斷了衣襟，毅然離去。比喻去意堅決。裾，ㄐㄩ，jū。
絞盡腦汁	攪盡腦汁	形容費盡腦力，盡心思考。
蛟龍得水	絞龍得水	比喻英雄人物得到了施展才能的機會。
進退維谷	進退維古	進退兩難，不知道該怎麼辦。
間不容髮	間不容髮	比喻相聚極近。間，此處念ㄐㄧㄢˋ，jiàn。
集思廣益	集思廣義	集合眾人的見解，可得到很大的益處。指集合眾人的思慮，廣納各家的意見。

集腋成裘	集液成裘	比喻積少成多。比喻集眾力以成事。腋，ㄧㄝˋ，yè。
經年累月	經年纍月	比喻經過長久的一段時間。
罪魁禍首	最魁禍首	策畫作惡犯罪的為首分子。
解民倒懸	解民倒弦	比喻把人民從水深火熱中解救出來。
解衣推食	節衣推食	形容為人慷慨，熱心助人。
詰屈聱牙	詰屈拗牙	文字深奧，音調艱澀，難讀難懂。亦作「佶屈聱牙」。詰，ㄐㄧㄝˊ，jié；聱，ㄠˊ，áo。
鳩工庀材	鳩工庀柴	召集工人，儲備材料，以營造房屋。指將要有所作為。庀，ㄆㄧˇ，pǐ。
鳩占鵲巢	鳩占雀巢	比喻占據別人的住處、產業或地位。亦作「鵲巢鳩占」、「鳩居鵲巢」。
麂皮大衣	雞皮大衣	麂是小型鹿類，皮很柔軟，可做衣、鞋、手套。麂，ㄐㄧˇ，jǐ。
兢兢業業	競競業業	形容做事謹慎小心，勤懇負責。
嘉年華會	佳年華會	英語 carnival 的音譯。天主教國家在四旬齋節（Lent）前三天至七天內，所舉行的狂歡盛會。
截長補短	截長捕短	取有餘而補不足。
截然不同	絕然不同	完全不一樣。

正確	錯誤	說明
盡人皆知	人盡皆知	所有的人都知道。
盡心盡力	進心進力	竭盡所有的精神和力量。
盡忠報國	進忠報國	竭盡自己的忠誠，為國家效力。宋高宗送精忠旗給岳飛，因此後來也作「精忠報國」。
監守自盜	堅守自盜	盜取自己負責看守的財物。
竭澤而漁	竭澤而魚	比喻只取眼前的利益，不計後果。
精神抖擻	精神抖索	奮發振作有精神。
精神渙散	精神煥散	精神散漫。
精衛填海	經衛填海	比喻意志堅定，不畏艱苦。
緊鑼密鼓	密鑼緊鼓	鑼鼓點敲得非常緊密。比喻公開活動前的加緊準備。
聚沙成塔	俱沙成塔	比喻積少成多。
聚訟紛紛	聚頌紛紜	各式各樣意見爭辯不清，沒有結論。
聚精會神	聚精匯神	集中全部精神。
聚繖花序	聚散花序	有限花序的一種，頂先開花，漸及下方，如景天、八仙花等。繖，ㄙㄢˇ，sǎn。
價值連城	價值連成	形容物品十分珍貴。

劍及履及	箭及履及	形容進行快速，不拖泥帶水。亦作「劍及屨及」。
劍拔弩張	劍拔努張	喻形勢緊張，一觸即發。喻書法的雄健。弩，ㄋㄨˇ，nǔ。
嬌生慣養	驕生慣養	形容受到過分寵愛和縱容。
憬然赴目	景然赴目	很清楚地呈現在眼前。憬，ㄐㄧㄥˇ，jǐng。
駕輕就熟	架輕就熟	駕輕車走熟路。比喻處事得心應手。
噤若寒蟬	禁若寒蟬	比喻不敢作聲。噤，ㄐㄧㄣˋ，jìn。
激濁揚清	激濯揚清	比喻去惡揚善。
積重難返	積種難返	積習太深，很難改變。
積勞成疾	積勞呈疾	因長期過度勞累而生病。
踽踽而行	禹禹而行	獨自行走的樣子。踽，ㄐㄩˇ，jǔ。
錦囊妙計	錦囊廟計	指高明的計策。
擊節稱賞	繫節稱賞	讚賞人家的詩文作品。
櫛風沐雨	節風沐雨	形容勞苦奔走的樣子。櫛，ㄐㄧㄝˊ，jié。
濟濟一堂	擠擠一堂	許多人才聚集在一起。濟，此處念ㄐㄧˇ，jǐ。
濟濟多士	擠擠多士	形容人才眾多。濟，此處念ㄐㄧˇ，jǐ。
矯枉過正	攪往過正	矯正流弊，反失中道。

正確	錯誤	說明
矯俗干名	矯俗千名	標新立異，違背習俗，以求取美好的名聲。
矯揉造作	嬌揉造作	裝腔作勢，故意做作，舉動不自然。
矯矯不群	嬌嬌不群	超群出眾。
舉步維艱	舉步維堅	形容處境十分困難。
舉案齊眉	舉岸齊眉	比喻夫妻相敬如賓。
舉酒屬客	舉酒矚客	拿起酒杯，向客人勸酒。屬，此處念ㄓㄨˇ，zhǔ。
舉棋不定	舉旗不定	猶豫不決，拿不定主意。
謹防扒手	僅防扒手	小心防備竊賊。
雞毛撣子	雞毛彈子	雞毛做成，用來清除灰塵的器具。撣，ㄉㄢˇ，dǎn。
雞皮疙瘩	雞皮胳瘩	皮膚上因冷或其他刺激所引起的多數細密小粒，狀似去毛後的雞皮。
雞鶩爭食	雞鶩爭食	比喻小人相互爭利。鶩，ㄨˋ，wù。
鏡花水月	近花水月	鏡中的花，水裡的月。比喻空幻不實在。
鶼鰈情深	鰜鰈情深	形容夫婦感情很好、難分難捨。鶼鰈，ㄐㄧㄢ ㄉㄧㄝˊ，jiān dié。
齎志而歿	賫志而歿	懷抱著未完成的志願而死。齎，ㄐㄧ，jī。

鑑往知來	鑑往之來	審察過去的事情，而推知未來的情勢。
驕奢淫佚	嬌奢淫佚	傲慢、奢侈、荒淫、放蕩。形容富人權貴的糜爛生活。
驚弓之鳥	驚弓之烏	比喻曾受打擊或驚嚇，心有餘悸，稍有動靜就害怕的人。
驚心動魄	驚心動迫	形容情勢緊張、危險，令人害怕。
驚惶失措	驚惶失策	嚇得沒有主意，不知怎麼辦好。
驚濤裂岸	驚濤烈岸	形容波濤凶猛強烈。
驚濤駭浪	驚滔駭浪	使人驚駭的大風浪。比喻險惡的環境和遭遇。
驚鴻一瞥	驚鴻一撇	形容匆匆出現，又匆匆消失。
斤斤計較		形容一絲一毫也要計較。
津津有味		形容很有滋味或很有興趣。
飢腸轆轆		餓得腸子直響，形容很餓。
濕漉漉		濕的樣子。
吉光片羽		比喻稀有的藝術珍品。
隻字片語		簡短的話。
江湖義氣		下層社會的道義。
意氣用事		處世全憑私人愛憎的情感衝動，而不能遵循理智。

正確	錯誤	說明
急公好義		熱心公益。
急功近利		急於求功獲利。
健步如飛		形容走路非常快。
一個箭步		向前猛躍一步。
結實纍纍		形容果實很多而且壯碩。纍，ㄌㄟˊ，léi。
負債累累		積欠了愈來愈多的債務。累，此處念ㄌㄟˇ，lěi。
雞毛蒜皮		比喻無關緊要或是毫無價值的瑣細事物。
芝麻綠豆		比喻無關緊要或是毫無價值的瑣細事物。
疾言厲色		說話急迫，容色嚴厲，形容發怒。
和顏悅色		溫和而歡悅的臉色。
正嚴厲色		莊重而嚴厲的容貌。
察言觀色		辨別他人所說的話，察看臉上的表情，而窺知他的心意。
金剛怒目		比喻凶惡的表情或威猛的形象。
菩薩低眉		形容人慈善或柔弱的樣子。
金碧輝煌		形容裝飾華麗絢爛。

中西合璧		比喻兼有中國與西方的特點。
既往不咎		已經過去的事不再追究。
溯及既往		使法律的規定效力，可以追溯到法律頒布施行前所發生的事件。
兼容並蓄		把各種不同的事物或觀念收羅、包含在內。
兼籌並顧		全盤計畫，各方面都注意到。
家徒四壁		家裡除了四面牆壁，別無他物。形容極為貧困。
環堵蕭然		房屋中除了四面牆壁，別無他物。形容貧窮蕭條的樣子。
鹼性食品		經人體代謝後，其無機成分如鈉、鉀、鈣、鎂等會產生鹼性殘基的食品。如蔬菜、水果等。
酸性食品		經人體代謝後，其無機成分如硫、磷、氯等會產生酸性殘基的食品。如魚、肉等。
急急如律令	急急如率令	漢代公文末尾用語，要求立即按照法律命令辦事。道教畫符念咒驅使鬼神也用此語，意即勒令鬼神按符令的旨意行動。唐，白居易〈祭龍文〉沿用此語。
疾風知勁草	疾風知徑草	語見南朝．宋．范曄《後漢書．王霸傳》：「光武謂霸曰：『潁川從我者皆逝，而子獨留努力，疾風知勁草。』」比喻在極困難的時刻才能顯示出人的意志堅強，禁得起考驗。多用於讚頌。勁，此處念ㄐㄧㄥˋ，jìng。

正確	錯誤	說明
井水不犯河水	丼水不犯河水	語見清・曹雪芹《紅樓夢》第六十九回。比喻界線分明，互不干犯。
君子不記小人過	君子不計小人過	君子不記住小人的過錯。說明君子有寬容的雅量。
既來之，則安之	即來之，則安之	語見《論語・季氏》。已經來了，就應該要安下心來。今指調適自己，坦然接受事實。
嫁與春風不用媒	嫁與春風不用煤	語見唐・李賀〈南園〉：「可憐日暮嫣香落，嫁與春風不用媒。」好像嫁給了春風，還不用別人作媒似的。原指春花凋謝後很自然地被春風吹落。用以說明女子嫁給某人是由某種客觀情況造成的。
急驚風碰上慢郎中	急經風碰上慢郎中	語見明・凌濛初《二刻拍案驚奇》卷三十三。比喻有急事相求，卻遇上慢性子或漠然對待的人。
戒指丟了，手指還在	戒子丟了，手指還在	語本西洋諺語 If I have lost the ring, yet the fingers are still here. 猶言留得青山在，不怕沒柴燒。
金玉其外，敗絮其中	金玉其外，敗紮其中	語見明・劉基〈賣柑者言〉。比喻人或事物外表好、本質壞，表裡不一。

監聽則明，偏信則暗

監聽則明，偏信則暗

語本漢．王符《潛夫論．明暗》：「君之所以明者，監聽也；其所以暗者，偏信也。」說明聽取各方面的意見才能了解事情的真實情況。

箭在弦上，不得不發

劍在弦上，不得不發

語見漢．陳琳〈為袁紹檄豫州〉。說明因為情勢所逼，不得已要採取某種行動。

靜如處子，動若脫兔

靜如處子，動若偷兔

語本《孫子．九地》：「是故始如處女，敵人開戶，後如脫兔，敵不及拒。」曹操注：「處女示弱，脫兔往疾也。」形容在戰爭、比賽等場合先靜後動兩種截然不同的狀態。亦作「靜如處女，動若脫兔」。

吉人之辭寡，躁人之辭多

吉人之辭寡，燥人之辭多

語見先秦《周易．繫辭傳下》。善良的人話少，性情急躁的人話多。用來勸人言語當謹慎得宜。

君子坦蕩蕩，小人長戚戚

君子坦蕩蕩，小人長悽悽

語見《論語．述而》。君子胸懷坦然寬廣，小人終日憂愁不安。說明人的性格上的差異，導致行事的態度不一。

結廬在人境，而無車馬喧

結廬在人境，而無車馬暄

語見晉．陶淵明〈飲酒二十二首〉。築屋住在眾人聚集的地方，卻絲毫沒有感到車馬的喧鬧。說明只要心境恬靜淡遠，就能不受環境喧擾的影響。

結婚是權利減半，責任加倍

結婚是權力減半，責任加倍

語本叔本華語 Marriage means to halve one's rights and double one's duties. 猶言結了婚就必須對家庭負責。叔本華（Arthur Schopenhauer，1788~1860），德國哲學家。

正確	錯誤	說明
寄蜉蝣於天地，渺滄海之一粟	寄蜉蝣於天地，渺倉海之一粟	語見宋．蘇軾〈前赤壁賦〉：「寄蜉蝣於天地，渺滄海之一粟。哀吾生之須臾，羨長江之無窮。」像蜉蝣那樣短促地寄生於天地之間，像茫茫大海中的一顆小米那般渺小。用以慨嘆人生短暫，自身渺小。
舉一隅不以三隅反，則不復也	舉一嵎不以三嵎反，則不復也	語見《論語．述而》。「不憤不啟，不悱不發。舉一隅不以三隅反，則不復也。」用以說明啟發式教育的重要。
江山代有才人出，各領風騷數百年	江山待有人才出，各領風騷數百年	語見清．趙翼〈論詩絕句〉。風，指《詩經》中的〈國風〉；騷，指〈離騷〉。風騷，泛指卓越的作品。自古以來人才輩出，每個時代都有傑出的作家出現，各自影響幾百年的創作風格。形容文苑繁榮，傑出人才大量湧現。
近水樓臺先得月，向陽花木早逢春	近水樓臺先得月，像陽花木早逢春	語本宋．俞文豹《清夜錄》。比喻由於近便而優先得到某些利益或機會。
機關算盡太聰明，反算了卿卿性命	機關算盡太聰明，反算了輕輕性命	語見清．曹雪芹《紅樓夢》第五回。「機關算盡太聰明，反算了卿卿性命！生前心已碎，死後性空靈。」卿卿，對人親暱的稱呼，有時含戲謔、嘲弄之意。說明善於玩弄機謀巧詐的人，往往自食惡果，沒有好下場。

舊時王謝堂前燕，飛入尋常百姓家

舊時王謝唐前燕，飛入尋常百姓家

語見唐．劉禹錫〈烏衣巷〉。王謝指東晉王導、謝安等豪門世族。從前在王謝兩家廳堂飛來飛去的燕子，如今卻飛入普通老百姓家築巢。用以感慨滄海桑田，世事變化極大。

機會有時會稍縱即逝。努力投入工作吧，準備好自己，當機會來臨時才能掌握

機會有時會稍蹤即逝。努力投入工作吧，準備好自己，當機會來臨時才能掌握

語本茱莉安德魯絲語 Sometimes opportunities float right past your nose. Work hard, apply yourself, and be ready. When an opportunity comes you can grab it. 猶言不要認為機會還會第二次敲你的大門。茱莉安德魯絲（Julie Andrews，1935～），著名英國女演員，曾主演名片《真善美》，二〇〇七年獲得美國演員工會頒發「終身成就獎」。

ㄑ

正確	錯誤	說明
七竅	七翹	兩眼、兩耳、兩鼻孔及口。
乞丐	乞丏	向別人討飯、要錢的人。
切磋	砌磋	比喻互相研討學問。
去世	去逝	死亡。
全豹	全報	比喻全部的情況。
汽油	氣油	汽車用作原動力的揮發油，是由蒸餾石油所得的低級碳化氫混合物。
沏茶	砌茶	用開水沖茶。
迄今	企今	到現在。
取消	取銷	廢除已決定的事。

奇葩	奇杷	珍貴稀少的花卉。比喻優秀傑出的人或事物。
奇蹟	奇跡	異於尋常的奇特現象。
妻孥	妻弩	妻子和兒女。孥，ㄋㄨˊ，nú。
怯弱	卻弱	膽小軟弱。
怯懦	卻懦	膽小怕事。
歧視	岐視	不公平地看待。
青苔	菁苔	長在陰暗地方的綠色苔蘚植物。
青睞	青睬	形容重視、看得起。睞，ㄌㄞˋ，lài。
青稞	青棵	產在寒地的一種麥類，可以釀酒。稞，ㄎㄜ，kē。
俏皮	翹皮	活潑、頑皮。用幽默的話諷刺別人。
前提	前題	應先注意的部分。
前鋒	前峰	打仗時位於前面的部隊。亦作「先鋒」。
卻步	怯步	因畏懼而後退。
契機	企機	事情變化的關鍵。
恰好	洽好	正好
恰當	洽當	適當。

正確	錯誤	說明
秋千	盪秋千	由兩條繩索或鐵鍊繫住一塊木板，可以前後搖動的遊戲器材。亦作「鞦韆」。秋千，是名詞，作動詞「盪」的受詞。
倩影	靚影	美麗的身影。
悛改	俊改	悔改。悛，ㄑㄩㄢ，quān。
氣球	汽球	充滿熱空氣或輕氣體的氣囊，可以飄浮在空中。
氣象	氣像	天氣變化的現象。人的精神氣度。事物的狀態。
氣概	氣慨	人的態度和舉動。
氣餒	氣妥	喪失鬥志，失去勇氣和信心。
祛除	袪除	除去。指對疾病、災害、邪惡與不祥事物的驅逐、排除。祛，ㄑㄩ，qū。
缺憾	缺撼	因不完美而感到遺憾。
起伏	起浮	一起一落。事物的盛衰、興廢或漲落。
起勁	起徑	情緒熱烈，興致高昂。
起訖	起迄	開始和終結。訖，ㄑㄧˋ，qì。
起碼	起瑪	最低的限度。
起鬨	起轟	搗亂。

啟迪	啟笛	啟發引導。
啟釁	起釁	引發互相之間的嫌隙，挑起爭端。釁，ㄒㄧㄣˋ，xìn。
強壯	強狀	身體結實有力。
強悍	強焊	蠻橫凶悍。
強梁	強粱	凶暴、強橫。強橫的人。
強盛	強勝	強大。興盛。
情致	情緻	情趣。
掮客	肩客	代客買賣，而從中收取佣金的人。掮，ㄑㄧㄢˊ，qián。
清晰	清淅	清楚明白。
清越	清悅	聲音清脆悠揚。清新脫俗。
清澈	清徹	水清見底。
清癯	清瞿	清瘦而有精神。癯，ㄑㄩˊ，qú。
牽涉	遷涉	拖累。牽連。
牽強	遷強	勉強。
牽連	遷連	互相連帶。
痊癒	全癒	病完全好了。也作「痊愈」。

正確	錯誤	說明
雀躍	雀越	形容非常高興。
頃刻	傾刻	極短的時間。
愜意	恰意	滿意。愜，ㄑㄧㄝˋ，qiè。
晴朗	睛朗	天空無雲，陽光照耀。
傾向	頃向	意志或情勢趨向某一方面。
傾圮	頃圮	倒塌毀壞。圮，ㄆㄧˇ，pǐ。
傾軋	頃軋	排擠、打擊。軋，ㄧㄚˋ，yà。
傾訴	頃訴	向人細述心事。
傾瀉	傾泄	大量的液體從高處向下流。形容流動很快。
傾囊	頃囊	竭盡自己所有的才能、智慧或財物。
搶劫	強劫	搶奪他人財物。
裙襬	裙擺	裙子最下邊的部分。
詮釋	銓釋	解釋；說明。
敲詐	敲炸	向人勒索財物。
旗袍	祺袍	原是滿族婦女所穿的長袍，今已成為我國婦女傳統服飾之一。

歉收　欠收　農作物的收穫不好。

歉疚　歉咎　抱歉；內疚。

箝制　掮制　強行壓制。箝，ㄑㄧㄢˊ，qián。

綺麗　奇麗　華麗。

蜷曲　拳曲　彎曲。蜷，ㄑㄩㄢˊ，quán。

蜷縮　拳縮　軀體彎曲收縮。形容畏怯退縮。

蜻蜓　青蜓　昆蟲名，頭部有一對複眼，軀體細長，群飛水邊，捕食蚊蠅飛蟲。雌蜻蜓常用尾巴點水，產卵在水中。

輕佻　輕挑　舉止不莊重。佻，此處念ㄊㄧㄠˊ，tiáo。

輕易　輕意　簡單容易。清率、不慎重。隨時。

輕蔑　輕篾　輕視。藐視。

輕薄　輕簿　不莊重。對人不尊重。

輕鬆　清鬆　輕快自在。指工作簡單而不繁重。

遣散　譴散　解雇。解散。

銓敘　銓續　審查公務員任用資格和核定職位等級。

憔悴　樵焠　形容人身體瘦弱，沒有精神的樣子。

正確	錯誤	說明
撬開	橇開	利用工具挑開。
潛伏	淺伏	暗中隱藏起來。
緝拿	輯拿	搜捕捉拿。
緝捕	輯捕	搜捕。搜捕盜賊的官役。
請纓	請應	自動請求從軍。
遷延	牽延	拖延。後退不前。
遷就	牽就	委屈自己以求適合環境或別人。
器重	氣重	重視。
瘸子	蹶子	跛足的人。
親密	親蜜	親近密切。
親暱	親匿	非常親熱。暱，ㄋㄧˋ，nì。
牆垣	牆坦	牆壁。
襁褓	襁葆	包幼兒的布。比喻嬰孩的時代。襁褓，ㄑㄧㄤˇ ㄅㄠˇ，qiǎng bǎo。
謙虛	謙噓	謙讓不自滿。
謙遜	謙訓	謙虛遜讓，不與人爭。

趨前	驅前	走向前。
趨勢	驅勢	大勢的傾向。
翹首	蹺首	舉頭遠望。翹，此處念ㄑㄧㄠˊ，qiáo。
翹楚	撬楚	在雜樹叢中翹然特出的楚樹。比喻特出的人才。
軀體	驅體	身體。
闕如	闋如	空缺。
騎縫	奇縫	兩張紙接合的地方，通常指公文、契約等文件兩紙連接處。縫，此處念ㄈㄥˋ，fèng。
鵲起	雀起	比喻乘勢而起。
勸戒	勸誡	勸勉警戒。
勸諫	勸薦	勸阻他人不要做不好的事。
繾綣	遣綣	親密、纏綿。形容情意深厚，難分難捨的樣子。繾綣，ㄑㄧㄢˇㄑㄩㄢˇ，qiǎn quǎn。
黥面	京面	在臉或額上刺字。黥，ㄑㄧㄥˊ，qíng。
譴責	遣責	責備。
驅車	趨車	駕車。
驅使	趨使	差遣。推動。

正確	錯誤	說明
驅逐	軀逐	趕走。轟走。
齲齒	禹齒	蛀牙。齲，ㄑㄩˇ，qǔ。
顴骨	觀骨	眼睛下邊兩腮上面突出的顏面骨。顴，ㄑㄩㄢˊ，quán。
逡巡		（to hesitate）走路心裡有顧慮，不敢前進的樣子。逡，ㄑㄩㄣ，qūn。
梭巡		（to patrol to and fro）往來巡察。
跫音		（the sound of steps）足音。腳步聲。跫，ㄑㄩㄥˊ，qióng。
蛩音		（the chirps of crickets）蟋蟀的唧唧聲。蛩，ㄑㄩㄥˊ，qióng。
青年		年少的人。
年輕		年少。
取締		（to prohibit）依據法規禁止不合法的事物或行為。
真諦		（the real meaning）真實的意義。
前茅		比喻考試成績很好，名次列在前面。
矛盾		言論和行為互相牴觸。兩種勢力衝突互相排斥。
起程		動身。

啓行 動身。

牆角 （a corner between two walls）兩道牆相連而形成的角落。

牆腳 （the foot of a wall）牆的基礎部分。

頎長 身長的樣子。頎，ㄑㄧˊ，qí。

碩大 大。

歉疚 感到對不起別人。

歸咎 把過失推卸到別人身上。亦作「歸罪」。

氣結 （despondent）心情不舒暢。

氣絕 （to die）死亡。

情致 情趣和韻味。

興致 興味情致。

情節 （details）事情的演變及經過。小說、戲劇的故事發展。

情結 （complex）受社會道德標準、風俗習慣約束，壓抑至潛意識的欲望，經固定作用而形成的情感。如：戀母情結、自卑情結等。

啟用 （to start using）開始使用。（指事物）

起用 （to employ）拔擢、任用。（指人）

正確	錯誤	說明
啟示		（revelation）啟發提示，使人有所領悟。
啟事		（a notice）陳述事情。為了公開說明某事，而刊在報紙或登在布告欄上的文字。
清晰		清楚明白。
依稀		彷彿；不清楚的樣子。
喬木		枝幹高大而有主幹的樹木。
灌木		叢生而枝幹低小的樹木。
權利		（rights）人民依法律規定所應享有的利益。
權力		（power）具有控制、指揮等影響的力量。
千斤頂	千斤鼎	利用液壓或螺旋以升高重物的器具。
全天候	全天侯	不受任何條件限制，能二十四小時使用。
秋老虎	丘老虎	俗稱秋天酷熱的陽光。
悄悄話	巧巧話	不欲人知的低聲話。
清一色	青一色	麻將術語。比喻全部由一種成分構成，或都是一個樣子。
撳門鈴	掀門鈴	按門鈴。撳，ㄑㄧㄣˋ，qìn。

潛伏期	淺伏期	從病原侵入寄主，到寄主首次出現病徵前的一段時期。
潛意識	淺意識	心理學上指潛在意識之下不為個人所覺知，且他人也不能予以直接觀察的心理狀態。
窮措大	窮錯大	譏稱貧窮的讀書人。
擎天柱	摯天柱	比喻能承擔天下重任的人。
牆頭草	薔頭草	比喻毫無立場、主見，沒有骨氣的人。
氣沖沖		形容非常憤怒的樣子。
憂心忡忡		形容非常擔憂。
興匆匆		欣喜而行動敏捷的樣子。
七尺之軀	七尺之驅	指成年男子的身軀。比喻大丈夫。
七老八十	八老七十	形容年紀很大。
七葷八素	七暈八素	形容頭腦昏脹，理不清心思。
千刀萬剮	千刀萬刮	本指殘酷的凌遲殺戮。後多用以咒罵人該受極刑。
千里迢迢	千里沼沼	形容路途遙遠。
千鈞一髮	千金一髮	比喻情況非常危急。
千嬌百媚	千驕百媚	形容女子容貌、體態非常美好。

正確	錯誤	說明
千瘡百孔	千倉百孔	形容孔洞很多。形容破敗不堪或弊端很多。
千篇一律	千遍一律	呆板，沒有變化。
千頭萬緒	千頭萬續	形容事情頭緒繁雜。
千錘百鍊	千槌百鍊	比喻人經過重重歷練。比喻詩文的推敲功夫之深。
切中時弊	切中時幣	正好說中當前社會的弊端。
切磋琢磨	砌磋琢磨	比喻互相勉勵研討，精益求精。
切膚之痛	切夫之痛	切身的痛苦。
去蕪存菁	去無存青	去除雜亂，保留精華。
巧言令色	巧言另色	話說得很動聽，臉色裝得很和善，卻一點也不誠懇。
巧取豪奪	巧取毫奪	用欺騙或暴力的手段奪取別人的財物。
巧奪天工	巧奪天功	人工技術的精巧，勝過天然生成的。
全軍覆沒	全軍覆末	整個軍隊全被消滅。
全神貫注	全神灌注	將全部精神集中在某件事上。
全副精神	全付精神	全部精神。
囚首垢面	因首逅面	形容人久不梳洗，以致頭髮蓬亂，面上骯髒，形同囚犯。

曲突徙薪	曲突徒薪	比喻防患未然。
曲高和寡	曲高合寡	比喻知音難求。比喻作品艱深高妙，能了解的人很少。
岐黃之術	歧黃之術	指中醫的醫術。相傳岐伯和黃帝專研中醫，創立經方。故稱。
杞人憂天	乞人憂天	比喻過分的憂慮。
求全之毀	求全之悔	想追求完美反而招來詆毀。
求漿得酒	求槳得酒	比喻所得到的比所求的多。
沁人心脾	侵人心脾	形容清涼舒暢。形容感受到深刻難忘。沁，ㄑㄧㄣˋ，qìn。亦作「沁入心脾」。
奇門遁甲	奇門盾甲	術數的一種。傳說可推算吉凶禍福。
奇恥大辱	奇恥大褥	極大的恥辱。
奇貨可居	期貨可居	珍異的貨品，可以蒐藏聚集起來，等候高價時出售。
奇葩異卉	奇趴異卉	奇特而不常見的花卉。
屈打成招	曲打成招	用嚴刑拷打，逼迫人招供認罪。
屈指可數	曲指可數	比喻數量很少。
屈意承歡	屈意乘歡	委屈自己的意願，討得別人的歡心。
歧路亡羊	岐路亡羊	比喻事情複雜多變，方向不明確，才會誤入歧途。

正確	錯誤	說明
青出於藍	青出於籃	比喻弟子的成就勝於老師，或後輩優於前輩。
青面獠牙	青面鐐牙	形容面貌非常凶惡可怕。
青黃不接	青黃不皆	指作物還沒成熟，存糧又已吃完。比喻暫時的匱乏。
前仆後繼	前撲後繼	比喻不顧生死，奮勇向前。
前功盡棄	全功盡棄	以前花費的功夫完全白費。
前仰後合	前仰後和	形容大笑時，立足不穩的樣子。
前車之鑑	前車之見	比喻前人的失敗經驗，可作為後人的教訓。
前呼後擁	前呼後湧	形容尊貴者外出時的聲勢壯大。
前倨後恭	前拒後恭	先前傲慢後來卻恭順，形容人的勢利善變。倨，ㄐㄩˋ，jù。
卻之不恭	怯之不恭	收受禮物的謙詞，表示不好意思退還。
恰到好處	洽到好處	形容到了最適當的程度。
秋扇見捐	秋善見娟	比喻女子因年老色衰而被拋棄。
卿卿我我	傾傾我我	形容男女親密或夫妻和睦的樣子。
拳拳服膺	權權服膺	牢記在胸中，並且服從遵守。膺，ㄧㄥ，yīng。
氣壯山河	氣狀山河	形容氣勢如高山、大河般雄偉豪邁。

氣急敗壞	氣極敗壞	形容慌張而上氣不接下氣的樣子。
氣息奄奄	氣息淹淹	呼吸微弱，快要斷氣的樣子。
秦晉之好	秦近之好	指兩姓聯姻。
秦樓楚館	琴樓楚館	指供人尋歡作樂的場所，多指妓院。
秦鏡高懸	秦鏡高旋	指官吏執法嚴明，判案公正。辦事明察秋毫，公正無私。
豈有此理	其有此理	哪有這種道理。用在對不合理的事表示氣憤。
起承轉合	起程轉合	指文章的作法。起，開端。承，承接上文並加以申述。轉，轉折，從正面、反面加以立論。合，結束全文。
強作解人	搶作解人	對自己不懂的事，勉強加上解釋或亂發議論。強，此處念ㄑㄧㄤˇ，qiǎng。
強弩之末	強努之末	比喻力量已用盡，無法再發揮效用。
強聒不舍	強括不舍	指人家不願意聽，仍絮絮叨叨說個不停。舍，此處念ㄕㄜˇ，shě。
強詞奪理	強詞奪里	沒有理由卻強行狡辯。強，此處念ㄑㄧㄤˇ，qiǎng。
強顏歡笑	強言歡笑	勉強裝出愉快的樣子。強，此處念ㄑㄧㄤˇ，qiǎng。
情有獨鍾	情有獨鐘	對於某人或某事物特別有感情。
掐指一算	搯指一算	用拇指輕按其他四指，計算數目或推測禍福吉凶。

正確	錯誤	說明
掐頭去尾	搯頭去尾	比喻省略不重要的部分。
棄甲曳兵	棄甲拽兵	形容戰敗逃走的情狀。
棄如敝屣	棄如蔽屣	像破鞋般丟掉。形容很不珍惜。
淒風苦雨	戚風苦雨	形容天氣惡劣。比喻處境悲慘淒涼。
清歌妙舞	清歌慢舞	形容舞蹈的美妙。亦作「輕歌曼舞」。
牽強附會	遷強附會	把不相干的事物牽扯在一起。
牽腸掛肚	千腸掛肚	形容心中十分惦念，放心不下。
雀屏中選	鵲屏中選	指被選中為婿。
喬遷之喜	橋遷之喜	本指飛鳥從深谷遷升到喬木。後用以祝賀人遷入新居或職位升遷。
愀然作色	悄然作色	臉色突然改變的樣子。憂愁的樣子。愀，此處讀ㄑㄧㄠˇ，qiǎo。
愀然變色	悄然變色	臉色變得嚴肅的樣子。
期期艾艾	其其艾艾	形容說話不流利。
裙子開衩	裙子開岔	裙子下部邊緣的開口。
欺下罔上	欺下罔上	欺壓在下者，蒙騙上級。

琴瑟和鳴	琴塞和鳴	比喻夫妻恩愛和諧。
傾盆大雨	頃盆大雨	形容雨大且急。
傾家蕩產	頃家蕩產	將家中產業全部花光。
傾國傾城	頃國頃城	形容女子容貌非常美麗。
勤儉自持	勤檢自持	要求自己勤勞節儉。
群山萬壑	群山萬谿	連綿的山峰與山谷。形容山勢綿延不斷。壑，ㄏㄨㄛˋ，huò。
群雌粥粥	群雌啁啁	俗用以形容多數婦女相聚一處，吵鬧的情形，有譏嘲的意思。粥，此處念ㄓㄨˋ，zhù。
旗開得勝	期開得勝	比喻事情一開始就獲得成功。
旗鼓相當	棋鼓相當	比喻雙方勢均力敵，不分上下。
綺年玉貌	琦年玉貌	形容女子年輕美麗。
蜻蜓點水	青蜓點水	比喻只接觸表面，沒有深入體會。
輕車簡從	清車簡從	出門的排場簡單。從，此處念ㄗㄨㄥˋ，zòng。
輕描淡寫	輕瞄淡寫	指著力不多的描寫或敘述。形容說話或為文時，對重要的事情輕輕帶過。
輕舉妄動	輕舉望動	做事不謹慎，言行輕浮。
齊大非耦	齊大非藕	比喻婚姻門第不相稱，不敢高攀。

正確	錯誤	說明
齊東野語	齊車野語	比喻荒誕不經、不足採信的言論。
齊頭並進	齊頭併進	同時進行。並列前進。
嶔崎磊落	欽奇磊落	形容人儀表品格特異，與眾不同。
潛移默化	潛遺默化	人的思想或性格在不知不覺中受到影響而產生變化。
窮凶極惡	窮凶惡極	極端殘暴惡毒。
窮兵黷武	窮兵瀆武	濫用武力，爭戰不止。黷，ㄉㄨˊ，dú。
窮愁潦倒	窮愁寮倒	窮困愁苦，失意不得志。
請君入甕	請君入饔	比喻用對方所設的方法來對付他。
遷徙流離	遷屣流離	遷移分散而流浪各處。
黔驢技窮	黥驢計窮	比喻僅有的一點本領已使盡了，再沒有別的辦法了。亦作「黔驢之技」。黔，ㄑㄧㄢˊ，qián。
罄竹難書	磬竹難書	形容罪狀很多，難以寫完。罄，ㄑㄧㄥˋ，qìng。
謙沖自牧	謙衝自牧	為人處事謙和退讓，以修養自己的德行。
謙謙君子	謙謙軍子	謙虛有理、嚴以律己的人。
趨炎附勢	驅炎附勢	依附有權勢的人。
瓊樓玉宇	窮樓玉宇	形容精美華麗的樓閣。

瓊漿玉液	瓊將玉液	比喻美酒。
青天霹靂		比喻突然發生無從預防的事。
晴空萬里		形容陽光普照的好天氣。
切切私語		私下細聲談話。
竊竊私語		低聲談話，不使人聽到。
前程萬里		稱頌他人將來的成就遠大。
回首前塵		回想以前的事。
氣象萬千		景色變化多端。
儀態萬方		儀態非常優美。多用於女性。
趨之若鶩		形容前往依附的人很多而且急切。
好高騖遠		理想高而不求實際。
秋水伊人		指所愛慕或思念的人。
小鳥依人		形容小孩或女子嬌小柔順的樣子。
氣沖牛斗		形容氣勢極盛，上沖星空。盛怒的樣子。
氣沖霄漢		氣勢充盛，直上雲霄。形容大無畏的精神和氣概。
氣勢磅礴		形容氣勢雄偉壯盛。

正確	錯誤	說明
大雨滂沱		形容雨勢盛大。
群蟻附羶		比喻眾人爭相追逐利祿。羶，ㄕㄢ，shān。
群魔亂舞		比喻眾多的惡人猖狂、做壞事。
裙子開衩		裙子下部邊緣的開口。
兩手扠腰		把雙手撐在腰間。
老樹杈枒		老樹的樹枝參差不齊。
前言戲之耳	前言嬉之耳	語見《論語．陽貨》。剛剛所說的話只是開玩笑罷了。
秋風掃落葉	秋風掃洛葉	語見晉．陳壽《三國志．魏書．辛毗傳》。比喻強大的力量將衰敗的勢力掃除淨盡。
槍打出頭鳥	搶打出頭鳥	比喻出面帶頭的人比較容易受到注意和打擊。
牆倒眾人推	薔倒眾人推	語見清．曹雪芹《紅樓夢》第五十五回。比喻人一旦失勢，眾人皆排擠、攻訐他。
期期以為不可	祈祈以為不可	語本西漢．司馬遷《史記．張丞相傳》。很不以為然。用來表示強烈反對。
千呼萬喚始出來	千呼萬換始出來	語見唐．白居易〈琵琶行〉：「千呼萬喚始出來，猶抱琵琶半遮面。」形容等待的人遲遲才露面。比喻大家所關心的事情久久才實現。

強龍不壓地頭蛇	強龍不厭地頭蛇	語見明・吳承恩《西遊記》第四十五回。說明當地惡勢力太大，規勸他人不要與之相爭。
情人眼裡出西施	倩人眼裡出西施	語見明・蘭陵笑笑生《金瓶梅》第三十七回。說明因為愛之深，覺得對方無處不美。
清官難斷家務事	青官難斷家務事	語見明・馮夢龍《古今小說》。感嘆每個家庭中的糾紛錯綜複雜，外人無法釐清其中的是是非非。
牽一髮而動全身	遷一髮而動全身	語本宋・蘇軾〈成都大悲閣記〉。比喻更動一小部分就影響全局。
巧婦難為無米之炊	巧婦難為無米之吹	語見宋・陸游《老學庵筆記》卷三。比喻即使非常靈巧的人，做事缺乏必要條件，也難以完成。
千里之行，始於足下	千里之行，使於足下	語見《老子》第六十四章。說明做任何事或學習都有一個循序漸進的歷程，所以要從眼前的小事情開始扎扎實實地做起。
巧笑倩兮，美目盼兮	巧笑倩西，美目盼西	語見《詩經・衛風・碩人》。笑起來酒窩很動人，一雙大眼睛黑白分明。形容美女動人的神情。
前人種樹，後人乘涼	前人種樹，後人乖涼	語本清・頤瑣《黃繡球》第一回。說明現在的努力，是為後代子孫造福。

正確	錯誤	說明
前不巴村，後不著店	前不吧村，後不著店	語見元・無名氏《桃花女》楔子。耽擱在半途，無處歇息。比喻陷入兩頭都無依靠的困境裡。
前事不忘，後事之師	前事不妄，後事之師	語見《戰國策・趙策》。記取過去的經驗、教訓，可作為今後行事的依據。
前門拒虎，後門進狼	前門炬虎，後門進狼	語見元・趙雪航《評史》。比喻才趕走一個壞人，別的壞人又乘機進來。比喻禍患接踵而至，處境極為艱難。
煢煢孑立，形影相弔	窮窮孑立，形影相弔	語見晉・李密〈陳情表〉：「既無叔伯，終鮮兄弟。門衰祚薄，晚有兒息。外無期功強近之親，內無應門五尺之童。煢煢孑立，形影相弔。」煢煢孑立，亦作「煢煢獨立」，形容孤立無援。煢，ㄑㄩㄥˊ，qióng。
寢不安席，食不甘味	寢不安席，食不干味	語見《戰國策・齊策五》。睡覺不能安於枕席，吃東西毫無味道。形容心中有事。
鍥而不舍，金石可鏤	棄而不舍，金石可鏤	語見《荀子・勸學》。一直努力雕刻下去，金石都可以雕刻出作品。比喻堅持不懈，持之以恆，一定能有所成就。鍥，ㄑㄧㄝˋ，qiè。
七年之病，求三年之艾	七年之病，求三年之愛	語見《孟子・離婁上》。比喻事急而求助，是不可能辦到的。說明事前準備的重要。

青青河畔草，綿綿思遠道

青青河盼草，綿綿思遠道

語見東漢·蔡邕〈飲馬長城窟行〉：「青青河畔草，綿綿思遠道。遠道不可思，夙昔夢見之。」河邊的草色又青了，思念遠方夫婿的情愁就像青草似的細密綿長。用以比喻男女相思情長。

瘸子捉住賊，瞎子去幫忙

卻子捉住賊，瞎子去幫忙

語本西洋諺語 The cripple seized a thief and the blind man ran to his assistance. 意指不可能的事情。猶言太陽從西邊出來。

恰如其分的謙恭比什麼都美

洽如其分的謙恭比什麼都美

語本西洋諺語 Modest humility is beauty's crown. 猶言過分謙恭顯得虛偽。

親幫親，鄰幫鄰，身無長物無人近

親幫親，鄰幫鄰，身無常物無人近

語本西洋諺語 Kinsman helps kinsman, but woe to him that has nothing. 長物，多餘的東西。長，此處念ㄓㄤˋ，zhàng。意思是說，雖然親戚、鄰居之間互相幫忙，沒錢可就沒人理會了。極言世人之勢利眼。

勸君莫惜金縷衣，勸君惜取少年時

勸君莫惜金褸衣，勸君惜取少年時

語見唐·杜秋娘〈金縷衣〉。勉勵人要珍惜寶貴的青春年華，及時努力，發憤圖強。

悄悄的我走了，正如我悄悄的來；我揮一揮衣袖，不帶走一片雲彩

俏俏的我走了，正如我俏俏的來；我揮一揮衣繡，不帶走一片雲彩

語見近代作家徐志摩〈再別康橋〉。一九二八年秋天，詩人徐志摩最後一次重訪劍橋（舊譯康橋）。乘船返國途經南海時，把劍橋的景色和依戀之情融入詩中，表達告別的淡淡哀愁。這些詩句也可用來感嘆人生之無常，或表示自己瀟灑的個性。

ㄒ

正確	錯誤	說明
下榻	下塌	留宿；投宿。
下襬	下擺	長袍、上衣、襯衫等的最下面部分。
小廝	小斯	舊時指年輕的僕役。
心坎	心侃	內心深處。
心儀	心怡	心中仰慕。
玄奘	玄藏	唐朝高僧，太宗時曾往印度研究佛學。
先妣	先庇	先母。妣，ㄅㄧˇ，bǐ。
先驅	先趨	在前面引導的人。
向隅	向偶	面對著角落。比喻失意或機會落空。隅，ㄩˊ，yú。
囟門	囪門	初生嬰兒的頭頂前部。因顱骨尚未成熟癒合，所以可以看到腦部血管的跳動。囟，ㄒㄧㄣˋ，xìn。

ㄒ

血糖	血醣	溶解於血液中的葡萄糖。具有提供能量、調節細胞代謝作用的功能。
吸吮	吸允	用嘴吸取。吮，ㄕㄨㄣˇ，shǔn。
巡弋	巡曳	軍艦和飛機在海空巡邏。
巡視	巡伺	往來視察。
希罕	希旱	少有。認為少有而珍惜。
希冀	稀冀	希望。
形象	刑相	形狀、外貌。由一個人的內涵、作為，所呈現出來的風格、特色。
形態	行態	外表的狀態。事情或思想所表現的形式。
系列	係列	事物或觀點相繼出現而形成連串狀態。
些微	些徵	少許；一點點。
卸任	御任	卸下職務。
卸責	御責	推卸責任。辭去職位。
泄憤	瀉憤	發泄怨恨。泄亦作「洩」。
泄漏	瀉漏	透露隱祕。泄亦作「洩」。
狎妓	狹妓	嫖妓。狎，ㄒㄧㄚˊ，xiá。

正確	錯誤	說明
盱衡	旴衡	舉眉揚目，形容威武的樣子。觀察衡量。盱，ㄒㄩ，xū。
宣泄	渲洩	泄漏祕密。疏通水道。排放。泄亦作「洩」。
徇私	循私	為了私情而不秉公辦理。徇，ㄒㄩㄣˋ，xùn。
洗濯	洗躍	洗去汙垢。濯，ㄓㄨㄛˊ，zhuó。
洗鍊	洗鏈	洗去渣滓，提煉精華。形容文筆簡潔，亦作「洗練」。
炫耀	眩耀	光彩照耀。誇耀。
相稱	相襯	雙方配合相當。稱，此處念ㄔㄥˋ，chèng。
相貌	像貌	容貌。
省親	醒親	回家探望父母或親人。
祆教	祅教	拜火教。源出波斯，南北朝傳入中國。祆，ㄒㄧㄢ，xiān。
香菇	香茹	菌類植物，寄生在枯木上，可食用。
修葺	修茸	修補。葺，ㄑㄧˋ，qì。
奚落	蹊落	譏諷嘲笑。
席捲	襲捲	像捲席子一樣。比喻全部占有。
息影	息穎	演藝人員退出演藝圈。

息燈	熄燈	把燈弄滅。亦作「熄燈」。
挾持	夾持	控制。脅迫。
消夜	霄夜	夜間吃的點心。亦作「宵夜」。
消弭	消彌	消除止息。弭，ㄇㄧˇ，mǐ。
烜赫	宣赫	聲威盛大的樣子。烜，ㄒㄩㄢˇ，xuǎn。
狹長	挾長	狹小而長。
狹隘	俠隘	窄小。隘，此處念ㄞˋ，ài。
畜牧	蓄牧	飼養牲畜的事。
笑納	笑訥	送人禮物時請對方接受的客氣話。
笑靨	笑魘	笑時臉上出現的酒窩。常指美人的笑容。
胸脯	胸甫	胸部。脯，此處念ㄆㄨˊ，pú。
胸臆	胸憶	心懷；心胸。臆，ㄧˋ，yì。
勖勉	勳勉	勉勵。勖，ㄒㄩˋ，xù。亦作「勗勉」。
旋律	弦律	指音的高低和節奏的組合。
梟首	銷首	古代的一種酷刑。斬下人頭懸掛在木頭上以警示民眾。梟，ㄒㄧㄠ，xiāo。

正確	錯誤	說明
梟雄	銷雄	狡詐凶狠的領袖人物。
欷歔	欷虛	嗟嘆聲。哭泣後的抽噎聲。欷歔，ㄒㄧ ㄒㄩ，xī xū。
淅瀝	浙瀝	形容風聲、雨聲、雪聲或落葉聲。
逍遙	消遙	無拘束的樣子。
酗酒	凶酒	飲酒過量，沒有節制。
陷阱	陷井	陷害人的計謀或圈套。為捕捉野獸而挖的地洞。
雪茄	雪笳	英語 cigar 的音譯。一種菸草製品。以菸草葉捲成長條形，較一般香煙粗而長。茄，此處念ㄐㄧㄚ，jiā。
喜帳	喜賬	賀人喜事，用整幅綢緞為禮品，在上面浮貼祝頌的語句。也作「喜幛」。
喜筵	喜宴	結婚的筵席。
喜鵲	喜雀	鳥名，背部黑色，腹及肩部為白色，因俗稱能傳報喜訊而得名。
喧囂	喧消	聲音大而嘈雜。
循環	循園	周而復始地往來運轉。
渲染	宣染	國畫的一種技法，用水墨或色彩塗染畫面，顯出物象明暗向背和墨彩深淺。比喻把言詞、文字，加以吹噓誇大。

犀利	犀厲	堅固銳利，多指武器而言。形容言詞、感覺、目光等敏銳鋒利。
絢麗	詢麗	燦爛美麗。絢，ㄒㄩㄢˋ，xuàn。
絢爛	炫爛	光彩耀眼的樣子。
翔實	祥實	詳細且確實。亦作「詳實」。
虛妄	虛望	荒誕不真實。
虛假	噓假	不真實。
象徵	像徵	藉具體有形的事物，表達抽象無形的意義。
鄉愿	鄉原	外貌忠厚老實，討人喜歡，實際上卻不能明辨是非的人。愿，ㄩㄢˋ，yuàn。
閒暇	閒遐	沒有事的時候。
須臾	需臾	片刻、少頃。
嫌隙	嫌細	與人意見不合而互相猜疑。
新型	新形	新的類型款式。
新潟	新瀉	日本地名，在本州中部，臨日本海。潟，ㄒㄧˋ，xì。
新穎	新潁	草木新出的芽。新奇特殊。
楔子	契子	舊式小說、戲曲的開場白。楔，ㄒㄧㄝ，xiē。

正確	錯誤	說明
歆羨	韶羨	羨慕。亦作「欣羨」。歆，ㄒㄧㄣ，xīn。
羨慕	羨睦	愛慕、渴求
腥羶	猩羶	牛羊魚肉等的臭味。
遐想	暇想	幻想。
馴至	迅至	逐漸形成。亦作「馴致」。
馴服	訓服	順從。使順從。
馴鹿	巡鹿	哺乳動物，鹿的一種，善游泳，生性溫馴。產於北極地帶。
漩渦	漩窩	水的迴旋處。比喻足以牽累人的糾紛。
遜色	訓色	比不上。
賢淑	賢俗	指婦女德行好又能幹。
霄壤	宵壤	天與地。比喻相距甚遠。
鞋跟	鞋根	鞋底後端墊高部分。
頡頏	脅頏	鳥上下飛的樣子。比喻兩事物實力相當，不相上下。頡頏，ㄒㄧㄝˊ ㄏㄤˊ，xié háng。
懈怠	解怠	工作懶散不勤勉。態度輕慢不莊重。

ㄒ

熹微	曦微	光線不太明亮的樣子。天剛亮的樣子。
興致	興緻	高興的情感。情趣、情緒。
興奮	與奮	振起精神。
蕭條	簫條	景氣低迷不振。寂寞清冷的樣子。
諧音	協音	文字讀音相近或相同。
諧劇	偕劇	滑稽的笑劇。
醒悟	醒誤	由迷惑中覺悟過來。
險峻	險俊	地勢高峭難以行走。
餡餅	饀餅	一種煎烙成的小圓餅，外部以麵為薄皮，中間包夾肉菜合成的餡兒。
薪俸	薪奉	工作的酬勞。
薪餉	薪饗	薪水。工作所得的酬金。餉，ㄒㄧㄤˇ，xiǎng。
褻瀆	褻讀	輕慢不尊敬。
蹊徑	溪徑	小路。比喻治學、做事的方法。
蹊蹺	奚蹺	可疑、奇怪。
邂逅	邂后	無意中相遇。邂逅，ㄒㄧㄝˋ ㄏㄡˋ，xiè hòu。

正確	錯誤	說明
嚮往	響往	傾心羨慕。
嚮導	響導	帶路的人。
薰陶	薰淘	因長期接觸某人、某事，而使人在生活習慣、思想行為與品行學問等方面，逐漸得到好的影響。比喻培養人才。
瀟灑	蕭灑	形容人個性爽朗，不受拘束的樣子。
懸宕	懸岩	事情未解決而延擱下來。宕，ㄉㄤˋ，dàng。
懸空	玄空	懸於空中。比喻不切實際。
懸案	玄案	擱置很久，一直未能解決的案件或問題。
懸崖	懸岩	山崖高聳陡直。
獻醜	現醜	表演技能時的自謙詞。
獻寶	現寶	指進奉珍寶或上陳謀略。稍含貶義。
囂張	器張	態度傲慢，言行放肆。
攜帶	偕帶	隨身帶著。帶領。
響應	嚮應	贊同而附和參與某項行動或主張。
驍悍	驍捍	勇猛強悍。驍，ㄒㄧㄠ，xiān。

纖弱	殲弱	細弱無力的樣子。
纖纖	殲殲	細微。尖而細。形容柔美的樣子。
顯赫	顯嚇	聲名顯要。
鑲嵌	襄嵌	把東西嵌入某物中。嵌，ㄑㄧㄢ，qiān。
潟湖	瀉湖	海灣出海處，因泥沙沉積形成沙洲，海水為其所攔截而成的湖沼。潟，ㄒㄧˋ，xì。
西廠		古官署名。明置。專掌偵緝臣民隱事，權在東廠之上。
東廠		古官署名。明置。負責捕捉叛逆、監視百姓、鎮壓人民，多由皇帝身邊的親信宦官擔任。
休養		（to rest）人因為疾病而休息調養。
修養		（man's moral culture as the result of training）個人思想品德方面的進修提高。待人處事的良好態度。
心理		（psychology）思想、意識等內心活動過程的總稱。思想見解。
心裡		（in one's mind）腦中。胸腔中。指愛慕之情。
心田		心。佛家認為心像田地，藏有善惡的種子，會隨各種因緣滋生。
心地		心。佛家認為心像大地，能創造一切，消滅一切。

正確	錯誤	說明
心弦		心。心受觸動會產生共鳴，就像琴弦。
心版		心。心可記憶事情，就如可以刻字印刷的版子。
心扉		心。比喻心有門，可以開關。
下臺		（to be relieved from office）除去職務。
下不了臺		（to put someone in an awkwand position）沒有辦法交代或擺脫困窘的處境。
小丑		（a clown）演戲角色名，又稱「丑角」，專演滑稽的角色，逗人歡笑。
小醜		（a mean person）小人、盜匪。
小氣		（narrow-minded）度量狹窄。態度不大方。行事不高雅。吝嗇。
小器		（not talented）不是大材。
血拚		英語 shopping 的音譯，指大肆採購。
火併		同夥決裂之後，互相吞併。
形跡		表露於外的動作舉止。亦作「形迹」。
行蹤		人出行的蹤跡方向。亦作「行踪」。

ㄒ

巡弋 軍艦和飛機在海空巡邏。弋，ㄧˋ，yì。

搖曳 飄蕩。逍遙自在。

炫目 光彩奪目。

目眩 眼花。

相稱 彼此相配，更加完美。

陪襯 用來襯托主體，使更加顯明。

效法 照樣去做。

效尤 照著壞樣子去做。

消瘦 形體瘦弱。

瘦削 身體消瘦。肌肉減削。

笑靨 笑渦，常指美人的笑容。靨，ㄧㄝˋ，yè。

夢魘 睡夢中受到驚嚇。魘，ㄧㄢˇ，yǎn。

祥和 吉祥平和。

安詳 從容不迫的樣子。

細緻 細密，不粗糙。

精緻 優美細緻。

正確	錯誤	說明
稀疏		不稠密。
疏落		稀少。
嬉皮		英語 hippie 的音譯，一九六〇年代出現於美國的一種崇尚自然型態生活的青年集團。捨棄社會既定的風俗習慣，穿著舉止率性隨便，經常蓬頭垢面，喜歡飲酒、服用迷幻藥或吸食大麻，人生態度相當頹廢。
雅痞		英語 yuppie 的音譯，二十五歲至四十五歲，居住於大都會附近，具有專業技能的知識分子。
鄉里		家鄉。同鄉的人。
桑梓		古代在住宅旁種植桑樹和梓樹，後借指為鄉里、家鄉。
醒目		能引人注目。
顯著		非常明顯。
戲謔		言語上的戲弄。
肆虐		恣意作禍為害。
學力		（scholastic ability）研究學問所達到的程度。
學歷		（record of formal schooling）求學的經歷，指曾在哪個學校畢業或肄業。肄，ㄧˋ，yì。

辛酸		比喻悲傷痛苦。
心酸		心裡悲痛。
心酸酸		心裡悲痛。
鱈魚		一種常見的食用魚，產於寒冷的深海，口大而鱗細；肉白似雪，肉質細嫩。
沙魚		軟骨魚類，性凶猛，產於熱帶。簡稱「鯊」。
鯨魚		水生哺乳動物，為現生生物中最龐大者。露出水面所見的噴水柱，為其呼氣所形成（「魷魚」、「章魚」等詞語的相關說明，參看第二八一頁）。
心頭肉	心頭內	比喻極珍愛的人或物。
仙人跳	仙人眺	一種利用女色騙財的圈套。
夏丏尊	夏丐尊	（1886~1946）近代散文作家，譯有《愛的教育》，著有《平屋雜文》等。
席夢思	習夢思	英語simmons的音譯，一種精緻的彈簧鋼絲床。本為著名的彈簧床廠牌，後用作西式彈簧床的代稱。
消防栓	消防拴	供應救火用的自來水出水口。除去栓子，裝上橡皮管即可使用。
笑咪咪	笑瞇瞇	微笑的樣子。

正確	錯誤	說明
悻悻然	倖倖然	怨恨發怒的樣子。
袖珍本	袖真本	小本的書籍，可藏於袖中，故名。
喜孜孜	喜滋滋	歡喜的樣子。
喜洋洋	喜揚揚	形容得意或歡樂的樣子。
猩紅熱	腥紅熱	一種急性傳染病，藉飛沫傳染。患者多為孩童，易併發腎炎等其他病症。
雄赳赳	雄糾糾	威武的樣子。
新郎官	新郎倌	稱結婚時候的男子。
歇後語	歇候語	一種講求趣味的用語方式。由兩部分組成，前半部是類似謎語的譬喻，後半部是本義。往往省去後半部不說，故稱。
銷金窟	消金窟	使人揮霍金錢的奢靡場所。
擤鼻涕	省鼻涕	捏著鼻子用力出氣，把鼻涕排出來。
雪裡蕻		蔬菜類，形似芥菜，在雪天這種菜獨青，故名。蕻，ㄏㄨㄥˋ，hòng。
山裡紅		薔薇科植物川梨的果實，又叫「野山查」、「野山樝」、「山裡果」。查、樝，ㄓㄚ，zhā。

ㄒ

興匆匆		欣喜而行動敏捷的樣子。
氣沖沖		形容非常憤怒的樣子。
憂心忡忡		形容非常擔憂。
下阪走丸	下板走丸	比喻非常迅速而順利。
下喬入幽	下橋入幽	比喻由高至低，由明入暗，自甘墮落或退步。
小心火燭	小心火獨	留意容易引發火災的東西。
小心翼翼	小心異異	小心謹慎，一點也不敢疏忽的樣子。
小家碧玉	小家璧玉	指小戶人家的女兒。
小鳥依人	小鳥伊人	形容少女或小孩的溫婉親切，逗人喜愛。
心力交瘁	心力交萃	比喻非常勞累。
心不在焉	心不在馬	心神不定、不能專心致志。
心心相印	心心相映	兩人的心合而為一。比喻感情的親密。
心平氣和	心秤氣和	心情平靜不急躁。
心安理得	心安理德	言行合於道理，心中感到安適。
心灰意冷	心恢意冷	形容失意的人，心意消極，不思進取。又作「心灰意懶」。
心肌梗塞	心肌埂塞	心臟冠狀動脈內腔的血管阻塞，導致該局部心肌因缺氧而壞死的症狀。

正確	錯誤	說明
心直口快	心值口快	形容人性情直爽，想到什麼便說出來。
心花怒放	心花恕放	比喻非常快活。
心律不整	心率不整	心跳的正常節律發生變化。
心狠手辣	心狼手辣	心腸狠毒，手段殘酷。
心悅誠服	心樂誠服	內心喜悅，誠心順服。
心浮氣躁	心浮氣燥	形容為人處世不沉著、不冷靜。
心勞日拙	心勞日絀	費盡心機卻愈做愈糟。
心無旁騖	心無旁鶩	專心一意，沒有其他念頭。
心猿意馬	心圓意馬	心如猿動，意如馬馳，形容心意不定。
心廣體胖	心寬體胖	心胸開闊，沒有憂慮。胖，此處念ㄆㄢˊ，pán。
心嚮往之	心響往之	從心靈深處表示崇敬仰慕。
心曠神怡	心曠神宜	心胸開朗，精神愉快。
心驚膽戰	心驚膽顫	心裡很害怕。
兄弟鬩牆	兄弟鬧牆	比喻內部失和。鬩，ㄒㄧˋ，xì。
休養生息	修養生息	指政府在戰亂後，不擾民、不勞民，以恢復國家的元氣和生機。

休戚相關	休戒相關	彼此間的關係密切，憂喜與共。
先決條件	先訣條件	最重要、優先考慮的條件。
先馳得點	先弛得點	比賽時先得到分數。
刑期無刑	刑其無形	指刑罰的目的，在於教育人遵守法律，從而達到不用刑的境地。
向平之願	回平之願	指兒女婚嫁的事。
向聲背實	向聲倍實	指嚮往虛名，而不求實際。
血流汩汩	血流汨汨	血流很多。汩汩，ㄍㄨˇ ㄍㄨˇ，gǔ gǔ，水流聲。
血脈僨張	血脈賁張	激動的樣子。僨，ㄈㄣˋ，fèn。
行將就木	行將就墓	快要進棺材，生命即將結束。
行遠自邇	行遠自爾	行遠路必須從最近的一步開始走起。比喻做事要由淺而深，由表及裡，循序漸進。邇，ㄦˇ，ěr。
西窗剪燭	西窗檢燭	指親友歡聚暢談。
西裝筆挺	西裝畢挺	西裝平順挺直。
匣劍帷燈	匝劍帷燈	指燈光劍影，若隱若現。比喻事情遮掩不住或故意吐露消息，引人注意。比喻詩文中描寫景物、人情事態，若隱若現的奇妙手法。

正確	錯誤	說明
形同虛設	行同虛設	指設施或法律不能發生作用，如同沒有設置一般。
形格勢禁	形格式禁	受牽制約束，事情不易進行。
形影不離	行影不離	如同影子隨著形體，不相分離。形容親密。
形影相弔	形影相弟	形容孤獨無依。
形銷骨立	形消骨立	形容身體極其瘦弱。
秀外慧中	秀外惠中	形容女子聰明漂亮。
幸災樂禍	興災樂禍	懷著妒忌的心希望別人蒙受災害，並以別人遭遇禍患為樂。
弦外之音	旋外之音	比喻言外之意。
欣欣向榮	新新向榮	草木生長得很茂盛。形容事物蓬勃發展。
欣喜若狂	心喜若狂	形容非常高興。
信口胡謅	信口胡縐	隨意說說。謅，ㄗㄡ，zōu。
信口開河	順口開河	原作「信口開合」。任意亂說，不加思索。
信口雌黃	信口辭黃	形容不問事實，任意妄加批評。
信手拈來	順手拈來	隨手取來。形容寫文章時引用經典或運用詞藻得心應手。
信馬由韁	信馬由繮	比喻沒有主見，一切隨外力而轉移。

信誓旦旦	信誓但但	以最誠懇的態度立下誓言。
削足適履	削足適屨	比喻不合理地遷就不適合的事情。
徇私枉法	循私枉法	偏袒私情，不顧公理法律。
星火燎原	星火遼原	比喻細小的疏忽足以造成大禍。
星羅棋布	星羅旗布	繁星羅列夜空，如棋子散布棋盤。形容分布繁密。
洗心革面	洗心割面	除去邪思雜念，改變舊日面目。比喻徹底悔悟，改過自新。
洗垢索瘢	洗垢索班	洗去汙垢後搜尋面上的瘢痕瑕疵。比喻挑剔苛求他人的過錯。
洵不誣也	徇不誣也	真是一點也不假。
洵屬虛言	巡屬虛言	的確是空話。
相去無幾	相去無己	相差不多。
相依為命	相依唯命	彼此依靠著生活。
相映成趣	相應成趣	兩件事物在互相對照下，顯得有趣。
相得益彰	相得益張	互相烘托，而顯露雙方的長處。
相提並論	相題並論	用同一意見或方法來討論幾種人物或事件。
相輔相成	相俯相成	互相輔助，以達成共同理想。
相濡以沫	相如以沫	喻在患難之中，彼此互相救助。

正確	錯誤	說明
香消玉殞	香消玉隕	比喻年輕女子死亡。
香象渡河	香象度河	比喻悟道精深。比喻文章精湛透徹。
修橋補路	修橋鋪路	指有益於眾人的善舉。
宵衣旰食	霄衣旰時	早起晚食。比喻勤於政事。旰，ㄍㄢˋ，gàn。
席不暇暖	席不瑕暖	比喻奔走極為忙碌，沒有休息的時間。
徐娘半老	徐娘伴老	比喻年長而頗具姿色、風韻的婦女。含有輕薄的意思。
栩栩如生	詡詡如生	生動逼真的樣子，彷彿如生。
消除疲勞	恢復疲勞	恢復體力。
笑不可抑	笑不可仰	大笑不止。
笑容可掬	笑容可鞠	笑容滿面，使人覺得可以親近。掬，ㄐㄩˊ，jú。
笑逐顏開	笑遂顏開	心中喜悅而眉開眼笑的樣子。
胸有成竹	心有成竹	形容事先有完善的計畫，做起事來有把握。
訓練有素	訓鍊有素	經過有系統的嚴格訓練，因而具備了一定水準的成效。
軒然大波	掀然大波	比喻很大的糾紛、論爭。
悉聽尊便	悉聽遵便	完全照您的意思。

悻悻而去	倖倖而去	因怨恨惱怒而離去。
旋乾轉坤	懸乾轉坤	轉動天地。比喻力量很大，足以扭轉局勢。比喻根本性的變化。乾，此處念ㄑㄧㄢˊ，qián。
羞與噲伍	羞與獪伍	指不屑與自己所輕視的人在一起。
袖手旁觀	繡手旁觀	比喻在旁觀看，不給協助。
逍遙自在	消搖自在	無拘無束的樣子。
逍遙法外	逍遙化外	犯了罪卻沒有受到法律制裁。
雪泥鴻爪	雪泥紅爪	比喻往事所遺留的痕跡。
喜上眉梢	喜上眉稍	歡欣的神情流露在臉上。
喜出望外	喜出忘外	意想不到的欣喜。
喜形於色	喜行於色	內心的喜悅洋溢在臉上。
喧賓奪主	宣賓奪主	氣焰太盛，反客為主。
尋幽訪勝	尋幽訪盛	尋訪風景幽美的地方。
循序漸進	尋序漸進	按照一定的次序與步驟逐漸推進。
循規蹈矩	循規踏矩	言行舉止遵守禮節，按做人規則行事。
惺惺相惜	猩猩相惜	聰慧的人彼此憐惜。才華相當的人彼此賞識。

正確	錯誤	說明
揎拳捋袖	揎拳勒袖	形容要打架的樣子。捋，此處念ㄌㄨㄛ，luō。
虛晃一招	虛恍一招	敷衍應付，沒有誠意。
虛張聲勢	虛彰聲勢	假裝出強大的氣勢，以嚇唬或迷惑對方。
虛無縹緲	虛無飄緲	虛幻不實，若有若無。形容不可捉摸、無法兌現的事物。
虛與委蛇	虛與萎蛇	指假意殷勤，敷衍應付。蛇，此處念ㄧˊ，yí。
虛懷若谷	虛壞若谷	心胸像山谷般空曠。形容人非常謙虛，能容納不同意見。
象齒焚身	象齒梵身	象因為牙齒珍貴而遭殺害。比喻人因錢財多而招來殺身之禍。
閒情逸致	閒情意至	閒散的心情，脫俗的興致。
閒雲野鶴	賢雲野鶴	閒逸的浮雲，山野的孤鶴。比喻清閒自在、無牽無掛的人。
閒嗑牙兒	閒喀牙兒	閒談。嗑，此處念ㄎㄜˋ，kè。
項莊舞劍	項莊舞箭	比喻行動中另有企圖。
想當然耳	嚮當然耳	猜想如此。
新婚燕爾	新婚豔爾	指新婚的恩愛甜蜜。
新陳代謝	新陳代卸	生物體攝取營養、排泄體內廢物的交互作用。指事物的新舊交替。

歇斯底里	竭斯底里	英語 hysteria 的音譯。一種無法控制激動情緒的精神障礙。
瑕不掩瑜	暇不掩瑜	喻不因缺點而遮掩了優點。
詡詡自得	許許自得	自以為了不起的樣子。詡，ㄒㄩˇ，xǔ。
熊心豹膽	雄心豹膽	形容膽量極大。
熊熊烈火	雄雄烈火	旺盛的火勢。
熙來攘往	熙來讓往	形容人來人往，非常熱鬧。
需才孔急	需才恐極	非常需要人才。
嘻嘻哈哈	嘻嘻呼呼	談笑聲。
蝦兵蟹將	蝦兵謝將	比喻不中用的兵將或手下。
銷聲匿跡	消聲匿跡	躲藏得無影無蹤。
學無止境	學無止盡	研究學問沒有終止的時候。
曉以大義	曉以大意	用正大合宜的道理勸導人。
橡皮圖章	象皮圖章	比喻無主見、隨聲附和的人。比喻沒有實權，只是表面上履行手續的個人或團體。
窸窸窣窣	悉悉索索	形容細碎而又斷斷續續的聲音。
興利除弊	興利除幣	興辦有利的事，廢除有害的事。

正確	錯誤	說明
興高采烈	興高彩烈	興致高精神好。興奮快樂的樣子。
興會淋漓	幸會淋漓	興致濃厚。
蕭規曹隨	蕭規槽隨	蕭指蕭何，西漢開國丞相。曹指曹參，繼蕭何之後的丞相。比喻按照前人的成規辦事。
選賢與能	選腎與能	選拔、推舉賢能的人。
險象環生	險象還生	危險的狀況頻頻出現。
繡花枕頭	鏽花枕頭	比喻外表華美而無真才實學的人。
蟹行文字	蟹形文字	稱歐美各國的橫行文字。
懸崖峭壁	懸巖峭壁	形容山勢十分險峻。
懸崖勒馬	懸涯勒馬	在懸崖峭壁前勒住了馬。比喻到了危險關頭及時醒悟回頭。
懸梁刺股	懸梁刺骨	比喻發憤苦讀。
懸壺濟世	懸壼濟世	以行醫救助世人。
驍勇善戰	驍勇擅戰	勇敢善戰。驍，ㄒㄧㄠ，xiāo。
小鳥依人		形容女子或小孩嬌小柔順的樣子。
秋水伊人		指所愛慕或思念的人。

下里巴人 春秋戰國時期楚國的鄉土歌曲。喻庸俗的文藝作品。

陽春白雪 春秋戰國時期楚國的藝術性較高的音樂。喻高深的文藝作品。

心香一瓣 表示崇拜的意思。

馨香禱祝 極虔誠的祝禱。

心驚膽戰 形容心裡很害怕。

心驚肉跳 形容情緒不安。

信手拈來 隨手取來，多指作詩為文時偶得佳句。

順手牽羊 比喻相機乘便竊取他人財物。

相形見絀 兩相比較而自覺不如。絀，ㄔㄨˋ，chù。

心餘力絀 心有餘而力不足。

息息相關 關係極為密切。

涼風習習 涼爽的風溫和舒暢。

循循善誘 一步一步地善加誘導。

諄諄教誨 懇切而不厭倦地教誨人家。諄，ㄓㄨㄣ，zhūn。

嘻皮笑臉 形容不莊重的樣子。

嬉笑怒罵 尋常喜怒的狀態。喻文章的題材俯拾皆是。玩世不恭。

正確	錯誤	說明
刑事責任		一種法律責任。即依刑法規定所應接受的法律制裁。
民事責任		法律上指損害賠償的責任。分為侵權行為責任與債務不履行責任。
杏眼圓睜		形容女子生氣時瞪大眼睛的神態。
柳眉倒豎		形容女子發怒的樣子。
枵腹從公		餓著肚子為公家做事，喻為公忘私。枵，ㄒㄧㄠ，xiāo。
梟首示眾		古代的一種酷刑。斬下人頭懸掛在木頭上以警示民眾。梟，ㄒㄧㄠ，xiāo。
夏雨雨人		夏天的雨水潤澤萬物。比喻施恩澤或教化於人。第二個雨念ㄩˋ，yù。
春風風人		春日的和風使人舒暢。比喻施恩澤或教化於人。第二個風念ㄈㄥˋ，fèng。
胸有成竹		畫竹前已有竹的腹稿。比喻臨事有定見。
胸無點墨		比喻一點學識都沒有。
胸無城府		比喻心胸坦白，沒有心機。
胸無宿物		比喻心胸坦率，沒有成見。

朽索馭悍馬	朽鎖馭悍馬	比喻非常危險。
新瓶裝舊酒	新瓶裝舊洒	比喻形式雖新，內容卻舊。
行不得也哥哥	行不得也個個	語見元·鄭元佑《遂昌雜錄》。鷓鴣叫聲似「行不得也哥哥」，因用以形容路途艱難或說明事情不能這麼辦，常含有勸阻、警告的意思。
迅雷不及掩耳	迅電不及掩耳	語見《六韜·龍韜·軍勢》。比喻事起突然，令人防備不及。
夏蟲不可語冰	夏蟲不可語水	語見《莊子·秋水》。比喻人見識短淺，不能與之談大道理。語，此處念ㄩˋ，yù。
許諾就是負債	許喏就是負債	語本西洋諺語 Promise is debt. 意指承諾別人的事，就必須做到。
小不忍則亂大謀	小不忍則亂大某	語見《論語·衛靈公》。小事不能忍耐，就會誤了大事。用以勸人不要計較小事，以免影響大局，也用來說明只有善於忍耐，才能夠有大作為。
心有靈犀一點通	心有靈悉一點通	語見唐·李商隱〈無題二首〉。傳說犀牛角上有條與腦部相通的白紋，感應靈敏，故稱靈犀。心有靈犀一點通，形容彼此心意相通。
鄉音未改鬢毛衰	鄉音未改鬢毛催	語見唐·賀知章〈回鄉偶書〉。雖然鄉音依舊，但鬢髮已經稀疏了。常為久客他鄉的人剛回到故鄉時用來表示對故鄉備感親切，同時又感嘆時光易逝，而人易老的心情。衰，此處念ㄘㄨㄟ，cuī。

正確	錯誤	說明
瞎貓碰上死耗子	瞎貓碰上死號子	語本清．黃漢《貓苑》卷下。比喻運氣好，恰好碰上目標。
挾天子以令諸侯		語見《三國志．魏書．武帝紀》裴松之注。挾制天子，利用其名義以號令天下。比喻假借名義，發號施令。
挾泰山以超北海		語見《孟子．梁惠王上》。把泰山夾在胳膊下越過北海。比喻去進行不可能做到的事。
小顛簸可防大摔跤	小顛跛可防大摔跤	語本西洋諺語 A stumble may prevent a fall. 勸人不必因犯小錯而沮喪。
下筆千言，倚馬可待	下筆千言，以馬可待	語見明．東魯古狂生《醉醒石》第六回。「少年博學，詩詞書翰，無有不工。真是下筆千言，倚馬可待。」形容文思敏捷，完稿迅速。
小時了了，大未必佳	小時了了，大末必佳	語見南朝宋．劉義慶《世說新語．言語》。小時候很聰明，長大了不一定好。用以告誡他人切勿自恃聰明，而不努力學習。
項莊舞劍，意在沛公	項莊舞劍，意在配公	語本《史記．項羽本紀》。「良曰：『甚急。今日項莊舞劍，其意在沛公也。』」項莊，項羽手下的武將。沛公，劉邦。比喻行動中另有企圖。

學而時習之，不亦悅乎	學而時習知，不亦悅乎	語見《論語・學而》。說明學習和複習應該要並重。
夕陽無限好，只是近黃昏	夕陽無限好，指是近黃昏	語見唐・李商隱〈樂遊原〉。比喻事物雖繁華興盛，但即將衰落下去。比喻人到晚年，日子雖好卻已難久留。
行到水窮處，坐看雲起時	行到水穹處，坐看雲起時	語見唐・王維〈終南別業〉。形容心中優閒的感覺。說明困難會轉入順利，要等待良機的來臨。
學而不思則罔，思而不學則殆	學而不思則網，思而不學則殆	語見《論語・為政》。說明學習和思考是相輔相成，缺一不可的。
朽木不可雕也，糞土之牆不可杇也	杇木不可雕也，糞土之牆不可朽也	語見《論語・公冶長》。腐朽的木頭無法雕刻，汙穢的土牆不能粉飾。常用以說明人不堪造就。含鄙夷意味。杇，ㄨ，wū。
昔日戲言身後意，今朝都到眼前來	惜日戲言身後意，今朝都到眼前來	語見唐・元稹〈遣悲懷〉（悼念亡妻的詩篇共三首，這是第二首）。原是丈夫回憶亡妻生前，開玩笑的時候曾經說過的話。今天一件件都在眼前成真。今人所用，不一定用其原來意思，常在評論文章中，用作諷刺意義。

ㄓ

正確	錯誤	說明
丁丁	爭爭	伐木的聲音。丁，此處念ㄓㄥ，zhēng。
中樞	中軀	中央政府。
中輟	中綴	半途而廢。
扎根	紮根	植物生根。比喻建立基礎。
扎實	紮實	堅固。
支吾	吱唔	說話含混不清，有應付搪塞之意。
止境	止盡	終點。
只要	止要	僅僅要，表示不多求。
召喚	召換	呼喚。
札記	扎記	指隨時記錄下來的讀書心得或見聞。

竹竿	竹杆	用竹子的莖幹做成的竿子。
佇立	駐立	久立。
佇候	駐候	站立等候。表示熱切盼望。
找碴	找渣	故意找人的毛病。碴，ㄔㄚˊ，chá。
折騰	折滕	搗亂。循環反覆。揮霍浪費。
制裁	制栽	對違反法則的人加以約束或處分。
周到	週到	不疏忽，面面都顧到的意思。
周延	周廷	周全，沒有遺漏。
周詳	周祥	周到而詳盡。
周遭	週遭	周圍。
周轉	週轉	通融。資金的運轉。
妯娌	軸娌	兄弟的妻，互稱妯娌。
拙荊	茁荊	對自己妻子的謙稱。
招供	召供	坦承罪狀。
招待	召待	接待客人。
招徠	招來	招致。招攬。徠，ㄌㄞˊ，lái。

正確	錯誤	說明
招數	招術	武術的一個動作，叫一個招數。借作手段、計策之意。
招攬	招覽	招徠。
枝枒	枝牙	枝條。
沾染	玷染	染上。
注定	註定	（某種客觀規律）決定。
炙熱	摯熱	像火烤一樣的熱。
爭鋒	爭峰	爭鬥以決定勝負。
咫尺	只尺	比喻距離很近。咫，ㄓˇ，zhǐ。
政策	政册	政府或企業團體為了解決問題，實現目標而制定的策略。
柵欄	柵籃	用竹、木或金屬條圍成的障礙物。
珍貴	針貴	珍奇貴重。
茁壯	拙壯	越來越壯大。
貞潔	真潔	堅定不移的節操。稱讚女人死了丈夫守節不改嫁。
貞操	真操	堅貞的節操。女子清白的操守。
准許	準許	允許。許可。

振作	震作	提起精神。
捉弄	抓弄	戲弄。
桎梏	桎告	比喻束縛。桎梏，ㄓˋ ㄍㄨˋ，zhì gù。
畛域	軫域	範圍、界限。畛，ㄓㄣˇ，zhěn。
真摯	珍摯	真誠。出自內心的。
眨眼	霎眼	眼睛一開一閉。形容極短的時間。
砧板	占板	切菜時墊在下方的板子，多用木料或塑料所製。砧，ㄓㄣ，zhēn。
祗奉	祇奉	敬奉。恭奉。祗，ㄓ，zhī。
祝嘏	祝瑕	古時宗廟祭祀執行祝禱的人。祝禱、祝壽。嘏，此處念ㄍㄨˇ，gǔ。
祝融	祝熔	火神。祝融之災指火災。
秩序	抶序	次序。條理。
紙鳶	紙鴛	風箏的別稱。
追溯	追朔	比喻尋求探索事物的根由。
追蹤	追縱	循著蹤跡追趕。根據線索，逐步調查事情的真相。
針灸	針炙	中醫按經脈用針刺或以艾灸的治病術。

正確	錯誤	說明
針砭	針貶	古時用石針刺經脈穴位的治病法。比喻規勸告誡或指出錯誤。砭，ㄅㄧㄢ，biān。亦作「鍼砭」。
針黹	針爾	用線縫衣，常作女子縫紉工作的總稱。黹，ㄓˇ，zhǐ。
執紼	執拂	送葬的人牽引靈車的繩索以幫助進行。後指稱送葬。
專制	專治	憑一己之意，操縱一切。由一個人或一個集團掌管國家政事。獨斷行事，不聽別人的意見。
張皇	張煌	驚慌。慌張。
張揚	張楊	擴大宣揚。
掙扎	爭扎	用力支撐或擺脫。
斬獲	展獲	原指斬敵首，擄敵兵。形容大有收穫。
晝夜	畫夜	白天和晚上。
眞諦	真締	眞實的道理。
窒息	至息	呼吸道受阻，無法呼吸，導致呼吸困難或昏迷死亡。形容人在緊張或煩悶時，透不過氣的感覺。
紮營	札營	屯駐軍隊。
莊重	壯重	端莊穩重。

莊稼	莊嫁	農作物的總稱。
逐鹿	遂鹿	比喻爭奪政權或王位。
逐漸	遂漸	漸漸。
惴慄	喘慄	因憂懼而發抖。惴慄，ㄓㄨㄟˋ ㄌㄧˋ，zhuì lì。
棧道	綻道	在危險的崖壁上搭起木架而形成的道路。
渣滓	碴滓	物品抽取精華或水分後的殘質。滓，ㄗˇ，zǐ。
診治	疹治	診察病情而加以治療。
診療	疹療	診斷治療。
診斷	診斷	診察病狀，判斷病因。引申作對某種能力的檢查研究。
軫念	畛念	輾轉思念。軫，ㄓㄣˇ，zhěn。
週期	周期	運動體由一狀態回復到原來狀態所需的時間。
微服	徵服	為避人耳目，隱藏身分而變裝常服。
斟酌	針酌	做事時在進退取捨各方面仔細考慮。
準備	准備	事先的安排。打算。
照耀	照躍	照射得很明亮。
裝扮	妝扮	修飾打扮。

正確	錯誤	說明
裝飾	裝飭	裝扮修飾。
裝潢	裝璜	裝裱字畫。房屋內部的裝修布置。
誅除	株除	消滅。
劄記	搭記	讀書時摘記下來的要點或心得。劄，ㄓㄚˊ，zhá。
嶄新	展新	很新。
摺疊	摺迭	重疊地摺合起來。
榨取	炸取	掠取人家的錢財。擠壓取得。
綻放	錠放	開放。多指花開或笑容。
肇事	兆事	引發事故。肇，ㄓㄠˋ，zhào。
賑災	振災	救濟災荒。
贅述	墜述	多餘的敘述。亦作「贅言」。
徵求	征求	徵收。徵集尋求。
徵集	微集	徵召聚集。指召集國民當兵或服役。
摯友	執友	交情深厚密切的朋友。
撰寫	饌寫	寫作。

斲喪	斲傷	傷耗身體和精神。全部砍伐，不留餘種。斲，ㄓㄨㄛˊ，zhuó。
椿腳	椿腳	俗稱選舉時為候選人拉票，掌握基本票源的地方人物。
皺眉	縐眉	雙眉攢在一起，表示憂愁或不高興的樣子。
皺紋	縐紋	摺紋。
皺摺	縐摺	摺疊的紋痕。
諸侯	諸候	封建時代各地分封建國的國君。
豬圈	豬券	養豬的地方。圈，此處念ㄐㄩㄢˋ，juàn。
質地	值地	本質。素質。
赭紅	陼紅	紅褐色。赭，ㄓㄜˇ，zhě。
震怒	振怒	非常憤怒。大怒。
震撼	振撼	震動。震驚。
震驚	振驚	非常驚駭。
駐守	佇守	駐紮防守。
駐足	佇足	停下腳步。
駐紮	駐札	軍隊在某地住下。
整形	整型	以醫學技術彌補人外觀上的缺憾或使傷毀的組織復原。

正確	錯誤	說明
整飭	整飾	整治使有規律、有條理。飭，ㄔˋ，chì。
縝密	縝蜜	細緻周密。縝，ㄓㄣˇ，zhěn。
擢升	拙升	提升官職。
螫傷	蟄傷	蟲蠍等用尾針刺傷人畜。
輾轉	展轉	翻來覆去，睡不著覺的樣子。形容曲折、間接的樣子。
鍾馗	鍾傀	神名。傳說面貌凶惡，民間將其畫像貼於門上以驅鬼。馗，ㄎㄨㄟˊ，kuí。
擲還	鄭還	請人歸還原物的謙詞。
瞻仰	膽仰	懷著敬意看。
終生		（the whole life）指人有生之年的全部時間和精力。如：奮鬥終生。
終身		（events affecting one's whole life）指與人一輩子有切身關係的事。如：終身大事。
妝點		修飾。
裝扮		修飾打扮。
折枝		折斷草木枝莖。比喻事情容易辦到。

摺紙　摺疊紙張。

折服　使人心服。佩服。

懾服　因畏懼而屈服。懾，此處念ㄓㄜˊ，zhé。

招致　引起、導致。

遭受　碰到、受到。

專誠　（exclusively）專心誠意。特地。

兼程　（to proceed on one's trip on the double）以加倍的速度趕路。

章魚　軟體動物，與烏賊同類異種，捕食魚蝦。

魷魚　軟體動物，具側鰭，十足。遇危險時，從肛門附近的墨囊噴出墨汁，趁機逃生（「沙魚」、「鯨魚」、「鱈魚」等詞語相關說明，參看第二八一頁與二八二頁）。

轉圜　比喻順暢迅速。挽回、調解。圜，此處念ㄏㄨㄢˊ，huán。

寰宇　全天下。寰，ㄏㄨㄢˊ，huán。

鎮紙　鎮壓紙張或書籍的文具。

筆洗　用陶瓷、石器、貝殼等製成以供清洗毛筆的器具。

主意　（an idea）主張。主旨。

正確	錯誤	說明
主義		（a principle）一種由信仰而發生力量的特殊思想或學說。對於社會、政治、經濟或學術問題所提出的一種有系統的理論與主張。
制伏		（to subdue）用力量使人屈服。
制服		（an uniform）規定的服裝。親喪之服。
爭取		力求得到。
掙扎		用力支撐或擺脫。
沾汙		弄髒。
玷汙		比喻敗壞聲譽。玷，ㄉㄧㄢˋ，diàn。
指責		責備。
指摘		指出錯誤的地方。摘，此處念ㄓㄜˊ，zhé。
祗候		恭敬地等候。祗，ㄓ，zhī。
神祇		天神和地神的合稱。泛指所有的神。祇，此處念ㄑㄧˊ，qí。
株連		因一人犯罪而牽累他人。
誅戮		殺害。戮，ㄌㄨˋ，lù。

真相　（the truth）事物的本來面目或事情的實際情形。

假象　（false appearances or impressions）對「現象」而言，指虛假的現象。

帳棚　解開後可自由搬運的組合式簡易住宅，可用於登山、露營。

斗篷　即披風。其形如斗，故稱。

蚱蜢　昆蟲類，蝗屬，能飛能跳，為稻麥的害蟲。

舴艋　小船。舴，ㄗㄜˊ，zé。

琢磨　雕磨玉石。比喻精益求精。

作摩　揣度、推想、尋思。

震撼　震動；震驚。

遺憾　覺得不滿、惋惜或歉疚。

戰敗　打敗仗。

敗仗　戰敗。

徵候　事情發生前所顯示的現象。

徵象　徵候、跡象。

徵兆　事前出現的跡象。

正確	錯誤	說明
癥結		事理的疑難點。病根的所在。
症狀		疾病的狀態。
卓見		高超的見解。
真知灼見		正確的認識，透徹的見解。
直接		事情的進行由雙方親自接觸，不由別人轉洽。
直截了當		直言爽快，不繞彎子。
墜落		（to drop）物體由高處往下掉落。
墮落		（to indulge in evil ways）指人的行為變壞，不知長進。
真諦		（the real meaning）真實的意義。
取締		（to prohibit）依據法規禁止不合法的事物或行為。
占便宜	站便宜	得到分外的好處。
找碴兒	找查兒	故意找人的毛病。
找臺階	找臺偕	找尋轉圜的機會或藉口，以顧全面子。
抓大頭	爪大頭	以抓鬮方式決定個人出錢的多寡。出錢最多的是大頭，故稱。

抓鬮兒	抓揪兒	抓取做有記號的物品或紙條，以賭勝負或決定事情。鬮，ㄐㄧㄡ，jiū。
知更鳥	知更烏	鳥類，背及頸部赤褐色，額喉皆黑，腹下白色，雌體色稍淡，鳴聲清越。
重然諾	重然若	不輕率允諾別人的託付，一旦允諾，則必實踐諾言。
紙老虎	紙老虎	比喻空有威勢而沒有實力的人或集團。
啄木鳥	喙木鳥	鳥名，嘴堅硬，可穿破樹皮，捕食樹幹中的蟲蟻。
智多星	智多新	頭腦靈敏，善出主意的人。
著先鞭	著先編	比喻先人一步。
罩得住	罩得往	比喻很有辦法。
種子隊	種仔隊	運動比賽時，被分別安排在各不同組列中實力好的隊伍。
蒸汽機	烝汽機	利用蒸汽的壓力，以發生動力的機器。
蒸餾水	蒸留水	經過蒸餾方式取得的純淨水，可供化學實驗或製藥用。
皺巴巴	皺扒扒	不舒展、不平整的樣子。
皺眉頭	縐眉頭	緊縮眉頭。表示不悅、憂慮或思考的表情。
轉捩點	轉淚點	轉變的關鍵。捩，ㄌㄧㄝˋ，liè。

正確	錯誤	說明
蘸醬油	沾醬油	沾與蘸都有「附著一些東西」的涵義，其區別是：沾來自外在因素；蘸操之於己。蘸，ㄓㄢˋ，zhàn。
政務官		參與國家政務的官員。由政黨內閣按需要任用，隨政潮進退。
事務官		受政務官指揮辦理事務的人。必須合於任用資格，有身分保障，機關長官不得無故免其職務。
炸醬麵		用炸醬拌的麵。炸，此處念ㄓㄚˊ，zhá。
酢漿草		多年生草本植物，生於原野，自春至秋，抽出花軸，果實為蒴果，莖葉都有酸味，全草均能入藥。酢，此處念ㄗㄨㄛˋ，zuò。
窄癟癟		很窄。癟，ㄅㄧㄝ，biē。
矮趴趴		很低。趴，ㄆㄚ，pā。
矮墩墩		又矮又胖。墩，ㄉㄨㄣ，dūn。
短撅撅		很短。撅，ㄐㄩㄝ，juē。
中西合璧	中西合壁	中國和西洋的兩者並列，或兼有並蓄。
中流砥柱	中流抵柱	比喻能支撐大局的堅強力量。
中規中矩	中規中舉	合於禮節、規矩。中，此處念ㄓㄨㄥˋ，zhòng。

中飽私囊	終飽私囊	吞沒經手的錢財。侵占公款。
中饋猶虛	中餽猶虛	男子尚未娶妻。饋，ㄎㄨㄟˋ，kuì。
之死靡它	之死糜它	喻貞婦誓死不改嫁。泛指意志堅定、不屈服。
支離破碎	肢離破碎	形容事物零散破碎、不成整體。
乍暖還寒	作暖還寒	氣候忽然變暖，還有些寒意。
仗勢欺人	仗式欺人	憑藉著權勢欺負別人。
正襟危坐	正襟為坐	整理好衣服，端正地坐著。形容態度嚴肅或尊敬的樣子。
朱輪華轂	朱輪華穀	紅漆的車輪，彩繪的車轂。指達官貴人的車子。轂，ㄍㄨˇ，gǔ。
竹籬茅舍	竹籬毛舍	竹子圍的籬笆、茅草蓋的房子。比喻鄉居儉樸的生活環境。
至人無夢	摯人無夢	至德之人沒有妄想貪念，故不作夢。
至死不渝	至死不瑜	到死都不會改變。指內心忠誠。
至高無上	至高無尚	最尊貴。最高等。
助紂為虐	助紂為瘧	比喻協助壞人做壞事。
壯士斷腕	壯士斷碗	比喻面臨緊要關頭，下定決心，犧牲局部，以成全大體。
壯志未酬	壯志未仇	偉大的志願尚未實現。
志同道合	志同道和	彼此志趣相同。

正確	錯誤	說明
抓耳撓腮	抓耳擾腮	形容焦急不安或過度欣喜的樣子。
折衝尊俎	折衝尊殂	在筵席上解決糾紛。泛指出色的外交活動。俎，ㄗㄨˇ，zǔ。
周而不比	週而不比	為人正派，不結黨營私。比，此處念ㄅㄧˋ，bì。
周而復始	周爾復始	一再進行，循環不已。
拄著枴杖	柱著枴杖	用枴杖支撐身體。枴杖亦作「拐杖」。
招搖撞騙	召搖撞騙	假借名義，到處行騙。
枕戈待旦	枕戈侍旦	形容時時警惕，準備作戰，不敢鬆懈。枕，此處念ㄓㄣˋ，zhèn。
枝枝節節	支支節節	形容瑣碎。
治絲益棼	治絲益焚	比喻處理事情不得要領，反而愈做愈糟。棼，ㄈㄣˊ，fén。
沾沾自喜	占占自喜	自以為不錯而得意。
沾親帶故	沾親帶固	與人攀上親戚或朋友的關係。
炙手可熱	熾手可熱	比喻權力大，氣焰極盛。
爭功諉過	爭功委過	爭奪功勞，推諉過失。
爭風吃醋	蒸風吃醋	指男女之間因嫉妒而起爭執。

直搗黃龍	直島黃龍	比喻直接攻打敵人巢穴或要害。
知人善任	知人善仕	了解人並能依據其專長而加以任用。
知名不具	知名不俱	因對方知道自己的姓名而不寫上。為書信中避免第三者知道姓名時使用。
知書達禮	知書達理	比喻人有學識、有教養。
咫尺天涯	只尺天涯	形容相距雖近，卻無緣相見，如同相隔千里。
指不勝屈	指不勝曲	形容數量很多。勝，此處念ㄕㄥ，shēng。
指桑罵槐	指桑罵愧	指著桑樹罵槐樹，比喻拐彎抹角地罵人。
指鹿為馬	指路為馬	比喻顛倒黑白，混淆是非。
昭然若揭	招然若揭	形容眞相大白，無可掩蓋。
哲人其萎	哲人其委	哀悼賢人死亡。萎，此處念ㄨㄟ，wēi。
振振有辭	震震有辭	好像很有道理似地說個沒完。
振衰起敝	振衰起蔽	挽救衰頹疲敝，使其振作起來。
振筆疾書	陣筆疾書	揮動筆桿，很快地書寫。
振臂一呼	陣臂一呼	揮動手臂，奮起號召。
振聾發聵	振聾伐聵	比喻用言語文字喚醒糊塗的人，使之清醒過來。聵，ㄎㄨㄟˋ，kuì。

正確	錯誤	說明
捉襟見肘	捉筋見肘	本指拉扯衣襟便露出胳臂，形容人衣衫破敗。比喻生活窮困。
珠光寶氣	珠光寶器	珍珠寶石光亮耀眼，形容服飾華麗。
珠圓玉潤	珠圓玉閏	比喻文詞圓熟或歌聲婉轉悅耳。
珠聯璧合	珠聯幣合	比喻人才或美好的事物相匹配或同時聚集。常作祝賀新婚的頌詞。
真相大白	真像大白	真實的情形全部顯現出來。
站得住腳	佔得住腳	站的地位穩固。指立場、主張或理由確定。
追亡逐北	追亡遂北	追擊敗逃的敵人。亡、北都指戰敗的逃兵。北，此處念ㄅㄛˋ，bò（語音ㄅㄟˇ，běi）。
追本溯源	追本朔源	探尋事物最初的原因或根源。
追根究柢	追根究底	追查事情的本源。
針鋒相對	真峰相對	比喻雙方言詞行為或力量對立，不分上下。
陟罰臧否	陟罰藏否	褒舉善人，懲罰惡人。陟，ㄓˋ，zhì。否，此處念ㄆㄧˇ，pǐ。
執兩用中	執兩中中	形容不偏不倚，無過與不及。
執迷不悟	執迷不誤	固執而不知醒悟。
專心致志	專心致誌	集中注意力，一心一意。

張冠李戴	張冠李載	比喻弄錯對象。
斬釘截鐵	斬釘節鐵	比喻處理事情很明快，說話語氣很果斷堅定。
眾口鑠金	眾口塑金	眾口同聲，顛倒是非。比喻積非成是。鑠，ㄕㄨㄛˋ，shuò。
眾矢之的	眾失之的	比喻大家一致攻擊的目標。的，此處念ㄉㄧˋ，dì。
眾志成城	眾志誠誠	大家合力做事，必可成大事。
眾星拱月	眾星供月	比喻許多人共同簇擁一個人。
眾說紛紜	眾說紛芸	每一個人的說法都不同。
終身大事	終生大事	關係一生的事（多指男女婚嫁）。
終底於成	終抵於成	終於成功、完成。
終南捷徑	終難捷徑	比喻求官或求名利的便捷途徑。
舳艫千里	軸盧千里	形容船隻眾多。舳，此處念ㄓㄨˊ，zhú，或念ㄓㄡˊ，zhóu。
趾高氣揚	趾高氣昂	形容驕傲自滿的態度。
這爿商店	這片商店	這間商店。爿，此處念ㄅㄢˋ，bàn，是計算商店的量詞。
惴惴不安	瑞瑞不安	因恐懼擔憂而心神不定的樣子。惴，ㄓㄨㄟˋ，zhuì。
掌上明珠	掌上名珠	稱人家的女兒。
智珠在握	智珠在臥	比喻很有智慧。

正確	錯誤	說明
朝秦暮楚	朝奏暮楚	早上事奉秦，到黃昏改事奉楚。比喻沒有原則，反覆無常。
朝乾夕惕	朝乾夕易	早晚勤奮戒懼，不敢怠惰。
煮豆燃萁	煮豆燃箕	比喻兄弟不相容，互相排斥。萁，此處念ㄑㄧˊ，qí。
蛛絲馬跡	蛛絲螞跡	比喻事情有線索可尋覓，有跡象可推求。
照本宣科	照本宣料	照著本子讀，不知靈活運用。
睜眼瞎子	爭眼瞎子	譏笑他人愚昧或不識字。
置若罔聞	置若枉聞	雖曾聽見，也不加理會。
裝模作樣	妝模作樣	假裝出各種姿勢態度。
嶄露頭角	展露頭角	比喻出頭、成名。
摘奸發伏	摘奸發福	舉發奸人，揭露壞事。摘，此處念ㄓㄜˊ，zhé。
獐頭鼠目	蟑頭鼠目	形容面目可憎、心術不正的樣子。亦作「麞頭鼠目」。
蒸蒸日上	爭爭日上	形容不斷向上發展。
銖積寸累	珠璣寸累	一點一滴地累積。指得來不易。我國古代的重量單位，二十四銖為一兩，十六兩為一斤。銖、寸，都形容極微小的重量。累，此處念ㄌㄟˇ，lěi。

墜茵落溷	墮茵落混	落花飄零，有的落在褥子上，有的掉在糞坑裡。比喻人的地位高下貴賤不同。比喻因為遭遇的不同，所以結果也有好壞的分別。溷，ㄏㄨㄣˋ，hùn。
斲輪老手	斲倫老手	比喻技藝精湛或經驗豐富的人。斲，ㄓㄨㄛˊ，zhuó。
震天價響	震天介響	形容聲音宏大響亮。價，此處念·ㄍㄚ，gà，係吳語，如副詞詞尾「地」。
震古鑠今	震古鑠金	比喻功業很偉大，可震動古人，誇耀當世。
震耳欲聾	振耳欲聾	耳朵都快震聾了。形容聲音很大。
戰戰兢兢	戰戰競競	戒慎恐懼的樣子。
整軍經武	整軍經伍	振興軍備。
整裝待發	整裝帶發	整理行囊用具，準備出發。
錐處囊中	錐處襄中	比喻有才智的人不會長久被埋沒。
擢髮難數	濯髮難數	指罪惡多得數不清楚。擢，ㄓㄨㄛˊ，zhuó。
螽斯衍慶	冬斯衍慶	祝福他人子孫昌盛的賀詞。螽，ㄓㄨㄥ，zhōng。
輾轉反側	輾轉反測	形容因心事而翻來覆去，睡不著覺。
鍾靈毓秀	鍾靈玉秀	秀美的環境，產生傑出的人物。
擲地有聲	躑地有聲	比喻作品精采。

正確	錯誤	說明
瞻前顧後	瞻前故後	比喻做事謹慎周密。形容做事猶豫不決，顧慮太多。
職是之故	執事之故	基於這樣的緣故。
鐘鼎山林	鍾鼎山林	鐘鼎指在朝的人。山林是隱士所居住的地方，指在野的人。比喻人各有志。
鐘鳴鼎食	鐘鳴頂食	形容富貴人家豪華、奢侈的生活。
中西合璧		比喻兼有中國與西方的特點。
金碧輝煌		形容裝飾華麗絢爛。
仗義疏財		為了義氣，拿出錢財來幫助別人。
毀家紓難		傾出所有家產以解救國難。
卓然成家		具有獨特的風格而自成一派。
卓爾不群		特立突出，超越眾人。
張口結舌		無言對答。形容心虛或慌張，說不出話來的情形。
瞠目結舌		瞪著眼睛說不出話來。形容受窘或驚呆的樣子。
直言不諱		直述其事，無所避諱。
仗義執言		主持正義，說公道話。

株連無辜 牽連沒有罪過的人。

天誅地滅 惡貫滿盈，為天地所不容。

眾目昭彰 大家都看得清清楚楚。

眾目睽睽 眾人都睜大眼睛注視著。指在大家注視之下，壞人、壞事無法隱藏。

朝令夕改 比喻政令反覆無常。

朝秦暮楚 比喻人心反覆無常。

芝麻綠豆 比喻無關緊要或毫無價值的瑣細事物。

雞毛蒜皮 比喻無關緊要或毫無價值的瑣細事物。

踔厲風發 文氣奮揚或談論風生的樣子。踔，ㄓㄨㄛˊ，zhuó。

意氣風發 形容精神振奮，氣概豪邁。

椎心泣血 捶胸痛哭，形容悲痛至極。

立錐之地 比喻能夠容身的地方極小。

隻言片語 簡短的話。

吉光片羽 比喻稀有的藝術珍品。

諄諄教誨 懇切而不厭倦地教誨人家。諄，ㄓㄨㄣ，zhūn。

正確	錯誤	說明
循循善誘		一步一步地善加誘導。
正顏厲色		莊重而嚴厲的容貌。
察言觀色		辨別他人所說的話，察看臉上的表情，而窺知他的心意。
疾言厲色		說話急迫，容色嚴厲，形容發怒。
和顏悅色		溫和而歡悅的臉色。
直言不諱		坦率說明事情原委，而不加隱瞞。諱，ㄏㄨㄟˋ，huì。
冒天下之大不韙		不顧天下人的反對，一意孤行。韙，ㄨㄟˇ，wěi。
紙包不住火		比喻事情終究會被揭露，無法隱藏。
真金不怕火煉		語見清．張鴻《續孽海花》三十一回。與西洋諺語 True gold does not fear fire 不謀而合。比喻有真才實學，能禁得起任何考驗。
張三造椅李四坐	張三肇椅李四坐	語本西洋諺語 One man makes a chair, but another man sits in it. 意指有人不費心力，平白享受別人努力的成果。猶言坐享其成。
張公吃酒李公醉	張公吃洒李公醉	語見唐．張鷟〈耳目記〉。比喻一方取得實質利益，一方空有虛名。比喻代人受過。

ㄓ

張家長，李家短	張家常，李家短	語見元．施耐庵《水滸傳》第二十回。談論鄰里間的瑣事。
朝聞道，夕死可矣	朝聞到，夕死可矣	語見《論語．里仁》。能夠在早晨領悟真理，就是不幸當晚去世，也沒有遺憾了。既用以形容追求真理的迫切心情，也用來稱讚別人說的話很有道理，表示自己欽佩之至。
丈二金剛摸不著頭腦	二丈金剛摸不著頭腦	語本《西湖二集》第二十八卷。丈二，形容高大。金剛，神名，佛祖侍從力士。比喻不明事情的究竟，被搞得糊裡糊塗。
知己知彼，百戰不殆	知己知彼，百戰不迨	語見《孫子．謀攻》。說明對彼我雙方的情形，事前都要有充分的估量和了解，才能百戰百勝。
只聞樓梯響，不見人下來	只聞樓梯嚮，不見人下來	比喻只說不做。
朱門酒肉臭，路有凍死骨	豬門酒肉臭，路有凍死骨	語見唐．杜甫〈自京赴奉先縣詠懷五百字〉。形容社會貧富差距懸殊。
長他人志氣，滅自己威風	漲他人志氣，滅自己威風	語見明．周楫《西湖二集．愚郡守玉殿生春》。助長別人的聲勢，輕視自己的力量。
哲人日已遠，典型在夙昔	哲人日已遠，曲形在夙昔	語見南宋．文天祥〈正氣歌〉。古代哲人雖已去世很久了，但他們的風範事跡卻長留世間。用以說明傑出的人物雖已身故，其精神風範猶在。

正確	錯誤	說明
智者隱其智，愚者顯其愚	智者穩其智，愚者顯其愚	語本西洋諺語 The wise man hides his wisdom; the fool displays his foolness. 猶言大智若愚，大愚若智。
晝盡方評白日，臨終再論人生	晝盡方評白日，臨終再論人生	語本西洋諺語 Prase the day at night, and life at the end. 指人的是非功過，必須等到死後才能公平論定。猶言蓋棺論定。
豬八戒吃人參果，全不知滋味	豬八戒吃人糝果，全不知滋味	語見清·吳敬梓《儒林外史》第六回。人參果，一種仙果，傳說吃了可以長壽。豬八戒把人參果囫圇吞吃下去，一點也沒有嘗出滋味來。既用以比喻因狼吞虎嚥，食而不知其味，也用來形容對事物全然不理解，不知其中奧祕。
戰戰兢兢，如臨深淵，如履薄冰	戰戰競競，如臨深淵，如屨薄冰	語見《詩經·小雅·小旻》。比喻處事謹慎小心的態度。

彳

正確	錯誤	說明
彳亍	亍彳	慢慢走路的樣子。想走又停的樣子。彳亍，ㄔˋ ㄔㄨˋ，chì chù。
充斥	充叱	充滿。指眾多。
出殯	出儐	辦喪事時，把棺材移到下葬的地方。
丞相	呈相	古代輔助天子治理國家的最高官吏。
吃齋	吃齊	素食，不吃葷。齋，ㄓㄞ，zhāi。
吃癟	吃鱉	挫折、困窘、倒楣。癟，ㄅㄧㄝˇ，biě。
扠腰	叉腰	把雙手撐在腰間。
池塘	池溏	蓄水的池子。
舛誤	揣誤	錯誤。舛，ㄔㄨㄢˇ，chuǎn。
串供	串共	犯人互相串通，捏造供詞來作假。
串通	患通	相互勾結，使彼此的意見或言行一致。

正確	錯誤	說明
吹拂	吹佛	微風掠過。稱揚他人的長處，特別指提拔後進而言。
呈現	成現	顯示。顯露。
岔路	叉路	分歧的路。
床笫	床第	枕蓆，多指私褻之意。笫，ㄗˇ，zǐ。
扯淡	扯蛋	說無味的話；胡扯。
抄手	炒手	兩手交叉放在胸前或袖管中，表示禮敬，也表示姿態優閒或怠慢。四川話稱餛飩為抄手。
沉疴	沉屙	拖了很久的重疾。疴，此處念ㄜ，ē。
沖天	衝天	直上天空。
赤膊	赤脖	上身不穿衣服。
承諾	成諾	同意。
抽搐	抽蓄	肌肉牽動痙攣。搐，此處念ㄔㄨˋ，chù。
炊煙	吹煙	燒煮食物所發出的火煙。
垂涎	唾涎	流口水。形容想吃的樣子。比喻非常羨慕而渴望擁有。
城郭	城廓	內城叫城，外城叫郭。泛指城邑。

城隍	城皇	神名，相傳為陰間審判案件的官。城池。
查察	察查	檢驗考察。
查驗	察驗	調查和檢驗。
穿堂	川堂	供人穿行的廳房。
穿越	川越	通過。
差遣	差遺	派人做事。差，此處念ㄔㄞ，chāi。
純粹	純脆	純正不雜。全部、完全。
唱和	唱合	一唱一和。以詩詞相酬答。比喻互相呼應。和，此處念ㄏㄜˋ，hè。
崇高	重高	比喻偉大高尚。
徜徉	倘徉	從容自在或安閒徘徊的樣子。徜徉，ㄔㄤˊ ㄧㄤˊ，cháng yáng。
悵惘	悵罔	失意迷惘的樣子。
惆悵	愁悵	懊惱失望。
抻麵	撐麵	拉長麵條。抻，ㄔㄣ，chēn。
晨曦	晨晞	早晨的陽光。
猖獗	倡獗	囂張放肆。

正確	錯誤	說明
舂米	沖米	把穀或糙米放在石臼裡，將殼搗掉。舂，ㄔㄨㄥ，chōng。
船舶	船泊	指各種船隻。
船槳	船漿	在船旁撥水使船前進的工具。
陳摶	陳搏	五代、北宋間道士，是理學先驅。相傳常一睡百餘日不起。摶，ㄊㄨㄢˊ，tuán。
陳舊	沉舊	老舊。
孱弱	潺弱	虛弱，不強健。孱，此處念ㄔㄢˊ，chán。
揣度	喘度	猜測。考量。度，此處念ㄉㄨㄛˋ，duò。
揣測	踹測	推測。
揣摩	惴摩	探求玩索忖度，以得其真相。研究別人的文字而照著他的樣子去做。猜測。
朝廷	朝延	帝王接受朝見和處理政事的地方。天子的代稱。
棖觸	悵觸	觸動。心有所感動。棖，ㄔㄥˊ，chéng。
程序	成序	一定的次序、步驟。
剷除	産除	除去。指對疾病、災害、邪惡與不祥事物的驅逐、排除。
搋麵	揣麵	用力揉麵。搋，ㄔㄨㄞ，chuāi。

搽粉	擦粉	用粉敷在臉上。搽（to rub on），塗敷；擦（to wipe off），抹掉。搽，此處念ㄔㄚˊ，chá。
稠密	綢密	又多又密。
詫異	詫意	驚訝。奇怪。
誠懇	誠墾	真誠而懇切。
酬庸	酬佣	獎賞有功的人。
酬酢	酬醋	交際、應酬。酢，此處念ㄗㄨㄛˋ，zuò。
馳騁	馳聘	騎馬奔跑。活躍。
馳譽	弛譽	聲譽遠播。
塵封	陳封	被灰塵覆蓋著。比喻好久不曾動用。
徹夜	澈夜	從晚上到天明，整夜的意思。
徹底	澈底	貫徹到底，引申為思想、行為一貫到底。
徹悟	澈悟	徹底覺悟。
撤退	徹退	軍隊從駐守陣地或所據地區撤離到其他地方。
稱讚	撐讚	讚揚。
綢緞	綢鍛	綢和緞。絲織品的通稱。

ㄔ

正確	錯誤	說明
憧憬	忡憬	對某事心有所羨慕。對過去或未來的事物，因思念而引起的想像。
衝浪	衡浪	利用船型薄板，順著浪潮在海面上滑行的運動。
衝鋒	衝峰	向敵陣進攻。
諂笑	產笑	討好、奉承的笑。
諂媚	陷媚	奉承取悅於人。
輟學	綴學	中途停止學業。
遲鈍	遲頓	不敏捷。腦力不聰明。
儲蓄	除蓄	積存財物。
戳記	戮記	印章。
蟬聯	蟬連	連續。再度當選、連任。
雛形	雛型	仿照原物縮製成的模型。事物剛發展的初步規模。
櫥窗	廚窗	陳列商品的窗櫃。
懺悔	懺誨	自思改過。
籌措	籌厝	策畫辦理。籌集資金。

羼雜	孱雜	錯亂。混雜。羼，ㄔㄢˋ，chàn。
囅然	產然	笑的樣子。囅，ㄔㄢˇ，chǎn。
襯托	稱托	陪襯烘托，使目標突出或主旨明顯。
讖語	懺語	可以作為他日徵兆的話。讖，ㄔㄣˋ，chèn。
川流		比喻事情的連續不斷。
穿梭		比喻來往頻繁。
斥候		偵察敵情。偵察敵情的人。
斥堠		用來觀望或警戒的碉堡。堠，ㄏㄡˋ，hòu。
吵鬧		喧譁。
嘈雜		聲音繁雜。
沈湎（沉湎）		為某一種事物所沉醉而不能自覺。
緬懷		緬想。
長年		（all the year round）整年；一年到頭。
常年		（regular）從以前到現在。
剎那		梵語 ksana 的音譯，意思是極短的時間。
霎時		極短的時間。忽然間。

正確	錯誤	說明
重新		從頭開始，第二次做。
從頭		自起初開始。
重複		（to repeat）相同的事物一再出現。
反覆		（again and again）一次又一次。
畜生		（a beast [a reviling term]）禽獸。罵人沒有道德觀念，不像人類的詞。
牲畜		（livestock）牛、馬、羊等的總稱。
讒言		誹謗的話；挑撥離間的話。讒，ㄔㄢˊ，chán。
儳言		插嘴。儳，ㄔㄢˋ，chàn。
出閣		古稱公主出嫁，今泛指女子出嫁。
入閣		古稱大學士赴內閣參與機要政務，今指進入行政院擔任部長或政務委員。
串聯		彼此聯絡溝通。將數個電子零件，以不同電極相互首尾相連接而構成電路的方式。
並聯		將數個電子零件的同一電極接於一條電線，另一電極連接另一條電線，以構成電路的方式。

啜泣		低聲哭泣。
輟學		中途停止學業。
徹查		從頭到尾詳細追查。
撤換		更換。
衝激		（a fierce conflict）劇烈的衝突。
衝擊		（to strike against）撞擊。打擊。
赤裸		光著身子。
赤身露體		裸露身體。
赤條條		光著身子。比喻毫無牽掛。
赤裸裸		光著身子。比喻毫無掩飾。
躊躇		（to hesitate）猶豫不決。
躊躇滿志		（complacent）得意自滿的樣子。
丑表功	醜表功	恬不知恥地邀功圖賞。
出風頭	出峰頭	顯露自己的特長，以得到眾人讚譽。亦作「出鋒頭」。
出紕漏	出紕露	出錯誤。紕漏指疏忽、錯誤。
出樓子	出簍子	出亂子。樓子指糾紛、禍殃。

正確	錯誤	說明
扯破臉	拆破臉	指感情破裂。
抄近路	超近路	走最近的路。
沉甸甸	沈掂掂	很重的樣子。
杵臼交	杵白交	指不嫌貧賤的友誼。
炒魷魚	炒尤魚	俗稱被開除職務。
傳聲筒	傳聲桶	比喻照著人家的話說，沒有主見的人或傳播媒體。
稱一稱	秤一秤	秤，是衡量輕重的器具；稱，指用秤量輕重，也作衡量輕重的器具解。
撐竿跳	撐杆跳	用竹竿支撐跳高的運動。
池中物		比喻居住在小地方，沒有遠大抱負或志向的人。
省油燈		比喻安分守己的人。比喻和善而容易相處的人。
闖天下		出外奮鬥，創立事業。
闖江湖		浪遊四方以謀生。
闖空門		小偷趁人不在家時，潛入室內偷竊。
川流不息	穿流不息	比喻繼續不斷。

彳

尺短寸長	尺短吋長	比喻每個人的優缺點不同。
出手得盧	出手得廬	比喻一舉獲勝。
出水芙蓉	初水芙蓉	剛開的荷花。比喻清新美麗的女子或詩文。
出身很好	出生很好	家世背景很好。
出神入化	出神入畫	超越神奇，入於化境。形容技藝已達最高境界。
出爾反爾	出而反而	反覆無信，前後矛盾。
出類拔萃	出類拔粹	才能出眾。
叱咤風雲	斥咤風雲	形容威力、聲勢很大。
吃閉門羹	吃閉門焿	被拒絕見面。
吃裡爬外	吃裡趴外	依靠家中生活，卻竊取家中財物給外人。比喻不忠於所屬團體，反而私下幫助別人。爬，作偷竊解。
奼紫嫣紅	侘紫焉紅	形容花朵的色彩鮮豔美麗。
成吉思汗	成吉思寒	即元太祖。元朝的開國君主鐵木真。諸侯群臣，共上尊號成吉思汗。
池魚之殃	池魚之央	比喻不相干的人也受到牽連。
吹毛求疵	吹毛求庇	故意找人的過失。
床笫之私	床第之私	指男女閨房中的私事。笫，ㄗˇ，zǐ。

正確	錯誤	說明
床頭金盡	床頭金燼	窮困。今多指因浪蕩而花盡財產。
沉魚落雁	沉魚落燕	形容女子容貌美麗。
車載斗量	車戴斗量	比喻很多。
初出茅廬	初出毛廬	比喻剛出社會做事，還缺乏經驗。
初試啼聲	出試啼聲	比喻第一次顯露才能技藝。
抽抽噎噎	抽抽耶耶	哭泣一吸一頓的聲音。同「抽抽搭搭」。
抽絲剝繭	抽絲剝簡	比喻層層分析以找出來龍去脈。
炊金饌玉	炊金撰玉	形容飲食的奢侈。
炊煙裊裊	炊煙鳥鳥	烹煮食物時，從煙囪所冒出的煙繚繞不絕。
長吁短嘆	長噓短嘆	不停地嘆息。形容心情非常煩悶、憂愁。
長此以往	長此已往	長久這樣下去。
長治久安	長制久安	國家永久保持太平安樂。
長袖善舞	長袖擅舞	比喻有所憑藉，易於成功。形容人善於交際。
長驅直入	長趨直入	迅速前進，銳不可當。
城狐社鼠	城狐杜鼠	比喻依附權勢作惡的人。

持之以恆	持之已恆	有恆地維持下去。
持盈保泰	持盈寶泰	事業成功後，保持既有的成果。
春光明媚	春光明湄	春天的景色鮮明悅目。
春風化雨	春風華雨	比喻教化之普及和深入。
春蚓秋蛇	春蠅秋蛇	比喻書法拙劣，如春天的蚯蚓，秋天的蛇。
春寒料峭	春寒料稍	形容早春寒風刺人。
春華秋實	春滑秋實	比喻人的文采或學問。比喻事情的因果關係。
春蘭秋菊	春藍秋橘	指萬物當令的時候，各有它的佳妙處。
穿窬之盜	穿窬之倒	指穿壁爬牆的小偷。意近似「梁上君子」。窬，ㄩˊ，yú。
穿鑿附會	穿鑿付會	道理說不通，卻牽強湊合，以求合理。
重作馮婦	重作憑婦	比喻重操舊業。稍有貶損嘲諷的意味。男女都可用。
重修舊好	重修就好	恢復往日的情誼。
重整旗鼓	重整棋鼓	指失敗後重新整頓再出發。
重蹈覆轍	重踏覆轍	比喻再犯同樣的錯誤。
乘龍快婿	成龍快婿	指令人滿意的女婿。
倡條冶葉	倡條治業	柔嫩美麗的枝葉。借指妓女。冶，ㄧㄝˇ，yě。

正確	錯誤	說明
芻蕘之見	芻堯之見	謙稱自己的意見。芻蕘，ㄔㄨˊ ㄖㄠˊ，chú ráo
豺狼當道	柴狼當道	比喻壞人當權得勢。
崇山峻嶺	重山峻嶺	高而險峻的山嶺。
晨昏定省	晨婚定省	子女早晚向父母請安，伺候父母的生活起居。
脣亡齒寒	脣亡牙寒	比喻彼此關係密切，互相依靠。
處心積慮	處辛積慮	存心蓄意已久。千方百計地策畫謀算做不正當的事情。
處境堪虞	處境堪餘	所處的境地值得憂慮。
陳規陋習	陳規漏習	指陳舊的規章制度、不好的習俗或不合理的慣例。
陳陳相因	層層相因	本指舊穀逐年累積。後用來比喻因循守舊，不圖創新。
插科打諢	插科打葷	穿插在戲曲表演中令人發笑的動作和言語。現用以指在鄭重的場合中插入的戲謔動作或言語。諢，ㄏㄨㄣˋ，hùn。
程門立雪	城門立雪	比喻尊師重道。
窗明几淨	窗明幾淨	形容屋子裡打掃得很乾淨。
嗤之以鼻	吃之以鼻	喻非常輕視。
愁腸百結	愁腸百節	形容非常憂愁。

搋著東西	揣著東西	把東西藏在懷裡或口袋裡。搋，ㄔㄨㄞ，chuāi。
椿萱並茂	椿萱並茂	比喻父母都健在。椿萱，ㄔㄨㄣ ㄒㄩㄢ，chūn xuān。
楚囚對泣	楚囚對氣	比喻處境窘迫，無計可施。
楚材晉用	楚材進用	比喻人才外流。
稠人廣眾	酬人廣眾	人數眾多。
腸枯思竭	腸枯思歇	比喻沒有靈感，寫不出東西來。
塵埃落定	塵埃落地	比喻事情已經成為定局。
徹頭徹尾	澈頭澈尾	自始至終，從頭到尾。
稱心如意	趁心如意	心滿意足。
稱體裁衣	稱體裁一	比喻按照實際需要來辦理。
綽綽有餘	啜啜有餘	充裕、足夠。
澄澈見底	澄徹見底	水質清澈可見底部。
衝口而出	沖口而出	未經思考就隨便說話。
齒若編貝	齒若篇貝	形容牙齒整齊潔白。
齒頰留芳	齒夾留芳	形容食物味美，令人回味。
瞠乎其後	撐乎其後	形容差距很大，追不上別人。

正確	錯誤	說明
褫奪公權	遞奪公權	刑法上從刑的一種，剝奪犯罪人在公法上應享受的權利。褫，ㄔˇ，chǐ。
礎潤而雨	楚潤而雨	柱下石墩潮濕，表示空氣潮濕，即將下雨。比喻從預先顯露的徵兆，就可以推知事情未來的發展。
轍亂旗靡	徹亂旗糜	車輪的痕跡紊亂，軍旗傾倒。形容軍隊潰敗的樣子。
懲一警百	徵一警百	懲罰一個人以警惕眾人。亦作「懲一儆百」。
懲前毖後	懲前瑟後	懲戒以前的失敗而戒慎未來。毖，ㄅㄧˋ，bì。
鶉衣百結	鶉衣百節	破爛不堪、縫補多處的衣服。鶉，ㄔㄨㄣˊ，chún。
觸目皆是	處目皆是	眼睛所看到處都是。形容事物之多。
觸目驚心	觸目艱辛	看到可怕的景象而引起內心驚恐或警戒。亦作「怵目驚心」。
觸類旁通	觸累旁通	明白一件事理後，領會出其他類似的道理。
纏綿悱惻	纏綿悱側	形容戲劇、小說的故事情節或文詞哀婉感人。
魑魅魍魎	離魅魍魎	古人傳說山川中的鬼怪精靈。比喻各式各樣的壞人。
饞涎欲滴	潺涎欲滴	想吃想得口水都快流出來。
穿針引線		比喻從中拉攏、撮合，以促成事情。
引信		一種遇到撞擊、點燃，便可引導彈藥爆發的裝置。

脣槍舌劍 比喻辯論激烈。

舌戰 比喻激烈的辯論。

長袍馬褂 長棉袍、對襟短褂。形容衣裳整齊華美。

披掛上陣 上戰場作戰。

陳腔濫調 陳舊不著邊際的話。亦作「陳詞濫調」。

一筆爛帳 一筆久久不還的帳。

出奇制勝 用別人意想不到的策略取得勝利。

出其不意 乘人不備的時候突然行動。

充分條件 若甲發生，則乙必然發生，則甲為乙的充分條件，乙為甲的必要條件。

必要條件

池魚堂燕 比喻無辜受牽連，遭到災禍的人。

池魚籠鳥 比喻失去自由或受人管制的人。

垂涎三尺 形容嘴饞想吃的樣子。比喻非常羨慕而渴望擁有。

火冒三丈 形容非常生氣。

察言觀色 辨別他人所說的話，察看臉上的表情，而窺知他的心意。

正確	錯誤	說明
和顏悅色		溫和而歡悅的臉色。
正顏厲色		莊重而嚴厲的容貌。
疾言厲色		說話急迫，容色嚴厲，形容發怒。
春風風人		春日的和風使人舒暢。比喻施恩澤或教化於人。第二個風念ㄈㄥˋ，fèng。
夏雨雨人		夏天的雨水潤澤萬物。比喻施恩澤或教化於人。第二個雨念ㄩˋ，yù。
乘虛而入		利用敵人的弱點，加以攻擊。泛指趁著有利的時機介入。
趁火打劫		指趁人危難時從中取利。意同「乘人之危」。
鋤強扶弱		剷除強暴，扶助弱者。
除暴安良		誅除殘暴，安撫良民。
寵辱不驚		形容心境寧靜曠達，不因榮辱得失而動心。
寵辱皆忘		忘了所受到的尊寵和羞辱。
瞠目結舌		瞪著眼睛說不出話來。形容受窘或驚呆的樣子。
張口結舌		無言對答。形容心虛或慌張，說不出話來的情形。
吹鬍子瞪眼	吹鬍子蹬眼	語見劉紹棠《漁火》第一章。形容非常憤怒的樣子。

拆穿西洋鏡	差穿西洋鏡	語見近代作家錢鍾書《圍城》六。比喻揭穿騙局。
春天後母面	秋天後母面	（台灣俗諺）形容春天的氣候冷暖多變，難以預測。
衝著我來的	沖著我來的	向著我來的。
出淤泥而不染	出於泥而不染	語見宋．周敦頤〈愛蓮說〉。蓮花自淤泥中長出而不受汙染，比喻人的操守堅定。
吃不了兜著走	吃不了逗著走	語本清．曹雪芹《紅樓夢》第二十三回。比喻擔待不起或吃不消、受不了。亦作「吃不完兜著走」。
茶壺裡的風暴	茶壺底的風暴	語本英語 a storm in a teacup，小事情，不必大驚小怪。英語直譯是「茶杯裡的風暴」，據說最先是由古羅馬政治家西塞羅（Cicero B.C. 106~B.C. 42）所說的。
吃了秤砣鐵了心	吃了稱陀鐵了心	比喻下定決心。有詼諧的意味。
吹面不寒楊柳風	吹面不寒揚柳風	語見南宋．釋志南〈無題〉：「沾衣欲濕杏花雨，吹面不寒楊柳風。」吹到臉上不覺得寒冷而令人感到溫暖的，是楊柳放綠時所吹的春風。用以描述春風和煦溫暖。
初生之犢不畏虎	初生之犢不餵虎	語本《三國演義》第七十四回。比喻年少氣盛，做事不顧一切。比喻年輕人勇氣十足，但缺乏經驗。
長安居，大不易	長安車，大不易	語見五代．王定保《唐摭言．知己》。指都市物價昂貴，生活不易。

正確	錯誤	說明
長江後浪推前浪	長江後浪堆前浪	語本元・關漢卿《關大王獨赴單刀會》第三折。指世事變遷，不斷有新的發展。
柴米油鹽醬醋茶	柴米油鹽漿醋茶	語見元・武漢臣《玉壺春》第一折。泛指所有生活必需品。
船到橋頭自然直		比喻一切事情到最後自然有解決的辦法。
船到江心補漏遲		比喻未事先準備，事情發展到不可收拾的地步才想要補救已來不及。
車到山前必有路		比喻一切事情到最後自然有解決的辦法。
醜媳婦終要見公婆	醜媳婦中要見公婆	語見清・李寶嘉《官場現形記》第十六回。比喻事情無法永久隱瞞。比喻害怕見人又不得不見人。
吃著碗裡，看著鍋裡	吃著碗底，看著鍋底	語見明・蘭陵笑笑生《金瓶梅》第十九回。說明人是貪得無厭的，或用以形容人的饞相。與台灣俗諺「呷碗內，看碗外」不謀而合。
長鋏歸來兮，食無魚	長鋏歸來兮，食無餘	語見《戰國策・馮煖客孟嘗君》。鋏，ㄐㄧㄚˊ，jiá，劍柄，代指劍。待遇差時用以發牢騷或開玩笑。

正確	錯誤	說明
城門失火，殃及池魚	城門失火，殃及廚餘	語見北齊・杜弼〈檄梁文〉：「但恐楚國亡猿，禍延林木；城門失火，殃及池魚。」比喻無端受累。
陳酒味醇，老友情深	陳酒味純，老友情深	語本西洋諺語 Old friends and wine are best. 意指老友和老酒都是最好的。
楚雖三戶，亡秦必楚	楚雖五戶，亡秦必楚	語見漢・司馬遷《史記・項羽本紀》。說明即使力量微薄，仍然不可以輕視其中蘊藏的爆發力。
吹皺一池春水，干卿底事	吹縐一池春水，干卿底事	語見南宋・陸游《南唐書・馮延巳傳》。用以表示事不關己，不用操閒心、管閒事。
扯淡歸扯淡，下蛋還得靠鴨子	扯蛋歸扯蛋，下蛋還得靠鴨子	語本西洋諺語 Prate is prate; but it is the duck that lays the eggs. 說明空言不值一文錢。當有人空口說白話時，就可用這句諺語來形容他。
吃菩薩，穿菩薩，灶裡無柴燒菩薩	吃僕薩，穿僕薩，灶裡無材燒僕薩	（俗語）比喻恩將仇報。
春蠶到死絲方盡，蠟炬成灰淚始乾	春蠶到死絲方盡，臘炬成灰淚始乾	語見唐・李商隱〈無題〉：「相見時難別亦難，東風無力百花殘。春蠶到死絲方盡，蠟炬成灰淚始乾。」既用以比喻對愛情堅貞不渝、至死不變，也用來讚揚對國家、人民鞠躬盡瘁死而後已的崇高品德，或對事業堅持不懈的精神。

正確

出師未捷身出先死，長使英雄淚滿襟

錯誤

出師未傑身先死，長使英雄淚滿襟

說明

語見唐．杜甫〈蜀相〉用以惋嘆壯志未酬，含恨而終。

正確

朝巴比倫的方向走，永遠到不了耶路撒冷

錯誤

朝巴比倫的方向走，永遠到不了耶路撒冷

說明

語本西洋諺語 The way to Babylon will never bring you to Jerusalem. 意指方向不對，到不了目的地。比喻方法錯誤無法成功。

正確	錯誤	說明
十錦	十棉	各式各樣的物品配合而成的東西。亦作「什錦」。
上癮	上隱	嗜好成癖。
山阿	山凹	山曲折的地方。阿，此處念ㄜ，ē。
山崖	山涯	山的陡立的側面。
山嵐	山蘭	山間的雲氣。
山寨	山塞	在山中建立可供多人駐守的房舍或工事。強盜聚集的地方。由模仿、複製、抄襲而來的假冒產品。
山巒	山欒	連綿的山。
手冊	首冊	一種體積小，容易攜帶，便於閱讀的小冊子。隨身攜帶的記事冊。
手札	手扎	親手寫的書信。
手腕	手挽	手臂相連接的部分。手段；辦事能力。

正確	錯誤	說明
手銬	手拷	束縛嫌犯或罪犯之手的刑具。
水壺	水壼	盛水的用具。
水閘	水岬	水門。
水槽	水糟	四邊高起，中間凹下的盛水器具。
水簾	水廉	從高處懸空散開流下，像垂簾一般的水，猶如瀑布。
世俗	市俗	社會上流傳的習俗。
世胄	世胃	世家大族的後代。胄，ㄓㄡˋ，zhoù。
市儈	市膾	原指居間仲介買賣牟利的人。後稱唯利是圖，巧詐多端的人。儈，ㄎㄨㄞˋ，kuài。
市廛	市塵	商店集中的街市。廛，ㄔㄢˊ，chán。
生火	升火	點發火苗使燃燒。
生恐	深恐	深怕、唯恐。
生僻	生辟	不常見。
生鏽	生繡	金屬表面在空氣中因氧化而生出雜質的現象。
申訴	伸訴	受懲罰的人向上級說明冤情。

戍守	戌守	駐紮防守。戍，ㄕㄨˋ，shù。
伸張	伸彰	開展擴大。發揚。
吮墨	允墨	嘴裡含著毛筆筆毫。形容寫作時沉思的樣子。吮，ㄕㄨㄣˇ，shǔn。
抒情	紓情	發揮情感。
抒發	紓發	表達；發洩。
束脩	束修	古人以肉脯十條紮成一束，作為拜見老師最起碼的禮物。代稱送給老師的酬金。脩，ㄒㄧㄡ，xiū。
束縛	束伏	受到限制，不能自由行動。
沙龍	沙籠	法語 salon 的音譯，原指客廳。法國十七、八世紀時，文人常在貴族客廳中探討文藝，縱談時事，故漸成文藝集會的專稱。指設計雅致，供人飲酒談天的場所。
沙灘	沙攤	水邊的沙地。
身材	身裁	身段體型。
身後	生後	死後。不是指身體後面。
身軀	身驅	身材。身體。
事跡	事積	已經發生的事。平生所做的事。亦作「事蹟」。

正確	錯誤	說明
事機	事幾	事情的機密。事情成功的機會。對事情的謀略。
昇華	升華	固體物質不經過液化階段而直接變成氣體的現象。比喻事物的提高或精進。
哂納	晒納	笑納。請人收受禮物的謙詞。哂，ㄕㄣˇ，shěn。
狩獵	守獵	打獵。
舢板	山板	一種平底的小船。亦作「舢舨」。
首肯	首懇	點頭表示贊同、許可。
首飾	手飾	原指頭上所戴的裝飾品，現泛指身上穿戴的飾物。
師傅	師傳	同「師父」，對有技藝的人的敬稱、對僧侶道士的敬稱。帝王或太子的老師。
時候	時侯	某一個時間。
時髦	時茅	指一時的俊傑（見《後漢書》）。英語smart的音譯，稱時尚。
時鐘	時鍾	計算時間的機器。
晌午	晌午	正午。晌，ㄕㄤˇ，shǎng。
書帙	書佚	書套。泛指書籍。帙，ㄓˋ，zhì。
書齋	書齊	書房。齋，ㄓㄞ，zhāi。

書籍	書藉	書冊。
涉獵	射獵	廣泛、粗略的閱讀或研究學問與技藝。
神州	神洲	中國古稱赤縣神州，以後簡稱神州。
紓困	抒困	解除困難。
紓解	抒解	緩和；解除。
衰弱	哀弱	不興盛。不強健。
訕笑	汕笑	譏笑。訕，ㄕㄢˋ，shàn。
閃爍	閃礫	光亮閃動不定的樣子。喻講話吞吞吐吐，遮遮掩掩。
閃耀	閃躍	光彩耀眼的樣子。
陝西	陜西	省名，因在陝原（今河南陝縣一帶）之西，故名。陝，ㄕㄢˇ，shǎn；陜，ㄒㄧㄚˊ，xiá，「狹」的本字。
庶民	蔗民	平民；百姓。亦作「庶人」、「庶眾」、「庶黎」、「黎民」、「黎元」、「黎首」、「黎庶」、「烝民」、「烝黎」。
倏忽	條忽	急速的樣子。倏，ㄕㄨˋ，shù。
商埠	商部	商業發達的市鎮。通商的口岸。埠，ㄅㄨˋ，bù。
商榷	商確	商討；商議。榷，ㄑㄩㄝˋ，què。
奢靡	奢糜	奢侈浪費。

正確	錯誤	說明
殺伐	殺代	殺害。指戰爭。
殺戮	殺戳	殺人。
深邃	深遂	幽深。深遠。
爽約	夾約	失約。
疏漏	疏露	粗疏遺漏。
疏遠	殊遠	不親近。遠離。
疏導	輸導	開通壅塞的河道。排解眾人的憤怒。
疏濬	疏竣	疏導河川，使暢通無阻。濬，ㄐㄩㄣˋ，jùn。
疏懶	梳懶	懶散。
莘莘	辛辛	眾多的樣子。莘，此處念ㄕㄣ，shēn。
設定	設訂	事先設立制度。法律名詞，創設特定的法律關係。如：設定抵押權。
剩餘	盛餘	剩下。殘留。
稍息	稍習	略作休息。軍隊操練的口令。兩手放在背後腰間，兩腳打開與肩同寬。
稍微	稍維	略微。一點點。

舒坦	舒垣	心情平和舒適。
煞車	剎車	控制車上的機件，使車停止前進。也用以指停止進行中的動作。煞，此處念ㄕㄚ，shā。
煞星	剎星	凶惡的鬼神。凶惡殘暴的人。煞，此處念ㄕㄚˋ，shà。
蛻變	銳變	節肢動物或部分爬蟲類脫去皮殼而轉變的過程。化學名詞，一種原子經由放射而變成他種原子的現象。泛指人或事物發生變化。蛻，ㄕㄨㄟˋ，shuì，又讀ㄊㄨㄟˋ，tuì。
試驗	試厭	對事物實際嘗試，以求證驗。考試。
漱口	嗽口	含水沖洗口腔。
碩果	朔果	巨大的果實。比喻難得的人才或事物。
說項	說碩	替人說好話或講情。
賒帳	奢帳	買東西時暫不付款，而將貨款記在帳目上。賒，ㄕㄜ，shē。
韶光	勺光	美好的時光。春光。
骰子	轂子	一種遊戲或賭博用具。傳統以象牙或獸骨製成正方體，六面分別刻上一到六的點數。
樞紐	樞鈕	戶樞、門紐。比喻重要的關鍵。
熟諳	熟暗	知道得很詳細。諳，ㄢ，ān。

正確	錯誤	說明
樹杪	樹紗	樹木的末端。杪，ㄇㄧㄠˇ，miǎo。
樹梢	樹稍	樹木的頂端。
樹懶	樹獺	獸名，身似猿，以果實芽葉為食，動作緩慢，產於熱帶森林中。
禪讓	繕讓	天子讓位給賢能的人，而不傳給自己的子孫。禪，此處念ㄕㄢˋ，shàn。
識破	視破	看穿詭計。
麝香	射香	雄麝臍部的分泌物，香氣濃烈，可作藥，或香料。麝，ㄕㄜˋ，shè，哺乳類動物，比鹿小，沒有角。
上風		風向的上方。比喻優勢。
上峰		山峰的上面。指上級長官。
尖峰		最顛峰的狀態。
高峰		高的山峰。比喻事物發展的最高點。
失怙		指喪父。怙，ㄏㄨˋ，hù。
失恃		指喪母。
世故		（the ways of the world）泛指世間一切事的事理。熟習世俗人情習慣，待人處事圓融周到。

ㄕ

事故（an accident）變故或意外災害。

世面（state of the world）世間各種社會情況。

市面（business situations）商業上的交易狀況。

收斂（to become less flagrant in behavior）檢點行為，不再放縱。收取租稅。收穫禾稼。

收殮（to prepare a corpse for burial）把死人的屍體裝進棺材裡去。殮，ㄌㄧㄢˋ，liàn。

收穫 穀物蔬果等農產品的收成。喻凡事所得的利益。

獲得 得到。

侍奉 服侍奉養。

伺候 服伺；照料。伺，此處念ㄘˋ，cì。

市場（a market place）買賣貨物的場所。場，此處念ㄔㄤˇ，chǎng。

市場（a sale）一定的經濟範圍內貨物的銷路。場，此處念ㄔㄤˊ，cháng。

石綿 一種天然礦物纖維，對人體的肺有害。

海綿 多細胞動物中最原始的一類。一種以橡膠或塑料製成的多孔化學成品。

正確	錯誤	說明
木棉		植物名。木棉科木棉屬，落葉大喬木。花於初春先葉開放，花朵大而豔麗，為橙紅色系。種子上被棉毛，棉毛富彈性，適合作枕頭、沙發等填充材料。
沙魚		軟骨魚類，性凶猛，產於熱帶。簡稱「鯊」。
鯨魚		水生哺乳動物，為現生生物中最龐大者。露出水面所見的噴水柱，為其呼氣所形成。
鱈魚		一種常見的食用魚，產於寒冷的深海，口大而鱗細；肉白似雪，肉質細嫩。（「魷魚」、「章魚」等詞語的相關說明，參看第二八一頁及二八二頁）。
拭淚		抹掉眼淚。世俗報喪，用在較疏的親屬。
抆淚		抹掉眼淚。世俗報喪，用在較親的親屬。抆，ㄨㄣˋ，wèn。
牲畜		（livestock）牛、馬、羊等的總稱。
畜生		（a beast [a reviling term]）禽獸。罵人沒有道德觀念，不像人類的詞。
神祇		天神和地神的合稱。泛指所有的神。祇，此處念ㄑㄧˊ，qí。
祗候		恭敬地等候。祗，ㄓ，zhī。
疏落		稀少。

ㄕ

稀疏 不稠密。

摔跤 跌倒。

摔角 徒手搏鬥的運動，以摔倒對方為勝。

碩大 大。

頎長 身長的樣子。頎，ㄑㄧˊ，qí。

潸潸 流淚不止的樣子。潸，ㄕㄢ，shān。

涔涔 形容雨下不停或淚流不止。涔，ㄘㄣˊ，cén。

瘦削 身體消瘦。肌肉減削。

消瘦 形體瘦弱。

擅長 專精於某一種技術。

善於 專精於某一種技術。

霎時 極短的時間。忽然間。

剎那 梵語 ksana 的音譯，意思是極短的時間。

勝地 （a scenic spot）優美的地方。

聖地 （a hallowed ground）宗教中認為神聖的地方。

勝景 美景。

正確	錯誤	說明
盛況		盛大而熱烈的場面。
豎立		（to erect）直立，用於具體的事物。如：豎立旗子。
樹立		（to establish）建立，用於抽象意義。如：樹立典範。
勢力		（power; influence）權力、威勢。
勢利		（snobbish）傾向於有財有勢者的心態或行動。
攝影		拍攝影像。
影射		藉此說彼，暗指某人某事。
舌戰		比喻激烈的辯論。
脣槍舌劍		比喻辯論激烈。
水汪汪	水旺旺	形容眼睛明亮、靈活。
水龍頭	水籠頭	自來水管出水的管制器。
生力軍	新力軍	本指具有強大作戰力的部隊。今多指新增加的得力人員。
石敢當	時敢當	舊時民間在朝著巷口或巷末、橋道等要衝的家居正門前，立一石頭，上刻「石敢當」三字，以鎮壓不祥。
石敬瑭	石敬塘	五代時後晉的開國主，曾借契丹的兵來滅後唐。

守規矩	守規距	遵守綱紀準繩。
佘太君	余太君	俗傳宋楊業妻，業歿後，內輔國政，外主軍旅。其事於史無徵，而元曲以來，小說戲文中常演此故事。佘，ㄕㄜˊ，shé。
受氣包	受氣泡	俗稱被欺負、虐待的人。
食物鏈	食物鍵	生物間因生存需要互相捕食，所形成的鏈索狀關係。
殊不知	硃不知	竟然不知道；竟然沒想到。表示強調下面要講的事情。
殊死戰	輸死戰	決死之戰。
涮羊肉	刷羊肉	把生羊肉片放在滾水裡燙熟。涮，ㄕㄨㄢˋ，shuàn。
蛇吐芯	蛇吐信	蛇舌俗稱芯。芯，此處念ㄒㄧㄣˋ，xìn。
傷腦筋	傷惱筋	事情很麻煩，不容易解決。
勢利眼	勢力眼	以財勢多寡來決定親疏高下的待人態度。
鼠蹊部	鼠膝部	腹部和下肢的交接部位。
濕答答	濕搭搭	很濕的樣子。答答，ㄉㄚ ㄉㄚ，dā dā。
贍養費	膳養費	夫婦仳離，無過失的一方陷於困境，依法向他方請求給付生活費。贍，ㄕㄢˋ，shàn。
攝護腺	攝護線	為雄性哺乳類體內生殖系統附屬腺體，即前列腺，位於男性膀胱下方，圍繞尿道，形似栗子。

正確	錯誤	說明
水蜜桃		桃的一種，液汁豐富，香甜好吃。
哈密瓜		瓜科，果實圓形或橢圓形，原產於新疆哈密。
山裡紅		薔薇科植物川梨的果實，又叫「野山查」、「野山樝」、「山裡果」。查、樝，ㄓㄚ，zhā。
雪裡蕻		蔬菜類，形似芥菜，在雪天這種菜獨青，故名。蕻，ㄏㄨㄥˋ，hòng。
省油燈		比喻安分守己的人。比喻和善而容易相處的人。
池中物		比喻居住在小地方，沒有遠大抱負或志向的人。
神經病		因神經系統發生疾病，以致精神狀態或肢體動作不協調的疾病。罵人思想、舉止乖張。
精神病		泛稱心理異常的病症。
事務官		受政務官指揮辦理事務的人。必須合於任用資格，有身分保障，機關長官不得無故免其職務。
政務官		參與國家政務的官員。由政黨內閣按需要任用，隨政潮進退。
殺風景		俗而傷雅，敗人清興。
殺時間		從英文 to kill time 直譯而來，意思是消磨時間。

濕漉漉		濕的樣子。
飢腸轆轆		餓得腸子直響，形容很餓。
十二指腸	十二脂腸	小腸的最前段。長度約為十二根手指橫列併攏，是消化作用最旺盛的部位。
尸位素餐	施位素餐	指空占職位，享受俸祿不做事情。
少不更事	少不耕事	年紀輕，經歷的事不多。更，此處念ㄍㄥ，gēng。
少安勿躁	少安勿燥	勸人不要急躁的話。也作「稍安勿躁」。
手不釋卷	手不釋券	喻勤學的人，手不離書本。
手民之誤	首民之誤	手民是古時對木匠的稱呼，今用以指印刷排字工人或打字員。手民之誤指印刷、排字或打字的錯誤。
手足無措	手足無厝	手腳無處安置。形容沒有主意，不知如何是好。
水土不服	水土不符	因生活環境的變遷所造成的不適應。
水中撈月	水下撈月	比喻無法辦到的事情。
水乳交融	水乳交容	形容感情非常融洽。
水到渠成	水到曲成	比喻時機成熟，自然會成功。
水性楊花	水性揚花	水性隨勢而流，楊花隨風飄浮。比喻女子用情不專，淫蕩輕薄。

正確	錯誤	說明
水長船高	水脹船高	比喻人或事物隨外在環境的發展而連帶提升。亦作「水漲船高」。
水聲泠泠	水聲冷冷	形容水聲清越。泠，ㄌㄧㄥˊ，líng。
世外桃源	世外桃園	現世界以外，一個理想的安樂地方。形容風景幽美、人跡稀少的地方。
世態炎涼	事態炎涼	指人情冷暖不定，反覆無常。
失之交臂	失之交背	當面遇見竟然放過。比喻把明明可以實現的好機會錯過。
生生不息	生生不習	指萬物不斷地繁衍生長。
生吞活剝	生吞活撥	比喻只會沿用、模仿別人的文字思想，而不管是否融會貫通。活活吞吃掉。
生張熟魏	生張熱魏	形容娼妓接待客人不分生人熟人。
生殺予奪	生殺與奪	指掌握生死賞罰的大權。
生產過剩	生產過盛	商品生產超過需求，以致屯積無法售出。
生靈塗炭	生靈徒嘆	形容人民生活極為艱難困苦。
守正不阿	守正不歪	堅守正道，而不偏私。阿，此處念ㄜ，ē。
守株待兔	守珠待兔	比喻拘泥守成、不知變通或妄想不勞而獲。

ㄕ

舌敝脣焦	舌蔽脣蕉	舌頭破損，嘴唇乾裂。形容費盡口舌，反覆訴說、勸導。
舌燦蓮花	舌璨蓮花	比喻能言善道。
伸張人權	申張人權	開展擴大人類的權利。
束之高閣	束之高閤	比喻棄置不用。
束手無策	束手無測	一點兒辦法也沒有。
身敗名裂	身敗名劣	地位喪失，名譽敗壞。
身無長物	身無常物	身邊沒有一件值錢的東西。比喻貧窮。長，此處念ㄓㄤˋ，zhàng。
身懷六甲	身懷六申	懷孕。
身體力行	身體立行	親身體驗，努力實行。
事半功倍	事辦功倍	指費力少而收效大。
受人訾議	受人諮議	受到別人的議論。訾，此處念ㄗˇ，zǐ。
受益匪淺	受益菲淺	得到不少好處。
始作俑者	始作甬者	開創惡例的人。俑，ㄩㄥˇ，yǒng。
始終不渝	始終不逾	始終沒有改變。
姍姍來遲	跚跚來遲	原指從容緩步，現多指遲到。

正確	錯誤	說明
室如懸罄	室如懸磬	比喻非常貧窮。罄，ㄑㄧㄥˋ，qìng。
恃才傲物	侍才傲物	依仗本身有才幹而看不起別人。
恃寵而驕	恃寵而嬌	仗著受寵愛而驕傲自大。
拭目以待	試目以待	形容期望深切。
拾人牙慧	拾人牙惠	比喻抄襲別人的文字或言語。
拾金不昧	拾金不眛	拾得他人遺失的錢財而不據為己有。昧，ㄇㄟˋ，mèi。
拾級而上	攝級而上	順著臺階一步一步走上去。拾，此處念ㄕㄜˋ，shè。
甚囂塵上	盛囂塵上	喧譁吵鬧，塵沙飛揚。形容議論紛紛或消息盛傳。
省吃儉用	省吃檢用	形容生活儉樸節省。
食言而肥	食言而胖	譏諷人講話不兌現。
食指浩繁	食指浩煩	家中賴以供養的人口眾多。
食髓知味	食隨知味	比喻人得到一次好處後便貪得無厭。
首屈一指	首曲一指	最優、最高的。
首當其衝	手當其衝	首先受到攻擊或蒙受災難。
首鼠兩端	首鼠兩瑞	形容躊躇不前，瞻前顧後的樣子。

師心自用	私心自用	剛愎自用，自以為是。
師出無名	私出無名	無故生事，妄動干戈。比喻做事卻無正當的名義。
師老無功	師老無攻	軍隊久戰疲困，無法建功。
時然後言	實然後言	應該說話的時候才說話。
時運不濟	時運不繼	時機未到，運氣不好。
時過境遷	時過境牽	時間過去，情況已經改變。
神采奕奕	神采弈弈	形容精神旺盛，容光煥發。
神荼鬱壘	神茶鬱壘	中國門神名，左邊門上的是神荼，右邊門上的是鬱壘，荼，此處念ㄕㄨ，shū。壘，此處念ㄌㄩˋ，lǜ。
舐犢情深	舐犢情深	老牛用舌頭舔著小牛犢，表現出深切的愛護之情，比喻父母愛子女之心。舐犢，ㄕˋ ㄉㄨˊ，shì dú。
授人以柄	受人以柄	比喻把權力交給別人。比喻讓人抓住弱點。
殺人未遂	殺人未逐	殺人沒有成功。
殺人如麻	殺人如痲	比喻殺人很多。
殺人盈野	殺人贏野	殺人極多，遍地屍體。
殺人越貨	殺人越禍	指殺人搶劫。
殺氣騰騰	殺氣謄謄	形容濃厚的殺伐氣氛。

正確	錯誤	說明
殺雞警猴	殺雞驚猴	比喻懲罰一個人，以警戒其他的人。亦作「殺雞儆猴」。
深明大義	身明大義	指人能識大體。
深耕易耨	深耕易縟	耕深泥土，勤除雜草。形容勤於耕種。耨，ㄋㄡˋ，nòu。
深惡痛絕	深惡痛決	厭惡、痛恨到極點。
率爾操觚	率爾操弧	輕率地下筆為文。多用為謙詞。觚，ㄍㄨ，gū。
盛名難副	盛名難負	虛名過剩，其實才德難副其名。
盛氣凌人	盛氣陵人	驕橫傲慢，氣勢逼人。
設身處地	設生處地	從他人的立場著想。
勝券在握	勝卷在握	有致勝的把握。
暑雨祁寒	暑雨祈寒	夏天多雨，多天嚴寒。比喻生活困苦。祁，ㄑㄧˊ，qí。
稍縱即逝	稍縱既逝	形容時間或機會很容易失去。
傷風敗俗	傷風拜俗	敗壞善良風俗。
傷痕累累	傷痕纍纍	因身體受創留下很多痕跡。
勢如水火	事如水火	形容彼此對立。
勢如破竹	事如破竹	比喻作戰或工作節節勝利，毫無阻礙。

慎始敬終	慎始敬中	自始至終都謹慎從事而不敢輕忽。
慎終追遠	慎中追遠	謹慎辦理父母的喪事，誠心地祭祀祖先。表示不忘根本。亦指行事慎重，追念先賢。
慎謀能斷	縝謀能斷	事先謀畫謹慎，臨事當機立斷。
搧風點火	山風點火	比喻搧動別人鬧事。
歃血為盟	插血為盟	古時盟誓時，用牲血塗在嘴邊以示信守。歃，ㄕㄚˋ，shà。
煞費苦心	剎費苦心	很費心思。
葉公好龍	葉工好龍	比喻表面上愛其物，其實並不真正地喜愛它。葉，此處念ㄕㄜˋ，shè。
試卷彌封	試卷弭封	將試卷上應考人姓名密封起來，以求閱卷公平的一種作業方式。
實力相埒	實力相將	實力相當。埒，ㄌㄜˋ，lè。
實事求是	實是求事	做事切實，力求正確。
睡眼矇矓	睡眼蒙龍	疲倦想睡、眼睛半睜半閉的樣子。
碩大無朋	瑣大無朋	巨大無比。
碩果僅存	頎果僅存	比喻隨著時代的推移，經過淘汰而留存的罕有可貴的人或事物。
數一數二	屬一屬二	不是第一就是第二。形容非常出色。

正確	錯誤	說明
數米而炊	數米而吹	把米一粒粒數過後才下鍋煮，比喻處理事務過於繁瑣，徒勞無益。形容吝嗇。形容貧困。
數見不鮮	數見不掀	常常看到而不是新鮮少有的。數，此處念ㄕㄨㄛˋ，shuò。
數典忘祖	屬典忘祖	追數典故，卻忘了事物本源。比喻忘本。數，此處念ㄕㄨˇ，shǔ。
潸然淚下	潛然淚下	流淚。
熟視無睹	熟視五堵	對經常看見的東西像沒看見一樣。比喻對眼前的事物漠不關心。
瘦骨嶙峋	瘦骨璘詢	形容人身體枯瘦，骨骼突出的樣子。嶙峋，ㄌㄧㄣˊ ㄒㄩㄣˊ，lín xún。
豎起耳朵	樹起耳朵	比喻專心聆聽。
瞬息萬變	瞬習萬變	形容變化迅速多端。
聲名大噪	聲名大躁	名聲大為響亮。形容非常有名。
聲名狼藉	聲名狼籍	形容名聲非常惡劣。
聲色犬馬	聲色犬碼	泛指荒淫享樂之事。
聲色俱厲	聲色俱勵	說話的聲音和臉上的表情都非常嚴厲。
聲東擊西	聲東繫西	假裝要攻打東邊，卻去攻擊西邊。形容出奇制勝的計謀。

聲嘶力竭	聲嘶力歇	聲音沙啞，力氣用盡。形容大聲叫喊或痛哭。
雙手並用	雙手併用	兩隻手一起使用。
雙瞳翦水	雙瞳撿水	形容女子眼睛清澈明亮。
繩之以法	繩之以罰	以法律制裁犯罪者。
鎩羽而歸	鍛羽而歸	比喻人失志或受到挫敗。鎩，此處念ㄕㄚ，shā。
水火不容		比喻互相對立，不能相容。
水乳交融		比喻彼此關係密切，投合無間。
水利工程		研究水的自然定律，而應用在生活中的工程，如灌溉農田、供給飲水、治河、築堤等。
水力發電		用水流衝激的力量推動水輪機發生電力。
水泄不通		形容人群擁擠。比喻防備極森嚴。亦作「水洩不通」。
一瀉千里		形容水勢奔流直下。比喻詩文暢達奔放。
使君有婦		男子已有妻室。
羅敷有夫		有夫之婦。
視死如歸		把赴死看成如同回家一般。比喻不怕死。
嗜酒如命		因過度愛好喝酒而形成貪欲。

正確	錯誤	說明
順手牽羊		比喻相機乘便竊取他人財物。
信手拈來		隨手取來，多指作詩為文時偶得佳句。
書空咄咄		比喻無可奈何的神情。
司空見慣		比喻經常看到，不足為奇。
殺身成仁		指為正義或理想而犧牲生命。
捨生取義		指為了追求仁義而放棄生命。
十八般武藝	十八班武藝	我國武藝的總稱，相傳為戰國時孫臏、吳起所遺傳，分九長九短。今泛指各種技能。
山不轉路轉	山不轉陸轉	山是不動的，但山中的路卻可旋繞而四處穿越。比喻解決問題應知隨機應變。
捎來一封信	稍來一封信	順便帶來一封信。
捨命陪君子	捨命賠君子	語見明・馮夢龍《古今譚概・雅浪部》第二十六回。指豁出性命來奉陪對方盡興為止。
樹倒猢猻散	樹倒猢孫散	語見宋・龐元英《談藪》。比喻中心人物失敗，依附勢利的人就散了。
殺人不眨眼		語見宋・釋普濟《五燈會元》卷二十二。形容人非常狠毒殘忍。

正確	錯誤	釋義
殺人不見血		語見明·馮夢龍《醒世恆言》卷三十五。殺人不露痕跡。比喻手段陰險可怕。
手無縛雞之力	手無敷雞之力	語見元·無名氏《賺蒯通》第一折。毫無力氣的意思。
使出渾身解數	使出渾身解術	用盡全身的力氣和本事。
山雨欲來風滿樓	山雨欲來風漫樓	語見唐·許渾〈咸陽城東樓〉。指事故即將發生。
身在曹營心在漢	身在曹營心再漢	語本明·羅貫中《三國演義》。比喻忠於舊主。比喻人雖身在此處，卻心向彼方。
事如春夢了無痕	事如春夢了無狠	語見宋·蘇軾〈正月二十日與潘郭二生出郊尋春，忽記去年是日同至女王城作詩，乃和前韻〉。用以表示歡樂的過往已消逝如夢，只留下滿心的眷戀和懷思。
說時遲，那時快	說時遲，哪時快	語見明·施耐庵《水滸傳》第九十一回。指說話比不上行動快，沒等話講完，情況卻出現了。
識時務者為俊傑	適時務者為俊傑	語本晉·陳壽《三國志·蜀書·諸葛亮傳》。勸人要認清當前的客觀情勢，而採取適當的行動。
是可忍，孰不可忍	孰可忍，孰不可忍	語見《論語·八佾》。這都可以忍受，還有什麼不能忍受的？
說曹操，曹操就到	說曹操，曹操就倒	語見清·曾樸《孽海花》第二十九回。說明正提到某人時，某人就來了。

正確	錯誤	說明
士別三日，刮目相待	士別三日，括目相待	語本晉・陳壽《三國志・吳書・呂蒙傳》。稱讚他人有長足的進步。諷刺他人變得不認識了。亦作「士別三日，刮目相看」。
山陰道上，應接不暇	山陰道上，應接不遐	語本南朝・宋・劉義慶《世說新語・言語》：「王子敬云：『從山陰道上行，山川自相映發，使人應接不暇。』」原指一路上景物秀麗，令人看不勝看。今形容頭緒繁多，應付不來。
失之東隅，收之桑榆	失之東嵎，收之桑榆	語見南朝・宋・范曄《後漢書・馮異傳》。東隅，東方，日出處，指早上。桑榆，西方，日落時餘光落在桑樹榆樹之間，指晚上。早有所失，晚上則有得。用以比喻開始時在這裡蒙受損失或失敗，後來卻在其他地方得到補償或勝利。常用於勸慰、自我安慰或表示希望。
失之毫氂，謬以千里	失之毫里，謬以千里	語見漢・司馬遷《史記・太史公自序》。因些微的過失而導致極大的差錯，告誡人要處處謹慎。亦作「失之毫氂，差以千里」。
傷口可癒，傷疤永存	傷口可癒，傷巴永存	語本西洋諺語 Though the wound be healed, yet a scar remains. 意指最好不要傷了和氣，以免留下裂痕。
山中無甲子，寒盡不知年	山中無申子，寒盡不知年	語見唐・太上隱者〈答人〉。用來描寫隱逸的生活，或表示對外界的情況不是很了解。

蜀中無大將，廖化作先鋒

蜀中無大將，料化作先鋒

語本明・羅貫中《三國演義》，語見清・壯者《掃迷帚》第二十四回。比喻在沒有理想人選時，只好讓次要角色擔重任。

士不可以不弘毅，任重而道遠

士不可以不弘義，任重而道遠

語見《論語・泰伯》：「曾子曰：『士不可以不弘毅，任重而道遠。仁以為己任，不亦重乎！死而後已，不亦遠乎！』」讀書人心胸不可不寬大，志氣不可不堅強，因為他必須擔當極重的責任，去走極遠的路程呀！用以勉勵人要有高尚的操守和遠大的抱負。

失去理智的愛會把兔脣當酒窩

失去理智的愛會把兔脣當酒渦

語本西洋諺語 Blind love makes a harelip for a dimple. 猶言情人眼裡出西施（含貶義）。

十年一覺揚州夢，贏得青樓薄倖名

十年一覺揚州夢，贏得青樓薄倖名

語見唐・杜牧〈遣懷〉。在揚州遊樂了十年，就像作了一場夢，結果只贏得一個妓院薄情郎的惡名。用以表示對自己已往荒唐生活的覺醒和懺悔。

上窮碧落下黃泉，兩處茫茫皆不見

上窮必落下黃泉，兩處茫茫皆不見

語見唐・白居易〈長恨歌〉：「排雲馭氣奔如電，升天入地求之遍；上窮碧落下黃泉，兩處茫茫皆不見。」往上到青天，往下到黃泉去找尋，到處都空空蕩蕩，什麼也沒有看到。既用以形容遍尋不著所要的東西，也用以諷刺人苦心謀求而不能實現其夢想。

正確	錯誤	說明
山重水複疑無路，柳暗花明又一村	山窮水盡疑無路，柳暗花明又一村	語見宋．陸游〈遊山西村〉。山巒重疊，流水迴繞，好像前面已無路；可是繞過之後忽然看到綠柳成蔭，百花鮮明，又有一個村莊出現在眼前。既可用以比喻陷於困境後忽然見到轉機，也可用以形容文學作品寫得波瀾起伏，引人入勝。
世上豈無千里馬，人中難得九方皋	世上豈無千里馬，人中難得九方臯	語見宋．黃庭堅〈過平輿懷李子先時在并州〉。世界上難道會沒有千里馬嗎？不過是缺乏九方皋那樣善於相馬的人罷了。用以說明人才到處都有，只是善於識別人才的人很少。九方皋，春秋時人，善相馬。皋，ㄍㄠ，gāo。
世事洞明皆學問，人情練達即文章	事事洞明皆學問，人情鍊達即文章	語見清．曹雪芹《紅樓夢》第五回。透徹地了解世事都是學問，熟悉通達人情就是文章。說明把人情世故弄明白、把交往應付的本領學到手的重要。
樹欲靜而風不止，子欲養而親不待	樹欲靜而風不只，子欲養而親不在	語見漢．韓嬰《韓詩外傳》卷九。比喻子女想要孝養其父母而父母已辭世。
山不在高，有仙則名；水不在深，有龍則靈	山不在高，有仙則明；水不在深，有龍則靈	語見唐．劉禹錫〈陋室銘〉。比喻人們聲譽的高低在於德望，而不在於其地位。

正確	錯誤	說明
人參	人槮	多年生草，主根似人形，可做補藥。參，亦作「葠」，俗作「蓡」。參，此處念ㄕㄣ，shēn。
人質	人值	作為抵押的人。一時捉不到正犯時，把對方有關的親戚朋友逮捕，逼其交換正犯。質，此處念ㄓˋ，zhì。
人寰	人圜	人間。寰，ㄏㄨㄢˊ，huán。
入室	人室	比喻學問或技藝已達精深的境界。
入彀	入殼	比喻受到操縱、控制。彀，ㄍㄡˋ，gòu。
入夥	人夥	加入某一集團或組織。
入殮	入斂	將屍體放進棺木中。
入贅	入墜	男子結婚，入於女家，成為女方家庭中的一員。
冗長	茸長	文章長而不切實際。
日記	日紀	每天生活與心中想法的記錄。

正確	錯誤	說明
日曆	日歷	記載年、月、日、星期、節氣等的冊子。
汝曹	汝槽	你們。文言文中對晚輩的稱呼。
肉搏	肉博	兩軍爭戰時，短兵相接，以血肉相拚。
妊娠	妊辰	懷孕。妊娠，ㄖㄣˋ ㄕㄣ，rèn shēn。
乳腺	乳線	哺乳動物乳房裡的腺體。雌性於哺乳期可從中分泌乳汁。
染指	燃指	比喻沾取不應得的利益。
柔荑	柔夷	初生的茅，柔軟而白皙。比喻女子的纖纖玉手。荑，此處念ㄊㄧˊ，tí。
弱冠	若冠	古代男子年滿二十歲，稱弱冠。後泛指男子二十歲左右的年紀。
茹素	如素	吃素。
荏苒	稔苒	時間漸漸地過去。荏苒，ㄖㄣˇ ㄖㄢˇ，rěn rǎn。
衽席	紝席	睡臥的地方。衽，ㄖㄣˋ，rèn。
偌大	諾大	這麼大。
閏月	閨月	農曆以月球圓缺的週期為一個月，小月二十九天，大月三十天。每年比國曆約少十天又二十一小時，所以農曆每三年有一個閏月，五年兩閏，十九年七閏。

惹事	若事	招來麻煩或禍端。
溽暑	縟暑	潮濕悶熱的夏天。溽，ㄖㄨˋ，rù。
瑞雪	端雪	冬季應時的雪。因可殺死蟲害，使作物豐收，故稱瑞雪。
睿智	瑞智	絕頂明智通達。指理性。亦作「睿知」。
熱中	熟中	熱心追求和投入。今多指急於追求名利。亦作「熱衷」。
融洽	融恰	雙方感情和睦。
蹂躪	柔躪	踐踏。摧殘。躪，ㄌㄧㄣˋ，lìn。
擾攘	擾讓	紛亂。攘，此處念ㄖㄤˇ，rǎng。
攘除	讓除	排除。攘，此處念ㄖㄤˊ，ráng。
攘臂	讓臂	捲起衣袖，露出手臂。形容激動、奮起的樣子。攘，此處念ㄖㄤˊ，ráng。
饒舌	嘵舌	多言。
入圍		入選參加最後競賽。
入闈		出題及印製試題的相關人員，進入闈場工作。
入閣		古稱大學士赴內閣參與機要政務，今指進入行政院擔任部長或政務委員。
出閣		古稱公主出嫁，今泛指女子出嫁。

正確	錯誤	說明
任性		（unrestrained）任意而為，不尊重他人的意見。
韌性		（tenacity）物體受外力作用時，產生變形而不易折斷的性質。比喻人對於外在環境的適應及抵抗能力。
溶化		溶解。固體擴散在液體中。
熔化		熔解。固體受熱變成液體。
融化		固體變成液體。融合而化為無，逐漸消失的意思。
人中龍	人中籠	比喻出類拔萃的人。
人行道	行人道	馬路兩旁供人走的路。
入場券	入場卷	進入會場或戲院的憑證。
軟釘子	軟盯子	比喻以言語委婉地反駁或拒絕。
軟綿綿	軟棉棉	形容柔軟。形容柔弱無力的樣子。
熱烘烘	熱哄哄	很熱的樣子。
繞口令	饒口令	一種言語遊戲，把聲調容易混同的字組成重疊繞口的句子，使人不容易念得清晰。
肉中刺		比喻令人難以忍受，不除不快的人或事物。亦作「眼中釘」。

眼中釘		比喻令人難以忍受，不除不快的人或事物。亦作「肉中刺」。
人一己百	人一已百	勉勵人勤能補拙。勉人努力向學。
人才輩出	人才倍出	人才一批一批地連續出現。
人才濟濟	人才擠擠	人才很多。濟，此處念ㄐㄧˇ，jǐ。
人中騏驥	人中奇驥	指才能出眾的人。
人云亦云	人芸亦芸	別人說什麼自己也跟著說什麼。形容沒有主見。
人文薈萃	人文薈粹	人類文化的聚集。傑出人物匯集。
人身攻擊	人生攻擊	對於他人品德或形體樣貌等等加以批評、指責。
人浮於事	人符於事	謀事的人多而職位很少。
人情世故	人情事故	人心與世道。指人與人相處的各種關係和情分的體察。
人琴俱亡	人情具亡	人死後，生前所用的琴也失去美妙的聲音。常用為男子中年去世的輓詞。亦作「人琴俱杳」。
人煙稠密	人煙綢密	人很多。
人謀不臧	人謀不藏	人為的計畫不夠細密完備。臧，ㄗㄤ，zāng。
入不敷出	入不膚出	收入少而支出多。
入木三分	人木三分	形容筆力強勁雄健。比喻議論深刻中肯。比喻描寫或表演得非常逼真。

正確	錯誤	說明
入室操戈	入室操割	比喻持對方的論點或學說來反駁對方。
入境問禁	入境問境	進入他鄉或他國境內，先問該地的禁忌，以示尊重。
入幕之賓	入暮之賓	指幕僚。指親近的賓客。指情夫。
仁民愛物	人民愛物	以仁慈博愛的心胸，教育人民，愛護萬物。
日久玩生	日久玩身	時間久了，種種弊病便相繼發生。
日益增加	日易增加	每天不斷地增加。
日新月異	日新月易	形容一直在進步而有新的面貌。
日薄西山	日簿西山	太陽已接近西邊的山頭。比喻年老力衰，接近死亡。
任勞任怨	忍勞忍怨	不辭工作的辛勞，忍受別人的怨責。
如土委地	如土萎地	比喻極為容易。
如火如荼	如火如茶	原指軍容強壯。現多用以形容氣勢旺盛或聲勢浩大熱烈。荼，ㄊㄨˊ，tú。
如出一轍	如出一輒	兩種情形或言論完全相同。
如此這般	如此這班	如此如此；這樣這樣。對某事件或動作不明言、不列舉的概括詞。

如法炮製	如法泡製	本指製藥，現多用以比喻完全照現成方法去做。炮，此處念ㄆㄠˊ，páo。
如虎添翼	如虎天翼	比喻強者增添力量更強大，或惡者增添力量更凶惡。
如喪考妣	如喪考比	像死了父母一般。形容非常悲痛。妣，ㄅㄧˇ，bǐ。
如椽之筆	如喙之筆	像屋椽一樣粗大的筆。用以稱頌人文章、書法的美好。亦作「如椽筆」、「如椽大筆」。椽，ㄔㄨㄢˊ，chuán。
如解倒懸	如解到懸	形容把人民從困境中解救出來。
如雷貫耳	如電灌耳	比喻人名聲很大。
如數家珍	如數佳珍	比喻對所列舉的事物或講述的事情十分熟悉。
如箭在弦	如劍在弦	形容情勢非常緊張急迫。
如簧之舌	如璜之舌	簧是樂器中用以振動發聲的薄片。比喻能說善道。
如鯁在喉	如梗在喉	魚骨卡在喉嚨裡。比喻心裡有話，非說不可。鯁，ㄍㄥˇ，gěng。
如蟻附羶	如蟻附氈	形容趨附追逐名利的紛亂情形。羶，ㄕㄢ，shān。
如願以償	如願以賞	心願得到實現。
如釋重負	如釋重付	形容身心得到解脫，而輕快舒暢。
戎馬倥傯	戎馬空傯	戰時忙碌奔波，形容軍人生涯。倥傯，ㄎㄨㄥˇ ㄗㄨㄥˇ，kǒng zǒng。

正確	錯誤	說明
忍俊不禁	忍俊不經	忍不住地笑出來。禁，此處念ㄐㄧㄣ，jīn。
阮囊羞澀	阮襄羞澀	口袋裡沒有錢。比喻貧困。
乳臭未乾	乳臭末乾	諷刺人年幼無知。臭，此處念ㄒㄧㄡˋ，xiù。
乳燕歸巢	乳雁歸巢	形容聲音清新嬌嫩。
柔腸寸斷	柔腸寸段	形容極度悲傷。
若合符節	若和符節	指兩件事物完全相合，絲毫不差。
若即若離	若既若離	好像接近，又好像疏遠的樣子。形容對人的態度不親不疏，使人捉摸不定。
容光煥發	容光渙發	精神飽滿，氣色很好。
弱不禁風	弱不經風	身體衰弱，禁不起風吹。用來形容瘦削纖弱的體態。禁，此處念ㄐㄧㄣ，jīn。
茹毛飲血	如毛飲血	連毛帶血生食鳥獸。形容未開化人類的生活。
軟玉溫香	軟玉溫箱	形容女子細膩而芳香的身體。
軟紅十丈	軟紅十仗	形容都市的繁華景象。
熱帶雨林	熱帶雨淋	地理學名詞。熱帶終年高溫多雨地區所產生的林帶。
熱情洋溢	熱情揚溢	熱情充分表現在外。

銳不可當	瑞不可當	氣勢威猛，不易抵擋。當，此處念ㄉㄤˇ，dǎng。
燃眉之急	燃煤之急	形容非常緊迫的情況。
融會貫通	融匯貫通	參合各種事理而徹底領悟。
孺子可教	蠕子可教	稱讚可以造就的年輕人。
人情澆薄		人情浮薄。
土質磽薄		土地貧瘠，無法耕種。磽，ㄑㄧㄠ，qiāo。
日暮途窮		天色已晚，路已到盡頭。比喻力竭計窮，陷入絕境。
圖窮匕現		指事跡敗露。
如坐春風		形容受教於良師的和樂感覺。
如坐針氈		形容心神不寧，坐臥不安。
如風過耳		形容不理會別人的話。
如湯沃雪		形容事情極易解決，彷彿熱水潑在雪上一般。
惹是生非		製造糾紛，故意招引是非。
無事生非		故意造成事端。
人人得而誅之	人人得而株之	語見《孟子．滕文公下》朱熹注：「亂臣賊子，人人得而誅之。」用以說明某人罪惡很大，誰都有權處置。

正確	錯誤	說明
如入無人之境	如入無人之竟	語見《舊五代史·杜重威傳》。形容所向無敵。形容舉止狂妄，無所顧忌。
如墮五里霧中	如隨五里霧中	語本《後漢書·張楷傳》。比喻模模糊糊，或看不清事物的真相。
熱鍋上的螞蟻	熱堝上的螞蟻	形容非常焦急的樣子。
人心不足蛇吞象	人心不足吞蛇像	語見元·無名氏《冤家債主》楔子。形容非常貪心。
人怕出名豬怕肥	人怕出名蛛怕肥	語本清·曹雪芹《紅樓夢》第八十三回。說明人出名後會招來麻煩。
人皆可以為堯舜	人皆可以為堯順	語見《孟子·告子下》。鼓勵人致力於品德的修養。鼓勵人努力在任何事情上，以高標準自我要求。
如入寶山空手回	如入保山空手回	語見元·湯顯之《酷寒亭》楔子。比喻本來應該大有收穫，卻一無所得，含惋惜之意。
若大旱之望雲霓	若大汗之望雲霓	語見《孟子·梁惠王下》。就像在大旱的日子裡盼望雲雨出現一般。比喻對某件事或某個人的出現盼望殷切。
人之患，在好為人師	人之患，在好為仁師	語見《孟子·離婁上》：「孟子曰：『人之患，在好為人師。』」一般人最大的缺點是，喜歡以老師的身分來教訓別人。勸人不要自以為是，應虛心謙卑。

口

人同此心，心同此理	人同此心，心同此禮	語見清・文康《兒女英雄傳》第九回。人們同樣有這個心，心裡同樣有這個道理。
人非聖賢，孰能無過	人非聖賢，熟能無過	語見清・湯斌〈湯子遺書〉卷一。既用來勸慰犯了錯的人要正視自己的過錯，但不必消極或自卑，也用以說明要正確對待犯了錯的人，不可加以歧視。
人為刀俎，我為魚肉	人為刀殂，我為魚肉	語見漢・司馬遷《史記・項羽本紀》。比喻人家掌握生殺大權，自己處在被宰割的地位。說明處境的危險。俎，ㄗㄨˇ，zǔ。
人焉廋哉，人廋廋哉	人焉瘦哉，人焉瘦哉	語見《論語・為政》。那個人怎麼隱藏得了呢？那個人怎麼隱藏得了呢？用以表示能清楚地了解某個人的品行。廋，ㄙㄡ，sōu。
弱水三千，只取一瓢飲	溺水三千，只取一瓢飲	語見清・曹雪芹《紅樓夢》第九十一回。引申為可愛的人雖多，我只鍾情一人。
人生不相見，動如參與商	人生不相見，動如身與商	語見唐・杜甫〈贈衛八處士〉：「人生不相見，動如參與商，今夕復何夕？共此燈燭光。」參（此處念ㄕㄣ，shēn）和商都是星宿名。人生在世，好友不易相見，就像天上的參星和商星，難得相逢。用以說明聚少離多。
人生不滿百，長懷千歲憂	人生不滿白，長懷千歲憂	語見漢・無名氏《西門行》。說明人生短促，何必憂慮太多。

正確	錯誤	說明
人爭一口氣，佛爭一爐香	人爭一口氣，佛爭一廬香	語本明·蘭陵笑笑生《金瓶梅》第七十六回。形容人不能服輸。
人前一面鼓，人後一面鑼	人前一面鼓，人後一面籮	形容人前與人後，說不同的話，做不同的事。
人不可貌相，海水不可斗量	人不可冒相，海水不可斗量	語見元·無名氏《小尉遲》第二折：「古時有云：『人不可貌相，海水不可斗量。』休輕覷了也。」說明人不能單憑外表來判斷其優劣。單用「人不可貌相」，意思相同。
人人握靈蛇之珠，家家抱荊山之玉	人人握靈蛇之珠，家家抱京山之玉	語本北魏·曹植〈與楊德祖書〉：「人人自謂握靈蛇之珠，家家自謂抱荊山之玉。」靈蛇之珠，傳說隋侯用藥敷癒傷蛇，後蛇自江中銜大珠報答。荊山之玉，傳說春秋時楚人卞和得玉獻楚厲王和武王，被以欺君罪斷雙足，卞和抱玉哭於荊山，文王派人問之，始知是寶。靈蛇之珠和荊山之玉，都用來比喻非凡的才能。整句則用以形容傑出的人才很多。
人生自古誰無死，留取丹心照汗青	人生自古誰無死，留取丹心照漢青	語見宋·文天祥〈過零丁洋〉：「惶恐灘頭說惶恐，零丁洋裡嘆零丁。人生自古誰無死，留取丹心照汗青。」丹心，忠心。汗青，古時在竹簡上書寫，先將竹簡用溫火燒烤，使水分蒸發，再刮去青皮部分，俾能易於書寫，並可防止蟲蛀，後作為書籍、史冊的代稱。全句用來表示愛國的赤誠，即便是犧牲性命也在所不惜。

人生似鳥同林宿，大限來時各自飛

人生似鳥同林宿，大現來時各自飛

人生天地之間，若白駒之過隙，忽然而已

人生天地之間，若白駒之過隙，忽然而已

語本西洋諺語 Men live like birds together in the woods; when the time comes each take his flight. 意指人無法永遠相聚。明．馮夢龍《古今小說．蔣興哥重會珍珠衫》中的「夫妻本是同林鳥，大難來時各自飛」則指夫妻不一定能永遠相隨。

語見《莊子．知北遊》。人活在天地之間，有如白色的駿馬在縫隙前飛快地躍過，不過是一瞬間罷了。用以慨嘆人生短暫。

ㄗ

正確	錯誤	說明
匝道	砸道	交流道中，為加減速車道及主線車道與其他道路間的連接部分。
自豪	自毫	因自己的成就而感到驕傲。
作料	左料	調和食味的材料，如鹽、醋、醬油等。亦作「佐料」。
作祟	作崇	鬼怪作弄人。比喻陰謀搞鬼。
作梗	作哽	從中阻饒、破壞，使事情不能順利進行。
作弊	作蔽	自己或幫助別人用不正當的方法取得利益或達到目的。
作踐	作賤	糟蹋。
坐莊	作莊	賭博局中人輪流當莊家（主持人）。
坐落	座落	位置的所在，多指建築物的位置和方向。

坐鎮	坐陣	親自鎮守或督導。
坐騎	座騎	所騎的馬。騎，此處念ㄐㄧˋ，jì。
咂嘴	匝嘴	表示羨慕讚美的樣子。咂，ㄗㄚ，zā。
阻撓	阻擾	阻止不讓前進或妨礙行動。
奏效	湊效	事情達到預期效果。
姿勢	姿式	言語和動作的狀態。
恣睢	恣睢	形容驕橫、放縱。自得的樣子。睢，ㄙㄨㄟ，suī。
栽培	裁陪	種植和培養。教養人才。
栽贓	裁贓	把贓物放置他人處所，使人入罪。後泛稱偽造證物以陷害他人。
租賃	租恁	出租。賃，ㄌㄧㄣˋ，lìn。
造就	肇就	培養人才。成就。
造詣	造旨	學業或技藝達到的程度。詣，ㄧˋ，yì。
造孽	造虐	做壞事種下惡因。
孳息	滋息	生長。法律上指直接或間接產生的收益。孳，ㄗ，zī。
尊敬	遵敬	敬重。

正確	錯誤	說明
滋生	孳生	繁殖。惹出。
詛咒	咀咒	祈禱鬼神加災害給心裡所恨的人。
罪愆	罪衍	罪過。愆，ㄑㄧㄢ，qiān。
訾議	諮議	指責、非議。訾，此處念ㄗˇ，zǐ。
緇衣	錙衣	古代官吏所穿的黑色朝服。僧尼所穿的黑色衣服。泛指黑衣。緇，ㄗ，zī。
臧否	贓否	批評好壞、褒貶人物。善惡、得失。臧否，ㄗㄤ ㄆㄧˇ，zāng pǐ。
嘴巴	嘴吧	嘴左右兩邊的部分。
撙節	樽節	節省費用。約束、抑制。撙，ㄗㄨㄣˇ，zǔn。
遭殃	遭秧	遭到災禍。
噪音	躁音	對人體健康或生活環境品質產生干擾及不良影響的聲音。
諮詢	資詢	商量詢問。
糟粕	糟浡	酒渣。比喻無用廢棄的東西。粕，ㄆㄛˋ，pò。
糟蹋	糟踏	任意消耗財物。侮辱、嘲罵。
縱使	綜使	即使。

ㄗ

縱橫	綜橫	南北和東西。恣意橫行。形容眼淚鼻涕直流。比喻外交上的手段。
藏青	臟青	藍中帶黑的顏色。
蹤跡	綜跡	足跡；形跡。追尋；追隨。
雜沓	雜踏	眾多雜亂的樣子。亦作「雜遝」。沓、遝，都念ㄊㄚˋ，tà。
雜碎	雜粹	繁雜瑣碎。牛、羊、雞、鴨等的內臟。譏罵沒有用的人。
纂修	篡修	搜集文字加以整理。纂，ㄗㄨㄢˇ，zuǎn。
躁進	燥進	急於求進取。
自立		自我建樹，無須他人扶助。
自力		自己盡自己的力量。
自力更生		用自己的力量開創或改變局面，創造新的前途。
自許		（to regard oneself as）對自己的期許。自信。
自詡		（to boast）自誇。
在在		（everywhere）處處。
再再		（again and again）一次又一次。
坐落		位置或所在。多指建築物。

正確	錯誤	說明
在座		在席位上。
作摩		揣度、推想、尋思。
琢磨		雕磨玉石。比喻精益求精。
舴艋		小船。舴，ㄗㄜˊ，zé。
蚱蜢		昆蟲類，蝗屬，能飛能跳，為稻麥的害蟲。
尊重		敬重。看重。
遵守		服從而謹守。
詛咒		祈禱鬼神加災害給心裡所恨的人。
咀嚼		嚼碎食物。比喻對事物反覆體會玩味。
紫薇		落葉喬木，又稱百日紅。葉橢圓形，對生；夏秋時開紫紅色花。
紫微		指皇宮。星宿名，象徵天上的宮廷。
紫微斗數		一種利用星象占卜命運的算命方式。
遭受		碰到、受到。
招致		引起、導致。

總和		（the sum total）全部數字相加的和。
總合		（an assamblage）把事或物聚在一起。
糟糠		比喻粗食。比喻貧賤時共患難的妻子。
糟糠不厭		形容生活極為貧苦。
贊成		對別人的主張或行為表示同意。
讚美		稱讚人家的長處或品德。
攢錢		（to save money）儲蓄錢財。攢，此處念ㄗㄢˇ，zǎn。
攢錢		（to put money together [for some purpose]）湊集眾人所出的錢。攢，此處念ㄘㄨㄢˊ，cuán。
自了漢	自瞭漢	佛教稱只求自己修道而不能濟度眾生的人。後引申指只顧自己而不管大局的人。
自卑感	自悲感	覺得自己比不上別人的心理。
走馬燈	走碼燈	一種花燈，利用空氣冷熱對流的原理，驅動燈內飾物，投影於燈罩上，使其旋轉不停。
座右銘	坐右銘	題在座旁，以資時時警惕自己的格言。
紫羅蘭	紫蘿蘭	草本，十字花科，春開紅紫或黃赤的花。
醉醺醺	醉薰薰	形容酒醉的樣子。

正確	錯誤	說明
鑽故紙	攢故紙	死讀古書，脫離現實。
在來米		秈米的一種，黏性較蓬萊米小。秈，ㄒㄧㄢ，xiān。
蓬萊米		台灣粳米。
酢漿草		多年生草本植物，生於原野，自春至秋，抽出花軸，果實為蒴果，莖葉都有酸味，全草均能入藥。酢，此處念ㄗㄨㄛˋ，zuò。
炸醬麵		用炸醬拌的麵。炸，此處念ㄓㄚˊ，zhá。
子虛烏有	子虛無有	根本就沒有這件事或這個人。
左支右絀	左支右拙	比喻周轉不靈。絀，ㄔㄨˋ，chù。
左右開弓	左右開躬	中國武術八段錦中，第二段動作的名稱。用兩手一邊一下打兩人兩邊嘴巴。形容雙手同時動作或兩方面同時進行。
左輔右弼	左輔右庇	協助國家元首，處理國事的重要官員。引申為輔助的意思。弼，ㄅㄧˋ，bì。
再接再厲	再接再勵	勇敢前進，毫不懈怠。
在所不惜	再所不惜	不在乎付出代價。
早占勿藥	早沾勿藥	祝人早日康復的話。占，此處念ㄓㄢ，zhān。

自出機杼	自出機智	喻獨出心裁，創新作風。杼，ㄓㄨˋ，zhù。
自甘墮落	自甘墜落	自暴自棄，不求進取。
自由心證	自由新證	指推事或審判官對當事人所提出的證據，依經驗法則自行判斷，不受任何干涉、限制。指缺乏事實根據而憑藉臆測的判斷。
自吹自擂	自吹自雷	自我吹噓。
自怨自艾	自怨自哀	自己悔恨而改過自新。今專指悔恨怨嘆。艾，此處念ㄧˋ，yì。
自相矛盾	自相茅盾	指自己的言行前後不一致或相反。
自慚形穢	自形慚愧	自愧不如人。
自壞長城	自壞長誠	指自己毀壞保護的屏障。指自己除掉得力的助手。亦作「自毀長城」。
作奸犯科	作奸患科	為非作歹，違犯法律。亦作「作姦犯科」。
作法自斃	作法自弊	制定法令的人，反而被自己所訂的法令所害。
作舍道邊	作社道邊	在路邊蓋房子。比喻眾說紛紜，難以成事。
作鳥獸散	作烏獸散	形容人群一鬨而散。
作壁上觀	作璧上觀	比喻在一旁觀望，不動手幫忙。
作繭自縛	作繭自伏	蠶吐絲成繭，把自己裹在裡面。比喻自己束縛了自己，或使自己陷入困境。

正確	錯誤	說明
坐北朝南	座北朝南	背對北方朝向南方。
坐收漁利	坐收魚利	利用別人之間的矛盾，從中獲取利益。
坐享其成	坐享奇成	不費心力，平白享受別人努力的成果。
坐擁皋比	坐擁臬比	喻講學授徒。皋比，此處念ㄍㄠ ㄆㄧˊ，gāo pí，指教師的講席。
坐懷不亂	坐壞不亂	雖有美女在懷抱中，也不動心。形容男子不好女色。
孜孜不倦	茲茲不倦	工作或學習勤奮不知疲倦。
孜孜矻矻	茲茲矻矻	勤勉不懈的樣子。矻，ㄎㄨˋ，kù。
災梨禍棗	災梨或棗	指刊印沒有價值的書籍。因梨木和棗木是古代雕刻書版的上選材料，故稱。
走火入魔	走火入摩	佛教指在修道途中使用方法錯誤、招致身心困擾。比喻對事過於熱中而失常。
走投無路	走頭無路	沒有地方可投靠。形容處於絕境。
走馬看花	走烏看花	比喻粗略地觀察事物。
足音跫然	足音煢然	腳步聲。比喻不常會面的客人來訪。跫，ㄑㄩㄥˊ，qióng。
奏凱而歸	湊凱而歸	比喻勝利歸來。
茲事體大	資事體大	事情非常重大，不可掉以輕心。

淄澠並泛	淄澠並犯	比喻事情糾纏不清。古時傳說淄澠二水味道不同，混在一起難以辨別，故稱。
責無旁貸	責無旁代	自己應負的責任，沒有理由推諉。
尊師重道	遵師重道	尊敬師長，重視應該遵循的道理。
眥裂髮指	恣裂髮指	形容人非常憤怒的樣子。眥，ㄗˋ，zì。
最後通牒	最後通碟	國際文書中最嚴重的一種，限對方在極短時間內答覆，否則絕交或開戰。英文作 ultimatum，音譯作「哀的美敦書」。牒，ㄉㄧㄝˊ，dié。
紫氣東來	紫氣冬來	表示祥瑞徵兆。嘉賓即將來臨的吉兆。
罪惡滔天	罪惡濤天	罪惡極多，高可及天。
罪無可逭	罪無可換	罪名確定，無法逃避。逭，ㄏㄨㄢˋ，huàn。
罪魁禍首	罪奎禍首	帶頭犯罪的主謀。導致災禍的主要原因。
趑趄不前	趑阻不前	徘徊不進的樣子。趑趄，ㄗ ㄐㄩ，zī jū。
嘖有煩言	責有煩言	議論紛紛，抱怨責備。
嘖嘖稱奇	責責稱奇	讚歎不已。
綜覈名實	綜合名實	總合事物的名稱和實際，考核是否相符。覈，ㄏㄜˊ，hé。
擇善固執	擇擅固執	選擇好的，並加以堅持。

正確	錯誤	說明
蕞爾小國	最爾小國	很小的國家。蕞，ㄗㄨㄟˋ，zuì。
錙銖必較	輜珠必較	形容很細微的數目也計較。
甑塵釜魚	甑塵斧魚	比喻生活極為清寒困苦。甑，ㄗㄥˋ，zèng。
縱身一跳	蹤身一跳	騰躍一跳。
縱橫捭闔	縱衡擺闔	比喻外交家聯絡或排擠他人的手段很高明。捭，此處念ㄅㄞˇ，bǎi，開。
總角之交	總角知交	童年時的朋友。
齜牙咧嘴	齜牙裂嘴	張嘴露牙，形容非常痛苦或忿怒的樣子。齜，ㄗ，zī。
讚歎不置	讚歎不致	讚歎不已。
鑽牛角尖	鑚牛角尖	比喻思想固執不通。
自命不凡		自以為了不起。
自鳴得意		自己表示很得意。
座無虛席		座位已滿，形容來訪或出席的人很多。
宴無虛夕		每晚都有宴會，沒有空閒。也用以形容宴會辦得很好，或沒有白白地主辦。

曾子殺彘		比喻教育子女必須以身作則。彘，ㄓˋ，zhì。
曾參殺人		比喻謠言的可怕。
坐山觀虎鬥	坐山觀虎鬧	語本清・曹雪芹《紅樓夢》第十六回。比喻不介入別人爭鬥，袖手旁觀，以便得利。
嘴上掛油瓶	嘴上卦油瓶	形容生氣嘟嘴的樣子。
宰相肚裡能撐船	宰相肚裡能掌船	語本宋・無名氏《京本通俗小說・拗相公》。說明一個人的寬宏大量。
醉翁之意不在酒	醉翁之義不在酒	語見宋・歐陽修〈醉翁亭記〉。比喻別有用心。
自作孽，不可活	自作虐，不可活	語見《孟子・公孫丑上》。自己招來的罪孽、災禍，無法迴避。比喻自作自受。
醉臥沙場君莫笑	醉臥殺場君莫笑	語見唐・王翰〈涼州詞〉。我即使喝醉了，躺在沙場上，也請大家不要取笑。用以表示要痛飲一番。
灶房之言，莫入正廳	噪房之言，莫入正廳	語本西洋諺語 All that is said in the kitchen should not be heard in the hall. 意指私房話不應公開講。
嘴上無毛，辦事不牢	嘴上無毛，辦事不勞	指年輕人性情浮躁，做事不可靠，辦不好事情。

正確	錯誤	說明
子規夜半猶啼血，不信東風喚不回	子規夜半猶啼血，不信東風換不回	語見宋·王令〈送春〉：「三月殘花落更開，小檐日日燕飛來。子規夜半猶啼血，不信東風喚不回。」子規，杜鵑。啼血，杜鵑喙紅，據傳是因啼叫時口中出血的緣故。用以說明只要堅持到底，事情總能成功。
在天願作比翼鳥，在地願為連理枝	在天願作比翼鳥，在地願為聯理枝	語見唐·白居易〈長恨歌〉。在天上願意作比翼雙飛的鳥兒，在地上願意成為枝葉相連的兩棵樹木。用以表示兩人的愛情堅貞不渝。
最愉快的事乃默默行善，而偶然被發現	最愉快的事乃脈脈行善，而偶然被發現	語本蘭姆語 The greatest pleasure I know is to do a good action by stealth, and to have it found out by accident. 說明行善最樂，被留意到更快樂。蘭姆（Charles Lamb，1975~1834），英國散文作家。

ㄘ

正確	錯誤	說明
才幹	材幹	工作的能力。
匆忙	充忙	急忙。忙碌。
存摺	存褶	金融機構發給存款人的小冊子，內容詳載存款人的存提記錄，以為憑證。
忖度	肘度	揣測。思量、考慮。忖度，ㄘㄨㄣˇ ㄉㄨㄛˋ，cǔn duò。
次第	次弟	一個一個的順序。
汆湯	川湯	把菜肴投入沸水中，燒煮一下所成的湯。汆，此處念ㄘㄨㄢ，cuān。
伺機	嗣機	等待可以利用的機會。
促狹	捉狹	形容刻薄、陰狠，喜歡捉弄他人。
倉卒	倉倅	急忙的樣子。卒，此處念ㄘㄨˋ，cù。亦作「倉猝」、「倉促」。
倉皇	倉惶	形容恐懼時匆促忙亂的樣子。

正確	錯誤	說明
倉廩	倉稟	儲藏米穀的地方。廩，ㄌㄧㄣˇ，lǐn。
挫敗	剉敗	失敗。
側面	惻面	旁邊的一面。
參與	參予	加入在內，指參加做某一件事。
彩券	彩卷	具有賭博意味的票券，編成號碼發售，定期抽獎。券，ㄑㄩㄢˋ，quàn。
彩排	綵排	戲劇的排演已近熟練，在演出前按實際狀況排練一次。
淬礪	翠礪	磨礪刀劍。比喻發奮自勵、刻苦上進。
瓷器	慈器	用瓷土燒製而成的白質器具。
粗獷	粗曠	凶惡、粗暴。
傖父	滄父	卑賤的人。傖，此處念ㄘㄤ，cāng。父，此處念ㄈㄨˇ，fǔ。
廁身	策身	參與某部門工作，置身於其間。有謙虛的意思。廁，此處念ㄘˋ，cì。
殘忍	慘忍	凶狠惡毒，毫無仁心。
湊合	湊和	聚集在一處。將就。
萃取	淬取	用適當的溶劑將混合物中可溶解的成分分離出來的方法。

催生	摧生	用藥品使胎兒早一點降生。促使事情完成或組織成立。
慈祥	慈詳	慈善且祥和。
滄桑	蒼桑	滄海桑田的省稱。比喻世事變幻無常。
摧殘	催殘	摧毀殘害。
摧毀	催毀	毀壞。
蒼天	倉天	天。上天。
蒼穹	倉穹	天空。
蒼茫	倉茫	曠遠迷茫，沒有盡頭的樣子。
蒼涼	倉涼	淒涼、冷清。
蒼翠	倉翠	碧綠色。
雌伏	雌服	屈居人下。隱藏起來，無所作為。
撮合	搓合	拉攏、牽合。撮，此處念ㄘㄨㄛ，cuō。
璀璨	璀燦	光明燦爛的樣子。
蔥蘢	蔥籠	草木青翠茂盛的樣子。蘢，ㄌㄨㄥˊ，lóng。
銼刀	剉刀	有細齒的鋼刀，可將物體突起的小部分銼去，使之平滑。
錯愕	錯惡	倉卒驚惶的樣子。

正確	錯誤	說明
燦爛	璨爛	光彩美麗的樣子。
簇擁	族擁	很多人圍擁或護衛著。
聰慧	聰惠	聰明慧穎。
蹉跎	搓跎	失足跌倒。比喻失意。虛度光陰。
伺候		服侍；照料。伺，此處念ㄘˋ，cì。
侍奉		服侍奉養。
涔涔		形容雨下不停或淚流不止。涔，ㄘㄣˊ，cén。
潸潸		流淚不止的樣子。潸，ㄕㄢ，shān。
從頭		自起初開始。
重新		從頭開始，第二次做。
詞鋒		形容文詞鋒芒，有如刀刃。
機鋒		指佛教禪宗以含義深刻、不落跡象的言語彼此問答，互相啟發，有如弩箭觸機而發其鋒銳。機警鋒利。
筆鋒		筆毫的尖端。比喻文章或書法的氣勢。
偏鋒		言論、文章或行為過於極端。

催促		催趕。
摧毀		毀壞。
攢錢		（to put money together [for some purpose]）湊集眾人所出的錢。攢，此處念ㄘㄨㄢˊ，cuán。
攢錢		（to save money）儲蓄錢財。攢，此處念ㄗㄢˇ，zǎn。。
嘈雜		聲音繁雜。
吵鬧		喧譁。
竄改		修改文字。
篡位		古稱臣下奪取君位。
草履蟲	草屨蟲	原生動物。生活在停滯的淡水裡，長得像草鞋底，體型扁平，極小，必須以顯微鏡才能看見，能自體分裂繁殖。
催命符	摧命符	比喻促人死亡的因素。
催花雨	摧花雨	春雨。
催眠曲	摧眠曲	一種寧靜而具有催眠作用的柔和樂曲。比喻單調乏味，使人昏昏欲睡的言語。
醋罈子	醋譚子	俗稱容易嫉妒的人。
此起彼落	此起比落	這裡起來，那裡落下。形容連續不斷。

正確	錯誤	說明
采薪之憂	踩心之憂	因生病不能採伐柴薪所生的憂慮。生病的委婉之詞。
刺刺不休	刺刺不休	話多的樣子。
促膝談心	蹙膝談心	相近對坐，互訴心事。
厝火積薪	厝火積新	把火放在堆積的柴草下。比喻潛藏著極大的危險。
挫挫銳氣	挫挫蛻氣	壓抑（他的）銳氣。
草長鶯飛	草長鷹飛	形容春回大地，萬物復甦的景象。
草莽英雄	草蟒英雄	聚集山林的強盜。
草菅人命	草管人命	比喻輕視人命。菅，ㄐㄧㄢ，jiān。
財大氣粗	財大氣出	倚仗財富而強橫欺人。
財運亨通	財運享通	發財的運氣好，賺錢很順利。
參差不齊	參雜不齊	長長短短，不整齊的樣子。參差，此處念ㄘㄣ ㄘ，cēn cī。
從井救人	從丼救人	跳到井裡去救人。比喻無益於別人而危害到自己的行為。
措手不及	錯手不及	沒有準備，臨時來不及應付。
曹丘之德	曹秋之德	比喻介紹、推薦的恩德。
淬礪奮發	淬勵奮發	磨鍊，努力向上。淬，ㄘㄨㄟˋ，cuì。

猝不及防	猝不急防	突然發生，來不及防備。猝，ㄘㄨˋ，cù。
粗製濫造	粗製爛造	物品粗劣、不精細。
惻隱之心	側隱之心	看到人家遭遇不幸，心裡難過的情緒。
曾幾何時	層幾何時	沒經過多久，含有感嘆的語氣。
催淚瓦斯	摧淚瓦斯	一種化學戰劑。接觸者會因刺激出現眼睛刺痛、淚涕齊流、呼吸困難、頭暈目眩等症狀。
慈眉善目	慈媚善目	面容慈祥和善。
滄海一粟	蒼海一粟	比喻非常渺小。
滄海桑田	蒼海桑田	滄海變成桑田，桑田變成滄海。比喻世事無常，變化很大。
慘絕人寰	慘絕人圜	其慘狀為世間少有。寰，ㄏㄨㄢˊ，huán。
慘澹經營	滲澹經營	苦心布置，刻意思索。竭盡心力去做。
摧枯拉朽	催枯拉朽	摧折枯枝朽木。比喻本身氣勢盛大，對方不堪一擊。比喻非常容易做到。
摧堅折銳	催堅折銳	比喻力量強大，不可抵擋。
層巒疊嶂	層巒疊障	山峰起伏，連綿重疊。
操之過急	超之過急	處理事情過於急躁。
操危慮患	操危濾患	操著危懼的心情，憂慮禍患來臨。

正確	錯誤	說明
錯綜複雜	錯縱複雜	交錯綜合在一起。形容情況複雜。
錯翻眼皮	錯番眼皮	俗稱識人不真切，而誤認其為某種人。
餐風宿露	餐風露宿	比喻行旅辛苦。
蠶食鯨吞	殘食驚吞	比喻緩食或急吞。比喻不同的侵略方式。
慘綠少年		比喻風度翩翩的美少年。
慘綠年華		風華正盛的青年時期。
慘遭滑鐵盧	慘遭滑鐵爐	比喻初嘗敗績。滑鐵盧（Waterloo）是比利時中部的小村莊，拿破崙在此地初嘗敗績。
操南部口音	抄南部口音	用南部口音說話。
此一時，彼一時	此一時，比一時	語本《孟子．公孫丑下》。現在的情勢和過去不同。
此地無銀三百兩	此地毋銀三百兩	語見《龍圖耳錄》第四十回。語本民間故事：有個人把銀子埋在地裡，因擔心被偷而留下「此地無銀三百兩」的字條。比喻想要隱瞞掩飾，但是方法笨拙，反而更暴露了真相。
此時無聲勝有聲	此時無生勝有生	語見唐．白居易〈琵琶行〉。形容給人一種妙不可言的感受。

聰明一世，糊塗一時	聰明一事，糊塗一時	語本元．關漢卿《拜月亭》第七折。諷刺聰明人偶爾也會做出糊塗事。
藏之名山，傳之其人	藏之名山，傳之奇人	語見漢．司馬遷〈報任少卿書〉。說明對自己作品的珍視。泛指把東西放在安全地方，交給可以信賴的人。
此中有真意，欲辯已忘言	此中有直意，欲辨已忘言	語見晉．陶潛〈飲酒〉。說明對某事的奧妙之處，難以用言語表達。
曾經滄海難為水，除卻巫山不是雲	曾經滄海難為水，除確巫山不是雲	語見唐．元稹〈離思〉。曾經經歷過大海的人，很難認為其他地方的水值得一看；看過巫山的雲以後，就覺得其他地方的雲不好看。既用以說明見過大世面，一般的事物看不上，也用來說明與某人的愛情或友情極深，任何人都比不上。
聰明人不固執己見，傻瓜一意孤行	聰明人不固執己見，傻瓜一意狐行	語本西洋諺語 A wise man changes his mind, a fool never. 猶言識時務者為俊傑。

ㄙ

正確	錯誤	說明
三省	三醒	多方反省。
三振	三震	棒、壘球比賽中，裁判宣告第三次好球，打擊手未揮棒或揮棒落空而被判出局。比喻被淘汰。
三通	山通	唐・杜佑《通典》、宋・鄭樵《通志》、元・馬端臨《文獻通考》三部史書的合稱。指通航、通郵、通商。
三態	三泰	指固態、液態、氣態。
夙怨	素怨	舊怨。夙，ㄙㄨˋ，sù。亦作「宿怨」。
思維	思唯	思慮。思索。指哲學上用分析、歸納等方式，對事物加以推論判斷的過程。亦作「思惟」。
思慕	思幕	想念仰慕。
唆使	嗦使	搧動別人做出不正當的行為。

素問	泰問	書名，內經之一，是中國最古的醫書，記黃帝與岐伯的問答。
梭哈	唆哈	一種撲克牌的遊戲方法，為英語 show hand 的音譯。每人得到固定的牌，最後一起攤牌比較大小順序。
散漫	散慢	分布散亂。隨便，不受拘束。
森嚴	深嚴	整齊而嚴肅的樣子。
肅靜	素靜	安靜、莊嚴。
嗩吶	哨鈉	吹奏樂器名。以木管為身，由細漸粗，上開八孔。木管上端為一細銅管，銅管前端套以葦製哨子。木管下端承接一個銅質的喇叭口，聲音高亢宏亮。
搜身	蒐身	搜查身上有無夾帶危險或違法的物品。
搜括	收括	用各種方法斂聚財物。亦作「搜刮」。
搜查	蒐查	搜尋檢查。
肆應	肄應	才具開展，能得宜地廣泛應付。因應。
頌揚	誦揚	稱頌讚揚。
僧侶	僧呂	和尚。
榫眼	筍眼	器物上預備承受榫頭的凹形洞。榫，ㄙㄨㄣˇ，sǔn。
榫頭	筍頭	器物接合處凸處部分，可套進榫眼裡的。

正確	錯誤	說明
瑣事	鎖事	小事。雜事。
瑣碎	鎖碎	零碎、繁瑣。
誦經	頌經	念經。戲稱人嘴裡嘮叨不停。
廝守	斯守	相守。
廝殺	撕殺	互相砍殺。
廝混	斯混	一起鬼混、鬧事。
慫恿	聳踴	從旁鼓動、誘使。
撒手	撤手	放開手。放手不管。指人去世。撒，此處念ㄙㄚ，sā。
撒旦	撤日	英語 Satan 的音譯。魔鬼（尤其指基督教信仰中與神對抗，誘使人類犯罪的魔鬼）。撒，此處念ㄙㄚ，sā。
撒野	撤野	胡鬧。放肆。撒，此處念ㄙㄚ，sā。
撒種	撤種	播種。撒，此處念ㄙㄚˇ，sǎ。
撒網	撤網	張網。撒，此處念ㄙㄚ，sā。
撒嬌	撤嬌	仗著受寵而使性子或故作嬌態。撒，此處念ㄙㄚ，sā。
撒謊	撤謊	說不實的話。撒，此處念ㄙㄚ，sā。

鎖鏈	鎖練	連結成串的鐵環索。
鬆弛	鬆馳	物體鬆軟，缺乏彈性。懈怠。
騷動	搔動	擾亂。
騷擾	搔擾	擾亂使不安寧。
灑脫	灑托	大方而不拘束。
三戒		指孔子勸戒人的三件事，即戒色、戒鬥、戒得。
五戒		佛教戒律之一。為佛教徒應持守的五項戒律，指不殺生、不偷盜、不邪淫、不妄語、不飲酒。
八戒		佛家指不殺生、不偷盜、不邪淫、不妄語、不飲酒、不坐高廣大床、不著華鬘瓔珞、不習歌舞伎樂等八條戒律。
三昧		梵語 Samādhi 的音譯，指止息雜慮，心專注於一境。一般行文，三昧指訣竅或奧妙，與梵語的原意頗有出入。昧，ㄇㄟˋ，mèi。
五味雜陳		形容各種心情都有。
一味		總是。
私淑		未能深受其教，但宗仰其人而私自效法學習。
私塾		舊時私人所設立的教學場所。

正確	錯誤	說明
所幸		（fortunately）幸好。
索性		（directly）直截了當。乾脆。
桑梓		古代在住宅旁種植桑樹和梓樹，後借指為鄉里、家鄉。
鄉里		家鄉。同鄉的人。
索引		（an index）或據英語音譯為「引得」。將書籍、期刊、報紙、雜誌中的內容要項或重要詞語，用檢字分類法排列，標明所在頁數，以便檢索查閱。
索隱		（to expose something concealed）探索隱蔽的真相或文章涵義。
梭巡		（to patrol to and fro）往來巡察。
逡巡		（to hesitate）走路心裡有顧慮，不敢前進的樣子。逡，ㄑㄩㄣ，qūn。
搔癢		抓癢。
瘙癢		皮膚發癢症。
肆虐		恣意作禍為害。
戲謔		言語上的戲弄。

撒尿		小便、排尿。撒，此處念ㄙㄚ，sā。
灑淚		傷心流淚。
隨從		(to follow)跟隨。從，此處念ㄘㄨㄥˊ，cóng。
隨從		(attendants)跟隨的人。從，此處念ㄗㄨㄥˋ，zòng。
鬆口		不再堅守原有的意見或祕密。將咬住的東西放開。
鬆手		放手。
三炷香	三柱香	點燃的線香以「炷」為單位。
三部曲	三步曲	指由前、中、後三部所合成的樂曲，乃歌曲中形式最完備者。現常用來指事情依次進展的步驟。
三稜鏡	三菱鏡	光學儀器的一種，由玻璃或透光材料製成，用來分析光線。
送秋波	送秋坡	用眼神傳遞情意給喜歡的人。比喻賣弄人情。
撒手鐧	殺手鐧	在最後一著，把最拿手的施展出來。比喻最後、最厲害的手段。鐧，ㄐㄧㄢˋ，jiàn。
餿主意		比喻不好、不可靠的計策。
鬼主意		指巧妙奇異的計謀。
三人成虎	三仁成虎	市上本無虎，但經多人傳說，便不免使人真以為有虎。形容謠言廣為散播，就會使人相信。

正確	錯誤	說明
三不五時	三步五時	時常。
三令五申	三申五令	再三地命令告誡。
三多九如	三多酒如	為祝頌的話。三多指多富、多壽、多男子。九如指年壽如山、如阜、如岡、如陵、如川、如月、如日、如南山、如松柏。
三言二拍	三延二拍	明．馮夢龍所撰《醒世恆言》、《警世通言》、《喻世名言》，以及明．凌濛初所撰《拍案驚奇》、《二刻拍案驚奇》五部短篇小說集的合稱。
三姑六婆	三咕六婆	舊時稱道姑、尼姑、卦姑（占卜者）為三姑，牙婆（人口販子）、媒婆、師婆（女巫）、虔婆（女賊）、樂婆（女樂工）、穩婆（接生婆）為六婆。泛指各種職業的婦女。指喜愛搬弄是非的婦女。
三紙無驢	三紙無盧	譏諷通篇廢話，不能把握要點。
三復斯言	三復思言	反覆體會這一句話。
三番兩次	三翻兩次	屢次。一再。
三陽開泰	三陽開秦	形容新春正月，一切事物都更新的景象。新年時祝賀的話。
三綱五常	三網五常	泛指人倫間應當具備的重大道理。
三審定讞	三審定獻	經過三審後判決確定。讞，ㄧㄢˋ，yàn。

三緘其口	三咸其口	比喻謹慎而不說話。緘，ㄐㄧㄢ，jiān。
三餐不繼	三餐不濟	比喻生活困苦。
三顧茅廬	三顧矛盧	形容禮賢下士的誠意。
夙夜匪懈	宿夜匪懈	從早到晚工作不稍懈怠。比喻勤奮。夙，ㄙㄨˋ，sù。
夙興夜寐	宿興夜寐	早起晚睡，指認真做事。
死心塌地	死心踏地	絕去一切念頭，不作別的打算。
死有餘辜	死有餘孤	形容罪孽深重，死都不足以抵罪。
色衰愛弛	色衰愛馳	指婦女因姿色衰退而失去寵愛。
色授魂與	色受魂與	形容彼此神交心會，情投意合而不著痕跡。
色厲內荏	色厲內忍	外貌剛強嚴厲，而內心懦弱。荏，ㄖㄣˇ，rěn。
似是而非	是是而非	表面像是正確，其實是錯誤的。
私相授受	私相受授	財物或權位不合法、不合理地私自贈與和接受。
所向披靡	所向披糜	兵力所到之處，敵人紛紛敗退。靡，此處念ㄇㄧˇ，mǐ。
桑間濮上	桑間僕上	原指淫風流行之地。後指男女幽會之處。濮，ㄆㄨˊ，pú。
桑榆晚景	桑愉晚景	比喻晚年。
素人畫家	宿人畫家	指未受過任何學院訓練及畫派、潮流的影響，只憑天賦自發創作的畫家。

正確	錯誤	說明
素昧平生	素味平生	向來不相識。昧，ㄇㄟˋ，mèi。
索然無味	索然無昧	一點趣味也沒有。
掃眉才子	掃媒才子	比喻通曉文學的女子。
喪家之犬	傷家之犬	比喻淪落、不得志的人。
森羅萬象	森羅萬像	宇宙間紛然羅列的各種事象。
肅然起敬	肅然啟敬	因受感動而欽佩恭敬。
塞翁失馬	賽翁失馬	比喻因禍得福。
嵩呼萬歲	聳呼萬歲	高呼萬歲，專制時代對帝王的祝頌。嵩，ㄙㄨㄥ，sōng。
損失不貲	損失不茲	損失無從計量。損失很多。貲，ㄗ，zī。
搔到癢處	搔到養處	比喻正合心意，極為痛快。
搔首弄姿	搔手弄姿	形容女子故意賣弄風情。
搜索枯腸	搜索姑腸	形容冥思苦想。
肆無忌憚	肆無忌彈	放肆而沒有顧忌和害怕。
算無遺策	算無遺冊	比喻計畫周密，從來沒有失敗過。
撒手塵寰	撤手塵寰	喻死亡。

隨心所欲	隨心所意	完全順著自己的心意做事。
隨侍在側	隨伺在側	隨從奉侍。常在訃文裡使用。
隨珠彈雀	隨珠彈鵲	用珠寶打鳥。比喻處理事情，不知輕重。比喻貴物賤用，不得其當。亦作「隋珠彈雀」。
隨聲附和	隨聲附合	自己沒有主見，只能迎合他人。
聳人聽聞	悚人聽聞	故意誇大其詞，使聽者驚駭。
騷人墨客	搔人墨客	屈原曾作《離騷》，因稱屈原為騷人，後泛指詩人。墨是文士必備的工具，墨客泛指文人。騷人墨客，稱文人雅士。
三軍統帥		陸海空三軍的最高領導人。
統率三軍		統領指揮陸海空三軍。
司空見慣		比喻經常看到，不足為奇。
書空咄咄		比喻無可奈何的神情。咄，ㄉㄨㄛˋ。
所向披靡		比喻力量所到之處，一切阻礙都被推倒。
望風披靡		形容軍隊喪失鬥志，遠望敵人氣勢，就已潰散。
娑婆世界		大千世界。娑，ㄙㄨㄛ，suō。
婆娑起舞		翩翩起舞時的美妙姿態。

正確	錯誤	說明
溯及既往		指法律的規定效力，可以追溯到律令頒布施行前所發生的事件。
既往不咎		已經過去的事不再追究責備。
酸性食品		經人體代謝後，其無機成分如硫、磷、氯等會產生酸性殘基的食品。如魚、肉等。
鹼性食品		經人體代謝後，其無機成分如鈉、鉀、鈣、鎂等會產生鹼性殘基的食品。如蔬菜、水果等。
隨方就圓		性情隨和。
隨遇而安		能安於所處的環境。
三思而後行	三斯而後行	語見《論語・公冶長》。經過再三思考後，才去施行。形容做事小心謹慎。勸人不可貿然行事。
四兩撥千斤	四兩潑千斤	語見清・俞萬春《蕩寇志》第七十回。指借力使力，以柔克剛的方法。
歲月不待人	歲月不代人	語見晉・陶潛〈雜詩〉：「盛年不重來，一日難再晨，及時當勉勵，歲月不待人。」與西洋諺語 Time and tide wait for no man. 不謀而合。形容時間過得很快，應把握。
三寸不爛之舌	三寸不濫之舌	語見元・關漢卿《關大王獨赴單刀會》第四折。指能言善辯的口才。

ㄙ

三折肱成良醫	三折弓成良醫	語本《左傳·定公十三年》。常常折斷胳膊的人，因為經驗豐富，會成為好醫生。既用以說明長時間生病，會學到不少醫療知識，也用來比喻在某一方面累積了失敗的經驗，而成為這一方面的專家。肱，ㄍㄨㄥ，gōng。
送佛送到西天	送佛送到西天	語見清·文康《兒女英雄傳》第九回。說明幫助人就要幫到底。既用以請求，也用來表態。
三七講，四六聽	三七講，四八聽	（台灣俗語）隨便說說，不必盡信。
三更燈火五更雞	三更登火五更雞	語見唐·顏真卿〈勸學〉。形容人晚睡早起，勤奮讀書的樣子。
三天打魚，兩天曬網	三天打漁，兩天曬網	語見清·曹雪芹《紅樓夢》第九回。比喻做事或學習不認真或沒有恆心。
三十六計，走為上策	三十六計，走為上測	語本梁·蕭子顯《南齊書·王敬則傳》。用以說明為免吃眼前虧，最好的辦法是及時逃避。
送君千里，終有一別	送君千里，中有一別	語見明·施耐庵《水滸傳》第三十二回。送別臨行時勸慰的用語。亦作「送君千里，終須一別」。
塞翁失馬，焉知非福	賽翁失馬，焉知非福	語本漢·劉安《淮南子·人間訓》。說明雖有一時的損失，卻很有可能因此而得到某種利益。所以所謂的好壞，並不是一定的。

正確

司馬昭之心，路人皆知

錯誤

司馬昭知心，路人皆知

說明

語見晉・陳壽《三國志・魏書・高貴鄉公傳》。比喻眾所周知的不良居心。

正確

三十年河東，三十年河西

錯誤

三十年河東，四十年河西

說明

語見清・吳敬梓《儒林外史》第四十六回。說明世事變幻無常，盛衰難測。

正確

三十而立，四十而不惑，五十而知天命，六十而耳順，七十而從心所欲，不踰矩

錯誤

三十而立，四十而不惑，五十而知天命，六十而耳順，七十而從心所欲，不渝矩

說明

三十歲能立定志向把持得堅固；四十歲時明白一切事理，沒有疑惑；五十歲時知道天命的奧妙，六十歲時一聽到什麼，心裡便自然貫通；七十歲就能想到哪裡做到哪裡，不會超越規矩。語見《論語・為政篇》。孔子自述進學的次序，勉人須蒸蒸日進，循序漸進。也用以說明人是隨著年齡的增長而逐步成熟的，到完全成熟時已經年邁了。三十歲為「而立」之年，四十歲為「不惑」之年，五十歲為「知天命」之年，六十歲為「耳順」之年，七十歲為「從心所欲」之年，本此。

正確	錯誤	說明
阿Q	阿O	魯迅名著《阿Q正傳》的主人翁。用假想的勝利來自我安慰的「精神勝利者」的代稱。
阿斗	阿抖	三國時蜀漢後主劉禪的小名。劉禪為人庸碌愚昧，後人乃用阿斗來比喻庸碌愚昧的人。
阿拉	哈拉	阿拉伯語 Allah 的音譯。伊斯蘭教所信仰的唯一真神。我（寧波話）。
阿們	啊門	西伯來語 amen（心願如此）的音譯，是教徒在祈禱中及祈禱完畢時的常用語。們，此處念˙ㄇㄣ，mėn。
阿哥哥	阿歌歌	a-go-go，起源於法國的一種舞蹈，又稱搖擺舞。
阿堵物	阿賭物	阿堵，係六朝口語，「這個」的意思。晉王衍平日言談不提錢字。王妻想試探他，令婢女用錢圍繞床邊。王衍醒來怒斥：「舉卻阿堵物！（把這個東西拿走）」後人乃用阿堵物作為錢的代稱。阿，此處念ㄚˋ，à。

正確	錯誤	說明
阿斯匹靈	阿斯四靈	英語 aspirin 的音譯。一種藥物，多用於解熱、鎮痛與治療感冒。
阿基米德原理	阿機米德原理	指物體在液體中所受浮力，等於物體所排開液體的重量。

ㄜ

正確	錯誤	說明
厄運	阨運	困苦的遭遇。
扼要	阨要	據守顯要的地方。抓住要點。
扼腕	扼挽	用手握腕。表示失意、惋惜、憤怒或振奮。
阨塞	厄塞	險要地方。
阿諛	阿臾	討好奉承。阿，此處念ㄜ，ē。
屙尿	痾尿	排泄小便。屙，ㄜ，ē。
屙屎	痾屎	排泄糞便。
惡心	嘔心	想吐。亦作「噁心」。
蛾眉	哦眉	美人的代稱。美人的眉毛細長彎曲像蠶蛾的觸鬚。
餓殍	餓俘	餓死的人，亦作「餓莩」。殍，ㄆㄧㄠˇ，piǎo。
噩耗	愕耗	令人驚怕的壞消息，多指死去的消息。亦作「惡耗」。

正確	錯誤	說明
噩夢	厄夢	不祥之夢。亦作「惡夢」。
扼殺		阻斷、斷絕。
遏止		阻止。
遏抑		阻止、壓制。
遏制		壓抑、制止。
遏阻		阻止。
鵝卵石		圓滑而大小像鵝卵的石頭。
鵝鑾鼻		地名，位於墾丁，台灣最南端的一角。
阿其所好	阿齊所好	迎合他人的喜好。袒護自己所喜歡的人。阿，ㄜ，ē。
阿鼻地獄	阿比地獄	佛教所稱地獄之一。
婀娜多姿	阿娜多姿	姿態美好的樣子。婀娜，ㄜ ㄋㄨㄛˊ，ē nuó。
惡貫滿盈	惡慣滿盈	形容罪惡已累積到了極點。
惡紫奪朱	惡紫奪珠	厭惡紫色取代紅色，用以比喻厭惡邪惡勝過正義。
惡意攻訐	惡意攻堅	不懷好意地揭發攻擊別人的私事、過錯。訐，ㄐㄧㄝˊ，jié。
遏阻犯罪	扼阻犯罪	阻止暴行、罪行。

ㄜ

餓虎撲羊 惡虎撲羊 形容貪饞或餓極猛食的樣子。比喻來勢凶猛激烈。

額手稱慶 額首稱慶 把手放在額頭上，表示祝賀或敬意。

鵝行鴨步 鵝行押步 比喻走路緩慢。

鱷魚流淚 噩魚流淚 crocodile tears，意謂假慈悲。

惡濕居下 厭惡潮濕，卻又住在較低的地方。用以比喻明知故犯。

惡醉強酒 厭惡醉酒，卻又不節制地喝酒。亦用以比喻明知故犯。

惡語傷人六月寒 惡語傷人三月寒 惡毒的話傷人很深，即使在六月的盛署，也會讓人心寒。「良言一句三冬暖，惡語傷人六月寒。」

ㄞ

正確	錯誤	說明
哀悼	衰悼	悲痛地追念死者。
哀戚	哀咸	哀傷憂愁。
哀傷	衰傷	悲傷。
哎呀	挨呀	嘆詞。表示驚愕。表示哀傷惋惜。
哎喲	挨喲	嘆詞。表示疼痛。表示驚奇。
欸乃	矣乃	指搖櫓的聲音。欸，此處念ㄞˇ，ǎi。
愛戴	愛載	敬愛擁戴。
曖昧	曖味	幽暗不明。含糊不清。不光明，不可告人。
矮趴趴		很低。趴，ㄆㄚ，pā。
矮墩墩		又矮又胖。墩，ㄉㄨㄣ，dūn。

窄鼈鼈		很窄。鼈，ㄅㄧㄝ，biē。
短撅撅		很短。撅，ㄐㄩㄝ，juē。
呆若木雞	待若木雞	形容癡呆的樣子好像木頭做成的雞一樣。呆，此處念ㄞˊ，ái。
哀兵必勝	哀兵必盛	指受壓抑而奮起反抗的軍隊，必然能打勝仗。
哀矜勿喜	哀今勿喜	對別人的過錯，心懷同情憐憫，不因有權指責而高興。
哀感頑豔	哀感頑餤	文詞淒美感人，使愚笨與聰慧的人同受感動。形容作品美豔動人。
哀毀骨立	哀毀鼓勵	過度悲傷而使身體消瘦。多用於父母之喪。
哀鴻遍野	哀紅遍野	比喻到處都是流離失所的災民。
愛不釋手	愛不試手	喜愛而捨不得放手。
愛屋及烏	愛烏及屋	比喻推愛。
愛惜羽毛	受惜羽毛	比喻人處事謹慎，唯恐有損於自己的名譽。
愛莫能助	愛沒能助	內心雖然同情，卻無力幫助。
矮人看戲	礙人看戲	形容隨聲附和。比喻所見不廣。
皚皚白雪		潔白的雪。皚，ㄞˊ，ái。
白髮皤皤		髮白的樣子。皤，ㄆㄛˊ，pó。

正確	錯誤	說明
哀莫大於心死	哀末大於心死	語見《莊子．田子方》。人最可悲的是喪失自信或麻木不仁。
愛之欲其生，惡之欲其死	愛之慾其生，惡之慾其死	語見《論語．顏淵》。說明對人的態度好惡分明。
愛情、發癢和咳嗽都是隱瞞不了的	愛情、發癢和咳嗽都是穩瞞不了的	語本西洋諺語 Love, the itch and a cough can not be hid. 知道旁人有戀情時的戲謔言詞。

ㄠ

正確	錯誤	說明
奧援	澳援	有力的支援。在背後支持的力量。
熬夜	敖夜	夜晚不睡覺。
懊惱	燠惱	悔恨。
燠熱	懊熱	酷熱。燠，ㄠˋ，ào。
鏖戰	熬戰	竭力苦戰。鏖，ㄠˊ，áo。
遨遊		逍遙自在地遊樂。
翱翔		飛翔。
嗷嗷待哺	嗷嗷待補	幼兒哭叫，等候餵食。比喻災民哀號，等待救助。
奧斯卡金像獎	澳斯卡金像獎	Oscar，美國影藝學院自一九七二年起每年頒發的電影大獎。
奧林匹克運動會	澳林匹克運動會	Olympic Games，簡稱「奧運會」。起源於古希臘的酬神盛典，一八九六年在雅典舉行第一屆奧運會，以後每四年在會員國輪替舉行。

ㄡ

正確	錯誤	說明
偶像	偶象	用手工木雕泥塑的神像佛像。比喻極受人們崇拜的人或物。
偶爾	偶而	非意料中的。沒有一定規律，不經常的。
歐美	毆美	歐洲和美洲的合稱，通常泛指西方。
歐戰	毆戰	指第一次世界大戰，因戰場多在歐洲。
毆打	歐打	捶打。
嘔心瀝血	噁心瀝血	把心、血都吐出來。形容費盡苦心。
藕斷絲連	偶斷絲連	比喻表面上斷了關係，實際上仍有牽連。多指男女間情意的似斷非斷。
鷗鷺忘機	鷺鷥忘機	指人沒有心機，能使異類也願意親近。後用以比喻投身自然，不以世務為念。

ㄢ

正確	錯誤	說明
安放	按放	妥善地放置。
安排	按排	安置處理。
安裝	按裝	裝置。
安穩	安隱	平安而穩當。
按摩	按磨	用手摩、推人的身體各部，使人舒暢的一種手技，也是一種醫術。
安詳		從容不迫的樣子。
祥和		吉祥平和。
安土重遷	安土崇遷	安居故土，不輕易遷徙。重，此處念ㄓㄨㄥˋ，zhòng。
安內攘外	安內嚷外	安定內部，抵禦外敵。
安分守己	安分守已	規矩老實，守本分。

正確	錯誤	說明
安步當車	安部當車	以步行代替坐車。形容節儉。現在常作緩步代車的意思。車，此處念ㄐㄩ，jū。
安身立命	安生立命	精神和生活有所寄託。
安居樂業	安拘樂業	人民生活安定，喜愛自己的職業。
安非他命	安菲他命	英語 amphetamine 的音譯。一種刺激中樞神經及交感神經的興奮劑。醫藥中原作為治療憂鬱症的藥物，食用後會產生快感、幻覺妄想等現象與多種副作用，因遭濫用，容易成癮，在台灣被列為二級毒品。
安貧樂道	安貪樂道	不抱怨貧苦的生活，而以自己能遵守道義感到快樂。
安然無恙	安然無樣	遇到許多危險，都能平安地度過。
按兵不動	暗兵不動	軍隊停止前進或攻擊。比喻暫時擱置或停止。
按部就班	按步就班	形容做事有條理。
按圖索驥	按圖索記	比喻循著線索或指引去尋找事物。比喻做事拘泥成規，不知變通。
案牘勞形	案讀勞形	指公務繁雜以致勞累身體。
暗箭傷人	按箭傷人	趁人不注意時加以傷害。

黯然神傷 暗然神傷 形容由於失意而心神沮喪，流露出感傷的神情。

按捺不住 壓不住（怒氣）。

難耐寂寞 沒辦法堅持忍耐寂寞。

暗香疏影 清幽的香氣，疏落的影子。指梅花。

國色天香 花國絕色，天外奇香。指牡丹。形容容貌美麗的女子。

ㄣ

正確	錯誤	說明
恩惠	恩慧	別人給予的幫助、照顧。
恩同再造	恩同在造	受惠之大，如同使自己重生一般。形容受恩很深。
恩斷義絕	恩斷義決	恩情和道義全都斷絕。形容斷絕一切關係和情分。

正確	錯誤	說明
而已	而以	「罷了」的意思。表示限制或讓步的助詞。
爾後	而後	此後。以後。
二百五	三百五	謔稱愚蠢或鹵莽的人。
二郎腿	二朗腿	坐下時一腿蹺起，兩腿的膝蓋相疊。
二部曲	二步曲	由兩種樂器合奏，或兩種聲音合唱樂曲中相異兩部分之樂譜。
而今而後	爾今爾後	從今以後。
耳提面命	耳題面命	原指揪著對方的耳朵，形容對人教導殷勤懇切、再三叮嚀。當面提醒、告訴。
耳濡目染	耳儒目染	比喻深受外界見聞的感染。
耳鬢廝磨	耳鬢斯摩	指男女間的親密相愛。
爾虞我詐	爾愚我詐	彼此以欺騙的態度相對待。形容人際間的鉤心鬥角。亦作「爾詐我虞」。

正確	錯誤	說明
二桃殺三士	三桃殺二士	語本《晏子春秋・諫下二》。比喻借刀殺人。
耳聞不如目見	爾聞不如目見	語本漢・劉向《說苑・政理》。說明親眼看見的重要。與西洋諺語 Seeing is believing 不謀而合。
二人同心，其利斷金	二人同心，其力斷金	語見《周易・繫辭上》。兩個人一條心，其力量就像刀劍鋒利得可以斬斷金屬。說明團結的重要。
二虎相鬥，必有一傷	三虎相鬥，必有一傷	語見清・劉璋《斬鬼傳》第四回。比喻兩個力量強大的人互相爭鬥，必有一方受到傷害。
兒女情長，英雄氣短	兒女琴長，英雄器短	語見清・文康《兒女英雄傳》首回。指由於男女情深的緣故，使得英雄的豪氣消沉下來。

一

正確	錯誤	說明
一扠	一插	拇指與食指張開的寬度叫扠。扠，此處念ㄓㄚˇ，zhǎ。
一晌	一恦	片刻；短暫的時間。晌，ㄕㄤˇ，shǎng。
ㄚ鬟	ㄚ環	女婢。也作「ㄚ嬛」。
已經	己經	表已過去的時間副詞。
夭矯	么矯	屈伸自如的樣子。矯，ㄐㄧㄠˇ，jiǎo。
尤其	由其	副詞，表示更進一步。
尤甚	猶甚	更加。
引申	引呻	由本義推演、轉變而成其他的意義。亦作「引伸」。
引咎	引疚	承擔過錯。
引渡	引度	人民犯罪逃到他國，該國政府根據國際公法向犯人居留國請求，解回受審。
引擎	尹擎	英語engine的音譯。利用煤、蒸汽或其他原動力發動的機器。

正確	錯誤	說明
仰望	抑望	抬頭向上看。期望。倚靠、託付。
伊始	尹始	事情的開端。
印堂	印唐	相術家稱兩眉之間的部位。
印象	印像	外界事物在腦中所留影像或觀感。
屹立	迄立	直立不動的樣子。屹，ㄧˋ，yì。
羊羹	羊焿	用豆沙、麵粉、糖等食材做成的塊狀糕點。羊肉做的羹湯。
冶金	治金	從礦石中煉取金屬的過程。冶，ㄧㄝˇ，yě。
冶豔	野豔	妖豔美麗。
抑制	仰制	壓制。約束。
抑或	亦或	還是；或者。
攸關	悠關	有關係。攸，ㄧㄡ，yōu。
依次	伊次	按照順序。
依附	依付	依靠。附從。
依偎	依隈	緊靠在一起。形容親暱的樣子。
奄忽	奄惚	忽然。奄，ㄧㄢˇ，yǎn。

延長	廷長	加長、拉長。
延期	廷期	將既定日期延後。
延續	廷續	繼續下去。
押金	壓金	作為擔保的錢。
沿襲	沿習	因襲照舊而不改變。
肴饌	肴撰	菜肴。
幽咽	幽夜	形容哀怨、細微的哭泣聲。形容輕細、低沉的流水聲。咽，此處念ㄧㄝˋ，yè。
弈棋	奕棋	下棋。
洋溢	揚溢	盛大而廣博。
要挾	要俠	強迫別人服從。要，此處念ㄧㄠ，yāo。
宴會	晏會	招待客人飲酒作樂的聚會。
挹注	挹住	舀取大器皿中的水倒入小器皿中。比喻取有餘以補不足。多指錢財而言。挹，ㄧˋ，yì。
殷鑑	陰鑑	可引為教訓的前人失敗的事。
氤氳	因氳	煙雲瀰漫的樣子。氤氳，ㄧㄣ ㄩㄣ，yīn yūn。
益發	亦發	越發。更加。

正確	錯誤	說明
舀水	搖水	用勺子取水。舀，ㄧㄠˇ，yǎo。
迻譯	多譯	翻譯。迻，ㄧˊ，yí。
悠久	幽久	長久。
悠揚	攸揚	形容樂音好聽而傳達得很遠。
掩護	淹護	遮掩保護。
眼眶	眼框	眼窩的四周。
眼線	眼腺	在眼眶邊緣描繪出的線條。預先布置以提供消息或引導的人。
眼翳	眼醫	眼珠上生出薄膜，而障蔽視線的一種疾病。翳，此處念ㄧˋ，yì。
揚州	楊州	江蘇省江都縣的舊名。古九州之一。
揶揄	耶揄	嘲笑戲弄。
游移	游疑	移動不定。遲疑未決。
游說	猶說	用言詞勸服別人。亦作「遊說」。說，此處念ㄕㄨㄟˋ，shuì。
猶如	猷如	好像。
猶豫	猷鬱	遲疑不決。

貽誤	飴誤	耽誤。
郵戳	郵截	郵局在信件郵票上加蓋的印記。
陽痿	陽萎	男子生殖器不舉的病症。痿，ㄨㄟˇ，wěi。
陽臺	洋臺	樓房的房間外面可以乘涼、曬太陽或遠眺的平臺。
飲泣	引泣	淚水流入口中。形容暗自流淚，不哭出聲音。
飲恨	引恨	受屈抱恨，無從申訴。
塋地	瑩地	墓地。塋，ㄧㄥˊ，yíng。
搖曳	搖弋	飄蕩。搖擺。
搖晃	搖㨪	擺動不定。
搖籃	搖藍	使小孩入眠的睡具。引申為某種事物的培育長成的處所。
喑啞	暗啞	失音不能說話。喑，ㄧㄣ，yīn。
肄業	肆業	指沒有畢業或尚未畢業。修習學業或技藝。肄，ㄧˋ，yì。
腰肢	腰支	軀幹的腰部。
遊蕩	游蕩	閒遊放蕩，不務正業。
夤夜	寅夜	深夜。夤，ㄧㄣˊ，yín。
夤緣	寅緣	攀附向上。比喻巴結有權有勢的人，以求得權勢地位。

正確	錯誤	說明
旖旎	綺旎	柔美的樣子。旖旎，ㄧˇ ㄋㄧˇ，yǐ nǐ。
演繹	演譯	由普通原理推斷特殊事實。
筵席	延席	古代席地而坐的坐具。酒席。
誘拐	誘枴	引誘拐騙。
遙控	搖控	從遠處控制機械或儀器的操作。
儀態	怡態	儀容和風度。
影像	影相	物體通過光學裝置、電子裝置等呈現出來的形狀。
影響	影嚮	由於一件事情的發生，而引起其他事情的變化。
樣板	樣版	可以作為標準的固定形式。
潁水	穎水	水名，源出河南省，經安徽入淮河。潁，ㄧㄥˇ，yǐng。
遺失	遣失	丟失。失落。
遺囑	遺矚	指人在臨終前所留下的言詞。
優渥	優握	豐厚。
優游	悠遊	閒暇自得的樣子。猶豫不決的樣子。
優閒	悠閒	閒暇自得。

壓抑	壓仰	用強力壓迫或克制。
應卯	應予	古代吏役每日卯時（早晨五點到七點）點名，點名時答應一聲，表示到班。後引申為照例行事或敷衍了事。
應景	應警	順應節令的需要。敷衍。
營救	贏救	設法援救。
營運	榮運	指業務的經營和資金的運用。
膺選	鷹選	當選。膺，ㄧㄥ，yīng。
隱祕	隱密	祕密的事。
黝黑	幼黑	深黑色。黝，ㄧㄡˇ，yǒu。
隱居	穩居	退隱不問世事。住在偏僻的地方，不出來做事。
霪雨	隱雨	久雨。亦作「淫雨」。霪，ㄧㄣˊ，yín。
罌粟	罌栗	草本，罌粟科，可供醫藥的用途，亦為鴉片的原料。
譯文	釋文	翻譯的文字。
儼然	嚴然	莊嚴的樣子。整齊的樣子。好像。儼，ㄧㄢˇ，yǎn。
贗品	膺品	仿冒、偽造的物品。贗，ㄧㄢˋ，yàn。
一旦		（once）有一天。表示假設或期待的語氣。

正確	錯誤	說明
不但		（not only）不只。
一併		（in company with）一同、一起。
並肩		（side by side）肩挨著肩，並排。
一味		總是。
三昧		梵語 Samādhi 的音譯，指止息雜慮，心專注於一境。一般行文，三昧指訣竅或奧妙，與梵語的原意頗有出入。昧，ㄇㄟˋ，mèi。
五味雜陳		形容各種心情都有。
一貫		（consistent）一向，從未改變。
魚貫		（in procession）像游魚一樣一個接著一個。
一斑		（a speck）比喻事物的一小部分，而非全部的。
一般		（ccommon）通常。
以至		（up to）一直到。
以致		（with the result that）導致。表示結果或功效的連詞。
以往		（in the past）本指之後，後用為在以前。

已往　（the past）以前。

引信　一種遇到撞擊、點燃，便可導引彈藥爆發的裝置。

穿針引線　比喻從中拉攏、撮合，以促成事情。

引領　伸著脖子遠望，意思是很殷切地盼望。如「引領而望」。

引頸就戮　伸長脖子接受殺戮。形容坦然赴死，毫不畏懼。戮，ㄌㄨˋ，lù。

依稀　彷彿；不清楚的樣子。

清晰　清楚明白。

佯裝　（to pretend）假裝。

洋裝　（western dress）西式服裝。今多指女子衣裙連身的服裝。

沿襲　依據舊方法、舊樣子而不改變。

延續　繼續下去。

英寸　英國長度單位，為英尺的十二分之一，略作「吋」。

英尺　英國長度單位，等於〇．三〇四八公尺，略作「呎」。

英里　英、美丈量陸地的長度名，等於五二八〇英尺，略作「哩」。

幽冥　（the lower world; hell）深暗的地方。佛家指地獄。

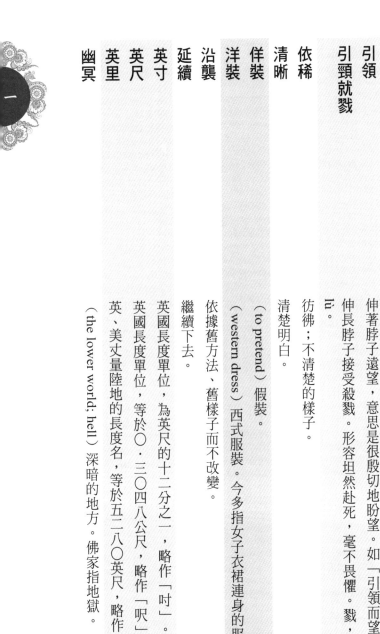

正確	錯誤	說明
幽明		（day and night; the dead and the living）晝和夜。人和鬼的界域。聰明的跟愚笨的。善和惡。
洋傘		（an [Western - style] umbrella）用來擋雨遮陽的用具。由西洋傳入，故稱。
陽傘		（a sunshade）遮日光用的傘。
宴坐		靜坐。
晏起		晚起。
眼瞼		就是眼皮。眼球前面的軟皮，閉上眼的時候遮護眼球。瞼，ㄐㄧㄢˇ，jiǎn。
眼簾		又叫「虹彩膜」，是眼球中層的圓形膜，具伸縮力，可使瞳孔放大或縮小，以調節光線。
雅致		高雅的情趣。指景觀、色彩、裝扮等的高雅、秀逸。
韻致		風度韻味。
別致		新奇特別，另有一番風味。（「情致」、「興致」等詞語的相關說明，參看第二十八頁）。
雅痞		英語 yuppie 的音譯。二十五歲至四十五歲，居住於大都會附近，具有專業技能的知識分子。

嬉皮　英語 hippie 的音譯。一九六〇年代出現於美國的一種崇尚自然型態生活的青年集團。捨棄社會既定的風俗習慣，穿著舉止率性隨便，經常蓬頭垢面，喜歡飲酒、服用迷幻藥或吸食大麻，人生態度相當頹廢。

意味　（It seems to say...）值得細細體會的意義和趣味。體會。含有某種意義（常與「著」連用）。

意謂　（to mean）意思是。

淹沒　（submerged）水遮沒過。形容被聲浪蓋過。

湮沒　（to bury or be buried）滅亡。埋沒。

搖曳　飄蕩。逍遙自在。

巡弋　軍艦和飛機在海空巡邏。弋，ㄧˋ，yì。

銀幕　映演電影的布幕。常用作電影的代稱。

螢幕　電視機上聚集螢光、顯現映像，類似銀幕的裝置。亦稱「螢光幕」。常用作電視的代稱。

影射　藉此說彼，暗指某人某事。

攝影　拍攝影像。

魷魚　軟體動物，具側鰭，十足。遇危險時，從肛門附近的墨囊噴出墨汁，趁機逃生。

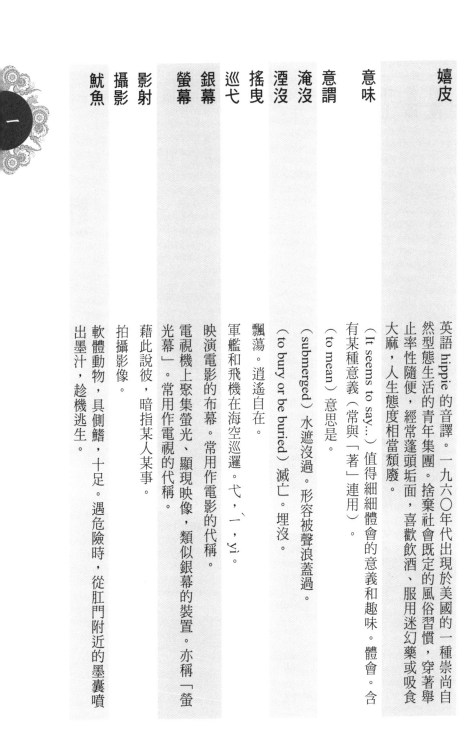

正確	錯誤	說明
章魚		軟體動物，與烏賊同類異種，捕食魚蝦（「沙魚」等詞語的相關說明，參看第二八一頁及二八二頁）。
遺憾		覺得不滿、惋惜或歉疚。
震撼		震動；震驚。
謁見		（to see a superior）拜見地位高的人。
接見		（to receive [a visitor, etc.]）會見。
鷹爪		鷹的爪子。比喻爪牙、走狗。
鷹眼		鷹的眼睛。比喻銳利的眼睛。
鷹架		供老鷹站立的架子。建築物或結構物建造進行中，為便於施工所搭建的臨時高架。
一字師	一字帥	改正一個字的老師。五代．釋齊己〈早梅〉詩：「前村深雪裡，昨夜數枝開。」鄭谷改「數」為「一」，意境更佳。時人稱谷為「一字師」。
一抔土	一坏土	本指一捧土。後世稱墳墓。抔，ㄆㄡˊ，póu。
一骨碌	一古碌	翻身一滾。形容動作很快。
一幀畫	一楨畫	幀，ㄓㄥˋ，zhèng，畫幅的量詞。

一幅畫	一副畫	幅，畫幅的量詞。
一棵樹	一顆樹	「棵」用來計量植物。
一會兒	一回兒	片刻。一下子。會，此處念ㄏㄨㄟˇ，huǐ。
一溜煙	一溜湮	形容走或跑得很快的樣子。
一窩蜂	一窩風	形容群趨的樣子，如同傾巢的蜂，簇擁而出。
一彈指	一彈子	形容極短的時間。彈，此處念ㄊㄢˊ，tán。
一線天	一腺天	兩崖相夾，上頭僅剩一線可見天，或洞穴深邃，僅透一線光等的特殊地形。墾丁國家公園內即有一線天的景觀。
一輩子	一倍子	一生。
一闋詞	一闕詞	闋，ㄑㄩㄝˋ，què，量詞，計算詞曲的單位。
一攤水	一灘水	攤開的液狀物以「攤」為單位。
伊甸園	伊旬園	Eden，《舊約‧創世紀》中所記載的樂園。後來借為人間樂土的代稱。
羊癲風	羊癲瘋	即癲癇，又叫「羊角風」。
洋涇浜	洋經浜	泛指不純正的英語。浜，ㄅㄤ，bāng。
耶誕節	噎蛋節	Christmas，紀念耶穌基督誕生的節日。耶穌誕辰，自古傳說不一，西元四世紀時，羅馬人始訂為十二月二十五日。Christmas 可簡寫為 Xmas，X'mas 是錯誤的。

正確	錯誤	說明
眼睜睜	眼爭爭	張眼看著。
揚子江	楊子江	又名長江，為中國第一大河。
猶之乎	尤之乎	猶若、如同。
燕尾服	雁尾服	一種男子西式的晚禮服。前身短，後身長，後下端分開如燕尾。
癮君子	隱君子	嘲諷吸煙成癮的人。
一剎那		形容極短的時間。
一霎時		形容極短的時間。
一眨眼		眼皮一開一合。比喻時間很短。
一晃眼		眼前一現就不見了。形容時間過得很快。
一顆糖		顆和粒都用來計量立體圓形物。顆，可以計量小型和大型的。例如：一顆葡萄、一顆蛋、一顆蘋果。
一粒米		在台灣方言裡，粒可用於小型、大型，甚至超大型。例如：一粒蛋、一粒西瓜、一粒流星。
軋馬路		在路上無目的地行走。軋，此處念ㄧㄚˋ，yà。
軋頭寸		向他人調現金，以應急需。軋，此處念ㄍㄚˊ，gá。

眼中釘		比喻令人難以忍受，不除不快的人或事物。亦作「肉中刺，眼中釘」。
肉中刺		比喻令人難以忍受，不除不快的人或事物。亦作「肉中刺，眼中釘」。
眼巴巴		（expectamtly）殷切盼望的樣子。
眼睜睜		（watchful; publicly; to watch helplessly）注視的樣子。公然。無可奈何的樣子。
螢火蟲		昆蟲名，夜間腹部末端發燐光，吃害蟲，對農作物有益。
營火晚會		夜間露營，堆木燃燒，以便圍著進行各種活動。
鴨舌帽		便帽的一種，前有帽簷外伸，如鴨舌狀。
鴨嘴筆		繪圖儀器的一種，是蘸墨水畫細線用的。
一刀兩斷	一刀兩段	比喻堅決徹底斷絕關係。
一干人犯	一千人犯	一批人犯。一干，普通多指與訟案有關係的人而說。
一介不取	一介不娶	縱使是微小的東西也不貪求。形容為人廉潔。
一仍舊貫	一仍舊慣	全部依照過去的舊例做事。
一元復始	一元複始	天地的氣象又重新開始。指新年。
一文不名	一文不明	一個錢都沒有。

正確	錯誤	說明
一丘之貉	一丘之駱	比喻都是相同的敗類。貉，此處念ㄏㄜˊ，hé。
一股腦兒	一骨腦兒	一總、一齊。亦作「一古腦兒」。
一目了然	一日了然	一看就都明白。
一字褒貶	一字保貶	原指孔子作《春秋》，常用一個字精確恰當地褒揚或貶斥人事的是非得失。後泛指記事論人用字措辭嚴格而有分寸。
一成不變	一層不變	一切按照舊方法或老規矩，不作任何變動。
一衣帶水	一衣代水	比喻雙方離得很近。指江河湖海不足以成為阻礙。
一見如故	一見如固	初次見面就心意相合，像是老朋友一樣。
一見傾心	一見頃心	初次見面就留下好印象。
一見鍾情	一見鐘情	一見面就愛慕對方。
一言九鼎	一言九頂	形容說話很有分量。
一身如寄	一生如寄	比喻依託他人。
一味苛責	一昧苛責	指不聽解釋就一再地苛求責備。
一往無前	一往無潛	不怕困難，奮勇前進。
一服中藥	一副中藥	中藥一劑叫「一服」。

一板一眼	一版一眼	形容言談做事有條不紊。比喻做事死板，不知變通。
一哄而散	一烘而散	許多人隨即分散。
一柱擎天	一柱晴天	比喻憑一個人的力量承擔大局。
一飛沖天	一飛衝天	比喻一但有所作為，就有驚人的表現。
一時之選	一十之選	當代傑出的人才。
一時瑜亮	一時愉亮	指彼此的聰明才智相差不多，都是當代的人才。原指三國時吳國的周瑜和蜀漢的諸葛亮。
一氣呵成	一氣喝成	形容文章從頭到尾脈絡連貫。凡事從開始到終了，一直沒有間斷，很緊湊。
一脈相承	一脈相丞	一個血統或派別世代承襲流傳。也指學問、思想自成系統，一直傳承下去。
一副神態	一付神態	軀體、神態以「副」為單位。
一副對聯	一付對聯	器物成套為「副」。
一唱一和	一唱一合	比喻雙方彼此呼應，互相配合。和，此處念ㄏㄜˋ，hè。
一唱三歎	一唱三探	形容詩文情意婉轉而能感人至深。唱，原作「倡」。
一唱百和	一唱百合	形容響應的人很多。和，此處念ㄏㄜˋ，hè。
一望無際	一望無濟	一眼望去，無邊無涯，形容廣闊的樣子。

正確	錯誤	說明
一貫作業	一慣作業	企業為獲取較大的利潤所設計的一種省時、省力、有步驟、有程序的自動化作業。
一傅眾咻	一傅眾休	一人教導而眾人在旁喧譁吵鬧。比喻做事時，助威的人少，阻撓的人多，難有成效。形容學習環境惡劣。
一番努力	一翻努力	指所付出過的努力。
一筆勾銷	一筆鉤銷	畫一筆把欠帳全部抹去。比喻把一切完全取消。
一筆抹殺	一筆枺殺	比喻輕率地把優點、成績等全部否定。亦作「一筆抹煞」。
一絲不苟	一絲不茍	形容做事認真，一點兒也不馬虎。
一絲不掛	一絲不卦	形容人赤身露體。佛家語，比喻不被塵俗牽累。
一視同仁	一視同人	平等看待，沒有任何差別。
一隅之見	一偶之見	比喻思想不開闊，見解淺薄、狹隘。隅，ㄩˊ，yú。
一塌糊塗	一榻糊塗	亂七八糟，紊亂得不可收拾。
一葉知秋	一頁知秋	比喻從某些細微的跡象，就能預知事態的發展。
一鼓作氣	一股作氣	比喻做事要趁初起時的勇氣去做，才容易成功。
一綹秀髮	一溜秀髮	頭髮或鬍鬚一束叫一綹。綹，ㄌㄧㄡˇ，liǔ。
一語中的	一語中地	一句話就說重了要點。的，此處念ㄉㄧˋ，dì。

一語成讖	一語成纖	無意中說出一句不吉利的話，竟成應驗的預言。讖，ㄔㄣˋ，chèn。
一鳴驚人	一嗚驚人	比喻平時毫無表現的人，突然有驚人的表現。
一樁婚事	一椿婚事	事情一件叫「一樁」。
一箭雙鵰	一劍雙鵰	比喻一舉兩得。
一擁而上	一湧而上	形容很多人一下子都擠上來。
一樹百穫	一樹百獲	比喻培植人才收效之宏。
一諾千金	一諾千軍	形容人很講信用，或不隨便答應別人。
一縷炊煙	一縷吹煙	縷，是計算纖細物品的量詞。
一瀉千里	一泄千里	形容江河奔流直下。比喻文筆氣勢奔放。
一曝十寒	一仆十寒	曬一天，冷十天。比喻沒有恆心。
一蹴可幾	一就可及	一舉步就可以到達，比喻極為容易。蹴，ㄘㄨˋ，cù。幾，此處念ㄐㄧ，jī。
一蹶不振	一厥不振	失敗以後不能再振作起來。蹶，ㄐㄩㄝˊ，jué。
一籌莫展	一愁莫展	一點辦法都施展不出來。
一觸即發	一蹴即發	形容情勢非常緊張，隨時會發生狀況。
一覽無遺	一覽無貽	一看就全部知曉，沒有絲毫遺漏。

正確	錯誤	說明
一鱗半爪	一麟半爪	比喻零星片段的事物。
一顰一笑	一頻一笑	皺眉或微笑的表情。
弋人何篡	弋人何纂	喻賢人不仕於亂世。喻不能達到目的。弋，ㄧˋ，yì。
夭桃穠李	夭桃濃李	比喻美麗的少女。比喻新嫁娘容貌美麗，為祝人嫁娶之詞。穠，ㄋㄨㄥˊ，nóng。
尤有甚者	猶有甚者	更過分、更嚴重的情形。
尤雲殢雨	尤雲滯雨	比喻性愛的歡愉纏綿。尤、殢，糾纏不清。殢，ㄊㄧˋ，tì。
引人入勝	引人入聖	形容文章或風景非常吸引人，能帶人進入美好的境地。
引人注目	引人註目	引起大家的注意。
引吭高歌	引亢高歌	張開喉嚨，大聲歌唱。
引咎辭職	引疚辭職	為承擔過錯而自行辭去職務。
引喻失義	引喻失意	所引用的事例不恰當。
引錐刺股	引椎刺骨	形容勤學。
牙牙學語	呀呀學語	幼兒發出牙牙的聲音學說話。
以身作則	以身作責	端正自己的行為，作為他人的模範。

以柔克剛 以柔克鋼 比喻用溫婉柔和的手段來解決艱難的問題。

以偏概全 以遍蓋全 以局部推論全部。形容見解偏差，不夠周全。

以訛傳訛 以額傳額 把本來就錯誤的話又錯誤地傳出去。訛，ㄜˊ，é。

以資參考 以茲參考 以供參考。

以管窺天 以菅窺天 比喻見識狹小。

以儆效尤 以儆效猶 懲罰犯錯的人，使其他人知所警惕，不敢再犯。

以鄰為壑 以鄰為禍 比喻為圖私利而嫁禍給別人。

亦步亦趨 一步一趨 比喻事事模仿或跟隨他人。

仰人鼻息 仰人鼻習 依賴別人，看人臉色行事。

仰天長嘯 仰天長肖 抬頭看天空發出長聲吟嘯。

仰事俯畜 仰侍俯畜 上供養父母，下撫育妻兒。指維持一家生計。

伊于胡底 伊于何底 到什麼地步為止啊！形容結局不堪設想。

因地制宜 因地制誼 順應環境制定應變的方法。

因利乘便 因利呈便 藉著形勢的便利。

因材施教 因材失教 依據受教育者不同的稟賦資質作適當的引導。

因陋就簡 因漏就簡 依據現有簡陋的情況，將就著辦事。

正確	錯誤	說明
因循苟且	因循狗且	延續舊習，敷衍草率，不思改革。
因勢利導	因勢力導	順應事物發展的趨勢而善加引導。
因噎廢食	因壹廢食	比喻為了某些小挫折而把該做的事擱下不做。噎，ㄧㄝ，yē。
圯上老人	圮上老人	相傳就是授太公書給張良的黃石公，後來張良幫助劉邦定天下。圯，ㄧˊ，yí，橋。圮，ㄆㄧˇ，pǐ，毀壞。
夷為平地	移為平地	剷為平地。指徹底的毀損。
屹立不搖	迄立不搖	直立不動的樣子。
有口皆碑	有口皆埤	指大家同聲讚譽。
有板有眼	有版有眼	形容作人或做事有條理，一絲不苟。
有恃無恐	有持無恐	有憑據或依靠而不慌張恐懼。
有條不紊	有條不紋	指條理分明而不紊亂。
有備無患	有備無幻	事先有準備，就可避免禍患。
有稜有角	有陵有角	指事物的特徵明顯。比喻為人處事耿直不圓滑。
有聲有色	有生有色	形容表現出色，精采萬分。
羊左之交	羊走之交	比喻生死之交。羊左，羊角哀與左伯桃，春秋時期燕國人。
羊腸小徑	羊場小徑	形容狹窄曲折的小路。亦作「羊腸鳥道」。

羊質虎皮	羊質狐皮	指外表威猛，而內心怯弱。
衣冠楚楚	衣冠礎礎	形容穿著打扮得很體面。
衣衫襤褸	衣衫襤縷	衣服破爛不堪。襤褸，ㄌㄢˊ ㄌㄩˇ，lán lǚ。
衣錦還鄉	衣綿還鄉	形容人功成名就後返回故鄉。衣，此處念ㄧˋ，yì。
抑揚頓挫	音揚頓挫	音調高低起伏和停頓轉折。
言人人殊	人言言殊	各人說法都不相同。
言猶在耳	言尤在耳	形容記憶猶新，或提醒人不可以忘記前言。
言簡意賅	言簡意該	言語簡練而意思完備。賅，ㄍㄞ，gāi。
依山傍水	依山旁水	靠近山與水，形容風景美麗。傍，此處念ㄅㄤˋ，bàng。
依然故我	依然固我	和以前一樣，沒有任何改變。
夜以繼日	日以繼夜	晚上接著白天工作，形容辛勤不息。
夜郎自大	夜朗自大	夜郎為漢時西南的小國，妄自誇大。後人就以夜郎自大來嘲諷自大的人。
夜幕低垂	夜暮低垂	形容天色暗下來。
夜闌人靜	夜蘭人靜	深夜了，人們都安靜下來進入夢鄉。闌，ㄌㄢˊ，lán。
奄有四方	掩有四方	控制著各地方。奄，此處念ㄧㄢˇ，yǎn。

正確	錯誤	說明
奄奄一息	俺俺一息	僅存微弱的一口氣。形容生命或事物已到了最後時刻。奄，此處念ㄧㄢ，yān。
延年益壽	廷年益壽	延長壽命。
怏怏不樂	恙恙不樂	不高興、不滿意的樣子。怏，ㄧㄤˋ，yàng。
怡然自得	宜然自得	欣悅自得的樣子。
杳如黃鶴	渺如黃鶴	比喻一去就無影無蹤。杳，ㄧㄠˇ，yǎo。
杳無人煙	查無人煙	形容荒遠偏僻。
油然而生	由然而生	自然而然地產生。
泱泱大國	央央大國	頌讚氣度宏偉的大國家。泱，ㄧㄤ，yāng。
迎刃而解	迎仞而解	比喻解決問題很順利。
咬牙切齒	咬牙砌齒	形容非常憤怒。
映入眼簾	映入眼瞼	進入眼界。
殃及池魚	秧及池魚	比喻無端受累或不相干的禍患。
洋洋大觀	揚揚大觀	形容事務的規模盛大。形容長篇大作。
洋洋灑灑	揚揚灑灑	形容文章很長。

要言不煩	要言不繁	說話、寫文章簡明扼要，不繁瑣。
音容宛在	音容婉在	追憶死者的聲音、容貌，彷彿如在眼前，是哀輓的用語。
倚老賣老	依老賣老	賣弄老資格。
倚門賣笑	依門賣笑	比喻娼妓賣淫。
倚馬可待	依馬可待	形容文思敏捷。
宴安鴆毒	宴安枕毒	貪圖安樂，就像服用毒酒自殺一樣。勸人不可貪圖安逸的生活。鴆，ㄓㄣˋ，zhèn，傳說中的一種毒鳥，可用其羽毛製毒酒、毒藥。
烏煙瘴氣	汙煙瘴氣	比喻空氣嚴重汙染。比喻團體中不和諧的氣氛。
偃旗息鼓	掩旗息鼓	軍隊放倒軍旗，停敲戰鼓，形容停止進攻，多指用兵時假裝沒有防備。引申為暫停或停止的意思。偃，ㄧㄢˇ，yǎn。
寅吃卯糧	夤吃卯糧	形容入不敷出。又作「寅支卯糧」。寅，ㄧㄣˊ，yín。
帷薄不修	惟薄不修	對人私生活淫亂的委婉說法。薄，此處念ㄅㄛˊ，bó。
掩耳盜鈴	俺耳盜鈴	比喻自己欺騙自己。
淆惑視聽	謠惑視聽	迷惑群眾以亂眾人的耳目聽聞。
異曲同工	異曲同功	比喻作品不同，但同樣出色。比喻作法不同，但收效一樣。
眼花撩亂	眼花潦亂	看到紛繁的東西而感到迷亂。

正確	錯誤	說明
移花接木	移花揭木	本為栽植花木的方法，將花木的枝條接到別種花木上。比喻暗中使用手段，更換人或事物以欺騙他人。
移風易俗	移風益俗	轉移風氣，改良習俗。
移樽就教	移尊就教	端著酒杯坐到他人席上共飲，以便請教。比喻親自向他人求教。樽，ㄗㄨㄣ，zūn。
野人獻曝	野人獻暴	比喻平凡人所貢獻的平凡事物。多用為提供事物時的謙詞。曝，ㄆㄨˋ，pù。
野火燎原	野火撩原	野火燒原野。比喻禍亂蔓延而難以平息。
揚長而去	楊長而去	大模大樣地離去。
揚湯止沸	揚楊止沸	比喻暫時救急或不從根本上解決問題。
游刃有餘	游刀有餘	比喻技藝熟練，做事不費力。
游目騁懷	游目聘懷	放開視野四下觀望，敞開胸懷盡情遐想。騁，ㄔㄥˇ，chěng。
游移不定	遊移不定	動搖徘徊，拿不定主意。
湮滅證據	煙滅證據	消滅證據。
貽人口實	遺人口實	留下被人攻擊的話柄。
貽笑大方	遺笑大方	見笑於有學問的人。

貽誤大事	遺誤大事	耽誤大事。
逸趣橫生	異趣橫生	形容趣味濃厚。
逸興遄飛	逸興湍飛	幽雅的意興飛揚。遄，ㄔㄨㄢˊ，chuán。
陽奉陰違	陽俸陰違	表面上遵從，暗地裡違命。
雁行折翼	雁行折異	比喻兄弟離散或喪亡。行，此處念ㄏㄤˊ，háng。
飲鴆止渴	飲鳩止渴	比喻只顧解決眼前的困難，而不顧後患。鴆，ㄓㄣˋ，zhèn。
意興闌珊	逸興闌珊	提不起興趣的樣子。
意識形態	意幟形態	ideology，觀念、信仰的狀況，某一種社群或集團所堅持的基本信仰或價值觀。
搖曳生姿	搖洩生姿	姿態閒雅，婀娜多姿的樣子。
搖搖欲墜	搖搖欲墮	搖動得很厲害，快要倒下來。形容行事或地位不穩。
搖旗吶喊	搖棋吶喊	比喻助人威勢。
搖頭晃腦	搖頭恍腦	不停地搖晃腦袋。形容自以為是的神氣。
睚眥必報	涯眥必報	極小的仇恨也要報復。形容人的心胸狹小，報復心強。睚眥，ㄧㄞˊㄗˋ，yái zì。
義憤填膺	義憤填贗	因正義不伸而激起的憤慨，充滿心胸。
義薄雲天	義簿雲天	比喻極有義氣。

正確	錯誤	說明
腰痠背痛	腰酸背痛	腰背痠痛。痠、酸有別。痠（muscular pains），肌肉因過度勞累所引起的微痛、無力感；酸（sour），像醋的味道。
銀貨兩訖	銀貨兩乞	錢已付清，貨品已點清。表示完成交易。訖，ㄑㄧˋ，qì。
影影綽綽	影影卓卓	隱隱約約；模模糊糊。看得見但是看不真切的樣子。
憂讒畏譏	憂饞畏譏	擔心他人毀謗，畏懼他人嘲諷。
毅然決然	毅然絕然	表示堅決的態度。
養尊處優	養遵處優	處在尊貴的地位，過著舒適的生活。
鴉雀無聲	鴨雀無聲	形容非常寂靜。
遺世獨立	遺世獨力	超然世外，與人無爭。
遺臭萬年	貽臭萬年	壞名聲永留後世。
頤指氣使	貽指氣使	形容指使別人時驕橫無禮的態度。
頤養天年	飴養天年	休息保養，以延年壽。
優哉游哉	優栽游栽	形容從容不迫，自得其樂的樣子。
優柔寡斷	悠柔寡斷	指做事缺乏主見和決斷力。
應接不暇	應接不瑕	形容面對的事物繁多，應付不過來。

應運而生	應韻而生	配合時機的需要而產生。
隱隱約約	穩穩約約	略具形貌，看不清楚的樣子。
藥石無功	藥石無攻	病勢危急，無藥可救。
蠅營狗苟	蠅蠅狗狗	喻小人的貪心無厭與無恥鑽營。
嚴刑峻法	嚴刑竣法	嚴厲殘酷的刑法。
嚴絲合縫	嚴絲合逢	縫隙密合。
議論紛紛	議論芬芬	指對某個人或某件事物的批評討論相當多。
鷂子翻身	鴿子翻身	一種武技姿勢，橫著翻轉身體。鷂，ㄧㄠˋ，yào。
一個箭步		向前猛躍一步。
健步如飛		形容走路非常快。
一廂情願		單方面做如意的想法，不考慮別人是否也願意。
兩相情願		雙方都願意。
一筆勾消		全部取消。多指債務、仇恨。
一筆抹煞		把成績、優點全部否定。多指功勞、成就。亦作「一筆抹殺」。煞，此處念ㄕㄚ，shā。
一筆爛帳		一筆久久不還的帳。

正確	錯誤	說明
陳腔濫調		陳舊不著邊際的話。亦作「陳詞濫調」。
一瀉千里		形容水勢奔流直下。比喻詩文暢達奔放。
水泄不通		形容人群擁擠。比喻防備極森嚴。亦作「水洩不通」。
一彎明月		彎，指曲折的地方。
一灣小溪		灣，指水流曲折的地方。
一瓣心香		表示崇敬。
馨香禱祝		非常虔誠地祈禱。
以防不測		以防意外。
以策安全		以謀安全。
以卵投石		用雞蛋丟石頭。比喻不自量力。比喻以弱攻強，必然失敗。
以珠彈雀		以珠寶來彈擊一隻小麻雀。比喻本末倒置。比喻得不償失。
以管窺天		比喻見識狹小。
以蠡測海		比喻片面了解問題。蠡，ㄌㄧˊ，lí。
以德報怨		用恩德回報對自己有仇怨的人。
抱怨		埋怨。

由剝而復　剝、復皆為《易經》六十四卦之一。比喻由困境漸入佳境。

否極泰來　否、泰皆為《易經》六十四卦之一。比喻情況壞到極點後逐漸好轉。否，此處念ㄆㄧˇ，pǐ。

有史以來　自從久遠前有歷史迄今。極言無前例。

有始有終　做事貫徹到底。

言不及義　只說些無聊話，沒有談到正經的道理。

言不盡意　言語無法把所有的心意表達出來。

宴無虛夕　每晚都有宴會，沒有空閒。也用以形容宴會辦得很好，或沒有白白地主辦。

座無虛席　座位已滿，形容來訪或出席的人很多。

偃旗息鼓　比喻事情中止，不再進行。偃，ㄧㄢˇ，yǎn。

揠苗助長　比喻人急於求事功而不務本，想要對事情有益卻反而有害。揠，ㄧㄚˋ，yà。

陽春白雪　春秋戰國時楚國的藝術性較高的音樂。喻高深的文藝作品。

下里巴人　春秋戰國時期楚國的鄉土歌曲。喻庸俗的文藝作品。

煙雨濛濛　下著像煙霧一樣的細雨。

灰蒙蒙　暗淡模糊。

正確	錯誤	說明
意氣用事		處理事務全憑私人愛憎的情感衝動，而不能遵循理智。
江湖義氣		下層社會的道義。
意氣風發		形容精神振奮，氣概豪邁。
踔厲風發		文氣奮揚或談論風生的樣子。踔，ㄓㄨㄛˊ，zhuó。
意想不到		想不著；料不到。
異想天開		比喻想法奇特，不合情理。
疑雲重重		形容疑點很多。
鬼影幢幢		形容陰森恐怖的樣子。
儀態萬方		儀態非常優美。多用於女性。
氣象萬千		景色變化多端。
憂心忡忡		形容非常擔憂。
興匆匆		欣喜而行動敏捷的樣子。
氣沖沖		形容非常憤怒的樣子。
養家活口		（to support one's family）養活家人，維持生計。
餬口		（to make a bare living）收入只能勉強維持生活。

養虎遺患		比喻縱容敵人，後患無窮。
養癰遺患		說明對身上的毒瘡，不早醫治，就會留下禍害。癰，ㄩㄥ，yōng。
燕雀相賀		新屋完成，常有燕雀築巢其間，似相互慶賀。後用以祝賀新屋落成。
燕雀處堂		比喻居安而不思危，毫無警惕之心。
嚴陣以待		指預先做好準備，等待來犯者。
嚴懲不貸		指嚴厲處罰，絕不寬恕。
一言以蔽之	一言以敝之	語見《論語．為政》。用一句話來概括它。
依樣畫葫蘆	一樣畫葫蘆	語見宋．魏泰《東軒筆錄》第一卷。比喻模仿他人，沒有創意。
銀樣鑞槍頭	銀樣獵槍頭	語見元．王實甫《西廂記》第四本第二折。比喻虛有其表，中看不中用。鑞，鉛與錫的合金，即焊錫。鑞，ㄌㄚˋ，là。
啞巴吃黃連		比喻有苦說不出。
啞巴吃湯糰		比喻心裡有數。
一枝草一點露	一枝草一滴露	（台灣俗諺）比喻潦倒的人，總會有一線生機。多用以勉勵別人或自我安慰。
一蟹不如一蟹	一謝不如一謝	語見宋．戴埴《鼠璞》。比喻一個比一個差，或事物每況愈下，愈來愈糟。埴，ㄓˊ，zhí。

正確	錯誤	說明
有志者事竟成	有志者事境成	語見《後漢書・耿弇傳》：「將軍前在南陽，建此大策，常以為落落難合，有志者事竟成也。」與英文諺語 Where there's a will, there's a way. 不謀而合。意指有堅強意志的人，做事終究會成功。多用來鼓勵人或自勉。弇，ㄧㄢˇ，yǎn。
有眼不識泰山	有眼不視泰山	語見明・施耐庵《水滸傳》第二回：「師父如此高強，必是個教頭；小兒有眼不識泰山。」比喻見識淺陋，不認識崇高尊貴的人物。常用作冒犯或得罪人以後陪禮道歉的話。
亞歷山大大帝	亞歷山大帝	亞歷山大大帝（Alexander the Great，356~323 B.C.）古馬其頓國王，曾建立橫跨亞、非、歐三洲的大帝國，功業彪炳。
一夜夫妻百日恩	一夜夫妻百事恩	語見元・關漢卿《救風塵》雜劇第三折。即使只有短暫一夜的夫妻關係，也有著百日之長的恩愛情分。強調夫妻關係的可貴和值得珍惜。
一副很跩的樣子	一付很拽的樣子	一副得意忘形的樣子。跩，ㄓㄨㄞˇ，zhuǎi。
一將功成萬骨枯	一將功臣萬骨枯	語見唐・曹松〈己亥歲感事〉。一個將軍的成功是千萬官兵的生命換來的。形容戰爭的殘酷。
一朝天子一朝臣	一朝天子一朝陳	語見元・金仁傑《追韓信》第三折。泛指主事者一旦更換，從屬也隨之變動。常用以表示對時事轉變的概嘆。

言有盡而意無窮	言有盡而義無窮	語見宋・嚴羽《滄浪詩話・詩辯》。形容一個人的話富有哲思或極深的含義，使聽者有許多思考的空間。表示話有說完的時候，情意卻是無窮的。
猶抱琵琶半遮面	猶抱枇杷半遮面	語見唐・白居易〈琵琶行〉：「千呼萬喚始出來，猶抱琵琶半遮面。」形容歌女羞怯的神態。形容承認錯誤不乾脆。指某個剛公開的事物還未能讓人完全了解真相。
咦！你怎麼來了？	夷！你怎麼來了？	咦，是表示驚訝的疑問感嘆詞。
燕雀安知鴻鵠之志	燕雀安知鴻狐之志	語見《史記・陳涉世家》。比喻庸俗的人不能明瞭英雄的偉大志向。
一之謂甚，其可再乎	一之為甚，其可在乎	語見《左傳・僖公五年》。一次已經是太過分了，難道能再做嗎？強調不該重犯錯誤，含有告誡之意。
一言既出，駟馬難追	一言既出，四馬難追	語本宋・歐陽修〈筆說・駟不及舌說〉：「俗云：『一言出口，駟馬難追。』」駟馬，用四匹馬共拉的車，這是古時候最快的交通工具。用來勸人說話要小心謹慎。
一登龍門，則聲價十倍	一登龍門，則身價十倍	語見唐・李白〈與韓荊州書〉：「豈不以有周公之風，躬吐握之事，使海內豪俊，奔走而歸之，一登龍門，則聲價十倍。」意謂得到有聲望的人的薦舉，社會地位就會大為躍升。用此比喻取得某種顯貴身分後，名譽地位大大提高。

正確	錯誤	說明
以子之矛，攻子之盾	以子之茅，攻子之盾	語本《韓非子．難一》：「楚人有鬻盾與矛者，譽之曰：『吾盾之堅，物莫能陷也。』又譽其矛曰：『吾矛之利，於物無不陷也。』或曰：『以子之矛陷子之盾，何如？』其人弗能應也。」比喻用對方的論據或揭露對方言論的自相矛盾來駁倒對方。
以眼還眼，以牙還牙	用眼還眼，用牙還牙	語本《舊約全書》「eye for eye, tooth for tooth」。比喻用同樣方式報復，絕不寬容。
以貌取人，失之子羽	以貌取人，失之子宇	語見漢．司馬遷《史記．仲尼弟子列傳》：「孔子聞之曰：『吾以言取人，失之宰予；以貌取人，失之子羽。』」用以說明不能根據外貌來判斷人的好壞。子羽，即澹臺滅明，孔子弟子之一，貌雖醜，極為賢德。
有則改之，無則加勉	有則改之，無則加冕	語見宋．朱熹《四書集注．論語．學而》：「曾子以此三者省其身，有則改之，無則加勉。」有錯誤就改進，沒有錯誤就用來勉勵自己。用以說明要虛心地聽取別人的意見，正確地對待別人的批評。
言者諄諄，聽者藐藐	言者諄諄，聽者渺渺	說話的人很誠懇，而聽的人卻心不在焉。諄，ㄓㄨㄣ，zhūn；藐，ㄇㄧㄠ，miǎo。

正確	錯誤	說明
窈窕淑女，君子好逑	窈窕淑女，君子好求	語見《詩經．周南．關雎》：「關關雎鳩，在河之洲；窈窕淑女，君子好逑。」常用以形容男子對心儀女子的傾慕之情。好逑，指好配偶，好伴侶。好，此處念ㄏㄠˇ，hǎo。
一朝被蛇咬，十年怕井繩	一召被蛇咬，十年怕井繩	語本明．凌濛初《初刻拍案驚奇》卷一。比喻受過某種災害以後，總是心有餘悸。亦作「一朝被蛇咬，三年怕草繩」。
以小人之心，度君子之腹	以君子之心，度小人之腹	語見《左傳．昭公二十八年》。形容一個人居心不良，推想別人也跟他一樣。有時用來自責不該把別人想得太壞。
仰不愧於天，俯不怍於人	仰不愧於天，府不怍於人	語見《孟子．盡心上》。常用以說明心地光明磊落，沒有愧對任何人事物。
有風方起浪，無潮水自平	有風方起浪，無朝水自平	語見明．吳承恩《西遊記》第七十五回。用以說明事情不會無緣無故發生。
野火燒不盡，春風吹又生	野火燒不儘，春風吹又生	語見唐．白居易〈賦得古原草送別〉。說明事物具有頑強的生命力，或比喻無法徹底摧毀的事物。
一個早知道抵得兩個馬後砲	一個早知道抵得兩個馬或砲	語本西洋諺語 One good forewit is worth two afterwits. 意指事前正確的判斷勝過事後於事無補的言論或行為。
一失足成千古恨，再回頭是百年身	一失足成千股恨，再回頭是百年身	語見清．魏子安《花月痕》第二十五回。犯錯誤，一輩子都悔恨不已。勸人在行為上應特別檢點，以免追悔莫及。

正確	錯誤	說明
衣帶漸寬終不悔，為伊消得人憔悴	衣袋漸寬終不悔，為伊消得人憔悴	語見宋・柳永〈鳳棲梧〉。衣帶日漸顯得寬大了，也始終不後悔，為思念她而消瘦、憔悴是值得的。表示為愛情犧牲或執著追求自己的理想，無怨無悔。
閻王叫你三更死，誰敢留你到五更	錟王叫你三更死，誰敢留你到五更	語本明・馮夢龍《警世通言》卷二十八。比喻已陷於死地，無法挽救。
一場仗你可能得打不止一次，才能贏得最後勝利	一場仗你可能得打不只一次，才能贏得最後勝利	語本柴契爾夫人語 You may have to fight a battle more than once to win it. 猶言失敗是成功之母。柴契爾夫人（Margaret Thatcher，1925～2013）英國政治家，是英國第一位女首相，也是在位最久的首相。
友誼是一種慢速生長的植物，必須禁得起種種考驗，才能讓它名副其實	友宜是一種慢速生長的植物，必須經得起種種考驗，才能讓它名符其實	語本喬治・華盛頓語 True friendship is a plant of slow growth, and must undergo and withstand the shocks of adversity, before it is entitled to the appellation. 說明友誼必須培養。喬治・華盛頓（George Washington，1732-1799），美國國父。禁、經有別。禁（to endure），承受；經（to pass），通過或做過。禁，此處念ㄐㄧㄣ，jīn。

一張照片可以是生命中的吉光片羽，為永恆留下見證，它永遠不停歇地對你回顧

一張照片可以是生命中的吉光片語，為永恆留下見證，它永遠不停竭地對你回顧

語本碧姬芭杜語 A photograph can be an instant of life captured for eternity that will never cease looking back at you. 說明照片是珍貴文物。碧姬芭杜（Brigitte Bardot，1934～），法國女演員，有「性感小野貓」之稱。

ㄨ

正確	錯誤	說明
卍		佛教表示吉祥的標識。吉祥是萬德之匯集，因此譯佛經的人把它譯成「萬」字。
卐		希特勒統治德國期間，納粹黨的標記。卍和卐都念ㄨㄢˋ，wàn，英文均為swastika，但涵義卻大不同。前者象徵太陽；後者代表黑夜。
五穀	五榖	指小米、麥子、稻子、豆子、玉米五種糧食。泛指各種主要穀物。
毋寧	毋擰	寧可、不如。
外快	外筷	主要的、正常的薪給以外的收入。
外燴	外膾	備辦酒席或餐食，送至指定地點。燴，ㄏㄨㄟˋ，huì。
妄想	望想	不能實現、不切實際的念頭。
汙衊	汙蔑	用不實在的言語損傷他人。衊，ㄇㄧㄝˋ，miè。

ㄨ

完竣	完俊	完成。
忤逆	仵逆	不孝順父母，不聽父母的話。忤，ㄨˇ，wǔ。
味蕾	味雷	分布於舌頭上的味覺神經末梢，用以辨識滋味。
委婉	娞婉	曲折婉轉。
委頓	諉頓	疲乏，沒有精神。
委靡	萎靡	頹喪不振。
宛如	婉如	好像。
枉費	罔費	白白地浪費。
玩耍	玩要	遊戲。
侮辱	悔辱	欺負。羞辱。
侮慢	悔慢	對人傲慢、不敬重。
屋簷	屋沿	屋頂伸出牆壁外的下垂部分。
挖掘	挖崛	挖開掘出。比喻探究事物的根源或真相。
倭寇	倭冠	指明初時侵擾中國沿海的日本海盜。
挽救	娩救	設法補救。
紊亂	抆亂	雜亂。混亂。

正確	錯誤	說明
務必	勿必	一定。必須。
問卷	問券	列有一些問題的書面調查表，讓人作答或填寫意見，作為研究分析的數據。
婉約	惋約	言詞婉轉柔順。
婉謝	宛謝	委婉地謝絕。
婉轉	娩轉	委婉曲折。形容聲音圓潤柔和。亦作「宛轉」。
惋惜	婉惜	痛惜；嘆息。
晤面	悟面	見面。晤，ㄨˋ，wù。
望族	旺族	有名望的大家族。
莞爾	莞耳	微笑的樣子。莞，此處念ㄨㄢˇ，wǎn。
無恙	無怏	沒有病痛或沒有憂慮。
無須	無需	不必、不用。
猥瑣	畏瑣	鄙陋下流。猥，ㄨㄟˇ，wěi。
猥褻	委褻	指對異性輕薄的行為。褻，ㄒㄧㄝˋ，xiè。
萎縮	委縮	乾枯。衰退。

嗚咽	嗚胭	低聲哭泣。形容流水的聲音。咽，ㄧㄝˋ，yè。
摀嘴	忤嘴	用手摀住嘴巴。
溫吞	溫敦	形容人的個性或言行緩慢。
溫馨	溫欣	溫暖親切。
萵苣	萵巨	蔬菜名，葉子窄長，沒有葉柄，附生在莖上，花黃色，莖和嫩葉可以食用。
違和	危和	血氣不調順，身體不舒服。指生病。
頑皮	玩皮	調皮、不聽話。
斡旋	幹旋	居中調停，化解僵局。斡，此處念ㄨㄛˋ，wò。
蓊鬱	蓊毓	草木茂盛的樣子。雲氣濃密的樣子。蓊，ㄨㄥˇ，wěng。
蜿蜒	蜿延	屈曲的樣子。蛇類行動的樣子。
誣告	巫告	假造罪名控告他人。
輓歌	挽歌	送喪的歌。輓，ㄨㄢˇ，wǎn。
嫵媚	撫媚	形容女子姿態嬌美可愛的樣子。嫵，ㄨˇ，wǔ。
衛戍	衛戌	駐紮軍隊保衛地方。戍，ㄕㄨˋ，shù。
豌豆	碗豆	豆類植物，小而圓，可食。豌，ㄨㄢ，wān。

正確	錯誤	說明
齷齪	窩齪	不乾淨。行為卑劣。侷促狹窄的樣子。齷齪，ㄨㄛˋ ㄔㄨㄛˋ，wò chuò。
五戒		佛教戒律之一。為佛教徒應持守的五項戒律，指不殺生、不偷盜、不邪淫、不妄語、不飲酒。
三戒		指孔子勸戒人的三件事，即戒色、戒鬥、戒得。
八戒		佛家指不殺生、不偷盜、不邪淫、不妄語、不飲酒、不坐高廣大床、不著華鬘瓔珞、不習歌舞伎樂等八條戒律。
文火		微弱的火。
武火		很強的火。
抆淚		抹掉眼淚。世俗報喪，用在較親的親屬。抆，ㄨㄣˋ，wèn。
拭淚		抹掉眼淚。世俗報喪，用在較疏的親屬。
物資		（goods）可以利用來生產、貿易、使用的物品。
物質		（matter）佔有空間，而且人可以察覺它存在的東西。特指金錢、生活所需。
罔顧		（to disregard）不顧；不理會。
枉顧		（You have deigned to call on me）尊稱他人來訪的客套話。也作「枉駕」。

ㄨ

胃口		愛吃東西的欲望，即食欲。
口味		滋味。指一切所喜愛的。
無疑		（undoubtedly）沒有可疑慮的地方。可以斷定的。
無異		（the same as）沒有什麼不同。
委屈		受壓迫而不能伸張。懷才不展。心中抑鬱悲苦。
委曲		婉轉曲折。將就。不易察覺的原委。
委曲求全		不惜屈辱遷就以求保全。
文縐縐	文皺皺	溫文儒雅的態度。亦作「文謅謅」。
瓦楞紙	瓦綾紙	上面有瓦楞形狀的硬紙板。
玩意兒	玩藝兒	玩具。娛樂事。東西。輕視人的話。
挖牆腳	挖牆角	比喻從根本上去破壞。
烏托邦	鳥托邦	Utopia，一五一六年英國作家摩爾（Sir Thomas Moore）所著的小說。書中描繪一個盡善盡美的理想島國。後用為理想世界的代稱，也指無法實現的計畫。
烏鴉嘴	烏鴨嘴	指言語不中聽的人。責罵人講不吉利的話。
望遠鏡	望眼鏡	用來觀察天體或遠處物體的儀器。

正確	錯誤	說明
無止境	無止盡	沒有終點。
溫柔鄉	溫柔香	美色迷人的地方。美人的閨房。借指女色。
萬靈丹	萬靈舟	可以治百病的藥。比喻可以解決一切困難的方法或措施。
斡難河	幹難河	水名，黑龍江上源之一，也稱「鄂諾河」。
窩裡反	渦裡反	內亂。
窩窩頭	倭倭頭	中國大陸北方一種粗糧蒸製的食品。
窩囊廢	窩嚷廢	譏罵人懦弱無能。
五內如焚	五肉如焚	形容非常焦慮。
五彩繽紛	五彩濱紛	色彩紛繁豔麗。
勿枉勿縱	勿罔勿縱	不冤枉無辜，不放縱罪犯。
文采斑斕	文采班斕	色彩鮮明亮麗。也用以比喻文學才華卓越。
文過飾非	文過拭非	掩飾過失。文，此處念ㄨㄣˋ，wèn。
文質彬彬	文質賓賓	舉止文雅有禮的樣子。
毋忘在莒	母忘在莒	勸人在得意時，不可忘記過去的艱難困苦。典故出自春秋時代鮑叔牙對齊桓公勸戒的話。莒，ㄐㄩˇ，jŭ。

戊戌政變	戊戍政變	清光緒二十四年，甲午失敗，德宗實施新政遭舊黨反對，誅殺六君子之事件。
未定之天	未定之忝	佛家認為有三十三重天，「未定之天」指還沒有肯定在天的哪一重。比喻事情還沒有著落，或事情還在未定階段。
未雨綢繆	未雨綢謬	比喻事先準備預防。繆，此處念ㄇㄡˊ，móu。
刎頸之交	吻頸之交	比喻可同生死共患難的朋友。
危如累卵	危如纍卵	比喻非常危險。
危言聳聽	危言竦聽	故意說些荒誕或誇大的話來聳人聽聞。
妄自菲薄	妄自非薄	過分地輕視自己。
吳下阿蒙	吳下丫蒙	比喻不學無術的人。
吳牛喘月	吳牛端月	比喻因疑心而害怕。
吳市吹簫	吳氏吹蕭	比喻英雄落魄潦倒。比喻行乞街頭。相傳吳子胥逃出楚國後，曾在吳市（古國名）吹簫乞討。
吳儂軟語	吳濃軟語	指蘇州（今江蘇吳縣）話，其方言多帶「儂」字，語音輕軟。
完璧歸趙	完壁歸趙	比喻原物歸還。也作「奉趙」、「璧趙」、「歸趙」。
尾大不掉	偉大不掉	尾巴過大，很難搖動。比喻部屬的權勢過大，長官無法指揮調度。

正確	錯誤	說明
尾生之信	委生之信	相傳尾生與女子相約於橋下，女子未到，水漲，尾生抱柱而死。形容固執而不知變通的守信。
忘恩負義	忘恩付義	忘記別人的恩惠而做出對不起別人的事。亦作「忘恩背義」。
我見猶憐	我見猷憐	形容女子容貌美麗，惹人憐愛。
杌隉不安	杌涅不安	不安的樣子。杌隉，ㄨˋ ㄋㄧㄝˋ，wù niè。
味同嚼蠟	味同嚼臘	比喻沒有味道或沒有興趣，多指文章或講話枯燥乏味。
物阜民康	物富民康	物產豐足，人民安樂。
物換星移	物患星移	指世事的變遷。
物華天寶	物華夭寶	萬物的精華，上天的寶物。比喻極珍貴之物。
玩火自焚	玩火自梵	比喻做壞事而自食惡果。
玩世不恭	玩世不躬	不莊重、不嚴謹的生活態度。
玩物喪志	玩務喪志	沉迷於喜好的事物而喪失了壯志。
玩歲愒日	玩歲揩日	天天玩樂，浪費光陰。愒，此處念ㄎㄞˋ，kài。亦作「玩歲愒時」。
威震天下	威振天下	威望驚動天下。形容聲威旺盛。
屋上架屋	屋上駕屋	比喻重複。亦作「屋下架屋」。

屋宇湫隘	屋宇湫礙	房屋低濕狹窄。湫隘，ㄐㄧㄠˇ ㄞˋ，jiǎo ài。
屋烏之愛	烏屋之愛	就是「愛屋及烏」，比喻推愛。
為人狡黠	為人狡黯	待人處事，作風詭詐。黠，ㄒㄧㄚˊ，xiá。
為虎作倀	為虎作猖	幫助惡人做壞事。倀，ㄔㄤ，chāng。
為非作歹	為非作夕	做壞事。
為淵驅魚	為淵軀魚	比喻實行錯誤的策略，把可以團結的力量趕到敵人一邊去。
紈袴子弟	紈胯子弟	指不務正業，遊手好閒的富家子弟。
韋編三絕	韋編三節	裝訂書冊的牛皮繩子屢次磨斷，形容勤奮讀書。
剜肉醫瘡	彎肉醫瘡	為了醫治瘡口，挖掉一塊好肉。比喻移東補西，暫救眼前之急，而不計後果。剜，ㄨㄢ，wān。亦作「剜肉補瘡」。
娓娓道來	諉諉道來	談論久而不止的樣子。有說話動聽的涵義。娓，ㄨㄟˇ，wěi。
烏合之眾	鳥合之眾	比喻倉卒湊合，無組織、無紀律的一群人。
烏鳥私情	鳥烏私情	比喻奉養父母的情懷。
烏煙瘴氣	汙煙瘴氣	比喻不清明，氣氛惡濁。形容事態的昏亂黑暗。
偎紅倚翠	畏紅倚翠	指與眾多美女相處。形容生活逸樂、靡爛。
偎乾就濕	偎乾救濕	小孩尿床，母親寧願自己睡濕的地方，讓小孩睡乾的地方。比喻母親撫育孩子的辛勞。

正確	錯誤	說明
唯妙唯肖	為妙為肖	形容巧妙逼真。亦作「惟妙惟肖」。
唯唯否否	危危否否	形容膽小怕事，阿諛順從，沒有主見。
唯唯諾諾	唯唯偌偌	形容一味地順從別人的意見。
問道於盲	問道於忙	比喻跟外行人請教。
帷薄不修	維薄不修	閨房內的行為不檢點。指家庭中男女生活淫亂放蕩。
惟利是圖	惟利事圖	只貪圖財利，不顧其他。
望門投止	望門頭止	看見有人家，就前往投宿。形容情況急迫，對存身之處沒有選擇。
望穿秋水	望川秋水	形容盼望殷切。
望風披靡	望風披糜	形容軍隊喪失鬥志，遠望敵人氣勢，就已潰散。
望梅止渴	忘梅止渴	用空想安慰自己。
望塵莫及	望程莫及	比喻程度相差太遠，追趕不上。
望聞問切	望聞間切	眼看、耳聽、詢問、按脈，是中醫診病的四種方法。
無以名狀	無以明狀	沒有辦法形容。
無出其右	無出奇右	沒有再比這更好的了。

無可奈何	無可耐何	無能為力；沒有辦法。
無妄之災	無望之災	意外的災禍。
無往不利	無往不力	形容事事都很順利。
無忝所生	無添所生	不辱父母，對得起父母。
無所忌憚	無所忌彈	沒有任何顧忌。
無所事事	無所是是	沒有事情可做。多指人遊手好閒。
無所適從	無所試從	不知如何是好。
無的放矢	無地放矢	沒有根據而隨便指責人。的，此處念ㄉㄧˋ，dì。
無疾而終	無急而終	指人沒有病痛的死去。事情無緣無故停止進行。
無病呻吟	無病伸吟	裝模作樣，沒事亂發牢騷。
無動於衷	無動於中	心裡一點也不受感動。
無庸置疑	無雍置疑	不用懷疑。
無微不至	無微不致	非常仔細、周到。
無精打采	無經打采	精神不振作的樣子。
無遠弗屆	無遠佛界	再遠的地方也能到達。
無影無蹤	無影無縱	不見蹤影。完全消失。

正確	錯誤	說明
無稽之談	無跡之談	荒唐、沒有根據的言論。
無緣無故	無緣無固	沒有任何理由。
無獨有偶	無獨有隅	指兩項事物的恰巧相同或類似。
微言大義	微言大意	包含在精微言論裡深刻的大道理。
摀著嘴巴	塢著嘴巴	用手掩住嘴巴。
萬古長青	萬古長輕	形容永遠不會消失掉。
萬古流芳	萬古留芳	指好名聲或好德行永遠流傳於後世。
萬事亨通	萬事享通	事事順利。
萬斛泉源	萬壺泉源	本指泉源豐富，後形容文思流暢如泉源不竭。
萬壽無疆	萬壽無彊	壽命無窮。祝人長壽的用語。
萬頭攢動	萬頭鑽動	比喻眾人聚集的景象。攢，此處念ㄘㄨㄢˊ，cuán。
蔚為風氣	尉為風氣	指一件事情，由發生到盛行，形成一股風氣。
蔚然成風	慰然成風	指事情逐漸發展盛行，形成一種良好的風尚。
甕中捉鱉	望中捉鱉	比喻想要得到的人或物已在掌握之中，唾手可得。
穩紮穩打	穩扎穩打	穩健切實，逐步進行。

穩操勝券	隱操勝券	有十足把握可以獲得勝利。
霧裡看花	雲裡看花	形容視力模糊。比喻對事實看不真切。
亡羊補牢		丟了羊，才去修補羊欄。比喻出了差錯後，想辦法補救，避免再受損失。
亡羊得牛		比喻損失小而收穫大。
文風不動		一點也沒有受到影響。
紋絲兒不動		絲毫沒有動搖。
五味雜陳		形容各種心情都有。
三昧		梵語 Samādhi 的音譯，指止息雜慮，心專注於一境。一般行文，三昧指訣竅或奧妙，與梵語的原意頗有出入。昧，ㄇㄟˋ，mèi。
一味		總是。
外八字腳		走路時雙腳向外叉開，狀如八字。
內八字腳		走路時腳尖向內，腳跟向外，形狀有如八字的姿勢。
烏焉成馬		文字因形似而傳寫錯誤。
魯魚亥豕		文字因形似而傳寫錯誤。
望其項背		表示趕不上或比不上別人，只能從後面望見別人的頸子和背部。

正確	錯誤	說明
民心向背		民心的支持或反對。
望風披靡		形容軍隊喪失鬥志，遠望敵人氣勢，就已潰散。
所向披靡		比喻力量所到之處，一切阻礙都被推倒。
無事生非		故意造成事端。
惹是生非		製造糾紛，故意招引是非。
無與倫比		沒有別的可以同他比較。
無以復加		已達最高頂，無法再增添。
我思故我在	我嘶故我在	語本笛卡兒語。法文為Cogito, ergo sum. 英文為I think, therefore I am. 說明「我思」和「我在」是同一件事。笛卡兒（René Descartes，1596~1650），法國哲學家、數學家，有近代哲學之父的美稱。
無可無不可	無渴無不渴	語見《論語．微子》。指沒有任何成見或主見。
無巧不成書	無巧不成畫	語見清．李寶嘉《文明小史》第四十二回。如無巧合，就不能成為故事被寫出來。指事情多為巧合而成。
無風不起浪		比喻事情的發生，必然有其原因。
無風三尺浪		比喻無緣由地滋生事端。

萬變不離其宗	萬變不離其中	語見清・譚獻《明詩》。比喻變化雖多，原則只有一個。
物換星移幾度秋	物喚星移幾度秋	語見唐・王勃〈滕王閣序〉：「閒雲潭影日悠悠，物換星移幾度秋。閣中帝子今何在？檻外長江空自流。」景變時遷，又經歷了好幾個季節。用以感嘆物是人非，光陰不再。
屋漏偏逢連夜雨	屋漏遍逢連夜雨	語見元・高明《琵琶記》。比喻倒楣的事接連不斷地發生。
為賦新詞強說愁	為付新詞強說愁	語見南宋・辛棄疾〈醜奴兒〉。心裡本來沒有愁，為了作新詩新詞，勉強說一些春花秋月的閒愁。比喻創作中沒有真實情感，無病呻吟。
無事不登三寶殿	無事不登山寶殿	語見明・馮夢龍《警世通言》卷二十八。諷刺有目的走訪人家的人。登門求人的自謙語。
無顏見江東父老	無言見江東父老	語見漢・司馬遷《史記・項羽本紀》。指心懷羞愧，沒臉見自己人。
萬丈高樓平地起	萬仗高樓平地起	比喻偉大的事業必須從基礎做起。
萬物靜觀皆自得	萬物靜歡皆自得	語見宋・程顥〈秋日偶成〉。說明萬物都有它的價值，只是須用心去體察。
萬綠叢中一點紅	萬錄叢中一點紅	語見宋・王安石〈石榴詩〉。比喻在眾多的男性中，只有一位女性。比喻出眾。

正確	錯誤	說明
為山九仞，功虧一簣	為山九仞，功虧一潰	語見《尚書．旅獒》。比喻學不卒業。說明偶一疏忽，前功盡棄。獒，ㄠˊ，aó。
萬事俱備，只欠東風	萬事俱倍，只欠東風	語見明．羅貫中《三國演義》第四十九回。比喻要辦一些事情，其他條件都齊備，就差最後一個關鍵性的條件。多含有渴望的意味。
臥榻之旁豈容他人鼾睡	臥塌之旁豈容他人鼾睡	語本宋．岳珂《程史．徐鉉入聘》：「不須多言，江南亦有何罪？但天下一家，臥榻之側，豈容他人鼾睡耶？」比喻已得利益，不容他人侵占。比喻不允許他人侵犯自己的勢力範圍。沿用原句「臥榻之側豈容他人鼾睡」亦可。
唯女子與小人為難養也	唯子女與小人為難養也	語見《論語．陽貨》。只有女人和小人是很難相處的呀！舊時常用來感嘆跟女子難以相處。
往者不可諫，來者猶可追	往者不可諫，來者尤可追	語見《論語．微子》。「鳳兮，鳳兮，何德之衰！往者不可諫，來者猶可追。」諫，ㄐㄧㄢˋ，jiàn，止，引申為挽回。說明不要徒然追悔過去，而應孜孜於未來，爭取今後有所作為。常用於激勵人。
蚊蟲遭扇打，只為嘴傷人	蚊蟲糟扇打，只為嘴傷人	（俗諺）比喻說話尖刻傷人，會引來災禍。

聞道有先後，術業有專攻	聞道有先後，術業有專功	語見唐・韓愈〈師說〉。領會道理有個先後，技術業務各有專精。說明各有所長。
吾人能抗拒一切，除了誘惑	吾人能抗拒一切，除了誘壑	語本西洋諺語 We can resist everything except temptation. 意指誘惑很難抗拒。
文章須出自機杼，成一家風骨	文章須出自機紓，成一家風骨	語見北齊・魏收《魏書・祖瑩傳》。文章應當有自己新的命意和構思，創造獨特的風格。說明為文貴在創新，不能人云亦云。杼，ㄓㄨˋ，zhù。
吾雖不殺伯仁，伯仁由我而死	吾雖不殺別人，別人由我而死	語本《晉書・周顗傳》：「（王導）泣曰：『吾雖不殺伯仁，伯仁由我而死。幽冥之中，負此良友！』」自責他人的死與己有關。
問號是開啟任何一門科學的鑰匙	問號是開啟任何一門科學的爚匙	語本巴爾札克語 Question mark is the key to open the door of any science. 猶言學問，學問，要學就要問。巴爾札克（Honoré de Balzac，1799~1850），法國小說家。
問渠哪得清如許，為有源頭活水來	問渠哪得清如許，唯有源頭活水來	語見宋・朱熹〈觀書有感〉詩。說明把最難懂的道理弄通，其他問題就能迎刃而解。稱許一個人的學問或是藝術造詣，自有其根源可循。
吾嘗終日而思矣，不如須臾之所學也	吾嘗終日而思矣，不如須萸之所學也	語見《荀子・勸學》：「吾嘗終日而思矣，不如須臾之所學也；吾嘗跂而望矣，不如登高之博見也。」說明思考必須與學習結合，才能得到實際的成效。跂，此處念ㄑㄧˋ，qì，踮腳。

ㄩ

正確	錯誤	說明
于思	于腮	多鬚的樣子。思，此處念ㄙㄞ，sāi。
元宵	元霄	指農曆正月十五日。湯圓。
元配	圓配	最先婚配的妻子。也稱「髮妻」。
佣金	傭金	介紹雙方達成買賣交易而從中賺取的酬金。
迂迴	迂回	曲折迴繞。
迂腐	紆腐	守舊固執，不切實際。
芫荽	元荽	繖形花科，一年生草本植物，又稱香菜。常作為烹調的調味蔬菜。芫荽，ㄩㄢˊ ㄙㄨㄟ，yuán suī。
冤屈	冤曲	冤枉。
庸碌	庸錄	平凡無奇。

淤積	迂積	泥沙壅塞。
淵藪	淵數	指人或物聚集的地方。藪，ㄙㄡˇ，sǒu。
魚塭	魚溫	人工開鑿用以養魚的水塘。塭，ㄨㄣ，wēn。
援例	爰例	依照舊例。
越軌	越匭	言行超出一般規範。
雲霄	雲宵	極高的天空。
圓滑	圓猾	圓而光滑。形容說話或做事靈活而周到，不會得罪人。通常用作貶詞。
圓錐	圓椎	由圓形的底部漸漸往上縮小，到頂端便成為一點的立體。
圓鍬	圓橇	挖土的工具。上為長木柄，末端是近於半橢圓形的鐵鏟。
慍怒	熅怒	生氣發怒。慍，ㄩㄣˋ，yùn。
瑜伽	瑜珈	梵語yoga的音譯，指靜坐思維得道。瑜伽術是一種健身法，創於印度。伽，此處念ㄐㄧㄚ，jiā。
瘐死	庾死	犯人因飢寒、疾病、受刑而死在獄中。瘐，ㄩˇ，yǔ。
隕石	殞石	流星墜落到地球表面上的殘餘物。
預防	預妨	事先防範。
預後	癒後	對於疾病發展過程和最後結果的預測。

正確	錯誤	說明
漁夫	魚夫	靠捕魚維生的人。
漁色	魚色	貪取女色。
漁利	魚利	用不正當的手段謀取利益。
漁業	魚業	採捕或養殖水生動植物的事業。
漁獵	魚獵	捕魚和打獵。
熨斗	燙斗	燙平衣服的器具。熨，此處念ㄩㄣˋ，yùn。
熨貼	慰貼	妥貼、舒適。熨，此處念ㄩˋ，yù。
餘暉	餘輝	夕陽的光芒。
擁戴	擁載	擁護愛戴。
輿論	與論	公眾的議論。輿，ㄩˊ，yú。
韻致	韻緻	風致、風韻。
願力	怨力	佛家語，指經由發願心，堅持完成某一件事而產生的意志力或毅力。
蘊藉	韻藉	溫厚含蓄。積藏、蓄藏。
云云		（so and so; and so on）如此如此。等等。

芸芸（numerous）眾多的樣子。

孕育 懷胎生育。比喻事物的漸漸培育長成。

蘊藏 聚積、含蓄。

醞釀 本義是造酒，引申為事情逐漸成熟。

魚貫（in procession）像游魚一樣一個接著一個。

一貫（consistent）一向，從未改變。

魚網 捕魚的網。

漁船 捕魚的船隻。

韻致 風度韻味。

雅致 高雅的情趣。指景觀、色彩、裝扮等的高雅、秀逸。

別致 新奇特別，另有一番風味（「情致」、「興致」、「精緻」、「細緻」等詞語的相關說明，參看第二十八頁）。

預定（to be scheduled）事先擬定。

預訂（to reserve）預先訂購。

隕落（to fall）墜落。

殞落（to die）比喻人死亡。隕、殞互通，細分有別。隕，墜落；殞，死亡。

正確	錯誤	說明
擁擠		很多人集在一起。
壅塞		阻塞。
臃腫		身體過度肥胖，以致行動呆板不靈活。
圓袞袞	圓緄緄	形狀極圓。現多作圓滾滾。袞，俗作「滾」。
圓錐體	圓椎體	由圓形的底，漸高漸縮，而至頂部成為一點的立體。
雨瀟瀟		雨聲。
風蕭蕭		風聲。
風雨瀟瀟		風雨聲。
魚肚白		形容太陽將出前，東方天空白中帶青灰的顏色。
魚尾紋		人眼角的皺紋。
予取予求	于取于求	任意取求。
允文允武	充文充武	能文能武。
允執厥中	允執掘中	確實把握中正之道而不偏廢。
月白風清	月白風清	形容幽靜美好的月夜。
月黑風高	夜黑風高	颳大風而沒有月亮的晚上。

月暈而風	月葷而風	古人認為月亮周圍如果有光環出現，就會颳大風。比喻觀察淺近事物的變化，可知大局的發展情形。
永矢弗諼	永矢弗宣	永遠不會忘記。矢，通「誓」，決心。弗，不。諼，此處念ㄒㄩㄢ，xuān，忘記。
玉石俱焚	玉石具焚	比喻不論好壞，同歸於盡。
玉折蘭摧	玉折蘭催	比喻英才早逝。
玉樹臨風	玉樹凌風	形容人挺拔俊秀，高雅傑出。
羽化登仙	宇化登仙	指死後成仙。形容遠離塵世，飄然如登仙境。
羽扇綸巾	羽扇論斤	形容飄逸優閒、從容不迫的儀態。綸，此處念ㄍㄨㄢ，guān。
盂蘭盆會	于蘭盆會	盂蘭盆，梵語 ullambana 的音譯，義為倒懸，喻困苦之甚。農曆七月十五日，延僧作盂蘭盆會，誦經施食孤魂野鬼，也叫「放焰口」。
雨打梨花	雨打犁花	形容晚春的景象。比喻美人衰老。
雨後春筍	雨後春荀	比喻迅速大量出現，蓬勃發展的樣子。
雨過天青	雨過天清	下雨過後，天空一片青藍。比喻情況由壞變好。
勇往直前	勇往執前	勇敢地向前邁進，毫不退縮。
勇氣可嘉	勇氣可加	勇氣值得嘉許、誇讚。

正確	錯誤	說明
怨天尤人	怨天由人	不安分守己而怪天怪地恨別人。
怨聲載道	怨聲戴道	比喻到處都是怨恨咒罵的聲音。
約定俗成	約定俗城	事物法則等成了社會習用或公認的。
紆尊降貴	紆遵降貴	高貴的人俯就，以示謙卑。紆，ㄩ，yū。
冤冤相報	冤怨相報	不斷地互相報復。
原封不動	原風不動	保持原狀，沒有變動。
浴血奮戰	裕血奮戰	形容奮勇作戰。比喻戰況激烈。
庸脂俗粉	庸指俗粉	指相貌平凡或氣質低俗的女子。
庸庸碌碌	庸庸祿祿	平平凡凡，沒有特別的地方。
御駕親征	禦駕親征	皇帝親自帶兵出征。
欲蓋彌彰	欲蓋彌張	企圖掩蓋真相，反而使真相更加顯露。多用於不好的事物。
魚水之歡	漁水之歡	比喻夫妻恩愛和諧的快樂。
魚目混珠	漁目混珠	用魚眼睛混充珍珠，比喻以假亂真。
魚米之鄉	漁米之鄉	盛產魚類、稻米的富庶地區。
魚肉良民	魚肉良民	指欺負善良的百姓。

魚沉雁杳	漁沉雁香	比喻音訊斷絕。
魚游釜中	魚游斧中	比喻處境危險。
魚鹽之利	魚鹽之立	指沿海地區的豐富資源。
寓禁於徵	遇禁於徵	加重稅捐，以期達到禁絕某些商業活動或消費行為。
越俎代庖	越俎代疱	越權行事。俎，ㄗㄨˇ，zǔ。
雲英未嫁	雲應未嫁	指女子尚未出嫁。
雲消霧散	雲銷霧散	比喻事物消失淨盡。比喻疑慮、憂悶等都解除消散。
雲淡風輕	雲淡風清	形容天氣晴朗，和風輕拂。
雲蒸霞蔚	雲蒸霞尉	雲霞升騰聚集的樣子。比喻景物繁盛。比喻人才盛多。
雲譎波詭	雲橘波詭	比喻事物變化多端，不可預測。
圓顱方趾	圓廬方指	指人類。
圓鑿方枘	圓鑿方枘	比喻彼此不相合。枘，ㄖㄨㄟˋ，ruì。
暈頭轉向	暈頭鑽向	頭腦昏亂，無法分辨方向。轉，此處念ㄓㄨㄢˋ，zhuàn。
源遠流長	淵源流長	淵源深遠，流傳長久。表示其來有自，不是一朝一夕培養成功。
瑜亮情結	瑜亮情節	兩人才智出眾，可相匹敵而不相讓。

正確	錯誤	說明
運斤成風	運金乘風	比喻手法熟練、技藝超絕。
運籌帷幄	運籌為握	在營帳中籌畫戰略。泛指事先謀畫計策。
雍容華貴	擁容華貴	形容氣派大方的樣子。
漁翁得利	魚翁得利	比喻雙方相爭，使第三者坐享利益。亦作「漁人得利」。
與世推移	與事推移	隨著世俗而改變、進退。
語無倫次	語無綸次	說話雜亂沒有條理。
遠渡重洋	遠渡崇洋	比喻要經過許多路程，到遙遠的地方去。
鳶飛魚躍	鴛飛魚躍	比喻萬物各得其所。
緣木求魚	源木求魚	比喻做事的方向或方法不對，徒勞無功。
緣訂三生	原訂三生	指緣分早已注定。多指姻緣。
緣慳一面	緣鏗一面	很想見一面，卻沒有機會。慳，ㄑㄧㄢ，qiān。
餘波蕩漾	餘波蕩樣	比喻事件結束以後還有一波一波的問題接連發生。
餘音繞梁	餘音繞粱	形容歌聲優美，令人難忘。
餘興節目	娛興節目	聚會或宴飲後所舉行的娛樂節目。
躍然紙上	耀然紙上	形容文章、繪畫的生動逼真。

躍躍欲試	耀耀欲試	急切地想嘗試的樣子。
饔飧不繼	雍飧不繼	吃了早餐，沒有晚餐。形容生活困苦。饔飧，ㄩㄥ ㄙㄨㄣ，yōng sūn。
鬱鬱寡歡	欲欲寡歡	愁悶不快樂。
魚雁往返		利用書信往返聯繫。亦作「魚雁往還」。
勞燕分飛		比喻親友、夫妻的離別。
餘勇可賈		還有餘力可賣。形容潛力很大。賈，此處念ㄍㄨˇ，gǔ。
鼓起勇氣		提起勇氣。
欲速則不達	欲速則不答	語見《論語．子路》：「欲速，則不達；見小利，則大事不成。」與莎士比亞《羅密歐與茱麗葉》二幕六場（Shakespeare, "Romeo and Juliet" act II, sc. vi）Too swift arrives as tardy as too slow. 不謀而合。意指操之過急，反而達不到目的。
約莫一小時	約漠一小時	大概是一個鐘頭。
遠水不救近火	源水不救近火	語見《韓非子．說林上》。比喻事態緊急，來不及救濟。亦作「遠水救不了近火」。
遠親不如近鄰	遠親不如近臨	語本元．秦簡夫《東堂老》第四折。指遠方的親戚反而不如鄰居可以及時提供幫助。

正確	錯誤	說明
玉不琢，不成器	玉不啄，不成氣	語見《禮記・學記》。比喻人不經磨練，不能成為有用之才。
冤有頭，債有主	淵有頭，債有主	語見宋・普濟《五燈會元・劍門安分庵主》。指報仇、討債應針對對象。
欲上青天攬明月	欲上青天覽明月	語見唐・李白〈宣州謝朓樓餞別校書叔云〉。要飛上青天擁抱明月。比喻非凡的豪情壯志。
雲想衣裳花想容	雲想衣裳花想榮	語見唐・李白〈清平調〉。指女孩子喜歡打扮，愛漂亮。
語不驚人死不休	語不驚人死不修	語見唐・杜甫〈江上值水如海勢聊短述〉。既用以形容人寫作用心，字斟句酌，也用以嘲諷人語驚四座。
遠來的和尚會念經	遠來的合尚會念經	語本元・張國賓《合汗衫》第三折。說明人多輕視身邊的人才，反而重用外來的人。
玉不掩光，珠不掩輝	玉不掩光，珠不掩灰	比喻有真實的內在，必有名聲。同「實至名歸」。
欲加之罪，何患無辭	欲加之罪，何患無辭	語本《左傳・僖公十年》。想要怪罪人，不怕找不到藉口。

與人方便，自己方便	以人方便，自己方便	語見元・施君美《幽閨記》第二十六折。說明人應將心比心，以較寬鬆的條件對待他人。
遠在天邊，近在眼前	遠再天邊，近再眼前	語見清・李汝珍《鏡花緣》第四十六回。指尋找的人或物就在面前。（帶有詼諧意味）
餘音繞梁，三日不絕	餘音繞梁，三日不決	語本《列子・湯問》。形容音樂或歌聲，動聽感人。
鷸蚌相爭，漁翁得利	鷸蚌相爭，漁翁得力	語本《戰國策・燕策二》。比喻雙方互不相讓，使第三者獲利。鷸，ㄩˋ，yù。
予豈好辯哉，予不得已也	予豈好辨哉，予不得已也	語見《孟子・滕文公下》。用以為自己的辯論行為提出說明。
欲窮千里目，更上一層樓	欲窮千里幕，更上一層樓	語見唐・王之渙〈登鸛雀樓〉：「白日依山盡，黃河入海流。欲窮千里目，更上一層樓。」意思是如果想要看到更寬廣的景致，就必須爬上更高的一層樓。用以激勵人奮發向上，或說明對於理想的不斷追求。
與君一夕話，勝讀十年書	與君一夕話，盛讀十年書	語本宋・程頤《伊川先生語錄》卷八上。跟您一個晚上的談話，勝過苦讀十年的書。說明跟人交談時間雖不長，卻受益匪淺。常用來稱讚別人學識淵博、頗有見地。今多作「與君一席話，勝讀十年書」。

國家圖書館出版品預行編目資料

新思維錯別字辨正語典 / 司馬特編著. -- 初版. -- 臺北市：商周出版, 城邦文化出版：家庭傳媒城邦分公司發行；2019.12

面； 公分.（中文可以更好；51）

ISBN 978-986-477-654-2（精裝）

1. 漢語詞典 2. 錯別字

802.39　　108005383

中文可以更好 51

新思維錯別字辨正語典

作　　者／司馬特
企畫選書人／林宏濤
責任編輯／陳名珉

版　　權／黃淑敏、翁靜如
行銷業務／莊英傑、李衍逸、黃崇華
總 編 輯／楊如玉
總 經 理／彭之琬
事業群總經理／黃淑貞
發 行 人／何飛鵬
法律顧問／元禾法律事務所　王子文律師
出　　版／商周出版
城邦文化事業股份有限公司
台北市中山區民生東路二段141號9樓
電話：(02) 2500-7008 傳眞：(02) 2500-7759
E-mail：bwp.service@cite.com.tw
Blog：http://bwp25007008.pixnet.net/blog
發　　行／英屬蓋曼群島商家庭傳媒股份有限公司城邦分公司
台北市中山區民生東路二段141號2樓
書虫客服服務專線：(02) 2500-7718・(02) 2500-7719
24小時傳眞服務：(02) 2500-1990・(02) 2500-1991
服務時間：週一至週五09:30-12:00・13:30-17:00
劃撥帳號：19863813　戶名：書虫股份有限公司
讀者服務信箱E-mail：service@readingclub.com.tw
歡迎光臨城邦讀書花園 網址：www.cite.com.tw
香港發行所／城邦（香港）出版集團有限公司
香港灣仔駱克道193號東超商業中心1樓
電話：(852) 2508-6231　傳眞：(852) 2578-9337
馬新發行所／城邦(馬新)出版集團 Cité (M) Sdn. Bhd.
41, Jalan Radin Anum, Bandar Baru Sri Petaling,
57000 Kuala Lumpur, Malaysia
電話：(603) 9057-8822　傳眞：(603) 9057-6622
Email：cite@cite.com.my

封面設計／李東記
版型設計／鍾瑩芳
排　　版／新鑫電腦排版工作室
印　　刷／韋懋實業有限公司
總 經 銷／聯合發行股份有限公司
電話：(02) 2917-8022　傳眞：(02) 2911-0053
地址：新北市231新店區寶橋路235巷6弄6號2樓

■2019年（民108）12月5日初版
定價 550元

Printed in Taiwan

ISBN 978-986-477-654-2

商周出版

廣　　告　　回	
北區郵政管理登	
台北廣字第0007	
郵資已付，免貼	

104台北市民生東路二段141號2樓

英屬蓋曼群島商家庭傳媒股份有限公司　城邦分公司

請沿虛線對摺，謝謝！

商周出版

書號：BK6051　　**書名**：新思維錯別字辨正語典　**編碼**：

請於此處用膠水黏貼

讀者回函卡

感謝您購買我們出版的書籍！請費心填寫此回函卡，我們將不定期寄上城邦集團最新的出版訊息。

不定期好禮相贈！
立即加入：商周出版
Facebook 粉絲團

姓名：＿＿＿＿＿＿＿＿＿＿ 性別：☐男 ☐女

生日：西元＿＿＿＿年＿＿＿＿月＿＿＿＿日

地址：＿＿＿＿＿＿＿＿＿＿

聯絡電話：＿＿＿＿＿＿＿＿ 傳真：＿＿＿＿＿＿＿＿

E-mail：

學歷：☐ 1. 小學 ☐ 2. 國中 ☐ 3. 高中 ☐ 4. 大學 ☐ 5. 研究所以上

職業：☐ 1. 學生 ☐ 2. 軍公教 ☐ 3. 服務 ☐ 4. 金融 ☐ 5. 製造 ☐ 6. 資訊
☐ 7. 傳播 ☐ 8. 自由業 ☐ 9. 農漁牧 ☐ 10. 家管 ☐ 11. 退休
☐ 12. 其他＿＿＿＿＿＿＿＿

您從何種方式得知本書消息？

☐ 1. 書店 ☐ 2. 網路 ☐ 3. 報紙 ☐ 4. 雜誌 ☐ 5. 廣播 ☐ 6. 電視
☐ 7. 親友推薦 ☐ 8. 其他＿＿＿＿＿＿＿＿

您通常以何種方式購書？

☐ 1. 書店 ☐ 2. 網路 ☐ 3. 傳真訂購 ☐ 4. 郵局劃撥 ☐ 5. 其他＿＿＿＿

您喜歡閱讀那些類別的書籍？

☐ 1. 財經商業 ☐ 2. 自然科學 ☐ 3. 歷史 ☐ 4. 法律 ☐ 5. 文學
☐ 6. 休閒旅遊 ☐ 7. 小說 ☐ 8. 人物傳記 ☐ 9. 生活、勵志 ☐ 10. 其他

對我們的建議：＿＿＿＿＿＿＿＿＿＿

請於此處用膠水黏貼